La memoria

1102

DELLO STESSO AUTORE

Cosa resta di noi
La ragazza sbagliata

Giampaolo Simi

Come una famiglia

Sellerio editore
Palermo

Pubblicato in accordo con MalaTesta Literary Agency Milano

Questo volume è stato stampato su carta Palatina prodotta dalle Cartiere di Fabriano con materie prime provenienti da gestione forestale sostenibile.

Simi, Giampaolo <1965>

Come una famiglia / Giampaolo Simi. - Palermo : Sellerio, 2018.
(La memoria ; 1102)
EAN 978-88-389-3803-0
853.914 CDD-23 SBN Pal0307065

CIP - *Biblioteca centrale della Regione siciliana «Alberto Bombace»*

Come una famiglia

A Marco,
fino all'ultima parola
e fino all'ultimo respiro

I

Sai, Luca, oggi ho fatto due conti.

Novemilacento giorni. In totale fanno poco meno di duecentoventimila ore.

Secondo una stima ragionevole è quanto mi rimane da vivere. Sempre che alla Lotteria Nera non estraggano il mio nome prima.

Novemilacento giorni. È la metà di quanto ho vissuto fino a oggi. Detto così, non dà una bella sensazione. Però, dopo diciottomila giorni di vita almeno qualche risposta dovrei averla, magari alle tipiche domande che uno inizia a porsi proprio alla tua età. Quella fondamentale è sempre: chi sono?

So che mi chiamo Dario Corbo, ho appena compiuto cinquant'anni e sono un giornalista. Quantomeno ho ancora in tasca un tesserino rivestito in pelle consunta che lo dichiara. Sono un giornalista, però non lavoro più in un giornale. Attualmente sono il direttore della comunicazione e delle relazioni esterne per la Fondazione Thomas Beckford. Nel secolo scorso, prima che tu nascessi, veniva definito meno pomposamente ufficio stampa. Un incarico di prestigio, ben pagato, con un fondo spese ampio che nessuno controlla all'infuori di me. Vivo sulle colline della Versilia e nelle giornate di sole dalla mia vetrata vedo scintillare il Mar Tirreno, dall'Isola di Gorgona fino alle Cinque Terre. Quando d'inverno passa la tramontana, gli uliveti sembrano imitare il tremolio luccicante delle correnti al largo, laggiù dove non di rado appaiono anche le propaggini nord della Corsica avvolte da un alone blu. In quelle giornate ho la sensazione di vivere alla latitudine perfetta del mondo, mi pare che ogni possibile storia prima o poi navigherà su queste acque. Doveva pensarla così anche il famoso artista Thomas Beckford il giorno che decise di stabilire la sua villa-atelier nel fortilizio del 1200 chiamato La Scuda. È qui che la morte lo ha colto all'improvviso, nove anni fa, mentre era al lavoro.

Ma non tutto è scintillante come il Mar Tirreno. Perché sempre da queste parti, una notte d'estate del 1993, venne assassinata la diciottenne Irene Calamai. La sentenza di secondo grado stabilì che a ucciderla fosse stata la figlia di Beckford, Nora, per questioni di rivalità amorosa. Era la versione di cui tutti erano convinti, fin dall'inizio, la stessa che anch'io avevo sposato in quegli anni. Anni in cui iniziavo a fare il giornalista, sicuro che l'avrei fatto per tutta la vita. Sai bene che su quella vicenda ho dovuto ricredermi. Sei la prima persona a cui l'ho confidato (era un giorno d'agosto, ti ricordi?) e sei l'unica persona che vorrei credesse alla mia buona fede. Di oggi e di allora.

Quando proprio Nora Beckford mi ha offerto un invidiabile posto di lavoro, su tuo padre si sono scatenate le illazioni più maligne. Prima di tutto da parte di Giulia Maiorino, la mia ex moglie nonché tua madre. Anche se la figlia del grande artista aveva pagato per intero i suoi debiti con la giustizia, per Giulia la Beckford rimaneva un'assassina, punto. Ancora più ruvida è stata la sua reazione quando ha saputo che andavo a vivere in un vecchio fabbricato agricolo accanto al muro di cinta della Scuda.

– Non avevi proprio altre soluzioni?

– È la più comoda. E poi lo vendevano a due spiccioli.

– Un vassallo. Dio, come ti sei ridotto.

– Dovresti vedere come l'ho ristrutturato. Ufficio e living al piano terra, zona notte nel soppalco.

– Ipocrita.

Due anni fa una (altrettanto ex) amica giornalista mi ha dedicato un lungo articolo su un blog da ottantaseimila accessi al giorno. Iniziava così: «Il giovane nerista rampante e forcaiolo degli anni Novanta è oggi un cinquantenne dalla folta chioma appena brizzolata che ama sfoggiare giacche di sartoria in colori pastello. Anche se tiene molto alle sue pose da intellettuale, il suo sguardo puntuto è in realtà quello del mediatore levantino. Con la sicumera di chi ha vissuto per vent'anni in un grande giornale, Corbo mi assicura che l'informazione oggi è come una fabbrica senza più controlli, produce solo scorie tossiche e lui è felice di esserne fuori. Potremmo invece parlare di arte e di cultura, magari a cena in una rinomata enoteca, a spese della munifica Fondazione Beckford. Tanta galanteria ha però un prezzo: nessuna domanda su cosa oggi leghi lui e Nora Beckford, la sua datrice di lavoro, l'erede maledetta della fortune economiche e della grandezza artistica del padre. Eppure venticinque anni fa, come mi ricordano tanti amici comuni, la sera in cui la giovane italo-inglese entrava in carcere, l'altrettanto giovane nerista rampante brindò con una bottiglia da grandi occasioni. Quella, dicono, la comprò di tasca sua».

Replicare a un articolo del genere avrebbe soltanto messo su «max» la velocità del ventilatore spalmato di merda. Ho incassato in silenzio e ho pensato solo al male che parole del genere potevano arrecare a te – e soprattutto a che razza d'impresa disperata sarebbe stata spiegarti cosa significhi *mediatore levantino*.

Le circostanze però vollero che quel giorno il blog collezionasse appena un centinaio di contatti. Per le otto di mattina era così impestato di link a pornografia estrema o a propaganda per l'Isis che l'editore lo mise off line e denunciò alla polizia postale un attacco da parte di un hacker. Tutti i frequentatori del sito vennero mitragliati da junk mail ripugnanti e quando il blog tornò on line, quasi tre giorni dopo, i principali social lo mantennero comunque in quarantena per una settimana. Non credo che ancora oggi sia tornato nemmeno a un decimo degli ottantaseimila contatti giornalieri dei tempi d'oro. Non ho mai visto la faccia di chi ha combinato quel bel lavoretto, non so se abitasse in Islanda o nello Zhejiang, so solo che mi è costato solo duemila euro in contanti e che neppure lui ha mai saputo chi fosse il committente.

E poi, per quanto i miei colleghi si cimentino nel formulare le ipotesi più insidiose, l'esercizio è sterile e patetico. Nessuno arriverà mai nemmeno a intuire la verità sull'omicidio di Irene Calamai, su Nora Beckford e su di me. Questa è una certezza che mi rassicura.

L'altra certezza raggiunta a cinquant'anni è meno consolante ma, con duecentoventimila ore rimaste da vivere, tempo da sprecare in illusioni non ne ho. Sei mio figlio, sei adulto ed è inutile nasconderti la verità: il prodotto offerto da quelli che fanno il mio lavoro, cioè i fatti, non ha più mercato. Prima di tutto perché ci siamo sempre ingannati sulla natura del bene. Ripetiamo spesso che un giornalista deve attenersi ai fatti, ma poi nessuno pensa mai a cosa sarebbe un giornale composto soltanto di fatti. Una sequela di tabelle e grafici semplice come la ripartizione delle spese condominiali dell'Empire State Building, avvincente come una bolla di accompagnamento, stilisticamente spumeggiante come uno schedario della Stasi. In secondo luogo, oggi i fatti contano poco o nulla. I fatti, crudi e sconditi, sono così irrilevanti che, se li sostituisci con dei sugosi fattoidi, nessuno nota la differenza. Anzi, il pubblico gradisce di più, i click si moltiplicano, le visite si impennano. I numeri danno ragione ai fattoidi e questo, ironia della sorte, è un fatto.

Quindi, dopo qualche tempo e molti ripensamenti, ho deciso di raccontarti una storia, nonostante i fatti di questa storia tu li conosca quanto me. Perché i fatti, di per sé, sono tutto e niente. I fatti hanno vita breve, sono sopravanzati continuamente da altri fatti. Le storie invece possono resistere e anche sopravviverci.

Non so quando leggerai queste pagine. Non mi faccio illusioni. Magari ti deciderai quando i miei novemilacento giorni saranno finiti e crederai di aver ridotto la tristezza a un mite animale da compagnia. Invece, in un pomeriggio senza pioggia e senza sole sarai ad aspettare la metropolitana chissà dove, forse in una piccola stazione dal nome impronunciabile, e l'evidenza che non ci incontreremo mai più ti salterà alla gola come un cane nero sbucato dal nulla.

È sempre così che succede, te lo assicuro.

Prima o poi ce ne dobbiamo andare tutti, c'è poco da fare.

Le storie sono quello che rimane.

II

Forse non te l'ho mai detto chiaramente, ma io preferivo che tu facessi il ballerino.

Invece ho sempre lasciato decidere a tua madre e così, proprio il giorno prima del tuo compleanno, eccoci a soffrire le pene dell'inferno. Giulia mi prende improvvisamente la mano dopo una mezz'ora in cui ci siamo scambiati solo monosillabi. L'ultima volta è successo più di tre anni prima, credo. Quando eravamo marito e moglie avrei riconosciuto le sue dita senza esitazioni. Oggi sono anonime, alla stregua di oggetti, e per giunta a una di quelle temperature polari che solo le estremità del genere femminile possono raggiungere senza pregiudizio per la permanenza della vita. Tua madre non mi sta solo prendendo la mano, ci si è aggrappata. Con l'altra si copre gli occhi per non guardare.

– Perché proprio lui? – mi chiede.

– Si vede che gliel'ha chiesto l'allenatore – rispondo io.

– E perché Luca ha accettato?

Non rispondo, le stringo forte le dita fredde, mi chiudo i primi due bottoni della giacca. Sulla costa del Mar Tirreno sosteniamo che la primavera arrivi un mese prima, il 21 febbraio. È il 6 di marzo e da stamani il sole scalda i vecchi gradoni di cemento ruvido, ma sono passate da poco le cinque di pomeriggio, le ombre dei pini sono filamenti sempre più intricati sulla pista di tartan e noi siamo seduti in tribuna coperta. Da due ore.

Non so cosa ricordi tu, ma dalla tribuna quella fra voi del Rivadarno e il Bruges era stata una classica finale in cui due squadre beccano un goal del tutto casuale per parte, dopodiché si guardano le spalle più per paura di oscuri complotti della sorte che dell'avversario. Centoventi minuti senza uno straccio di copione, poi i rigori. Tre goal e un errore per uno, fino a quando i belgi non sbagliano per la seconda volta dal dischetto e la tribuna rimbomba. Dall'altro lato, in gradinata, i vostri tifosi sventolano bandiere arancioni nell'ultimo trapezio di sole. Hanno organizzato ben sei pullman.

Se tu segni questo rigore il Rivadarno vince la finale e quindi la Viareggio Cup, cioè il torneo internazionale di calcio giovanile più importante d'Europa. Da piccolo era mio zio a portarmi in questo stadio a vedere le partite. Si svolgeva durante il Carnevale e alla vigilia del martedì grasso si tenevano le due finali, quella per il terzo e quella per il primo posto. Oggi si gioca solo la finalissima perché oggi chi non arriva primo è un perdente come tutti gli altri. In questo vecchio stadio si stipavano fino a quindicimila persone, e se non ci presentavamo alla biglietteria almeno per mezzogiorno poi niente posti a sedere, rimanevamo quattro ore a battere i piedi per scuotere via il gelo di febbraio, addossati alla balaustra di ferro, giù in basso vicino alla pista di tartan, senza poterci muovere neanche per andare in bagno, pena la perdita anche del nostro misero posto in trincea. Quattro ore centellinando semi di zucca salati che assieme al freddo mi facevano bruciare le labbra. Dai posti più bassi il campo da gioco perdeva qualsiasi profondità, si riduceva a un mondo di sole due dimensioni come quello di certi cartoni animati jugoslavi che la RAI ci propinava nei pomeriggi feriali. E sempre a proposito di Europa dell'Est, negli anni Settanta qui a Viareggio vinceva spesso il Dukla Praga, si diceva grazie ai compagni del fraterno partito comunista italiano che chiudevano un occhio sui passaporti d'oltrecortina e sull'età effettiva dei giocatori.

Oggi saremo in tremila, ma la percentuale di osservatori, inviati di procuratori e faccendieri vari è vicina a un buon trenta per cento. C'è la diretta tv e tutti i siti di sport sono in attesa di aggiornare la homepage: vincere qui, oggi, conta.

Ti osservo partire dal cerchio di centrocampo staccandoti dai tuoi compagni di squadra uniti in fila, abbracciati. Ti avvii da solo verso un verdetto che non ammette appelli: dentro o fuori. Non sembri avere fretta. A testa alta. Vuol dire che sei tranquillo. Sì.

No. No, stai camminando lentamente perché vuoi rimandare il momento decisivo e ti senti come negli ultimi trenta metri prima del patibolo.

Dove potresti trovarla tutta questa spavalderia? A forza di menate sull'autostima, tua madre ha ottenuto soltanto l'effetto di farti sentire in colpa per scarsa autostima. Fra me e te, oggi, vogliamo dirlo? E diciamolo: le sue premure sono state soffocanti.

Tardavi a iniziare a parlare e lei già intravedeva l'ombra di un deficit cognitivo. Per aver bagnato il letto tre volte in tutta la tua infanzia sei stato visitato da altrettanti specialisti. Alla fine della quinta elementare tutti avevano il cellulare e tu no. Ha subito provveduto tuo nonno, con un regalo a cui non mi sono potuto opporre. A quattordici sei andato dallo psicologo. A scuola ti eri ritrovato unico maschio in un gruppo di lavoro e avevi chiesto di essere assegnato a un altro. Per Giulia poteva essere un segnale di timidezza aggressiva verso l'altro sesso. Sei mesi di sedute finite in un nebuloso colloquio fra noi e lo psicoterapeuta. Ma, dico io, a quell'età parte il primo testosterone, la mamma e la PlayStation non ti bastano più e non capisci bene perché, essere inquieti e ombrosi mi pare il minimo. È possibile che ormai qualsiasi turbamento diventi patologia? A me è sembrato patologico da parte di Giulia averti accompagnato a scuola fino alla terza media. Stamattina è corsa per negozi a cercare un gel per capelli chiamato Hard Cemento, senza il quale hai quasi minacciato di non scendere in campo, proprio oggi che era prevista la diretta tv della RAI. Hard Cemento. Con un altro, hai detto, ti saresti spettinato al primo colpo di testa.

I genitori non dovrebbero essere zerbini, quante volte l'avrò detto a Giulia? Lo voglio ricordare ora, a beneficio dei posteri e in tempi non sospetti, e cioè dieci secondi prima che tu sbagli questo maledetto penalty sancendo il nostro fallimento educativo. Perché, ora che sei a pochi passi dal semicerchio dell'area di rigore, immagino già il pallone sparire tra le fronde dei pini. Non sarà solo un rigore sbagliato o parato da una prodezza del portiere. Sarà un errore grossolano da filmato virale su internet. Una vergogna inarrestabile e senza confini.

Ma la verità è che in questa catastrofe imminente anch'io ho le mie colpe. Ero libero la mattina quando tu eri a scuola, ogni sera rincasavo troppo tardi per stare insieme a te, nei casi migliori arrivavo in tempo per darti la buonanotte. Ecco, il micidiale mix fra la protezione ossessiva di Giulia e la mia lontananza ti ha privato di punti di riferimento equilibrati. Ti sei appena assunto una responsabilità superiore alle tue possibilità solo per dimostrarti forte, mentre io lo so che dentro tremi e tintinni come una cristalleria. Come fa a rimanere freddo uno che un'ora prima della finale spedisce la mamma a comprargli l'Hard Cemento?

Dalla tribuna non posso vedere la tua espressione mentre raccogli il pallone da terra. Hai la maglietta fuori dai pantaloncini, un calzettone abbassato e sporco di fango. Giulia mi si appoggia a una spalla, sospira, si volta dalla parte opposta.

– Ma non poteva dire di no, che lui non lo voleva tirare? – si lamenta.

– È maggiorenne.

– Non ancora, il suo compleanno è domani.

– Luca si è appena preso una responsabilità. Prima o poi capita, nella vita.

– Lo so, adesso tiri fuori la solita storia di averlo accompagnato a scuola fino alla prima media.

– Era la terza. E poi scattiamo sull'attenti a ogni sua parola.

– Ancora con la storia del gel? Era solo tensione. Vorrei vedere te, prima di una finale.

– Ma non sei stata tu a insistere sempre sull'autostima? Dovresti essere contenta, Luca ha fiducia in se stesso e si sente in grado di battere questo rigore.

– Hai proprio un carattere di merda.

– Hai voluto il divorzio, non è più un problema tuo.

– Il problema è tuo, perché invecchiando peggiori.

– Morire perfetti non serve a niente.

Immagino che tu non abbia difficoltà a riconoscere in questo scambio di battute il tipico battibecco Corbo-Maiorino. Per fortuna in quel momento non lo puoi ascoltare. Stai sistemando il pallone sul dischetto ma l'arbitro te lo fa spostare, quasi a pretendere che il centro della palla coincida con quello del cerchio di gesso.

– Quella stronza ce l'ha proprio con lui. Così me lo innervosisce – borbotta tua madre.

Tu risistemi il pallone sul terreno con cura millimetrica e io tranquillizzo Giulia: l'arbitro è una donna sui venticinque e quindi vuole solo un po' strafare, tutto qua. In realtà mi dico che con un arbitro uomo non saremmo ancora qui con il cuore in gola. È politicamente scorretto? Sai chi se ne frega. Alla fine del primo tempo la signorina Meluzzo da Isernia ha dato il rigore solo perché quelli del Bruges l'hanno accerchiata e l'hanno intimorita. Si fa presto a parlare di parità di genere, poi vediamo che cosa succede quando sei o sette energumeni sudati e in trance agonistica ti urlano in faccia. Sono stati loro scorretti, altro che. E a proposito di correttezza, vogliamo parlare del numero 20 del Bruges, un Masai di due metri cresciuto nelle Fiandre? Per quasi tutta la partita ha guardato il pallone come un astronomo guarda un pianeta lontano. Solo su un rimpallo è arrivato prima di te. E siccome è successo dentro l'area di rigore questo numero 20 – non voglio neppure sapere come si chiama – è andato giù come se in cima alla gradinata fosse appostato Lee Oswald con il suo fucile Carcano. Nonostante tu gli abbia detto di rialzarsi e di smetterla con le sceneggiate (non immagino in quale lingua), il numero 20 è rimasto giù, stecchito, salvo poi risuscitare di colpo quando la ragazza è tornata verso l'area di rigore indicando il dischetto. È lì che hai perso le staffe, hai protestato e la signorina Meluzzo da Isernia ti ha sventolato davanti il cartellino giallo. Un episodio che non solo ha fatto pareggiare il Bruges, ma ha condizionato il tuo quadro psicologico, spingendoti adesso verso una improbabile rivincita dagli undici metri.

In quegli attimi la mia riconoscenza va anche al tuo compagno di squadra che al terzo rigore ha calciato da sotto, piano piano, per sbeffeggiare il portiere con un pallonetto. Christian Colasanti è considerato il vero talento di tutta la squadra, è anche tuo compagno di stanza al Campus. Ma, dico io, è cretino? *Er cucchiaio* in una finale? Chi si crede di essere, Pirlo? Totti? Il portiere belga non si è mosso e ha aspettato la palla come un padre aspetta un bimbo da abbracciare. Non so se hai sentito le risate in tribuna.

Mi guardo intorno. Il primo che ride o che esulta per il tuo errore lo scaravento giù dai gradoni. In fondo giochi in difesa e i difensori non sono tenuti a segnare. E poi pensiamo a campioni come Bruno Conti, Baggio, Franco Baresi e Donadoni. Hanno tutti sbagliato rigori importanti. E allora? Sono meno campioni per questo? Ma non mi pare proprio. Giulia e io ti abbiamo educato decentemente, e che nessuno quindi tiri in ballo il nostro divorzio. Ognuno pensi alla sua, di famiglia, va bene? Qualcuno è mai andato a cercare nella vita privata di Baggio la ragione per cui abbiamo perso i Mondiali del 1994?

Lasci il pallone sul dischetto dopo un cenno d'intesa con la signorina Meluzzo da Isernia. A ogni passo che fai all'indietro per prendere la rincorsa, la mia lista di responsabilità si allunga. Ma del resto si sa, un disastro non ha mai un solo padre.

Vorrei infatti sapere se questo campo da gioco non nasconda qualche zolla malferma proprio nel centro dell'area di rigore. Forse la ditta incaricata della manutenzione del prato lavora al risparmio o forse il Comune ritarda i pagamenti, e d'altronde la stretta finanziaria sugli enti locali non consente di curare al meglio le strutture sportive pubbliche. Tutto nasce sicuramente dalle politiche restrittive imposte dall'Europa. E quindi mi pare lampante che se sbagli il rigore la colpa alla fine è dei tecnocrati di Bruxelles. Il Belgio, ecco, tutto torna.

Mi chiedo anche se mimetizzata fra l'erba non ci sia una mattonella di fanghiglia umida che aspetta solo di farti scivolare al momento di calciare. Perché fino a ieri l'altro ha piovuto tantissimo e il terreno di gioco non può aver drenato al meglio. Oltre alle indubbie responsabilità della politica, è chiaro che bisogna guardare anche più in là. Stai per buttare in mezzo ai pini il rigore e la vittoria del torneo anche per colpa del cambiamento climatico, della folle politica ambientale di Trump e dello sviluppo industriale fuori controllo di un miliardo e mezzo di cinesi. Si fa troppo presto a prendersela sempre e solo con Bruxelles.

Il portiere del Bruges saltella per distrarti, poi si mette in posizione tipo Uomo di Vitruvio per far sembrare la porta piccolissima.

Non ti far impressionare, Luca. Ragiona, Luca. Sono circa diciassette metri quadrati, c'è gente a Parigi come a Tokyo che ci vive, in diciassette metri quadrati, e, se anche il portiere belga Erwin Kloster disponesse di un mantello alla Batman espressamente proibito dal regolamento, ne coprirebbe al massimo quattro. Ti restano più di tredici metri quadrati per far passare quel pallone, buttarlo in fondo alla rete e farci sentire genitori degni di questo nome.

Finalmente ti fermi. Rincorsa lunga, brutto segno. Obliqua alla palla, quindi non tenterai la botta di potenza e cercherai di piazzarla. Bruttissimo segno. Un difensore dovrebbe solo cercare la botta di potenza.

In tribuna il brusio scema nel silenzio. Anche gli osservatori e gli inviati dei procuratori tolgono l'auricolare.

Parti con un piccolo salto, occhi bassi verso il pallone che ti aspetta lì a pochi metri, poi hai un'esitazione, come una zoppìa improvvisa. La zolla fangosa, la maledetta zolla traditrice, eccola là, lo sapevo. Mi si chiude la gola. È così che ci si sente poco prima di un infarto, ne sono sicuro. Tu stai per scivolare e io sto per morire davanti a tremila persone. C'è il defibrillatore, magari mi salvano, ma io non lo so se voglio sopravvivere a questo rigore maldestramente sbagliato da mio figlio.

Invece rimani in piedi. Hai solo rallentato la corsa per indurre il portiere a fare la prima mossa. E infatti il portiere del Bruges si piega sulle ginocchia. Deve decidere dove buttarsi prima che tu calci e il pallone parta, altrimenti le ferree leggi della cinetica, nonché autorevoli studi sui tempi di reazione, dicono che non la prenderà mai. Può casomai sperare che sia il pallone a prendere lui, se glielo tiri vicino. E questo può succedere, perché chi tira convive con il terrore di angolare troppo il tiro e vedere la palla perdersi oltre il palo come il casco di un astronauta disperso nel vuoto cosmico.

Sei agli ultimi due passi prima del dischetto. *Guarda i piedi del portiere, Luca, guardali*. Sono i piedi che dicono dove sta per buttarsi. Con le braccia e con la testa può fingere, con i piedi no, su quelli deve darsi lo slancio. Se carica impercettibilmente il peso verso destra è per buttarsi a sinistra, e viceversa.

I piedi del portiere, Luca, ti supplico. Ma io te l'ho mai detta questa cosa, quando ti facevo tirare i primi calci o quando guardavamo una partita in tv? Ti ho mai impartito questa fondamentale lezione? Ora non ricordo, forse no. Ma poi, quante volte ho giocato a pallone con te? Pochissime. Qualche volta in vacanza. Per il resto, ero sempre al lavoro. Ed ecco il risultato: ora sbaglierai il penalty e farai perdere la finale alla tua squadra.

Arrivi sul punto di tiro con il busto dritto, ben bilanciato con le braccia. Con quell'eleganza dovevi fare il ballerino, insisto. E invece eccoci qui, a sbattere le ginocchia per la tensione su dei gradoni di cemento.

Il portiere ha spostato i piedi verso la propria sinistra, quindi sta per tuffarsi a destra. E allora basta che tu la metta a sinistra. Anche perché a sinistra un destro para peggio. Colpo di piatto, piede come una mazza da golf sul par, verso l'angolo sinistro, ed Erwin Kloster non lo prenderà mai, è scienza. E noi, che siamo da sempre positivisti convinti, festeggiamo.

Invece no. Batti con l'interno del piede verso la destra del portiere. Il ragazzo belga con la maglia verde a maniche corte e i guantoni bianchi scatta proprio nel momento in cui parte il pallone. Vola verso la direzione giusta, il ragazzo, è alto e ha le braccia lunghe. Il benessere dell'Europa del Nord lo ha sicuramente fatto crescere qualche centimetro in più dei suoi, già alti, genitori. I quali, sono sicuro, non hanno mai preso in considerazione di sposarsi con qualcuno proveniente da una famiglia di immigrati, magari italiani, degli anni Cinquanta, la cui statura media era di certo inferiore. Non lo hanno fatto perché i minatori italiani erano considerati carne da macello, brutti zozzi e cattivi, ecco perché Erwin Kloster, portiere del Bruges, sta per arrivare su quel pallone e deviarlo verso il fondo. Ci sono profonde radici storiche e sociali. Non è colpa tua, ma dei pregiudizi e del razzismo che si annidano nel cuore della civile Europa. È arrivato il momento di ripensare questa Europa in nome della solidarietà, mi dico, o al mio odierno fallimento di genitore seguiranno disastri ben peggiori.

Mi resta solo un istante per accettare la dura verità: il portiere del Bruges ha capito da che parte hai tirato. Però non si è mosso prima, quindi conserva ancora qualche centesimo di secondo di ritardo. Ma se la sfera si alza a mezz'altezza, Erwin Kloster in tuffo può arrivare a toccarla quanto basta con la punta delle dita.

Il pallone rimane a viaggiare a contatto dei fili d'erba come su un cuscinetto d'aria e oltrepassa la mano di gomma porosa e sporca di terra, dritto verso l'angolo della porta, senza una sola incertezza.

Ma forse la prospettiva mi inganna e io da qui me lo immagino già rimbalzare, respinto dal palo, triste come un nocciolo sputato.

Il tempo di un battito di ciglia e il pallone sparisce. Nessuna scheggia bianca salta fra il verde dell'erba. La rete si gonfia con l'ondulare elegante di una tenda mossa dalla brezza serale. Dalla panchina schizzano tutti come fuochi artificiali da un mortaio.

– Dove l'ha messa... dove l'ha messa... – borbotto instupidito, ancora incredulo di poter tornare a respirare normalmente. Giulia strilla e mi abbraccia come fossi un palo della luce in mezzo a un uragano. Intanto tu ti sfili la maglietta, inizi a correre verso il corner, sbarbi la bandierina, lanci via la maglietta. Scatti verso la tribuna a braccia spalancate, corri, urli e mostri i pettorali glabri come Cristiano Ronaldo a favore delle tv. In questo momento devo accettare di essere padre di un giovane tamarro inzuppato di adrenalina fino agli occhi. Ma in questo momento sai che me ne frega, è come essere passati in un secondo dalla sedia elettrica a quella di presidente degli Stati Uniti, è come un film e sei tu l'eroe, punto. Sei felice come mai prima nella vita e come mai più lo sarai, perché sei poco più che un bambino ma hai fatto una cosa da uomo. In quel momento diventare grande ti sembra facile e bellissimo.

I compagni ti raggiungono prima che tu arrivi davanti a noi. Momo per primo e Grigo, che zoppica pure, per secondo, e poi tutti gli altri finché non soccombi alla catasta animata di braccia, scarpini dai colori fluo e polpacci tatuati.

L'umidità della Pineta è sparita, il freddo ancora crudo del pomeriggio è appena un brivido, le politiche restrittive di Bruxelles un'invenzione dei complottisti, la signorina Meluzzo da Isernia una donna che ha scritto una pagina piccola ma significativa del calcio italiano, Bruges una città che senz'altro andrò a visitare perché dicono sia bellissima e soprattutto perché *mi dispiace, cari fiamminghi, ma mio figlio l'ha messa a venti centimetri dal palo e la Viareggio Cup l'ha vinta il Rivadarno.*

E tutto questo la benemerita società toscana lo deve al fatto che, nonostante tutti i casini che ho combinato e il divorzio che ne è seguito, Giulia Maiorino e il sottoscritto sono stati dei genitori decenti.

Per certi versi anche invidiabili.
Ma diciamo pure meravigliosi.

Poco prima della premiazione ci hai abbracciati tutti e due, fradicio di sudore e di schiuma di spumante, poi hai sollevato Giulia come fosse un cucciolo di pochi chili, ti ricordi? Quando l'hai rimessa a terra è scivolata sulla fanghiglia di bordo campo, stampandosi una lunga strisciata grigia su pantaloni e piumino. Dopo aver consumato un pacchetto di fazzoletti di carta nel tentativo di pulirsi, anzi, di cancellare un marchio di vergogna, tua madre conclude che non può presentarsi al rinfresco in hotel così.

– Il tuo B&B è di strada, possiamo andare a piedi, abbiamo tempo – dico.

Sono un paio di chilometri abbondanti in cui lei allunga il passo continuando a lamentarsi di essere stanca. Attraversiamo le Darsene, le indico la redazione dove ho iniziato a lavorare. L'acqua è piatta, dentro i capannoni traslucidi, sul lato opposto del bacino, si vedono ancora le scintille dei saldatori. L'aria ha conservato quel sapore di nafta, gomma e pesce essiccato che riconosco come il profumo della mia adolescenza, ma che tua madre non sembra gradire. L'unica cosa che le strappa un sorriso sarcastico è un piccolo yacht intitolato a Ernesto Che Guevara.

Il B&B è un villino del primo Novecento con il giardino, subito a ridosso del lato sud della Pineta di Ponente. Racconto a Giulia che in origine questa strada venne allottata alla comunità inglese.

– Le case hanno tutte il giardino davanti, vedi?

– Quando eri mio marito detestavi il roast beef, Mr. Bean e persino i Beatles. Vedo che i centomila euro all'anno di Nora Beckford ti hanno fatto cambiare idea sull'Inghilterra – va giù duro, prima di spingere il cancello di ingresso.

– Sono di meno, e comunque devi levarci le tasse...

Ma tua madre è già salita in camera sua. Mi siedo nel lezioso salottino con i paralumi ricamati e il proprietario mi fa i complimenti per la vittoria.

– Ho visto i rigori in tv.

– Nostro figlio Luca... lui ha tirato proprio l'ultimo.

– Sul serio?

Mi offre un prosecco, poi se ne torna in giardino a togliere il telo di protezione dalla spalliera di bougainvillea. Sfruttando la caratteristica del pollice opponibile che ci differenzia dalla maggioranza degli altri mammiferi, mi faccio un giro di smartphone sui principali siti di sport. La notizia che la Primavera di un club di Lega Pro ha vinto la Viareggio Cup è fra gli aggiornamenti importanti delle ultime due ore. Un blog molto accreditato indica questo Luca Corbo fra i giovani difensori da tenere d'occhio. «Esplosivo come Fabio Cannavaro, elegante come Gaetano Scirea. Il suo cartellino è stimato intorno ai tre milioni di euro, ma in estate potrebbe raddoppiare» c'è scritto. Mi chiedo se l'hai letto e quanto ti monterai la testa. I colleghi che si occupano di sport ormai lavorano solo per iperboli, ma ripetermelo non serve a rimettere in gabbia il leone dell'orgoglio.

Tua madre scende quasi mezz'ora dopo, tacchi, pantaloni neri e stola di seta, truccata come da tempo non mi capitava di vederla.

– Ciao, schianto – dico. – Che fai stasera?

– Andiamo che è tardi, cretino.

Nell'ultimo tratto che ci separa dall'hotel incrociamo coppie con il cane e camminatori solitari. Nei dehors dei locali aperti chiacchierano i fumatori e le grandi vetrine illuminate fanno brillare l'asfalto umido. Il mare è silenzioso e forse stanotte pioverà. In quel tratto della Passeggiata di Viareggio la fila di palme divide i languori esotici delle palazzine liberty dalla severità del razionalismo fascista. Io e tua madre camminiamo nel centro, le mani in tasca, vicini ma senza sfiorarci.

– Davvero... stai bene con questo taglio.

– Dario Corbo si lascia andare ai complimenti?

– Fammi finire, questi occhiali... fanno un po' Harry Potter.

– Ora ti riconosco.

– Come ti va?

Lei mi prende sottobraccio e io devo controllare uno scatto di imbarazzo.

– Per me fino a oggi c'è stato solo Luca. Ma ora prenderà la sua strada e io penserò a me, a quello che voglio, a quello che mi manca.

– E cosa ti manca?

– Da quando Luca sta qui in Toscana con la squadra, mi manca qualcuno con cui cenare la sera. Ma non qualcuno con cui svegliarmi la mattina, mi spiego?

– Perfettamente. E il lavoro?

– Sai cosa vuol dire per una divorziata insegnare in una scuola privata cattolica?

– Sì. Occupare il primo posto sulla rampa di lancio in caso di esuberi.

– No, occuparlo ogni estate, perché ho un contratto annuale.

– Se sei in difficoltà, non farti problemi, lo sai.

Lei mi guarda, fra lo stupito e l'ammirato. Ma in fondo, ripensandoci con un po' di distacco, cosa abbiamo fatto di così irreparabile per divorziare? Per tanti anni vivere insieme è stato semplice come andare in bicicletta o nuotare. Poi siamo caduti o abbiamo avuto paura di affogare. Ma questo significa che abbiamo disimparato?

– Tu, invece, te la passi alla grande – mi fa, guardando una vetrina.

– Tornare qui dopo vent'anni è come diventare esule in patria. Non lo so se questo posto mi appartiene. Ritrovo dei ricordi, ogni tanto, d'improvviso. Per esempio, vedi quel Bagno là? Dove c'è la rastrelliera per le bici? Ci ho fatto a pugni con un mio compagno di scuola. Per una racchetta da ping pong. Andava in giro a dire che gliel'avevo rubata dalla cabina.

– Era vero?

– No, gliel'aveva rubata il mio migliore amico, ma ho preferito menarmi che fare la spia. Su quella panchina là, invece, ho cercato di baciare la ragazzina che mi piaceva al liceo. Quando ho sentito che dietro le labbra aveva i denti serrati, sono morto di vergogna.

A tutt'oggi sono i tre secondi della mia vita che vorrei cancellare.

– Esagerato.

Giulia mi spinge proprio verso quella panchina.

– Ci sediamo? Sono un po' stanca.

– Guarda che l'albergo è questo qui davanti.

– Hai proprio paura che questa panchina porti sfortuna – mi fa, fingendo una delusione teatrale. – Magari stavolta ti andava meglio.

– La ragazzina? Me la sono inventata per farti tenerezza.

– Ancora mi chiedo perché ho sposato uno stronzo come te, Dario.

Io indico la bandiera arancione del Rivadarno appesa all'ultimo piano dell'albergo.

– Qualcosa di buono abbiamo fatto, dài.

Al rinfresco per la vittoria la coppa appena vinta svetta nel mezzo del buffet circondata da una fontana di gladioli, calle e camelie. Il grado di devastazione sui tavoli mi dice che siamo arrivati buoni ultimi.

Tutti i ragazzi indossano il completo blu scuro di rappresentanza della squadra, qualcuno anche con la cravatta. Non tu, ovviamente, che come me reputi la cravatta un'esperienza appena più piacevole dell'impiccagione su pubblica piazza.

– Quanto sei bello, figlio mio – commenta Giulia.

Salutiamo Cosimo, il centravanti dall'aria scontenta che quando prende posizione in area sembra un albero con le radici piantate nell'erba. E poi Daniel, il piccoletto che con i piedi è parecchio bravo, del resto ha una madre brasiliana, ma perde troppi palloni e troppo tempo dal barbiere. Gregorio detto Grigo, il vostro capitano-ombra, ancora torvo per essersi stirato un polpaccio dopo neanche venti minuti. Intercetto Christian, quello del rigore a cucchiaio, e gli dico scherzando che se dipendesse da me stasera gli farei lavare tutti i piatti. Lui ribatte spavaldo che per vincere la coppa con il pagliaccio un po' di circo ci voleva.

– Ma quale pagliaccio, quella è la maschera del Carnevale di Viareggio. Si chiama Burlamacco. Occhio, qui il Carnevale è la cosa più seria che esista.

È in corso un vero e proprio campionato di selfie con lo sfondo del trofeo e tu il primo te lo spari con Momodou, l'altro centrale difensivo. Siete una coppia strana: tu lo sfotti perché ascolta Laura Pausini, lui giudica ridicoli i rapper bianchi, soprattutto quelli italiani che tu adori. Ma giocare insieme al limite dell'area di rigore, in quella zona dove ogni incertezza diventa irreparabile, è qualcosa di più di giocare nella stessa squadra.

Subito dopo ne reclami uno con me e Giulia. Il timido sottofondo da lounge bar viene subissato da un improvviso *I campioni siamo noooooi!* All'allenatore basta portarsi nel centro della sala e minacciare la revoca della serata libera. Gualtiero Bianchi è un piccoletto con una voce da basso che attraversa i muri, le gambe arcuate e una moglie slovena di vent'anni più giovane.

Al tavolo delle bevande devo fare i conti con la tristezza della sangria analcolica e mi ritrovo faccia a faccia con il presidente della squadra.

– Avevo già deciso che la festa si faceva in ogni caso, perché i ragazzi sono stati grandiosi – tiene a precisare. Non so a te, ma a me Vincenzo Novi ha sempre ricordato uno zelante animatore di lotterie di beneficenza. Così ossuto, così mesto, così meticoloso. Invece è un ex funzionario di banca che ha avuto quattro figli, uno dei quali morto in un incidente stradale a sedici anni, la notte di Natale. Da quella notte Novi ha giurato fedeltà a due ossessioni: il calcio offensivo e Gesù Cristo. Ti ricordi cosa disse la prima volta che lo incontrammo? «Il Vangelo insegna che undici è il numero perfetto, perché se arrivi a dodici, almeno un venduto in squadra te lo ritrovi».

– Conosce quel signore là? – mi fa, indicando un marcantonio poco sotto i quaranta, barba perfetta, folta e squadrata come una spazzola. Ha una camicia così slim fit e una giacca di lana così avvitata ai fianchi da farmi pensare che ogni mattina qualcuno gliele cucia direttamente addosso. Sono costretto anche a registrare anche un paio di calzini a scacchi pervinca in bella vista sotto l'orlo dei pantaloni.

– No.

– Alessio Garbati. Brescia, Udinese, Perugia, Reggiana, Messina... centrocampista. Tanta corsa, ma a dispetto del nome qualche cartellino rosso e due piedi morbidi come vanghe.

– Mai sentito.

– È arrivato in serie A tardi, ogni anno cambiava squadra, specie quando la sua retrocedeva. La Nazionale l'ha vista solo in televisione, ma ha giocato in serie B fino a trentatré anni.

– Perché me lo ha chiesto?

– Perché Garbati è venuto per Luca.

Novi sa sempre di cosa parla. Ha una passione deprimente per le giacche di tweed verde minestrone, è vero, e prima di ogni partita prega un quarto d'ora a bordo campo, ma sa di cosa parla. Cinque minuti e Alessio Garbati ci avvicina non appena siamo riuniti tutti e tre. Gentile, auricolato wireless, cadenza sbrigativa da businessman d'Oltrepo e smartwatch al polso. In due parole, ha tutto quello che serve a salirmi istantaneamente sopra i coglioni. Dice solo ovvietà così generiche da poterle proclamare come grandi certezze. Dieci minuti dopo conquistiamo un tavolo da quattro e Garbati ci piazza nel centro un tablet.

– Premetto che questo è solo un primo montaggio.

Scorrono immagini della finale di quel pomeriggio. Il protagonista indiscusso si chiama Luca Corbo. C'è Luca Corbo che anticipa di testa in mischia, come se disponesse di un gps che gli fornisce in anticipo il punto esatto dove cadrà il pallone. Poi Luca Corbo che alza il pollice verso un compagno, Luca Corbo che indica qualcosa e grida disposizioni nel mezzo dell'area di rigore, Luca Corbo che aiuta un avversario del Bruges a rialzarsi con un sorriso da ragazzo perbene. In quel momento sei tutto tua madre quando, per due anni o poco più, decise di tenere i capelli corti. Anni nostri. Felici e perduti.

E infine c'è Luca Corbo che entra in scivolata, in quel gesto estremo di recupero, quel cadere ai piedi dell'avversario, un gesto d'emergenza che i grandi difensori trasformano in una dimostrazione di potenza e precisione, in un'intimidazione chirurgica.

Sono un paio di minuti da cui, fra ralenti e sottofondo techno, emergi come gladiatore insuperabile.

– Di talenti ne vedo molti in giro – fa Garbati, – ma trovare un difensore già così maturo a diciotto anni non mi è mai capitato. Mai una leggerezza, mai una distrazione. Tu hai la testa, la *testa*. Te lo posso dire? Sei il compagno di squadra che avrei voluto sempre avere, là dietro. E in questo gli allenatori non c'entrano. È merito dei tuoi genitori, se posso dire.

Da anni non vedevo Giulia così radiosa.

– Come ha fatto? La partita è finita appena tre ore fa – dice.

– Avevo allertato un amico videomaker.

– E questa clip a cosa servirebbe? – chiedo.

– Potrei metterla sul nostro canale YouTube, ma preferirei farla avere in via preferenziale a una decina di direttori sportivi selezionati. Anche domattina. Che ne pensi, Luca?

Tu sfoderi la faccia decisa di chi prova a resistere all'entusiasmo. Ma io ti conosco, sei frastornato, lo vedo da come prendi tempo torturando un tovagliolo di carta.

– Be', è una figata, davvero. Grazie.

– Non devi ringraziarmi, Luca. Questo è il mio lavoro. Signori, datemi due settimane e vi prometto almeno tre offerte di top team per la prossima stagione.

– Promettere non costa niente – osservo io.

– Ha ragione. Allora scommetto. Perché il mio lavoro è scommettere sul talento. Luca ne ha, non sarò il primo che ve lo dice. Quindi vi faccio una proposta: se in due settimane non arrivano almeno tre offerte di ingaggio, io verso diecimila euro in beneficenza a un'associazione che mi indicate voi.

Tu non sai proprio cosa dire, infatti guardi me. E io faccio presente che abbiamo già un'intesa di massima con una società professionistica molto importante, cosa di cui Garbati è già al corrente, non so come. Vorrebbe sapere piuttosto quali sarebbero i termini di questa intesa, poi, però, non mi lascia tempo per rispondere e afferma che se non abbiamo firmato niente, il problema non sussiste.

– Il problema – faccio presente – è che Giulia abita a Roma e Luca ci torna volentieri.

– Io la tifo pure, la Roma – aggiungi tu, quasi fosse una colpa, o un piccolo disturbo cronico.

Alessio Garbati sorride rilassato.

– Ma è chiaro, Luca... noi andiamo dove preferisci tu.

Giulia chiede a cosa servano allora altre offerte.

– A sederci al tavolo con la Roma, dove ho anche un paio di grandi amici nella dirigenza. La differenza fondamentale, *fon-da-men-ta-le*, è che non ci andiamo con il cappello in mano. Siamo tutti d'accordo, no?

Vorrei sottolineare che l'ultima espressione mi ha irritato, ma Giulia mi precede.

– E per fare questo, lei di cosa ha bisogno?

Garbati mette mano alla borsa da lavoro appesa allo schienale della sedia.

– Di un mandato a rappresentare Luca. Da domani Luca potrebbe anche firmarlo in totale autonomia, ma...

– Io voglio che siamo tutti d'accordo – metti in chiaro tu.

Garbati non ha niente da obiettare e fa scivolare verso di noi una cartellina patinata con un logo spumeggiante. La «Team Leader» promette un gioco di squadra per professionisti dello sport. Ci spiega che lì dentro c'è il contratto di rappresentanza, un incarico che possiamo revocare in ogni momento con un preavviso di quindici giorni.

– Inutile nascondervi che per me sarebbe fondamentale, *fon-da-men-ta-le*, iniziare a lavorare da subito, sulla scia di questa vittoria.

– Okay – fa Giulia, sbirciando nella cartellina per un istante – possiamo discuterne dieci minuti fra noi?

– Come sarebbe *dieci minuti*? – dico io appena siamo solo noi tre, sulla terrazza. Il rumore della festa al di là dei vetri ricorda il borbottio di una pentola. S'è alzato un filo di maestrale. Domani pioverà, non c'è dubbio.

Quando tua madre assicura che il contratto l'ha già fatto visionare a un amico avvocato, mi risento leggermente.

– Fermi tutti. Giulia, tu eri già in contatto con questo Garbati e non mi hai detto niente?

Tu sembri spaesato e impaziente, non devi aver ancora smaltito l'adrenalina della finale. Il tuo unico cruccio al momento è che roviniamo questa giornata di festa con l'ennesima litigata. È una scena che hai visto troppe volte, del resto. Io ti do ragione, ma Giulia si indispettisce.

– Qua si decide del tuo futuro, Luca.

– Abbiamo vinto e ho voglia di andare a fare un po' di casino con gli altri, cazzo.

A questo punto chiarisco che non dobbiamo affatto decidere stasera, ma lei niente da fare, ribatte che queste occasioni vanno prese al volo.

– Hai visto la lista di chi rappresenta Garbati, o no? – incalza.

A quel punto, lo ricordo bene, mi metto davanti a te per guardarti negli occhi. Non è una cosa che ci è capitata spesso, lo possiamo dire.

– Ascoltami, Luca. Tu domani vuoi ritrovarti a giocare, che so, ad Abbiategrasso o a Molfetta?

Tu dici che piuttosto vai in galera, Giulia dice che Garbati parla di top team, io la supplico di starsene un secondo zitta e di ascoltare.

– Allora... Il quadro è complesso, non è tutto semplice come vi fa credere il signor Garbati, perché alla fine lui fa quello che vogliono le grandi squadre, come tutti. Ma ammettiamo pure che tu ci vada, alla Roma. Cosa pensi che faccia, *poi*, la Roma? Domani compi diciotto anni, quindi potrebbe farti giocare un'altra stagione nel campionato Primavera. Oppure ti manda a farti le ossa, un paio d'anni, come minimo. E certo non saremo noi a decidere dove. Ci metteranno davanti un paio di alternative. E

Garbati a quel punto ti convincerà che spostarsi a Pordenone è un'occasione da non perdere o che il Cosenza sta approntando una squadra competitiva dove mettersi in luce.

– Questo non puoi saperlo – si intromette Giulia. Ma tu continui a guardare me.

– Sì che lo so, Giulia. Un attaccante può anche esordire in serie A a diciotto anni, un difensore no. I difensori maturano più tardi, hanno bisogno di fare esperienza. Quindi, è meglio che Luca le ossa se le faccia al Rivadarno. Siete in Lega Pro, sei un giovane di serie e fra un anno esatto sei libero da qualsiasi vincolo. L'anno prossimo Bianchi diventerà l'allenatore della prima squadra e te l'ha già fatto capire, sarai fra i titolari. Un anno di Lega Pro è più formativo di un campionato Primavera. Giochi contro gente d'esperienza. Se poi ci scappa anche la promozione in serie B è perfetto, sali di categoria, cresci rimanendo in un ambiente che conosci.

– Qua crediamo alle favole, ho capito – mi interrompe ancora.

Tua madre è una donna intelligente. Permalosa, ostinata, rigida, ma intelligente. Eppure quella sera sembra aver perso la ragione e il contatto con la realtà.

– Secondo me pa' ha ragione, mamma. Io ci sto volentieri, mi trovo bene, c'è Momo, c'è Christian...

Giulia mi squadra a braccia incrociate, la cartellina patinata della «Team Leader» stretta al busto. Le si prospetta una sconfitta. Di misura, ma pur sempre una sconfitta.

– I tuoi amici fra tre mesi se ne andranno, Luca, perché loro un procuratore ce l'hanno. Ed è Garbati, non uno qualunque.

– Ma piantala. Ha diciotto anni domani, ha tutto il tempo per crescere.

– Tu e le tue prudenze! Perché non sei stato così assennato con il *tuo* lavoro?

– Si impara sbagliando, mia cara.

Quando sentiamo aprire la porta a vetri, la vergogna di essere scoperti in pieno litigio ci paralizza. Ancora di più quando vediamo venirci incontro il presidente e l'allenatore.

– Ecco dove eravate finiti – fa Novi, abbottonandosi la giacca di tweed.

– Prendevamo un po' d'aria – corro ai ripari.

– Glielo dici tu? – fa Novi all'allenatore.

– Ma no, diglielo tu.

– Hanno chiamato te, però.

– Ma tu sei il presidente.

E così finiamo su Instagram con lo sfondo della coppa circondata dai fiori. Ho davanti quel selfie, anche se devo dire che non lo riguardo spesso. Giulia radiosa e rispettabile, con i suoi nuovi occhiali rotondi e i capelli sciolti che le chiudono il viso fra due parentesi color liquirizia. Io che quando rido mi vengono come due piccoli tagli verticali sulle guance, e guardandomi la bocca mi sembra di vedere una ferita non rimarginata che si riapre. Tu invece sfidi il mondo dall'alto della più spavalda ingenuità, sei fiero di quello che ti accade, e della nuova durezza che ti ha ridisegnato gli zigomi e il mento.

Ovviamente pubblichi la foto sul tuo profilo e ci scrivi sotto «Vittoria Viareggio Cup + convocazione in Nazionale U19. Fuori di testa x la gioia con Ma e Pa». A seguire, una mitragliata di cancelletti in blu, da #icampionisiamonoi a #rivadarnoforever. Utili solo a fare la ruota come un pavoncello, vorrei spiegarti, ma non è la serata giusta. Almeno in questo selfie sembriamo una famiglia perfetta, facciamo finta che sia così.

Il tempo di contare i primi venti like, di reclamare con l'allenatore *mister, lei non ce lo mette il mi piace?* e ci salutiamo. Sciamate a gruppetti di tre o quattro verso una discoteca sul lungomare. Nella terrazza protetta da vetri senza un alone rimangono un paio dello staff medico, l'allenatore in seconda, il buon Novi e qualche altro genitore. Io finisco a chiacchierare con Joy e Charles, i genitori di Momo. Tu e lui siete una coppia di centrali difensivi insuperabile, mi dice subito Charles.

– Sarebbero insuperabili anche per la Nazionale, se Momo avesse la cittadinanza italiana. Ma fra domande, fogli e pratiche... per nostro figlio servirà ancora un anno – si rammarica lei.

– Ma come, la Nazionale della Costa d'Avorio non lo vuole? – scherzo io.

Charles ha una laurea in lettere e si arrangia con le ripetizioni di francese, Joy lavora alla biglietteria in una multisala e, anche se sono in Italia quasi da vent'anni, un figlio calciatore è il traguardo di una vita libera dalle tenaglie delle necessità. Joy mi prende tutte e due le mani e mi ripete «grazie» non so quante volte. Mi dice che non è mai facile, anche per uno come Momo che gioca bene a calcio, ha avuto la Natura con la N maiuscola dalla sua parte e in Italia c'è perfino nato. No, non è mai facile. Ma Luca è sempre stato a fianco di Momo. In campo e fuori.

– E poi a scuola. Senza Luca che lo aiuta, quella testa vuota di Momo... tutto muscoli e niente cervello.

Joy spintona il marito. Ridiamo.

– Momo ci dice sempre che con Luca lui ha trovato un fratello – dice Joy, e mi abbraccia. E, ora te lo posso dire, anch'io sollevo una coppa, dentro di me, senza che nessuno mi veda o metta il mio sorriso su Instagram.

Più tardi ritrovo tua madre da sola, in un angolo in penombra, il viso illuminato dal biancore anodino del cellulare. Le chiedo se per caso ha scaricato un'app per controllare i tuoi spostamenti dal divanetto alla pista. Non è il genere di umorismo che lei apprezza, lo sai, ma questo non mi ha mai impedito di praticarlo.

– Controllo i like del nostro selfie. Centoventuno. Quasi tutte ragazzine. Certe mettono delle foto nel profilo che, guarda, meglio stia zitta. Ma i genitori di queste qui, mi domando, non se ne accorgono?

– Magari no – dico, mi siedo accanto a lei, chiudo un attimo gli occhi. Sento nelle gambe tutta la tensione della giornata. – Non tutte le madri seguono i loro figli con account falsi.

Più o meno ogni due mesi ti accorgi che Ely, Chicca o Federika non corrispondono a persone reali e fai pulizia di contatti. Fra quei contatti, sotto le mentite spoglie di un'ammiccante ventenne, c'è in genere anche tua madre Giulia che però non si perde d'animo e il giorno dopo si inventa un nuovo account. Nel frattempo la diminuzione dei follower ti ha fatto sprofondare nel baratro dell'onta social, ragion per cui accetti subito qualsiasi nuova richiesta e il giochino ricomincia.

– Tu sei quello che bisogna fidarsi e basta – mi fa. È una delle nostre polemiche più incancrenite.

– Se non puoi fidarti di tuo figlio, significa che hai sbagliato qualcosa.

– Probabilmente abbiamo sbagliato molto, Dario. E quindi? Lo lasciamo a se stesso?

Non capisco di cosa stia parlando tua madre. Sei più seguito e controllato di qualsiasi tuo coetaneo, non hai tempo per combinare stupidaggini, hai dei traguardi da raggiungere.

– Ancora sei lì a pensare a come sarebbe fantastico avere uno come Garbati come procuratore?

– Tu invece pensi solo a tenerti Luca in Toscana un altro anno.

Io le faccio presente che tu ti fidi di me. A ripensarci adesso, era un'affermazione a dir poco ingenua. Ma ne ero convinto, te lo confesso.

– Sono io che non mi fido di te, Dario – mi risponde lei. – E sai benissimo perché.

Mi alzo in piedi, le tolgo il telefonino dalle mani, faccio il gesto di buttarlo in un grande vaso di fiori colmo d'acqua. Giulia si prende un mezzo spavento, io respiro con tutta la cassa toracica e ricordo a me stesso che non è nel mio stile alzare la voce.

– Ti piaccia o no, stai parlando con il direttore della Fondazione Thomas Beckford. E grazie a questo incarico, prestigioso e ben remunerato, io ho potuto pagarti gli alimenti per due anni.

– Dovresti ricordarti bene anche chi ti ha dato questo lavoro. Una ricca puttana che si è fatta quindici anni di galera per...

– Giulia, ti prego, no.

– Ha strappato le unghie a una ragazzina come lei!

– Ti ho già detto che, a distanza di anni...

– L'ha buttata a marcire in un dirupo.

– Quell'indagine non fu...

– Lo so, lo so... che hai cambiato idea. Dimmi un po', per centomila euro all'anno te la scopi anche, fra un vernissage e l'altro, oppure quello viene conteggiato come straordinario?

Lancio il suo telefonino sul divanetto più vicino, scuoto la testa e alzo le braccia.

– Ci vediamo domani per pranzo. Vedi di non rovinare a Luca anche il compleanno.

Mi volto, mi rimetto sulla faccia il sorriso, saluto Novi e tutti gli altri, imbocco le scale senza aspettare l'ascensore.

Davanti alla zona bar del piano terra incrocio Garbati. Lì il proibizionismo del rinfresco per la squadra non è in vigore, e il procuratore passeggia con un bicchiere di bianco in mano, l'aria da predicatore lunatico di chi parla con qualcuno tramite un auricolare wireless. Mi viene subito incontro con la mano tesa, senza interrompere la telefonata. È già al corrente della convocazione. Si tratta di uno stage preliminare per il campionato europeo, ma se lo staff della Nazionale ha allertato il Rivadarno in anticipo, il segnale di interesse è chiaro. È felicissimo, ma mi mormora che gli dispiace. Gli dispiace perché pensava proprio di fare grandi cose insieme a noi, per te.

Gli rispondo che da mezzanotte può convincerti a firmare senza bisogno del mio assenso.

– Con tutto il rispetto, si renderà conto che non ho bisogno di convincere Luca Corbo.

– Meglio. Butterebbe il suo tempo.

Non è uno facile da irritare, ma probabilmente ci sono riuscito, e un brivido di soddisfazione lo provo.

– Una cosa però gliela voglio dire. Vede, il problema con voi giornalisti è sempre lo stesso. Scrivete di qualsiasi cosa e solo per questo pretendete di sapere tutto, e di dare lezioni a chiunque.

– Si sbaglia, Garbati. Io so solo cosa è meglio per mio figlio. E su quello non accetto lezioni da nessuno.

Lui mi augura buona fortuna sollevando appena il bicchiere. Poi, come se niente fosse, riattiva il microfono e torna a interagire con il suo interlocutore.

Quella sera sono rientrato a casa poco prima di mezzanotte. Il profilo buio della Scuda era netto. La brezza faceva ghignare la lanterna sopra la mia porta e mi sono seduto sullo scalino, sotto il cono ondeggiante di luce gialla. Nel vento c'era odore di stagione nuova.

Il cielo era chiazzato di grandi nuvole sfilacciate, avanguardie di pioggia. Le guardavo arrivare da nord-ovest e immaginavo il loro viaggio, dall'Atlantico ai Pirenei, fino all'arco del Mar Ligure. Passando sulle città avevano cambiato aspetto. A ogni abitante di quelle città che aveva alzato la testa un attimo erano sembrate una cosa diversa. Una spada, un cavallo. Una speranza, una minaccia.

Erano transitate anche sopra il cielo di Bilbao, dove Nora stava negoziando da tre giorni laboriosi accordi per una importante retrospettiva su suo padre. L'indomani mattina sarebbe rientrata. Finalmente.

Da quando ho iniziato a lavorare alla Fondazione Beckford, per tua madre Nora è diventata un argomento tabù, soprattutto davanti a te. Un tabù può anche nascondere un'ossessione ma, ecco, sto già usando il tono insopportabile di chi sembra nato saggio. E invece non è così, per lungo tempo io stesso non ho voluto ammettere di essere ossessionato da Nora Beckford. Nora è una di quelle persone in cui la gioventù è uscita dagli argini. Potrei dire che è finita in carcere come un'auto finisce in un burrone. Per spavalderia, per noncuranza. Da quel burrone però è risalita, da sola e senza un lamento. Ci ha messo quindici anni. Un giorno ti ho raccontato che in quei quindici anni ha tentato almeno una volta il suicidio, ha subito angherie e umiliazioni crudeli. Non ti ho raccontato che è riuscita a scrivere la tesi e a laurearsi in medicina, che Nora Beckford è stata l'ambulatorio della sua sezione ventiquattro ore su ventiquattro, così come è stata l'insegnante di italiano e di inglese per molte donne finite in carcere senza neppure aver capito bene perché. È entrata in quel tunnel di tempo chiuso con l'aura della ragazza maledetta, ne è uscita con il carisma di una donna risorta dal proprio annientamento. Non ho conosciuto nessun altro capace di tanto e spesso penso a lei come a uno sciamano. Gli sciamani erano persone ritenute capaci di tornare da un viaggio nel regno dei morti. So che a te la cosa evoca al massimo il fantasma nasuto di Dante Alighieri e i pomeriggi passati a farti ingoiare almeno un riassunto di dieci righe come se fosse una purga al sapor di fiele. Invece no, rilassati (una volta tanto te lo dico io), intendo solo dire che secondo me le persone speciali sono tutte, in qualche modo, tornate dal buio che sembrava averle inghiottite per sempre.

Per me Nora Beckford è innanzitutto una persona speciale.

Ma tu continuerai a chiederti cosa ci sia fra me e lei, immagino.

Nel momento in cui questa storia inizia per definirlo basta un solo vocabolo, in inglese. *Even*. *We're even*, aveva detto una volta Nora. Vuol dire *siamo pari così*, né crediti né debiti. Ma anche allineati, in perfetto equilibrio.

– Stanotte ho sognato che eravamo in alto, non so, forse in cima a un palazzo in costruzione – mi aveva detto Nora una mattina, – c'era una tavola in bilico sopra una grande trave d'acciaio. Tu eri seduto da un lato, io dall'altro. Non muoverti, ti dicevo, stiamo fermi così o andiamo di sotto.

L'immagine era chiara. Lei nella villa-atelier della Scuda, io appena fuori nella mia casa-studio. Lei a difendere l'eredità artistica di suo padre, io a difendere lei dal contatto urticante con i media. Io dietro la scrivania, lei in giro per il mondo a sovrintendere a qualsiasi iniziativa sull'opera di Thomas Beckford.

Era ancora presto per dormire, allora sono entrato in casa il tempo di stapparmi una birra e correggerla con il solito sorso di pastis, poi sono tornato a sedere sugli scalini e l'ho chiamata. Quel giorno non ci eravamo ancora sentiti.

– Dove sei?

– In albergo.

Dalla risonanza ambientale ho pensato che avesse messo in vivavoce. Invece Nora aveva attivato la videochiamata, credo senza accorgersene. La tentazione di non avvisarla è stata troppo forte, il silenzio un'opzione troppo facile e non gliel'ho detto. Del resto l'obiettivo del suo cellulare mi mostrava solo una porzione di parete, con uno specchio triangolare fra il post-industriale e il vintage anni Ottanta.

– Com'è andata? – le ho chiesto.

– Male. Ho dovuto toccare troppa gente.

Me la sono immaginata sollevare il mento, drizzare la schiena e prendere una specie di breve, energica rincorsa per stringere la mano a un curatore illustre o a un manager in vena di mecenatismo. Un atteggiamento che si può confondere con l'alterigia, invece ha un nome scientifico, si chiama afefobia, ed è un costante disagio per il contatto fisico con gli altri, specialmente del sesso opposto. In un paese dalla prossemica espansiva, come è l'Italia, Nora faticava a imporre il proprio concetto di spazio personale. Nella categoria degli «altri» rientravo anche io, naturalmente, e quindi me ne rimanevo sempre alla giusta distanza, dalla mia parte dell'asse in equilibrio. Ma mi consolavo. In fondo l'afefobia impediva anche che sulla sua estremità dell'asse salisse qualcun altro.

– A parte questo?

– Non ci siamo. Propongono una percentuale sugli incassi scandalosa. E poi credo che si siano offesi.

Il timbro della sua voce oscillava. Nora si stava spostando per la stanza, ma non la vedevo.

– Come mai?

– Ho disertato la cena in mio onore. Ma tu lo sai, alla mia ora io devo dormire, come i bambini.

Io lo sapevo, gli altri non sempre capivano. Nora ha sempre diviso il suo sonno in due tempi. Dalle nove a poco dopo mezzanotte, e poi dalle tre alle sette. Cosa faccia in quelle ore nel cuore della notte rimane un mistero anche per me.

Non lo sarebbe stato quella sera, però.

Mentre Nora precisava inorridita che pretendevano persino carta bianca sulla durata della mostra, l'ho vista entrare nel campo dell'obiettivo. E ho smesso di ascoltarla.

E non perché Nora fosse in slip e reggiseno senza spalline, neri tutti e due. Forse anche corredati di pizzo, ma non ero sicuro, non mi sembrava il suo stile e comunque non riuscivo a distinguere così bene. Il punto non era quello, non erano nemmeno i guizzi nervosi sotto il pallore sottile delle gambe, non erano i suoi fianchi, addolciti dall'età, simili alle piccole spiagge di sabbia che si creano solo con anni di correnti. E non era nemmeno il girocollo di velluto che sembrava riemerso dal suo guardaroba anni Novanta.

Il punto era che Nora si stava truccando per uscire. O per ricevere qualcuno, non lo sapevo e non lo volevo sapere. Ma era evidente. Ombretto scuro, rossetto quasi color fegato. Nora davanti allo specchio, io a mille chilometri di distanza. Una scivolata voyeuristica pagata carissima, la mia, che non avevo più voglia di prolungare.

– Mi ascolti? – mi ha chiesto a un certo punto, scrutandosi severamente di profilo allo specchio, con il flaconcino di rimmel in mano.

– Scusami, sono stanco. Domani arrivi alle...

– Atterro alle undici e mezzo. Vieni tu a prendermi?

Nora ha avvicinato il viso allo specchio e io avrei voluto essere chi incontrava quella notte. Ma non ero io, io ero lontano più di mille chilometri.

Le ho risposto che non lo sapevo.

Nora si è fermata di profilo, le spalle di tre quarti, lo sguardo verso l'alto. Era meravigliosa.

– Perché?

– Luca è qui in Versilia con la squadra fino a domani e... non so, devo vedere.

Le ho augurato la buonanotte e ho chiuso la comunicazione senza nemmeno fare uno screenshot di Nora. E, detto come se fossimo io e te in uno spogliatoio, Dio solo sa se quell'immagine non lo avrebbe meritato.

III

Diverse volte in questa storia ti ho chiesto di dirmi la verità. Non l'hai fatto quasi mai. Io però voglio darti il buon esempio, una volta tanto. Per cui ho deciso di raccontarti tutto, anche le cose di cui non vado certo in giro a vantarmi.

La mia agenda del 7 marzo prevede gli ultimi quattro colloqui di lavoro per aspiranti al ruolo di assistente personale di Nora Beckford. Un'incombenza che francamente ho detestato fin dal momento in cui Nora me l'ha affidata. Avere il pretesto per disporre le persone in una graduatoria fa emergere il mio snobismo più sadico. Quindi ho escluso in partenza chi aveva messo nel curriculum di aver partecipato alle selezioni del Grande Fratello, e non erano pochi. Su novantaquattro, ne ho convocati alla Scuda una ventina. Due li ho intervistati via Skype. Quasi la metà di loro erano sicuri di possedere le qualità necessarie: dinamismo, convinzione, master in comunicazione e in promozione culturale. Quando ho chiesto loro quanto conoscevano Thomas Beckford hanno ammesso candidamente di non saperne nulla. A quel punto la mia risposta è stata, invariabilmente, una sola:

– Le serve ancora qualche master.

La loro domanda, invariabilmente, uno sconcertato *perché*.

– Guardi, se non capisce nemmeno quando è necessario mentire non può fare comunicazione. Grazie e buona giornata.

Il verbo comunicare ormai basta a se stesso ed è diventato intransitivo, e in quei giorni me ne sono fatto definitivamente una ragione. Ma non solo, c'è chi si è presentato con l'artiglieria pesante di famiglia. La madre direttrice di banca poteva aprirci una sostanziosa linea di credito, il padre geometra avrebbe garantito personalmente un permesso edilizio per ampliare l'ala degli ospiti. È mancata solo un'esplicita profferta sessuale, cosa che mi ha ferito non poco, lo devo ammettere. Eppure offrivamo una posizione molto appetibile. Stavo invecchiando così male?

Il giorno dopo la finale ho molte ragioni per essere di umore acido. Ho dormito più di quanto volevo e piove. I colloqui li tengo nel mio studio, che occupa una parte del piano terra delimitata da vetri verde opaco. Il primo candidato sta ingannando l'attesa mormorando al cellulare. Disgraziatamente per lui mormora troppo forte.

– ... quella dell'omicidio? No, non c'è, e che ne so dov'è? E no, non sono dentro il castello, sono fuori. Peccato... sennò mi ci sparavo un selfie da paura.

Non lo faccio nemmeno accomodare. Se ne va sbigottito, con il pomo d'Adamo che sobbalza a scatti. La seconda candidata la liquido in cinque minuti. Non silenzia il cellulare durante il colloquio, ha delle ciglia finte che spostano l'aria come ventagli. Sembra che sia venuta al casting di un reality e dice senza vergogna cose del tipo «sono una pratica, quando s'impalla il pc, si killa quello che sta processando e via andare». *Si killa*, santo cielo. Ma non posso sbatterla fuori per questo, non sarebbe giusto, quindi le chiedo cosa pensa di «Black Box», l'opera postuma di Thomas Beckford al centro di interminabili discussioni fra critici di opposte fazioni. Lei guadagna tempo, non si sbilancia.

– Lei sa cosa raffigura «Black Box»? – le chiedo, poi faccio in modo di alzarmi qualche secondo per prendere una bottiglia d'acqua e due bicchieri. Ne approfitta subito per sbirciare il cellulare.

«Black Box» è nell'ultima stanza dell'esposizione permanente. È alla fine del percorso, è la vera eredità che Thomas Beckford ha lasciato a sua figlia. I visitatori possono vederla oltre una porta a vetri larga un paio di metri.

– Lo sa o no? – insisto.

– Non è facile da spiegare a parole.

– No – concordo, le metto davanti un foglio e una penna, le chiedo di disegnarmela. Ma niente da fare. – Quindi lei non ha idea di cosa raffiguri «Black Box»? Non le pare grave? Come faccio ad assumerla qui, se non sa descrivermi l'opera più discussa di Thomas Beckford?

È più scocciata che dispiaciuta. Si difende sostenendo che in fondo non è quello che conta, se la accompagno a vederla, cinque minuti e risolviamo il problema.

– Già – dico io, e mi prendo una bella pausa.

Peccato che oltre la porta a vetri, il buio che avvolge «Black Box» sia profondo come un abisso. Ci sono posizionati trentasette piccoli fari direzionali, capaci di mandare filamenti di luce spessi un centimetro verso la scultura nel centro della stanza. L'ordine di accensione è governato in maniera casuale da una centralina che ne attiva uno solo alla volta. Alcuni motorini elettrici cambiano in continuazione il puntamento dei fari. Tutto questo è stato voluto e studiato da Nora, complice un sogno vivido e contorto da cui si era risvegliata con una certezza: suo padre voleva che quella statua di bronzo non fosse mai vista nella sua interezza. E così lei aveva chiuso in una cassetta di sicurezza tutti i bozzetti, aveva distrutto personalmente il modello, le forme, gli stampi e le foto di lavorazione. Infine aveva fatto firmare a me, ad Alicia, a Ramón e a quelli della fonderia un patto di riservatezza con una penale da infarto. Nessuno può entrare neppure nell'anticamera di «Black Box» senza essere sottoposto a una gentilissima perquisizione. Durante la visita, che non si può protrarre per più di tre minuti, si è sorvegliati a vista. Nora paga ben quattro, irremovibili, addetti per svolgere questo compito ingrato.

I nostri ospiti rimangono regolarmente interdetti, anche se penso che molti di loro provino un sofisticato piacere a essere sfidati per l'ultima volta da Thomas Beckford. Alcuni si vorrebbero fermare davanti alla vetrata più di tre minuti, mentre per pochi secondi emerge dal buio un profilo stondato, forse la piega morbida di un tessuto, poi un tratto di bronzo liscio, il dettaglio rivelatore di un dito sottile, senz'altro femminile, leggermente ripiegato su se stesso. Centinaia di microscopiche istantanee sature di luce rossa che migliaia di visitatori non possono ricostruire in un disegno unitario. Ognuno di loro finirà per unire quei frammenti a memoria in una propria scultura, del tutto immaginaria. E magari a postare un proprio disegno ipotetico su internet, alimentando quello che una volta avremmo potuto definire pomposamente un alone di leggenda, oggi *hype*.

Ma non ho nessuna voglia di spiegare alla candidata ciò che avrebbe dovuto sapere prima di presentarsi qui. Mi alzo, la ringrazio, le tendo la mano. Lei non la stringe.

– Vabbè, tanto avrete già il solito raccomandato – dice, e se ne va senza salutare.

Il terzo invece è preparato, conosce un paio di lingue, è un trentenne di bella presenza ma purtroppo per lui difetta di un requisito fondamentale per avere questo posto di lavoro: essere femmina. Lui non lo sa, e del resto io mi sono limitato a deciderlo senza esplicitarlo, perché sarebbe stata considerata una job offer discriminatoria. Quando gli dico che avrà nostre comunicazioni entro una settimana, mi convinco che salvare la nostra immagine di Fondazione assolutamente irreprensibile vale il prezzo di un viaggio inutile da Salerno alla Versilia. E così gli raccomando di inviarmi i biglietti per il rimborso. Il ragazzo non crede a quello che ha appena ascoltato.

– Noi qui abbiamo rispetto per chi cerca lavoro – dico. Sorrido, apro la porta, gli porgo la mano.

Hong Riu è la candidata che ho lasciato per ultima perché il nome mi ha incuriosito. Ha ventinove anni, un nome corto ma due gambe senza fine. Devo dirti che si tratta di una mia supposizione, perché lei si presenta al colloquio con una gonna bluette lunga fino alle caviglie. E nonostante le scarpe da basket è alta quasi quanto me.

Gli occhi leggermente a mandorla le vengono dalla madre vietnamita, la statura invece è del padre, diplomatico in pensione, i ricci nerissimi dalla nonna sarda. Il Vietnam non se lo ricorda, perché suo padre fu trasferito a Hong Kong, dove lei ha imparato l'inglese e il cinese. Il tedesco lo studia da quattro anni, tre dei quali passati a Berlino. La laurea in Lettere con indirizzo in Storia dell'Arte l'ha portata a casa senza sconfinare fuori corso. Lascio passare dei secondi di silenzio rileggendo il suo curriculum dalle righe ben spaziate, senza informazioni inutili e senza un errore di battitura o di sintassi. Uno dei pochi, va detto. La guardo e mi fa un sorriso che definirei in una sola maniera: terapeutico.

– Abbiamo ricevuto quasi cento curriculum, sa? Ormai siamo rimasti con una rosa ristretta di candidati. Tutti di ottimo livello. Non sarà facile decidere.

Lei annuisce convinta e dice solo che spera tanto di essere scelta.

– E poi è così bello questo posto.

– Sul serio, le piacerebbe questo lavoro?

– Guardi, non può capire – mi fa, – è stato un mio docente a farmi conoscere i lavori di Beckford. Ero decisa a farci la tesi, poi...

– Va bene, ma non basta amare Beckford per lavorare qui.

Mormora un umile sì, io controllo che tutte le persiane siano accostate.

– Anche se, lo ammetto, la conoscenza del cinese è un punto a suo favore non indifferente. Ormai il futuro è là, che ci piaccia o no. E lei, in un certo senso, viene dal futuro.

Non le concedo il tempo di sorridere, perché aggiungo subito che ci sono altri requisiti da valutare. Lascio trascorrere una decina di secondi di silenzio, come se fosse una pausa musicale da contare esattamente.

– Per esempio... mi domando se lei sarebbe disposta a togliersi gli slip.

La ragazza si appoggia una mano al collo e smette di respirare. Mi mormora che non ha capito.

– Ho detto togliersi gli slip, adesso. E metterli qui, sulla mia scrivania.

Deglutisce a fatica. Guarda la sua borsa, il pavimento, la lampada sul tavolo, il poster di Thomas Beckford alle mie spalle.

– Avanti, non le ho chiesto di spogliarsi. Mi basta che se li sfili e li metta qui sulla scrivania. Tutto qua. Le sembra così difficile?

– Ma perché?

– Perché stiamo parlando di un lavoro prestigioso. Di uno stipendio interessante.

Nessuna reazione.

– Lei vuole questo lavoro, ha detto. E allora lo dimostri.

– È questa la domanda decisiva del colloquio? – fa

lei, riprendendo un colore del viso meno acceso. Parla come se avesse la lingua incollata al palato.

– Esatto. Guardi che non le sto chiedendo chissà cosa, in fondo. Spero che si renda conto che in giro si sente ben di peggio.

Chiude gli occhi per trovare il coraggio. Mi domando per fare cosa.

– Allora?

– Allora no.

– È questa la sua risposta?

– Senz'altro. Lei mi fa schifo.

– La capisco, ma il punto è che, piuttosto di accondiscendere a questa mia piccola richiesta, lei è disposta a perdere il lavoro che sogna. È così?

Si alza di scatto, tiene le mani avvinghiate fra di loro, le dita tremano di rabbia.

– Quando mi tolgo le mutande lo decido io.

Mi alzo anch'io, le tendo la mano e continuo a sorridere.

– È la risposta che volevo sentire. Il posto è suo. Proporrò oggi stesso il suo nome a Nora Beckford.

– Ha paura che vada a denunciarla?

– E per cosa? Per averla sottoposta a un test psicoattitudinale prima di assumerla?

– Non sta scherzando?

Hong Riu mi fissa mentre armeggio nella cassettiera in cerca delle chiavi.

– Mai stato più serio.

Tenta di rimanere indignata ma inizia a ridere a scatti, quasi in modo involontario.

– No, non ci credo.

– Fa niente. Ci crederà domani quando le manderò la mail con la documentazione da riempire. Fra una settimana ci rivediamo per l'incontro con Nora Beckford e la firma del contratto.

Il numero di un autobus che viene sventrato da un attacco kamikaze. L'ora in cui una minuscola deformazione congenita scatta d'improvviso, come un interruttore, a decidere che basta, finisce qui, adesso. La latitudine di un terremoto. La Lotteria Nera non si ferma mai, ogni secondo c'è un'estrazione.

Ma anche stavolta non è uscito il numero del volo da Monaco di Baviera su cui viaggiava Nora. Le vado incontro mentre scende dal taxi davanti al cancello della Scuda. Maglione largo e traforato, gonna pantalone e un paio di Dr. Martens color panna che suscitano solo reazioni opposte: ammirazione o ribrezzo.

– Passare dalla Germania per andare a Bilbao. Assurdo – è il suo saluto. Si porta una sigaretta alle labbra, probabilmente se la rigirava fra le dita dall'inizio del tragitto. Si gusta il primo tiro come se fosse una boccata di aria pura.

– Non mi chiedi niente? – dice, mentre le prendo il trolley ed entriamo nel giardino.

– Dormito bene? – faccio io.

– Che razza di domanda è? – si inasprisce, io mi stringo nelle spalle, lei cambia discorso raccontandomi che a Bilbao vogliono esporre a tutti i costi anche «Black Box».

– Danno garanzie che nessuno la veda durante il trasporto o l'allestimento?

– A parole tutte. Assicurazione a parte, sottoscriverebbero anche una penale di dieci milioni di euro nel caso che qualcuno diffonda immagini della scultura.

– Le penali... più sono alte, più vale la pena metterci di mezzo uno stuolo di avvocati cattivi. Guadagni cinque o sei anni di tempo e alla fine ne paghi un terzo.

– Proviamo a rilanciare a trenta e vediamo cosa dicono.

– Trenta?

Nora annuisce sbuffando fumo. Un paio di tiri profondi e siamo sulla porta.

– Ho letto che la squadra di tuo figlio ha vinto – fa, prima di entrare nella Scuda. – Perché non me l'hai detto, ieri sera?

La risposta sincera sarebbe *perché avevi la videochiamata attiva e giravi per la stanza mezza nuda.* Invece dico:

– So che il calcio non ti interessa.

– Mi fa schifo. Ma non volevo che tu mi raccontassi tutta la partita.

– È stato bello. Luca ha tirato proprio l'ultimo rigore.

– Ho visto su Instagram che c'era anche Giulia – mi informa, mentre si sbarazza della sigaretta. Il tono è stato secco, il sorriso breve.

Io invece ho visto che a mezzanotte ti stavi mettendo in tiro per uscire dovrei ribattere, invece mi giustifico.

– Dovevamo prendere delle decisioni tutti assieme. Ma per fortuna non l'abbiamo fatto.

Sono così incazzato con me stesso per quella risposta che me ne torno spedito verso il cancello, certo che lo sguardo di Nora mi segua passo dopo passo.

Rientro in casa sbattendo la porta. Il cellulare sulla scrivania di vetro mi dice che in quei cinque minuti sono andate perse ben tre telefonate. Sono tutte di Vincenzo Novi.

– Eccomi. Lo so, lo so, ha già chiamato il direttore sportivo del Barcellona.

– Devi venire subito.

– Dove?

– In albergo.

Il tono è lugubre anche per uno che, quando ieri avete alzato la coppa, ha esultato annuendo con le mani in tasca.

– È successo qualcosa a Luca?

– No, Luca è con la squadra, sulla spiaggia, una sgambata defatigante. Ma qui è arrivata la polizia.

– La polizia? E perché?

– Non hanno detto niente a nessuno, ma stanno perquisendo la stanza di Luca.

Trovo Novi ad aspettarmi davanti all'ingresso del parcheggio sul retro dell'albergo, all'imbocco di una strada minuscola e senza marciapiede. Mi dice che siete rientrati tutti da cinque minuti.

– Hai avvertito anche Giulia?

– Non ancora.

– Luca l'ha chiamata?

– Non lo so, non penso abbia avuto il tempo.

– Perché? Dov'è?

Mi indica una specie di foresteria in fondo al giardino. C'è un tizio davanti alla porta. Jeans elasticizzati e camicia a quadri da grande magazzino, Ray-Ban e barba filiforme lungo la mascella. Gli dico che sono tuo padre e Novi conferma.

Quello entra, ci lascia lì fuori un mezzo minuto, poi torna e ci fa passare. Il monolocale è ampio e in ordine, ha l'odore neutro dei luoghi abitati di rado. Mi ricordo di aver urtato un ginocchio contro un condizionatore portatile sistemato a ridosso della porta. Mi ricordo che alle pareti erano appesi senza molto criterio grandi foto di atolli, cavalli al galoppo dipinti con bombolette spray e un calendario dell'anno prima. Credo che fosse l'alloggio del personale durante l'estate. Faccio appena in tempo a intravederti seduto a un tavolo circolare, davanti a una donna, poi mi viene incontro un tizio piuttosto voluminoso, in abito grigio, pallido e ansimante. Si presenta come l'avvocato Di Maria, e lo fa quasi con il tono doveroso di una condoglianza.

– È un professionista di fiducia della società. Ho pensato che in ogni caso era meglio chiamare subito qualcuno.

Novi la butta là come una scusa frettolosa e toglie il disturbo. Il suo l'ha fatto, lo ringrazio.

Apprendo che la donna è la dottoressa Siracusano ed è un ispettore capo della polizia. Perfettamente truccata, rimmel, fondotinta e rossetto. Lei non si alza per venirmi incontro, si presenta con una sola occhiata, la stessa con cui registra il mio ingresso.

– Stavo chiedendo a suo figlio se conosce una ragazza chiamata Aurora Lopez – dice. L'avvocato mi indica una sedia ma io rimango in piedi, mani dietro la schiena e schiena al muro.

Non so perché, ma sei l'ultima persona che guardo, come se avessi paura di incrociare i tuoi occhi. Hai indosso la tuta arancione della squadra, siedi un po' stravaccato, come all'ultima ora di una lunga mattinata di scuola.

– Mai sentita, gliel'ho detto.

Borbotti strascicando le parole, ti allunghi una ciocca di capelli con due dita. Mi sembri tranquillo, persino troppo, quasi distratto.

– Va bene. Lei invece la conosci? – fa la poliziotta. Ha stampato su un foglio A4 il primo piano di una ragazza tanto carina quanto indistinguibile da mille altre. Capelli liscissimi, bocca chiusa a cuore, sopracciglia accuratamente disegnate. La posa con lo smartphone davanti allo specchio è a imitazione di qualche fashion blogger diventata famosa per essere famosa.

– Non conosco neanche lei.

– Sicuro?

– Mai vista. Perché, sarebbe lei Aurora Lopez?

– E perché dovrebbe esserlo? – insinua lei.

– Dottoressa, sta facendo delle domande o cercando di dimostrare qualcosa? – interviene l'avvocato, ma quella neanche lo considera.

– Forse perché questa ragazza l'hai conosciuta ieri sera alla discoteca Playa Diva. È là che eri, con tutta la squadra, no?

– Certo, stavamo tutti là... per la vittoria. Ma io questa non so chi sia.

La Siracusano passa a una seconda fotografia. Un selfie di gruppo, facce sorridenti, smorfie da «guarda quanto sono figo». Una di queste facce appartiene a te. Un'altra è la ragazza della foto precedente.

– Qua però, vedi, ci siete tutti e due.

– È un selfie. Ce ne siamo sparati una cifra, ieri sera. Che ne so io questa chi è e come si chiama? Non me la ricordo.

– Tu però non hai detto «non me la ricordo». Hai detto che non la conoscevi proprio. Mai vista, hai detto. Un minuto fa eri sicurissimo o mi sbaglio?

– Andiamo al punto, dottoressa. Cosa vuol sapere dal ragazzo? – si intromette l'avvocato.

– Sì, anch'io vorrei sapere di cosa stiamo parlando – aggiungo io, e la Siracusano non gradisce.

– Di questo, stiamo parlando – fa, e scopre anche la sua terza carta. È uno scatto freddo come una foto segnaletica, un volto su uno sfondo neutro e indefinito, ma la prima impressione è che la stampante si sia disallineata a metà del foglio, dalle orecchie in giù. Poi invece mi accorgo che non è così. E mi siedo.

– Si sente bene? – mi chiede la Siracusano. Non rispondo, tanto non è una domanda di cortesia.

La ragazzina nella foto ha i capelli scuri, umidi come erba marcia. L'occhio sinistro è sepolto sotto un'escrescenza violacea e la bocca è semichiusa nella parodia inerte di una sorta di stupore. E la mandibola, santo cielo, la mandibola fa un angolo che deforma tutto il volto, e pende verso destra. La stampa è perfetta, è proprio una parte del viso che devia e si trova dove non dovrebbe essere. Ma la cosa peggiore è l'occhio destro, quello aperto, che fissa il vuoto con l'indecifrabile resa che si legge sul viso dei morti.

– Cos'è successo a questa ragazza? – chiedo.

– Tecnicamente... una dislocazione traumatica della mandibola associata a una tripla frattura dell'osso zigomatico.

– Terribile – dico.

– Stanotte è arrivata al pronto soccorso in stato di semincoscienza. Quando si è ripresa, ha raccontato che a ridurla così, dopo averla stuprata, è stato un ragazzo incontrato al Playa Diva. L'esame ginecologico ha rilevato alcune microlesioni interne compatibili con una penetrazione recente.

– Pensate che Luca abbia visto qualcosa?

Non mi piace la pausa studiata dell'ispettore capo Irma Siracusano. Mi piace ancora meno quello che dice dopo.

– Io non penso niente. Questa ragazza ha dichiarato che il suo stupratore si chiama Luca e gioca nel Rivadarno.

– Ma questa ha sbroccato proprio – fai tu, e io rischio quasi di mettermi a ridere. Basta un'occhiata al volo, io e te ci capiamo, e la tensione mi defluisce ai piedi. In un secondo ho perso dieci chili di peso. Io e te siamo in un anonimo monolocale, davanti a una poliziotta truccata come una che arriva da Tor Bella Monaca per lo struscio del sabato in via del Corso. È chiaramente assurdo, è l'interferenza momentanea di una dimensione che non ci appartiene. In quel momento so che la mia occhiata ti dice tutto questo.

– Mi scusi, ma lei viene qui a interrogare mio figlio per le dichiarazioni di una ragazzina in stato di shock? Ma stiamo scherzando? Mio figlio è un esempio per tutta la squadra, glielo può dire chiunque. Questa è una roba da animali. Guardi Luca, le sembra la faccia di un animale?

– Per me è la faccia che stanotte Aurora Lopez ha riconosciuto in mezzo ad altre dieci.

L'avvocato mi rassicura che la cosa, di per sé, non ha nessun valore ufficiale, non è come un vero e proprio confronto. La Siracusano replica che di ufficiale per loro c'è una denuncia firmata dalla ragazza, e questo a loro basta per dover chiarire la vicenda. Poi ammorbidisce il tono.

– Raccontami un po' di ieri sera, Luca.

Tu continui ad allungarti la ciocca con le dita per controllarla con la coda dell'occhio. Un gesto anti-stress, nient'altro. Appoggi le ginocchia contro il bordo del tavolo, seccato come uno che deve aspettare un treno in ritardo di due ore.

– Puoi non rispondere – chiarisce l'avvocato, e tu scrolli le spalle. Ti sembrerà assurdo ma sei tu, in quel momento, a dare sicurezza a me. È la stessa tranquillità che ostenti in area di rigore, quando un errore di pochi centimetri, il ritardo di qualche decimo di secondo ti fotte irrimediabilmente. In quel momento, giuro, ripenso alle parole di Garbati: sei il compagno di squadra che tutti vorremmo avere.

– Stavo al Playa Diva. Con tutti gli altri. Siamo arrivati presto... dieci, dieci e un quarto. All'una e mezza siamo usciti e siamo tornati in albergo.

– All'una e mezza. Sei sicuro dell'orario?

– Il mister aveva detto mezzanotte e mezza, poi l'abbiamo menata al direttore sportivo...

– Va bene. Ti sei mai allontanato dalla discoteca?

– E per andare dove? Ha presente dove sta? Che c'è là intorno? Niente.

– Non sei mai uscito. Nemmeno dieci minuti?

– E che uscivo a fare? A fumare?

Ti permetti anche un po' d'ironia, ma non saprei come interpretarla.

– E comunque lo chieda a Momo e a Christian. Con loro siamo stati tutta la sera insieme, praticamente. Sempre dentro il locale.

L'ispettrice si fa ripetere i nomi dei due compagni di Luca per esteso. Momodou Kambè e Christian Colasanti. Mi permetto di obiettare che preferirei non li sentisse.

Mentre la Siracusano decide se merito o meno una replica, Luca insiste che sono amici suoi e l'avvocato mi ricorda che sono testimoni importanti. Io però non mi fido della riservatezza di due ragazzi. Se la notizia circola nella squadra è come aprire la prima crepa in una diga. La poliziotta finisce di scrivere un appunto sul cellulare e ci informa che ha bisogno di prelevare un campione della tua saliva. Tu guardi me, e stavolta sei in cerca d'aiuto. I compagni di difesa si proteggono l'uno con l'altro.

– Puoi rifiutarti, Luca – dico.

– E con quale giustificato motivo, scusi? – ribatte lei.

– Non ci sono presupposti per l'urgenza – interviene Di Maria. Palla in corner.

– Benissimo. Farò l'iter completo e ci rivedremo con l'ordinanza del magistrato. Ma se a quel punto ti rifiuti ancora, ti avverto che possiamo venirti a prendere al Campus. Io eviterei, che dici?

L'ingresso della parola *magistrato* nel colloquio è come lo schiocco di una frusta invisibile. È come se Luca l'avesse sentita sulla schiena e si rivolge a me.

– Ma ti rendi conto, cazzo, qua mi stanno trattando come un delinquente. A me?

La Siracusano si riprende le sue foto con un sospiro spazientito.

– Ultima cosa... il tuo cellulare.

– Cosa?

– Devi consegnarmelo.

È solo un breve scatto d'insofferenza, ma per la prima volta mi pare che tu accenni qualcosa di simile a una fuga.

– Ma perché, ma lei è fuori di testa... il cellulare? Non ci penso neanche.

L'ispettrice allunga la mano sul tavolo.

– Glielo dica lei, avvocato.

– No, su questo non ti puoi rifiutare, Luca.

– Ma vaffanculo, il cellulare è roba mia.

– Te lo restituiamo, tranquillo – ti punzecchia la Siracusano.

Ti dico di stare calmo, ma tu ripeti a macchinetta *vaffanculo*, spingi in terra la sedia, tiri un calcio al divano.

– Usciamo e ne andiamo a comprare un altro – dico io.

– Quella è una sciroccata. Non sono un delinquente, capito?

– Non mi far perdere altro tempo, gentilmente. Il cellulare, su – ordina lei, e batte la mano sul tavolo. L'anello che porta al dito fa uno schiocco fastidioso. Nella mia testa si trasforma in un rimbombo cupo. Quando mi avvicino rifiuti il contatto e mi pianti un gomito nelle costole.

– Hai sentito l'avvocato, Luca? Siamo tutti grandi, andiamo. Non hai niente da temere, perché tu in questa storia non c'entri nulla, *nulla*. E prima si chiarisce questo equivoco meglio è.

Mi guardi come se fossi il peggior traditore, poi scaraventi il cellulare sul tavolo. Abbiamo consegnato le armi senza neppure combattere, questo mi dicono i tuoi occhi.

E il peggio deve ancora venire. Perché emerge che devi rimanere a disposizione, in attesa di essere sentito dal magistrato. Un magistrato che però, a quanto capisco dalle mezze frasi con l'avvocato, non si sa ancora chi sia. Il che significa rimanere un paio di giorni in zona sotto la responsabilità di un genitore. Io faccio presente che tutta la squadra torna nel pomeriggio all'Arno Campus e tu devi aggregarti alla prima squadra per la partita di campionato.

– Allora lo porto in questura fino a domattina? Mi dica lei.

Ripeto che tu non hai fatto niente, che è una situazione vergognosa e assurda, ma per tutta risposta l'ispettore capo Irma Siracusano tira fuori un modulo e mi chiede l'indirizzo.

– Di chi?

– Dove alloggerà suo figlio. Da lei?

Non vedo altra soluzione. Non appena cito la Scuda, la poliziotta mi guarda come se fossi una sua vecchia conoscenza.

– Il castello del *famoso* scultore?

– Non è un castello. Comunque sì, io lavoro alla Fondazione Beckford e abito lì vicino. La disturba la cosa?

– Per niente.

Preferirei facesse sfuggire un commento, invece si tiene tutto per sé e passa a raccogliere i dati miei e quelli dell'avvocato. Riempie il modulo e me lo consegna.

– Qua avete la nomina del difensore, la scelta del domicilio e i diritti della difesa. Se me lo fa firmare dal ragazzo, gentilmente, avvocato...

Quando poco dopo la Siracusano sale in auto con il collega, l'avvocato Di Maria mi mormora che si stanno portando via i tuoi vestiti. Vorrei chiedergli cosa facciamo, a questo punto, ma prima devo occuparmi di perimetrare una zona di sicurezza per te.

– Stia con Luca, non lo lasci solo. Dieci minuti e torno da lei.

Ti sarai chiesto perché tuo padre sia sparito subito dopo che la polizia se n'è andata. Perché ho convocato Novi, l'allenatore e il direttore sportivo Abbadeschi nel magazzino dietro le cucine dell'hotel. Mi rassicurano che la sera prima al Playa Diva nessuno ha notato niente di strano. Siete rimasti tutti nel locale, a bullarvi della vittoria con i cellulari al vento. Ma a me interessa altro, al momento.

– Prima cosa: una forma influenzale. Diremo che Luca rimane un paio di giorni in famiglia. Per i compagni di squadra: se per qualche ora non risponde al telefono o su WhatsApp è perché ha la febbre alta. Il compagno di stanza si è accorto della perquisizione?

– Christian? Non mi pare – dice l'allenatore. Abbadeschi conferma, ficcando il dito in una grande insalatiera. Se Bianchi era il padre-sergente e Novi il nonno saggio e dimesso, Abbadeschi rappresentava lo zio complice e sornione, lo sappiamo bene. Le occhiaie, le sciarpe di cachemire e le berline sempre nuove erano quelle di un sobrio puttaniere capace di visionare nello stesso weekend tre centrocampisti di fascia e altrettanti strip club.

Io voglio che neppure l'allenatore della prima squadra sappia niente, quindi mi raccomando di far preparare un certificato dal medico sociale, perché è ovvio che domenica non potrai essere convocato. Bianchi mi assicura massima collaborazione.

– Io lo conosco bene, Luca. Uno serio, un punto di riferimento per i compagni. La solita ragazzina che va avanti a pasticche, non regge l'alcol e poi si inventa chissà cosa. E la polizia ci perde pure tempo, invece di andare a ripulire le strade dalla gentaglia.

Gli ricordo di moderare il volume roboante, non è in panchina al Bernabeu.

– Il problema è che questa al pronto soccorso ci è arrivata ridotta male. Le botte, purtroppo, non se l'è inventate...

Finisco la frase con una faccia scura.

– Avrà provato a intortarsi uno spacciatore mostrando le cosce.

– Chi lo sa – dico.

Abbadeschi mi prende sottobraccio e mi rassicura con il suo tono morbido. La società è con te e non permetteranno che una seccatura rovini un momento così cruciale per la tua carriera.

Una seccatura. L'avvocato Di Maria non la pensa proprio così. Mentre tu vai a salutare i compagni e a prendere la tua roba in stanza, lo trovo al bar dell'albergo che sbrana un krapfen alla crema. Sembra un altro, molto meno serio e misurato. Mi dice che verrai sentito dal magistrato al massimo entro due o tre giorni. Questo tipo di reati hanno una corsia preferenziale, aggiunge.

– Ma quale reato? – mi ribello, – mio figlio non ha commesso nessun reato.

– Ascolti me: qua dobbiamo decidere assieme una linea difensiva. E alla svelta. A meno che lei non voglia nominare un altro avvocato.

Detesto le persone che parlano a bocca piena. Solo per quello cambierei legale, ma al momento questo giovane corpulento, che mi guarda con occhi da batrace e profuma come se avesse fatto il bagno in una vasca di dopobarba, è il mio unico interlocutore. E il saggio Novi ha detto che è bravissimo.

– E come si fa a difendersi da una ragazzina fuori di testa?

– Si racconta tutta un'altra storia. Luca dovrà fare questo, davanti al pubblico ministero.

Io dico che non concepisco come un pubblico ministero si scomodi sulla base di semplici dichiarazioni senza riscontri, al che lui mi stoppa, alzando la mano mentre è impegnato a ingoiare l'ultimo pezzo traboccante di crema.

– Se abbiano trovato riscontri per ora non lo possiamo sapere. Noi cerchiamo i riscontri alla nostra versione. E andiamo a giocarci la prima partita.

Anche se vorrei dire che questa non è una partita, ma è la tua vita, lo guardo pulirsi con calma lo zucchero dalla bocca e ordinare un caffè macchiato. E questa sua sicurezza da pachiderma gioviale un po' mi rassicura, un po' no. Perché ho appena accettato che una partita ci sarà, che siamo anche favoriti, ma che comunque la dobbiamo giocare per forza. Per quanto mi sembri folle e inaccettabile, ormai ci siamo dentro. Coinvolti. Impigliati.

– D'accordo – gli dico. – E scusi per prima, sono stato scortese.

La prima cosa che tua madre ha detto entrando in auto è stata *si può sapere che ti costa rispondere ai messaggi.*

Se non ricordo male, la tua risposta è stata: *stavamo alla seduta di defatigamento, te l'ho detto.*

Lei ha replicato con un prevedibile *quasi quasi non ti do il regalo*, seguito dall'immancabile *muoviamoci, ho prenotato per l'una*. Ma poi, subito dopo, ha sentito la necessità di riempire il nostro inquietante silenzio. *Cos'è questa faccia, fai diciotto anni, mica ottanta.*

La mia risposta è stata: *sai, forse non è il caso di andare al ristorante.*

A quel punto tua madre si è girata per guardarci bene. Prima me, poi te. Come alla ricerca di un piccolo particolare che le dicesse che eravamo davvero noi, non dei sosia.

Le abbiamo raccontato la mattinata smussando gli spigoli del tuo colloquio con la Siracusano. Poi Giulia ti ha stretto il volto fra le mani.

– Guardami negli occhi, Luca. Tu non hai fatto del male a questa ragazza, vero?

– Ma chi la conosce? Chi l'ha mai vista?

– A me basta la tua parola, lo sai.

– Te lo giuro.

Per il resto, la reazione di tua madre quel giorno mi ha sorpreso. Allarmata come quando un tubo rotto allaga la casa, indispettita come davanti un estratto conto che ci rivela di avere la carta di credito clonata. Da parte tua, in pochi minuti ti sei calato nel ruolo della vittima delle circostanze.

– Ma ti chiederanno anche scusa, vedrai. Oggi è il tuo compleanno e festeggiamo. Come avevamo deciso. Anche perché io e papà ti abbiamo preparato una sorpresa.

Sappiamo tutti e due com'è tua madre quando non vuol sentire ragioni, no? Quindi poco dopo l'una siamo al nostro tavolo con vista sul mare punteggiato di schiuma, appena sollevato da brevi onde silenziose. C'è una ruspa che spiana cumuli di sabbia in lontananza. L'odore delle canne secche bruciate in piccole cataste ha una pastosa malinconia che riconosco subito. Era l'odore dei brevi pomeriggi invernali di sole, quando venivamo sui lastroni ormai sgretolati di questa terrazza a mare e tiravamo due calci alla faccia di Senofonte e dei fisiocratici. Un ragazzo con un pallone può sfidare praticamente tutto, dal Leviatano di Hobbes ai tribunali del Terrore, ma non il tempo che un giorno lo porterà lontano da dove ha passato quei pomeriggi, anche se dovesse rimanere nella stessa città per tutta la vita. E io, per bruciare i ponti all'amarezza, me ne ero andato.

– Come sarebbe che deve sentirlo il *magistrato*? – chiede Giulia.

– C'è una denuncia – dico io.

– Luca ha chiarito con la polizia, non siamo già a posto?

– No, non siamo già a posto.

– Ci vuole un magistrato per capire che una ragazzina strafatta delira?

– Abbassi la voce, per cortesia? Ordiniamo.

Luca richiude il menu.

– Devo mangiare proteine, qui è tutto pesce.

– Il pesce *è* proteine.

– Ma mi fa schifo.

Tua madre ti ricorda che a pranzo puoi mangiare anche la pasta.

– Se per tre giorni non mi alleno, che cazzo ci faccio con i carboidrati?

Io ti suggerisco di cambiare tono, Giulia mi fulmina con uno sguardo.

– Vado a cercarmi un hamburger – dici, e io devo bloccarti il braccio.

– Dimmi dove.

– Verso l'albergo, a metà strada, ci sta una specie di pub...

– Ti aspettiamo qui fra mezz'ora.

Giulia non capisce che problema ci sia, possiamo aggiornarci per telefono o per messaggio.

– E quale telefono? Il mio se l'è preso la polizia. La *polizia*!

– Ci tieni proprio a farti sentire da tutti?

Non replichi, te ne vai allungando i passi fra un tavolo e l'altro, trascinando il giubbotto per terra, e apri la porta con uno spintone di spalla.

Giulia ti guarda scendere la scala bianca di legno. Rimane come stordita, mi chiede se è vero. La rassicuro che è la prassi, ho dovuto garantire personalmente che sei a disposizione del magistrato. Lei appoggia sul tavolo un minuscolo pacchetto blu e si chiude la faccia fra le mani.

– Devi firmare il biglietto. Speriamo che almeno il regalo lo tiri su di morale. Guarda che gli doveva capitare, proprio il giorno dei suoi diciotto anni.

Giulia si toglie gli occhiali, io le prendo le mani e gliele stringo.

– Un paio di giorni e si chiarisce tutto.

– Ma intanto ti immagini cosa sta passando Luca? Ti pare giusto?
– Non è giusto, ma Luca è forte.
– Non lo so, Dario. È un ragazzo. Cinque anni fa si addormentava ancora con la luce accesa, te lo ricordi?
Me lo ricordo. Tornavo sempre tardi dal lavoro e la spegnevo io.
– Guardalo quando gioca. Magari è da solo, è l'ultimo uomo contro due avversari e non perde mai la testa, sa sempre cosa fare.
– Perché qualcuno sta provando a fargli tutto questo male?
– È solo una ragazzina.
– Ma perché una ragazzina ha deciso di accusare proprio lui? Che ha fatto Luca per meritarsi questo?
– Niente. Invidia, gelosia... una ripicca per non essere stata notata, o considerata.
– Come fa a essere così schifosamente bugiarda? Vorrei incontrarla e guardarla in faccia, questa stronzetta.
Io l'ho vista, la faccia di Aurora Lopez, e ora come ora non lo consiglierei a nessuno.
– Magari ricorda male. Potrebbe essersi confusa con qualcuno che si chiama Luca e non è neppure della squadra. Uno che ieri sera in discoteca s'è mischiato a loro, s'è spacciato per un giovane calciatore per darsi importanza e portarsela da qualche parte...
... e massacrarla di botte. La frase la finisco solo nella mia testa. Perché io ho visto com'è ridotta questa Aurora Lopez e se è ovvio che quella ragazzina non sa quello che dice, sempre lì ritorno con i pen-

sieri: la mandibola non se l'è dislocata da sola, e nessuno sbatte la faccia volontariamente fino a rompersi lo zigomo.

– E quindi ora Luca... è come se non fosse libero.

– Non si può allontanare e deve rimanere rintracciabile, sotto la mia responsabilità.

– E dove?

– E dove? A casa mia.

Per tua madre, ovvio, è come se avessi menzionato le porte degli Inferi.

– Accanto alla Scuda. Immagino la bella impressione che la notizia avrà fatto sui poliziotti.

– Ma secondo te la polizia ha bisogno che *io* gli dica dove vivo? Sanno già tutto, sanno già quanto prendi di stipendio tu, quanti giorni di ferie ti mancano e forse anche dove hai deciso di passarle, è chiaro?

– Io non ci metto piede.

– Fa' come credi. Dovevo prendere una decisione, sono suo padre.

Finiamo a parlarci sopra l'uno all'altra, ogni frase fra di noi è un cerino lanciato fra le sterpaglie secche del rancore. Credo di poterti risparmiare i dettagli.

– Giulia, per favore, siamo patetici – riesco a dire, poco prima che al nostro tavolo si presenti per la terza volta il giovane cameriere con il blocchetto delle comande in mano. L'improvviso silenzio della mia ex moglie mi fa capire che, almeno su questo, mi ha appena dato ragione.

L'aria in auto è satura di tutte le nostre suscettibilità e del tenace odore di olio fritto che ti porti dietro.

Siamo all'ultima curva in salita e tu ti ostini a succhiare con la cannuccia sul fondo del bicchiere di carta.

– Ti prego, Luca – sbotta Giulia. Tu ridi strafottente, accartocci il bicchiere. Salti giù che l'auto non è ancora ferma. Sembri rimanere colpito da quel muro grigio e imponente, punteggiato di piante di capperi e ciuffi di ginestre. Il cancello della Scuda è spalancato.

– Figo qua – dici.

In giardino Ramón sta riempiendo un grande cesto con gli sfalci delle siepi. Alicia è alle prese con un paio di ospiti appena arrivati. Targa polacca, mi pare. Entriamo insieme, ti presento a Ramón e gli dico che la bella signora là fuori, ostinatamente appoggiata al cofano a braccia conserte, è tua madre.

– Bella famiglia, complimenti.

Vorrei dirgli che Giulia e io siamo divorziati, poi invece sorrido e penso che, almeno per questi giorni, dovremo condividere lo stesso tetto, lo stesso phon, la stessa tv. Torneremo quasi una famiglia. Chissà come sarà.

Ti racconto che questo posto ha grossomodo la forma di una freccia perché segue la sagoma della sua piccola altura. Il terzo lato, il più corto, è collassato nel Settecento ed è stato sostituito con la cancellata che ancora oggi resiste. Ti dico che quando queste pietre sono state messe una sopra l'altra non era stata ancora scoperta l'America, ma non ti impressiono granché. Per te il passato è ancora una superficie piatta e opaca, dove non c'è profondità e non c'è vertigine. Non ho ancora capito se è solo una questione di età o se la tua generazione è destinata a vederlo per sempre così.

– L'ala sud è la mostra permanente, quelli là oltre la siepe sono gli appartamenti degli ospiti. Sono cinque in tutto.

Mi chiedi quanto costa una notte qui.

– Dai cinquecento agli ottocento euro, dipende dall'appartamento.

Niente di meglio, per farti capire il valore dell'arte, di ricordarti che c'è chi è disposto a spendere parecchio per dormire qui.

– Dalla scala, di là, si accede alla terrazza e alla piscina. Ma stanno finendo di pulirla, la riempiremo per Pasqua. Nel centro, lì dove vedi ancora un pezzo della vecchia torre quadrata, c'è l'atelier vero e proprio di Beckford.

– Quella dell'omicidio sta lì?

– Intendi Nora Beckford? Sì, lì c'è il suo appartamento. Ma è fuori per lavoro. Per fortuna.

Torniamo da Giulia, rimasta come di guardia accanto all'auto. Prendo il suo trolley e faccio strada. La mia casa-studio è una dépendance a sinistra del cancello principale, oltre un gruppo di giovani cipressi. Una propaggine della Scuda che fuoriesce da un lato delle mura.

Apro la porta di legno incardinata da lunghe staffe di ferro scuro e premetto che state per entrare in una semplice stalla di epoca molto più tarda. Niente di che, insomma.

Poi vi ritrovate sopra la testa travi grosse come alberi di un veliero, che salgono inclinate fino ad appoggiare su un pezzo della cinta muraria. Il soffitto non è molto spiovente e al culmine è alto quasi sei metri, per cui ho fatto ricavare la zona notte in un grande soppalco di rovere sbiancato. Recito la parte dell'ospite impeccabile e tua madre è costretta a dominare l'irritazione.

– Grande, pa' – fai tu. – Si vede il mare?

– Dalla finestra dell'ufficio, di là. E anche di sopra. Molla 'sta borsa e fatti un giro – ti dico, poi lancio un'occhiata viperina a Giulia. – Anche se non ci sei mai stato, è pur sempre casa tua.

Vi aggirate, guardinghi e curiosi, in un ambiente dove di mio riconoscete i quotidiani spiegazzati, l'accappatoio dimenticato sul divano, il poster dello scandalo Watergate, i libri impilati dovunque come piccole riserve di cibo disseminate su tutto il territorio. E naturalmente le anticaglie informatiche che mi sono portato dietro. Avevo già deciso di metterle su e-Bay, poi le ragioni del cuore hanno prevalso.

– Ti sei sistemato bene – commenta Giulia, valutando se i fornelli a induzione sono migliori dei suoi o se il frigo a due ante è proprio quello di fascia top sul mercato. Per questo, quando tu le indichi il televisore a 60 pollici, Giulia incassa un brutto colpo nello speciale campionato che solo gli ex coniugi possono disputare, quello del «chi dei due sta meglio, adesso?». La classifica ha solo due posizioni, quindi non arrivare primi significa finire ultimi e dover anche pronunciare frasi tipo «sono felice per te».

Mi chiedi se ho *la play*, qua.

– La PlayStation? Ho cinquant'anni, Luca.

– Sai che storia sarebbe, con questo schermo.

Quando controllo il cellulare, mi accorgo che in mezzo a venti chiamate ce ne sono un paio dell'avvocato Di Maria. Pronuncio il nome sovrappensiero, ma questo basta a farmi sentire da Giulia.

– Chiamalo subito, in vivavoce però – intima.

Di Maria voleva comunicarci che eri convocato dal magistrato sabato a mezzogiorno, alla Procura della Repubblica per i Minorenni di Firenze. Ci ha chiesto se sapevamo dov'è, provocando subito la stizza di tua madre.

– Secondo lei perché dovremmo saperlo?

Poi Giulia ha chiesto se era giusto che dovessimo spostarci noi, e non chi è pagato con i nostri soldi per fare le indagini. In realtà provava una immensa vergogna per il fatto di varcare la soglia di un luogo del genere, frequentato da adolescenti problematici, genitori violenti e famiglie mediamente disastrate. Di Maria ci ha esortato all'ottimismo.

– Il pm è una in gamba. Se vuole sentirvi di persona, alla svelta, può voler dire che intende chiedere l'archiviazione senza perderci altro tempo.

– In che senso sentirci? – ho chiesto.

– Anche se oggi Luca è diventato maggiorenne, il fascicolo è stato aperto presso la Procura per i Minorenni. In questi casi vengono ascoltati quasi sempre anche i genitori. E poi potrete assistere al colloquio di Luca, sempre che Luca non abbia niente in contrario.

Difficile dire in quel momento se la tua espressione fosse un sì o un no. Quella di Giulia invece era chiarissima: doversi sedere davanti a un magistrato era umiliante, ma il suo dovere di madre era esserci.

Per ultima cosa ho chiesto il nome del pm che ci avrebbe *ascoltati*, avendo cura insomma di evitare la parola *interrogatorio* esattamente come aveva fatto Di Maria per tutta la telefonata.

– Andreina Scotti Fischer – ha detto. – Comunque sarò domani da voi, ho cose *molto* interessanti da raccontarvi.

Finalmente avevamo l'orizzonte temporale certo, oltre il quale la fastidiosa interferenza sarebbe finita. E soprattutto io avevo il nome che mi interessava. Andreina Scotti Fischer.

– Domenica è tutto finito e sei di nuovo con la squadra – dico io, una volta chiusa la telefonata. Ma tu sbuffi.

– Sì, in tribuna.

– Una tisana?

– Volentieri – fa Giulia, mentre sembra aver finalmente scelto con cura uno sgabello per sedersi, nemmeno tutti gli altri fossero disseminati di invisibili chiodi arrugginiti.

– Limone, zenzero ed elicriso – faccio. – Specialità della casa.

– Allora preferisco un tè – ribatte lei.

– Che è il *criso*? – mi chiedi.

– Elicriso. Una pianta... allora tè nero dell'Assam. Buonissimo.

– Tuo padre vuole davvero impressionarci, Luca. Diamogli un po' di soddisfazione.

Accendo il bollitore e annuncio che devo fare una chiamata di lavoro.

– E perché la vai a fare fuori?

– Tre minuti di infusione, sennò poi allappa, okay?

Ovviamente non è una telefonata di lavoro, e Giulia l'ha capito. Ho bisogno di parlare con l'unica persona che può darmi un consiglio e questa persona si chiama Lavinia Monforti. È una che ritiene di appartenere all'aristocrazia delle persone pragmatiche e ha ragione. È una che non ti fa mai pesare la sua indubbia preparazione, ma sempre e solo la tua sconfinata ignoranza. Lavora molto, beve troppo e va in parapendio, ma per fortuna mai in questa sequenza. Ha i capelli rossi e, come tutte le persone con i capelli rossi, è destinata a non passare mai inosservata. Tre anni fa ha perso suo fratello, non ha un uomo o, se ce l'ha, ha delle ragioni per non farlo sapere in giro. È stata lei a farmi conoscere Nora Beckford. Da qualche tempo mi ha affidato la vendita di un suo immobile qui in Versilia. Ci fidiamo l'uno dell'altra e, particolare non secondario, Lavinia Monforti è sostituto procuratore della Repubblica a Firenze. *Chi meglio di Lavinia*, mi ripeto, mentre scorro la rubrica in cerca del suo nome e prego di non trovare occupato.

– Insomma, mi chiamano, arrivo lì, c'è già un avvocato e una poliziotta che interroga mio figlio. Gli hanno perquisito la stanza, poi portano via anche il cellulare e i suoi vestiti. E io lì, senza poter reagire, ad aspettare che... che succeda cosa?

– Ti capisco – mi risponde. – Ma il fatto che ci sia la discovery non significa...

– Per favore, con l'inglese, anche tu. Non era il latino, la lingua del diritto, una volta? Che è la *discovery*, una navetta spaziale?

– Significa che se io faccio una perquisizione, l'indagato verrà a sapere di essere indagato. E quindi dico addio a tutta una serie di attività investigative. Perché poi lo posso anche intercettare, ma quello si guarda bene dal parlare liberamente al telefono. Mi sono spiegata, Dario?

– Non c'è bisogno che tu me lo dica come se fossi ritardato. Questo in genere cosa vuol dire?

– È solo una scelta degli investigatori.

Confido a Lavinia il dubbio che mi gira in testa come un moscone che non trova lo spiraglio della finestra aperta. Se sono usciti subito allo scoperto, significa che hanno già prove, riscontri, testimonianze?

– Non saprei. In questo caso erano quasi obbligati. I vestiti che aveva indosso Luca ieri... che ci faccio fra una settimana, quando sono belli lavati?

L'immagine della polizia scientifica che, magari proprio in quel momento, esamina quei vestiti mi lancia una fitta, però non so dove.

– E comunque – conclude, – la verità è che al momento non lo puoi sapere.

– No, Lavinia, io lo voglio sapere. Lo voglio sapere ora.

Secondo lei devo preoccuparmi soltanto di avere i riscontri al racconto di Luca, perché in questi casi è sempre una guerra fra due versioni.

– Lo so, ma è possibile che tu non riesca a sapere qualcosa, lì, in procura...

– Io?

– Tu. La conosci questa dottoressa Andreina Scotti Fischer? Che pesce è?

– Dario, forse non ti rendi conto di quello che stai dicendo.

– Sei un magistrato.

– Ecco, appunto. Questa conversazione deve finire qui. Anzi, non doveva neanche iniziare.

– Che cosa faresti, se fosse tuo figlio?

– Purtroppo non ne ho. Pensi sia questo il problema?

– Era solo un modo di dire. Mettiti nei miei panni.

– E tu nei miei.

– E quindi te la cavi così.

– Devi avere fiducia, Dario.

– In chi? Dimmelo. Qua bastano due parole in croce e un ragazzo perbene finisce sotto torchio, senza pensare a cosa stiamo passando Giulia e io.

– Devi avere fiducia in tuo figlio, prima di tutto.

Io rimango con il cellulare all'orecchio a guardare attraverso la finestra Giulia e Luca che si alzano dal tavolo, stanchi di aspettarmi. Il tè nero dell'Assam sarà freddo, ormai.

– Scusa, ma ora ti devo lasciare – mi fa, e chiude la comunicazione.

IV

Non so se al momento hai apprezzato il mio sforzo, ma quel pomeriggio mi impongo di tenere alto il ritmo e trovare una soluzione a ogni problema.

Il primo è quello del tuo isolamento social. Giulia sentenzia che in fondo vivere due giorni disconnesso magari ti disintossica, la classica argomentazione da anziani che ottiene solo il risultato di indispettirti ancora di più. Tua madre non capisce che il cellulare per te è di fatto una protesi elettronica del corpo, e stare senza non è solo una privazione. È una mutilazione umiliante. Io dico che il problema esiste, e non lo risolvo piazzandoti davanti il mio portatile, perché il nostro problema ha un nome preciso, WhatsApp. Per usare WhatsApp hai bisogno del tuo numero di cellulare, della tua scheda, e quelli ce li ha la polizia. È il tuo compleanno, ti staranno arrivando valanghe di auguri e tu niente, muto, non rispondi. Tagliato fuori, come in galera, dici.

– Penseranno che è strano. O che ora non mi filo più nessuno e mi prenderanno sul cazzo.

– Aggiorna il profilo Facebook.

– Facebook? Ma di che parli, pa'?

– Instagram sì, però.

– *Eccerto*.

– Ecco, mettiamo su Instagram una foto da influenzato, forza.

Tua madre ti passa il telefonino, io un paio di plaid utili alla messinscena. Un perfetto *influencer* dico, ma nemmeno io rido alla mia battuta.

– Non sei abbastanza pallido, però.

– Per quello ci stanno un sacco di filtri, tranquillo.

Finita con successo l'operazione «credibilità social», chiedo cosa vorreste per cena, in modo da farlo preparare da Alicia prima che finisca il turno. Figurarsi se tua madre si lascia scappare l'occasione di fare polemica.

– È Alicia che prepara da mangiare? E allora a cosa ti serve questa cucina da diecimila euro?

A te sta bene tutto, tranne il pesce. Quando emerge che alla Scuda Nora Beckford ha di fatto imposto una dieta vegetariana, Giulia dice che questo conferma la sua tesi: dietro ogni vegetariano si nasconde uno psicopatico. Prima che io e tua madre degeneriamo nel solito battibecco inutile, tu dici *pizza al cartone*. Intorno ai cinque anni, andavi matto per una pizzeria da asporto vicino a casa nostra, a Monti. Avevamo iniziato a prenderla quando avevo il mio giorno libero, ma poi obbligavi tua madre a passarci quasi tutte le sere. E non dire che non è vero, avanti. Adoravi tenere il cartone caldo fra le mani fino a casa. Una volta, a cena dalle parti di Sorrento, il cameriere ti chiese come volevi la pizza. Tu, sgorbietto con l'ultimo dente da latte ancora ciondolante, aggrappato a stento al bordo del tavolo per colpa di una sedia troppo bassa, dichiarasti con nonchalance *per me pizza al cartone, grazie*. Quello rischiò di sentirsi male dalle risate, poi si presentò al tavolo con una margherita dentro la confezione da asporto. Naturalmente Giulia obietta che la sera i carboidrati vanno evitati come la peste.

– È il mio compleanno e mi va la pizza. Come la prendevamo tutti insieme.

– Conosco un ottimo posto, non la portano a casa ma è qui vicino – chiudo la questione, e intanto mi dico che è sufficiente avere diciotto anni per distinguere i morsi della fame da quelli della nostalgia.

Il giorno del tuo compleanno mangiamo insieme la pizza al cartone. Tu divori anche la parte annerita della crosta e ti scoli le due birre analcoliche appositamente ordinate al padre fattorino.

– Come fai a berti quella roba – sospiro, rassegnato.

– Fa bene – dice Giulia, e gli piazza davanti il piccolo pacchetto blu. – Perché anche bevendo quella roba si è meritato questo regalo.

– Mi spiace, ma quest'anno siamo andati al risparmio – faccio io, soppesando la scatoletta.

Ricordo perfettamente la scena. Tu ridi, fai il sostenuto, però quel pacchetto ti stranisce. È minuscolo. Esiste una cosa di tuo gradimento che possa avere quelle dimensioni? Strappi il nastro, togli la carta, ma la scatolina bianca di plastica non ha scritte e rimane enigmatica. Ci guardi un attimo, in attesa di un segnale che ti tolga dalla soglia di una possibile delusione.

Ma noi niente, impassibili. Poi la apri, vedi la chiave, ti butti indietro sul divano e ti metti a dire *non ci credo*, a macchinetta. Poi vai a vedere su internet il modello. Ibrida, blu metallizzato, full optional.

– La macchina però la tiene il nonno, chiusa in garage, e quando prenderai il foglio rosa guiderai solo con lui accanto – chiarisce Giulia. A me invece va di sfotterti un po'.

– Per prendere la patente dovrai *studiare*. Sei consapevole di questo, sì?

Tu mi ricordi subito che hai solo due insufficienze, che prima della Viareggio Cup vi siete allenati come ossessi e la sera i libri ti cadevano di mano. A scuola sei sempre stato il migliore della squadra, è vero, ma ogni volta che ho letto uno dei tuoi temi esili e malfermi, sono stato regolarmente assalito da dubbi feroci sulla mia paternità.

– Comunque stai tranquillo, non devi scrivere niente, solo mettere delle crocette. Ce la puoi fare.

A quel punto mi dai una spinta e ti lanci addosso a me, sdraiandomi sul divano. Giulia non ci pensa due volte e si butta su di noi come se avessimo appena segnato il goal della vittoria. Io quasi soffoco sotto il peso e penso che dobbiamo ancora vincere una partita imprevista, ma stiamo giocando dalla stessa parte, questo sì, ed era troppo tempo che non succedeva.

Più tardi vi ho lasciato davanti al maxischermo per mettermi almeno in pari con le mail della giornata. Nora era subito ripartita per Milano per incontrare i vertici di un colosso delle assicurazioni svizzero. C'era il progetto di riunire in una sola mostra, a Basilea, un corpus di opere di Thomas Beckford appartenenti a privati e mai esposte al pubblico. Da tre mesi lavoravo per rintracciare fiduciarie di emiri arabi e società di prestanome con sede in una cassetta delle lettere di Antigua. Non sapevo mai con chi avevo veramente a che fare: divi di Hollywood, cartelli colombiani o sedicenti uomini d'affari cinesi foraggiati da qualche programma a lungo termine del partito comunista.

Avevo fatto preparare una versione pilota del sito e un layout del catalogo, tanto per far capire che non si trattava di una graziosa concessione ai comuni mortali disposti a pagare un biglietto non proprio economico. La mostra avrebbe aumentato la popolarità di opere poco viste e meno conosciute e ne avrebbe incrementato il valore.

Per evitare nuovi spiacevoli imbarazzi, quella sera ho interagito con Nora solo via sms. *Appena uscita da una vasca di squali in cravatta.* Così ha commentato la sua giornata. *Sana e salva?* ho chiesto di rimando. La risposta è stata quasi immediata. *Kind of. Mi hanno sbranato solo il costume da bagno, I may say.* A quel punto, sarò sincero, le mie immagini mentali hanno virato decisamente al NSFW, Not Suitable For Work. Ma non gliel'ho scritto. Ho ricevuto i suoi complimenti per il dossier che avevo preparato, cosa di cui però non mi importava gran che. Cercavo solo di capire da dove mi stesse parlando: la hall di un hotel, una strada trafficata, la terrazza di un cocktail bar. Non lo capivo, quindi ho incassato, ho ringraziato, ho dato la buonanotte. A quel punto ho chiuso il pc, ho guardato di sotto oltre la balaustra e ti ho visto sdraiato sul divano accanto a tua madre. Lei ti carezzava i capelli, concentrata come se te li stesse contando. Ne hai tanti, come lei e come me.

– Che silenzio c'è, qui – mi ha sussurrato Giulia, per non svegliarti. Ma ti sei svegliato lo stesso.

Quando tu hai dichiarato di non volerti più spostare dal divano, ho capito che rimaneva ancora un'ultima diatriba da affrontare. Mi ero quasi dimenticato che razza di famiglia complicata eravamo.

– Non esiste che dormo con la mamma a diciotto anni.

Tua madre e io ci siamo guardati. L'ultima volta che avevamo discusso di «chi dorme con chi» eri un bambino aggrappato alla trapunta del nostro letto e l'opzione «spostarti di peso» era ancora percorribile.

– Non vi sto a chiedere chissà che. Non ci avete mai dormito insieme?

Difficile darti torto, lo penso anche adesso. Difficile però anche farti capire cosa vuol dire incontrarsi a una video-performance in cui, io, Dario Corbo, sono andato solo perché credo di avere buone chance con la performer. Peccato che la performer in questione, constatando che il pubblico è composto da due soli spettatori, sbrocca, insulta i proprietari del locale e saluta tutti. Vorrei farti capire anche cosa significa, in quella circostanza, fingere per un'ora e mezza di conoscere la scena dei videomaker emergenti capitolini – io che sono a Roma da sei o sette mesi – perché l'unico altro spettatore è questa Giulia, una con cui parlerei anche di annulli filatelici post-unitari pur di non farla andare via. Questa Giulia, a vederla da vicino ha gli occhi neri come la roccia vulcanica sotto il sole a picco. E il naso imperfetto, poi, per me è il naso imperfetto più bello del mondo anche perché, molto prima dell'epoca d'oro della chirurgia estetica, ho sempre diffidato delle persone con il naso perfetto. Non so se posso farti capire cosa significa sentirsi inutile – anzi, inesistente – la sera che lei mi dice «sai quella borsa di studio a Bordeaux? Ho deciso di accettarla» e chiedersi se davvero non stia finendo tutto. E quindi prendere il treno ogni due settimane perché l'aereo costa troppo, e sentirmi a casa dove non parlano la mia lingua solo perché la mia casa è qualsiasi mattonella su cui lei appoggi il piede. E poi mesi dopo uscire dalla redazione che sono le undici di sera, e trovare lei che mi aspetta con due birre e due supplì, andarli a mangiare insieme sul Gianicolo dove la tua futura madre mi dice che ha deciso di tornare in Italia per stare con me. Sentirsi forti, migliori e unici fino a capire che il prezzo di crescere un altro essere umano qualcuno lo deve pur pagare – la vita costa vita – e, anche se è stato bello e giusto, arriva il momento in cui Giulia mi mette davanti il duro conto dei suoi rimorsi. Il momento arriva quando gioco la scommessa più grande della mia vita professionale su un cavallo finito. E anche se sei già grande, per non preoccuparti lei e io usiamo la stanchezza per mimetizzare l'ennesima serata di silenzi. In realtà ci sentiamo in diritto di non chiederci più scusa e curiamo ogni impuntatura di principio come una colorata pianta carnivora da salotto. Ma davanti a te vanno in scena repliche sempre più penose della stessa commedia scadente. Alla fine il sole dei ricordi si abbassa sull'orizzonte e la roccia vulcanica perde il colore di cui mi ero innamorato, un colore che per me aveva un solo nome, Giulia. Tu l'hai già capito, ma la tua parte della commedia l'hai imparata anche tu. Quello che ti preme è affrontare la realtà il più tardi possibile, cioè il giorno in cui tua madre ti fornisce la versione ufficiale concordata: «tuo padre e io abbiamo deciso che è meglio non vivere più insieme, soprattutto per te».

Forse adesso puoi capire che, dopo tutto questo, dividere di nuovo lo stesso letto è imbarazzante, dormire serenamente quasi impossibile. Ma quella sera, con l'arrendevolezza che le ho sempre rimproverato, Giulia rinuncia in partenza a spiegartelo.

– Va bene, però non stai sul divano a guardare la tele fino alle tre di notte.

– Giusto – mi adeguo io, sempre pronto ad arrendermi, se lo posso fare per secondo, – anche perché domani ti alleni, cosa credi.

Più tardi, poco dopo l'una, salgo cercando di non far ghignare gli scalini di legno e mi sdraio lentamente sul letto del soppalco. Tua madre però ha la mascherina sopra la fronte e fissa le travi del soffitto, la coperta tirata fin quasi sugli occhi.

Mentre aspetto che dica qualcosa (ma dentro di me spero di no), mi torna in mente una notte di metà settembre. In camera c'erano trentacinque gradi e, sfibrato dalle accuse di essere un presuntuoso fallito, decisi di rifugiarmi in camera tua e provare a dormire sotto i tuoi numi tutelari: il poster del Cavaliere Oscuro e Cannavaro che alza la Coppa del Mondo. Ora te lo posso dire: tua madre dava il peggio di se stessa quando eri in trasferta con la squadra. Un po' perché dovevi essere salvaguardato dalle nostre guerre, ma soprattutto perché ancora mal sopportava il distacco da te. In genere era proprio quella l'accusa che la faceva imbestialire. Il giorno dopo Giulia fuggì a casa dei tuoi nonni ad Ansedonia. Tornaste a Roma insieme ma immagino che, preso fra l'inizio della scuola e il rientro in squadra dopo l'infortunio, non ti sia accorto che tuo padre ormai dormiva stabilmente sul divano dello studio. Da quella soffocante notte di settembre, Giulia e io non abbiamo più diviso lo stesso letto. Quando mesi dopo hanno sollevato il materasso per portarlo via, ho riconosciuto fra la polvere i calzini blu che mi ero tolto proprio quella sera.

– Eri piuttosto agitato, per una telefonata di lavoro – mi fa Giulia.

– Quando?

– Oggi pomeriggio. Chiamavi la Beckford?

– No, ma certi giorni ci sentiamo anche dieci volte, sai?

– Richiamavi l'avvocato?

– Ma perché mai?

– Sai qualcosa che non mi vuoi dire?

– Ne so quanto te, Giulia.

– Proprio adesso che è arrivata anche la convocazione in Nazionale. Hai visto, ieri sera Luca già si faceva il film sui campionati europei. Dove li giocano quest'anno?

– In Armenia.

– Mai stata.

– Nemmeno io.

– Sarebbe bello...

Mi sdraio accanto a lei.

– Cosa?

Tua madre non mi risponde e mi appoggia la testa sul petto, poi dice *non lo so.* Capisco che ha paura. Ha paura per il tuo futuro, e ha paura del proprio futuro senza di te. Per questo mi si avvicina e mi abbraccia.

Stringerla, toglierle la mascherina dalla fronte e i capelli dal viso, scegliere il punto dove darle il primo bacio. Potrebbe essere semplice come rituffarsi in acqua dopo un intero inverno.

Ma non siamo sdraiati sul nostro letto, quel materasso se l'è preso una cooperativa sociale di accoglienza, e questa non è la casa in cui ti abbiamo cresciuto. E poi tua madre, non so, ma è come se avesse cambiato odore. Magari usa una nuova crema da notte, o un ammorbidente diverso per il bucato, o forse è che ogni cinque o sei anni le cellule del nostro corpo cambiano completamente. E allora le dico di stare tranquilla, punto la sveglia del mio orologio alle cinque e mi giro su un fianco.

A oggi continuo a pensare di aver fatto la cosa più onesta. In quel momento però, non potevo valutarne tutte le conseguenze.

Mi sveglio da solo sei minuti prima delle cinque, mi vesto e scendo con cautela per non svegliare nessuno. Oltre le mura della Scuda c'è solo un silenzioso mare grigio. Guido lentamente, e solo dopo un paio di tornanti il mondo intorno torna visibile. Per raggiungere l'edicola ci metto un quarto d'ora. Apre all'alba perché è davanti a un mercato ortofrutticolo. L'aria fresca mi scivola morbida nei polmoni. Compro tre quotidiani e mi infilo a sfogliarli in un minuscolo bar, sotto un neon che ronza. C'è già qualcuno che gioca al Grattaevinci, c'è una foto di Papa Francesco e c'è odore di candeggina. La barista mi chiede di pazientare qualche minuto, la macchina del caffè è ancora fredda.

– Nessun problema – dico, e intanto cerco subito la cronaca locale. Non voglio neppure pensare che la notizia possa essere risalita fino alle pagine nazionali. «Aggredita fuori dalla discoteca» è il primo titolo che incontro. L'altro giornale se la gioca sulla suspense: «Trovata in spiaggia priva di sensi. È mistero». Il terzo titolista ne approfitta per puntare il dito verso la movida: «Notti violente, finisce al pronto soccorso per le botte». Di Aurora Lopez ci sono solo le iniziali. Di violenza sessuale non si parla, di indagati nemmeno. Il luogo è indicato genericamente come Marina di Pietrasanta. Solo uno degli articoli colloca «un chilometro a nord del pontile» il punto dove l'amica ha ritrovato Aurora Lopez. Nessuna delle tre notizie mette in relazione il fatto con il Playa Diva.

Ripiego i giornali. Per il momento è andata. Al pronto soccorso hanno rispettato la privacy, la polizia non ha interesse a diffondere particolari dell'episodio, il locale avrà promesso qualche pagina pubblicitaria per non essere citato. Ma in casi come questi non puoi mai sapere quanto reggerà la diga.

La macchina del caffè è pronta.

– Doppio, grazie – dico alla barista.

Al mio ritorno ti ho trovato seduto per terra, spalle alla balaustra, ai piedi del letto. Giulia si rigirava sotto le coperte, ma dal respiro cadenzato era chiaro che vagasse ancora nelle lande del sonno profondo. Bisbigliando, ti ho chiesto cosa facevi lì. Non mi hai risposto, volevi sapere dov'ero andato. Mi sono seduto accanto a te. I due rettangoli dei grandi abbaini si distinguevano appena dal buio intorno.

– A comprare i giornali.

– Che c'è?

– In pratica niente, tranquillo. Stai bene?

– Non riesco più a dormire. Sento uno che si lamenta.

Mi hai spaventato, ora te lo posso dire. Poi mi hai fatto cenno di star zitto e hai alzato l'indice. Ho riconosciuto l'ululato cupo e nasale, breve come un ammonimento misterioso. L'avvallamento fra le colline lo avvolgeva con un riverbero lugubre.

– Lo senti? Che è?

– Questo? È un gufo, Luca. Un gufo reale, anzi.

– Mi mette l'angoscia.

– Adesso smette. È quasi giorno.

Per decifrare la tua espressione nella penombra ti ho spostato il mento con una carezza. Un gesto che da qualche anno, per una tacita intesa fra maschi, non mi davi più il permesso di fare.

– Tu non hai fatto niente di male a quella ragazza. E nessuno farà del male a te. Questo è.

– Questo è – hai ripetuto, imitando persino il mio tono.

Anche ripensandoci adesso, sono le uniche parole che potevo dirti in quel momento. Sentivo che fra le loro pieghe si annidava una menzogna. Ma non sapevo quale, né dove.

Non ci si deve sempre fidare della propria memoria, ma ho un ricordo stranamente sereno di quei giorni di limbo. Sono cominciati con un mazzo di mimosa per Giulia da parte di Ramón. Era l'8 marzo, c'era il sole. Io ho caricato sull'auto due bici di quelle riservate ai clienti della Scuda e siamo andati verso il mare. Tu hai iniziato con una mezz'ora di corsa lenta, mentre noi pedalavamo come turisti. Ma turisti non ce n'erano ancora, i Bagni erano chiusi nel loro letargo e il lungomare sembrava tutto nostro.

Hai voluto fare tre o quattro progressioni da un chilometro e alla fine anche le ripetute da cinquecento metri. Dio, eri un'esplosione di forza, sembravi leggerissimo, Luca. Non facevamo in tempo a raggiungerti che tu avevi finito il recupero e ti rimettevi in movimento. A vederti correre toccando appena il terreno, potevo immaginare che al posto dei polpacci avessi due sospensioni di moto da cross.

– Abbiamo messo al mondo un mostro. O una macchina – ho detto a tua madre, riprendendo fiato. È vero, la giovinezza ha una potenza feroce e soprannaturale, specie quando non ti appartiene più. Nell'ultimo tratto per riuscire a starti dietro ho pedalato allo spasimo come non facevo da quando avevo la tua età.

– Accosti, grazie, qua c'è il limite a cinquanta! – ti ho urlato, quando finalmente sono riuscito a superarti. Tu hai rallentato e ti sei buttato, sfinito, su una piccola duna depositata dal vento nel varco fra due stabilimenti balneari. Ho appoggiato la bici e mi sono sdraiato accanto a te ad aspettare Giulia. Abbiamo respirato all'unisono, o almeno così mi è sembrato guardando il tuo torace sollevarsi e abbassarsi come un mantice. Ti ho indicato dei cespugli biancastri lungo i bordi di una palizzata.

– L'elicriso – ho detto. – È quello là. Ha un bel profumo. Fa anche i fiori, ma ora è presto.

A pranzo ci hai chiesto se ci fossimo mai pentiti di aver divorziato. Per la prima volta affrontavi la questione in modo così diretto. Né io né Giulia avevamo pronta una risposta che fosse sincera e indolore al tempo stesso.

– Ho fatto degli errori che mi hanno separato da tua madre – ho detto io. – Ma purtroppo certi danni sono irreparabili. Non serve pentirsi, come dei peccati. Nessuno ti dà l'assoluzione. Se la vita fosse misericordiosa, non avremmo bisogno di cercarci un dio.

Pur non essendo praticante, tua madre è sempre stata irritata dalle mie idee sulla religione. Prima ha smaltito la stizza, poi ha risposto.

– Quando c'è bisogno siamo ancora una famiglia, siamo uniti e ci aiutiamo. Questo è l'importante. E questo fra noi tre ci sarà sempre.

– Sempre – ho detto, ma ho avuto l'impressione che questa verità non ti bastasse.

Nel pomeriggio tu e lei siete andati in giro assieme a Pietrasanta, mentre io sono tornato alla Scuda a dare un minimo di senso al trattamento economico che ricevo. Alicia mi è venuta a cercare mentre stavo rileggendo le «regole d'ingaggio» per un documentario di una cable tv canadese su Thomas Beckford. «Regole d'ingaggio» le chiamiamo Nora e io, perché è un combattimento, ogni volta. *Nessuna ripresa della parte della Scuda adibita ad abitazione privata. Nessun riferimento alle vicende di cronaca nera che coinvolsero Nora Beckford nel 1993... Nel caso di intervista, ci riserviamo il diritto di visionare tutto il servizio (non limitatamente cioè agli spezzoni della sola intervista) prima di firmare la liberatoria. Il servizio non potrà essere successivamente modificato, in nessuna sua parte audio o video...*

Ho detto ad Alicia di non preparare niente per cena perché ci saremmo arrangiati, ma lei era lì per un altro motivo. Mi aveva cercato per telefono la dottoressa Monforti.

– Perché non ha chiamato me sul cellulare? – ho chiesto a voce alta, ma a me stesso.
– Ha detto solo che stasera sarà a Pisa.
Sull'appunto scritto da Alicia c'era il nome di un jazz club con tanto di via e numero civico. L'ho ringraziata con un sorriso che non doveva vedere spesso sulla mia faccia. Avevo sempre saputo che Lavinia mi avrebbe dato una mano. Sono rimasto sorpreso da me stesso per la sensazione di potere che mi ha dato quel post-it arancione piazzato sul bordo inferiore del mio monitor. In un paese in cui rispettare le regole è vissuto alla stregua di un'umiliazione, avere notizie da un magistrato su un'indagine in corso era ancora uno di quegli accessi privilegiati che mi iscriveva di diritto in un'élite, e non solo di quelli che saltano le code. Se poi un giorno mi avessero beccato, avrei potuto sempre proclamare con orgoglio di averlo fatto per mio figlio, certo di scampare a qualsiasi stigma sociale.

Di Maria si è presentato alla Scuda poco prima delle sei. Quando sono uscito per andargli ad aprire il cancello ho trovato te davanti a un pallone e Ramón a venti metri di distanza, sotto la grande quercia, con un cesto fra le mani. Hai preso una rincorsa di tre passi, con le braccia hai formato una linea diagonale al corpo e hai accompagnato il pallone nel suo volo con una rotazione del busto, senza neppure bisogno di guardarlo. In fondo la magia è sempre stata lì: trasformare un atto di disprezzo come prendere a calci qualcosa in un gesto di accurata eleganza.

Palla nel cesto. Ramón ha riso, ammirato.

– Ridi, ridi... mo' cacci i cinque euro.

Ti ho subito detto di lasciar perdere.

– Guarda che l'ha voluta fare lui, la scommessa, pa'.

– Sei uno sportivo professionista. Non puoi scommettere neppure su una regata di paperelle di plastica. E poi c'è l'avvocato, vieni.

Giulia si era seduta al sole sul terrazzo a tasca del mio alloggio e abbiamo deciso di tenere la riunione lì, all'aperto. L'aria era fresca e dolce, avevamo tutta la privacy necessaria.

Vestito casual, l'avvocato Di Maria mi è sembrato ancora più grasso. Nonostante il sudore facile e le mani di un biancore carnoso, quasi infantile, mi comunicava una sensazione di sicurezza. Ci ha offerto rotelle di liquirizia, ha aperto uno sfizioso portadocumenti di pelle con le sue iniziali e ha esordito con *parliamo un po' di Aurora Lopez.*

– Ha cambiato scuola due volte. Adesso frequenta un istituto alberghiero, a diciotto anni è ancora in terza. Frequenta per modo di dire, ho saputo che in classe la vedono un giorno sì e dieci no. Genitori divorziati.

Il silenzio con cui lo stavamo ascoltando ha cambiato bruscamente tonalità.

– Normalmente viene considerata una prova a carico? – ho chiesto io, e a quel punto ha capito. Si è scusato dopo un falso colpo di tosse e ha proseguito mostrando su un tablet le foto di diversi calciatori ornati da cuori e profferte in maiuscolo come *chiudiamoci nello spogliatoio io e te, buttiamo via la chiave*. In un'immagine, salvata al volo da qualche suo amico su Snapchat, Aurora si copriva fino a metà coscia tirando l'orlo di una maglietta da calcio celeste chiaro, non saprei dire se del Napoli, della Lazio o del City. Ma, insomma, non è quello il punto. Di Maria le aveva scaricate dai profili social di Aurora.

– Nonostante usufruiscano di un alloggio popolare, i Lopez sono comunque inquilini cronicamente morosi. La madre lavora a ore in qualche cooperativa di pulizie... ma la notizia più interessante riguarda il padre. Fa la guardia giurata ed è stato denunciato per stalking. Indovinate da chi.

Ci ha lasciato in sospeso un attimo, ci ha guardato sornione, poi si è preparato fra le dita un'altra rotella di liquirizia.

– Da Aurora Lopez.

Il primo a reagire sei stato tu.

– Ma', allora pure io ti denuncio quando ti fai gli account falsi e mi segui su Instagram. Avvocato, che dice, la vinco la causa?

Ti ho dovuto ricordare che non stavamo a fare gli scemi in pizzeria. Subito dopo ho ammesso di non capire del tutto che vantaggio potesse portare a noi questa notizia.

– Che senso ha per una figlia denunciare suo padre per stalking? Questa ragazza sa di cosa sta parlando? Forse non ha ben chiari i doveri di un genitore... o magari è istigata dalla madre. E se invece volesse denunciare altro? Perché allora non ne ha avuto il coraggio? Diamoci tutte le risposte che vogliamo. Che sia in mezzo alla guerra fra i genitori, che sia disposta a tutto pur di trovarsi un fidanzato calciatore, la sua affidabilità è molto vicina a zero.

– E perché non zero? – ho chiesto io, allarmato.

– Perché uno straccio di credibilità potrebbe ancora recuperarlo.

– E come?

– Se glielo regaliamo noi.

Di Maria si è proteso verso di te.

– Domani, Luca, dobbiamo giocare per il pareggio. Non ci dobbiamo prendere rischi. Non devi dare spiegazioni non richieste, non lasciare buchi nelle risposte, chiudi ogni spiraglio. Come quando giochi, okay? Puntuale, senza strafare, non un tocco di più e se necessario... palla in tribuna.

– Tranquillo, avvocato. Mi metto con la difesa a cinque – gli hai risposto. Di colpo ho avuto la percezione nitida che la tua spavalderia fosse troppo ostentata per essere vera.

A Pisa non ci tornavo dai tempi dell'università, quando migrare dalla Versilia il sabato sera equivaleva a fare i salmoni controcorrente e *movida* era ancora una parola straniera. Nessuno nella nostra ghenga era iscritto a Economia, ma avevamo intuito che a Pisa il costo esorbitante degli affitti per gli studenti fuorisede produceva un virtuoso effetto calmierante sui prezzi della pizza e del gin tonic.

Il jazz club in una traversa del Lungarno ricrea credibilmente l'atmosfera del locale fumoso senza avere più a disposizione l'indispensabile aiuto dei fumatori. Poca luce, palco raccolto, nessun cimelio, nessuna facile citazione. Niente è lasciato al caso, nessuno è più schizzinoso della clientela che si considera *indie*. Ho l'impressione che qui possano incontrarsi studenti, ricercatori e professori dello stesso corso di laurea.

Lavinia la riconosco dal rosso-quasi-arancio dei capelli. Ha perso finalmente quei chili che la facevano dannare e sfoggia un nuovo taglio a metà fra un'attivista della Berlino più radicale e Claire Underwood. Sta parlando con una specie di ninfa dai capelli cortissimi e decolorati. Mi avvicino aspettando che sia lei a vedermi. Mi sorride ma ci abbandoniamo solo a un mezzo abbraccio. La ragazza avrà sui vent'anni, orecchie e sopracciglia costellate di piercing e sulla maglietta due labbra color rubino che trattengono un proiettile dorato.

– Ma come... Dania non l'hai riconosciuta?

Non l'avevo riconosciuta, erano almeno due anni che non vedevo la nipote di Lavinia.

Le stringo la mano come se fosse una nuova conoscenza. In effetti è un'altra persona. Ora è una donna, giovanissima, ma di fatto una creatura compiuta.

– Ha preferito iscriversi all'università a Pisa – mi dice Lavinia, – per liberarsi dalle grinfie di sua zia.

La ragazza accenna un sorriso che non conferma né smentisce.

– Quale facoltà? – chiedo.

Mi risponde Lettere con indirizzo-qualcosa, ma ha

una voce sottile, anche il brusio morbido di un jazz club riesce a coprirla.

– Bello – dico, in ogni caso.

Ci lascia da soli senza che glielo chiediamo e va verso il palco. Mi par di capire che uno della band è suo amico.

– Come se la passa?

– Da fuori non male. Studia, si è messa in testa di suonare il pianoforte.

A me pare una bella cosa, a Lavinia meno. Il motivo è che Dania ha una grande passione per il jazz.

– Ti sembra un problema?

– Certo. È musica introversa e cerebrale. Potenzialmente depressiva. L'esatto opposto di quello che le servirebbe. Può andare bene a quarant'anni, ma a venti no, vuol dire che stai male.

Non sono io l'avvocato adatto a difendere il jazz, quindi Lavinia ha gioco facile. Per lei i grandi jazzisti sono stati quasi tutti borderline, emarginati o tossici al cui confronto qualsiasi rockstar è un pischello che tossisce alla prima sigaretta. Contraddirla è inutile, la conosco, e poi il punto che le preme è un altro.

– Pensi che Dania prenda qualche droga?

– Io non penso, Dario. Io verifico, lo sai. Si fa giusto un paio di canne al mese, e l'alcol lo regge anche meglio di molti suoi coetanei maschi. Come sua madre... e come sua zia – dice, guardando il bicchiere di cognac fra le dita. – Però si brucia tutte le amicizie migliori, ha mandato in culo anche il secondo psicoterapeuta e non ha ancora ripreso i suoi chili di prima.

Prima era prima che suo padre morisse, la notte di ferragosto di tre anni fa. Il che sarebbe stato già abbastanza se anche sua madre, un coraggioso medico chirurgo di Belgrado, non fosse morta pochi anni ancora *prima* di quella notte.

Ricordo a Lavinia che abbiamo ancora un'offerta in ballo per la sua casa in Versilia.

– Ci ho pensato. Non la accetto. Troppo bassa.

– Hanno alzato di trentamila. Chi ti dà di più, di questi tempi?

– Allora aspetterò tempi migliori.

– Ma tu la vuoi vendere davvero quella casa?

Sul palco iniziano a suonare e lei abbassa lo sguardo nel cerchio ondulante del cognac.

– Okay – dico, – anche un magistrato può avvalersi della facoltà di non rispondere.

– Ecco – fa, e finisce il bicchiere con un unico sorso, lento e a occhi chiusi.

È in quella villetta di mattoni accanto al circolo del tennis che suo fratello Tommaso si è sparato la notte di ferragosto del 2016. Con una pistola non denunciata, dopo una discussione con Lavinia. Da dove venisse la pistola e di cosa avessero discusso i fratelli Monforti non lo ha mai saputo nessuno.

Nessuno tranne Lavinia e me.

Vado a prendere un altro cognac per lei. *Nessun problema, dormo da Dania, stasera*, mi ha tranquillizzato. Chiedo al barista se può correggere la mia birra con un goccio di liquore all'anice.

– Anche sambuca?

– Se non c'è di meglio.

Lui mi guarda come se fossi un mezzo pervertito, e io un po' lo capisco, ma mi accontenta.

Lavinia e io ci spostiamo a parlare in un angolo meno affollato, appoggiati alla parete.

– Anche tu non hai più ripreso i chili di prima – le dico. Il suo dimagrimento mi ricorda il consumarsi di chi si dimentica di mangiare. Le vorrei anche dire che quando, molto presto, le occhiaie diventeranno borse, coprirle con il correttore non sarà più possibile.

– Nessuno tornerà più come prima. Il passato ci manda in esilio, non c'è niente da fare.

– Hai reso l'idea.

– Piuttosto, Dario, ma che t'è venuto in mente? Se avessi saputo perché mi chiamavi, neanche ti avrei risposto.

– Ho bisogno di aiuto.

– E me lo chiedi per telefono? Ma cosa credi che abbia fatto la polizia dopo aver preso il cellulare di tuo figlio? Ha messo sotto controllo quello della ragazza, quello dei suoi genitori e i vostri.

Mi dichiaro convinto che non sia possibile, ma la mia ferrea convinzione dura un paio di secondi.

– Vuoi insegnarmi per caso come funziona? C'è un'indagine in corso. Mi pare che tu non abbia ancora accettato l'idea.

Vediamo se con mezza pinta tirata giù di schianto la accetto, penso.

– Di per sé, la chiamata non è rilevante ai fini dell'indagine – continua lei, – ma certo hai fatto una cretinata che ti mette in cattiva luce. Se i poliziotti ne hanno parlato al pubblico ministero, domani la Scotti Fischer te la ritrovi incazzata come una biscia.

– Che tipo è? Femminista? Dimmelo sinceramente.

– Non ti ho voluto incontrare per dare giudizi sui colleghi.

– E allora per cosa?

– Per l'aiuto che mi chiedi – fa, e mi accorgo che non ha ancora attaccato il secondo cognac.

– Benissimo – dico, – benissimo. A proposito, mi dispiace per la frase di ieri, quella sul figlio. Non ero lucido.

– No, non lo eri. E comunque, se Luca fosse mio figlio domani gli direi di dichiarare che con quella ragazza c'è stato un rapporto consenziente. E che è successo intorno alle undici.

So benissimo di aver capito bene, eppure mi rifiuto di crederci. La mia faccia basita è sufficiente a chiedere spiegazioni.

– Perché dopo mezzanotte Luca è diventato maggiorenne. La ragazza non ha saputo indicare l'orario preciso della violenza. Quando manca un dato certo, si presume sempre la minore età dell'indagato e se ne occupa la Procura per i Minorenni. E lì è meglio che rimanga, Dario. L'iter è più veloce, si può chiudere tutto all'udienza preliminare, senza clamori.

– Non dire *si può*. *Si chiude*, e basta. Luca è finito in questa storia per sbaglio.

È un'affermazione convinta, ma Lavinia la commenta con un silenzio ambiguo. Mi chiede di ascoltarla bene.

– Da minorenne Luca non rischierebbe il carcere nemmeno nella peggiore delle ipotesi. È sempre possibile la messa alla prova che porta all'estinzione del reato... significa fedina penale immacolata.

Io non tollero sentire termini come *imputato*, *fedina penale, carcere* nella stessa frase in cui lei pronuncia il nome di mio figlio.

– La peggiore delle ipotesi? Ma cosa significa? Devo accettare l'idea che Luca possa essere condannato sulla base del nulla?

– Significa che se per disgrazia qualche elemento sposta il fatto all'una di notte, la Scotti Fischer potrebbe spedire tutto l'incartamento alla procura competente, a Lucca. Con i carichi di lavoro che abbiamo, t'assicuro che l'occasione per liberarsi legittimamente anche solo di un fascicolo non la perde nessuno. Ricordati che dalla mezzanotte del 6 marzo Luca è diventato maggiorenne.

– E quindi devo convincerlo a confessare una cosa che non ha fatto?

– Un rapporto consenziente, Dario. Un rapporto consenziente avvenuto prima di diventare ufficialmente maggiorenne.

– È questo il tuo aiuto? Cos'è, una cazzo di strategia difensiva geniale?

– L'hai detto tu, che sarei stata un ottimo avvocato. Io fossi in te ne approfitterei, è *pro bono.*

– E invece sei un magistrato, e devi dirmi cosa hai saputo.

– Io so quanti anni di carcere fanno se sommiamo la violenza sessuale alle lesioni gravi. Troppi per avere la messa alla prova davanti al tribunale ordinario. Mi sono spiegata? So che da imputato maggiorenne Luca affronterebbe un processo più lungo, con tanto di dibattimenti pubblici e il suo nome diffuso ovunque senza problemi. Alla fine lo riconoscono innocente, tu ne sei sicuro, ma intanto? Intanto è un massacro. So che se fosse mio figlio penserei per prima cosa a evitargli tutto questo.

– Dimmi cos'hanno in mano quelli, Lavinia.

– Ho parlato anche troppo, nella mia posizione.

– C'è qualcuno che sta incastrando Luca, è così?

– Non ho detto niente del genere.

– E allora cosa mi stai consigliando? Di accettare subito il danno minimo... o una scappatoia onorevole. Ma mio figlio non ha fatto nulla. Nulla.

– Un rapporto consenziente. Avvenuto intorno alle undici – ripete.

– Ma perché deve dirlo, dimmi perché! Lui nemmeno la conosce, questa Aurora Lopez.

Lei non fa una piega, butta giù un breve sorso, mi stringe il braccio poco sopra il gomito. Per qualche motivo so che mi risparmia un'occhiata inesorabile delle sue.

– Perché se continua a negarlo è un suicidio, Dario.

V

Il 9 marzo è uno di quei giorni che non avrei voluto vivere. Uno di quei giorni che arrivano troppo presto e che poi sembrano lunghi come una settimana. Un giorno che per me inizia a notte fonda, poco dopo l'una, quando rientro e ti trovo seduto fuori, sulla panca di legno accanto alla porta. Hai il telefono di tua madre in mano e gli auricolari alle orecchie. Te li tolgo, ma con la massima delicatezza.

– Ancora non sei a dormire?

– Guarda che io alle dieci già stavo sul divano, ma non puoi sapere cosa è successo.

– No che non lo posso sapere – ti dico. A me stesso invece dico che la mia serata non avrebbe bisogno di altri colpi di scena.

– Mamma e la tizia inglese si sono prese.

– Si chiama Nora Beckford.

– Okay... ma di brutto, pa'.

L'episodio ti ha divertito. Mi siedo accanto a te per ascoltare il resoconto. Vai avanti e indietro, come se gli avvenimenti fossero comandati dal cursore di un video su YouTube che sposti a tuo piacimento.

– Dall'inizio, per ordine. Così non capisco un cazzo.

Mi chiedi se per caso mi girano. Ecco, oggi puoi immaginare quanto mi stessero girando. Il tuo racconto non migliora il mio umore. Da impeccabile padrona di casa, Nora vi ha invitato a visitare l'interno della Scuda. Eppure l'avevo pregata di non farlo. Giulia ha rifiutato, non credo in malo modo. Ma per Nora snobbare la sua ospitalità è un'offesa mortale. Quindi ha sentito l'esigenza di precisare che io e lei non stiamo assieme e che non abbiamo mai neanche scopato.

Non ho difficoltà a crederlo. È molto *Nora-style. Straight to the point*, oggettivo, provocatorio. Mi vedo davanti anche la sua espressione, la stessa di quando a vent'anni portava in giro a ogni festa la propria insopprimibile noia di vivere. Ma oggi ha passato i quaranta e quella non è più la posa studiata di una ragazza fragile. Negli occhi color nebbia di Nora ogni tanto balugina la tranquilla, levigata luminosità dell'acciaio.

– «Lei che non scopa con qualcuno? Tutti i tg ci faranno l'apertura domani» ha detto mamma. Ma quella niente, calma. Ha detto che capiva il momento difficile. Allora mamma ha sbroccato proprio.

Dal tuo racconto sembra che tu le abbia fisicamente impedito di prendere Nora per i capelli.

– «Pensi a quello che ha fatto lei e stia zitta» ha urlato mamma. Io dopo gliel'ho detto, che quella storia là, della ragazzina ammazzata vent'anni fa...

– Che le hai detto?

Mi basta un'occhiata per ricordarti che fra noi c'è un segreto: la vera storia di come è morta Irene Calamai.

– Niente, solo che magari non era stata lei...

– Fatica sprecata. Che Nora sia innocente è una teoria che tua madre non accetterà mai per il solo fatto che la sostengo io.

– Che paranoia, le donne. Se te lo posso dire, pa', quando si incazzano mi fanno paura.

– Solo quando si incazzano? Beato te.

Per dovere di cronaca ribadisco che Nora ha detto la verità. Io con Nora ci lavoro e basta. Tu mi rispondi con un *chissene*, che sono cose mie. Non è così, infatti mi basta lasciar passare qualche secondo di silenzio e ti ingarbugli da solo in una sequenza di *insomma, dopo che tu e la mamma, allora non, in pratica tu non ce l'hai più avuta, una donna.*

In pratica io ci avevo provato. Corinna, ventisette anni, aveva soggiornato una settimana alla Scuda per ultimare il suo dottorato su Thomas Beckford e le ultime due notti le aveva passate da me. Era ovvio che per lei ero uno sfizio antropologico o un'appendice della sua ricerca che, sperabilmente, non sarebbe finita nella tesi. E siccome era stata così dolce e intelligente da chiarirlo senza dirmelo, io l'avevo ringraziata nell'unico modo possibile: non cercandola più. L'unica altra notizia che abbia mai ricevuto da lei è stata la sua tesi rilegata per il nostro archivio. Con Ruth invece poteva avere un senso, infatti era durata un po' di più. Chiusa la mostra in una galleria di Oslo, eravamo andati in giro fino a quando, intorno all'una e mezza di notte, il chiarore diffuso come pulviscolo blu era diventato il preludio dell'alba. Io, stupito come un bambino, avevo dichiarato di voler stare in giro tutta la notte, lei mi aveva risposto che non intendeva essere arrestata per atti osceni in luogo pubblico. Successivamente avevo fatto in modo di rappresentare la Fondazione a tutti i vernissage delle mostre su Beckford che Ruth aveva organizzato in Europa. Valencia, Arles, Varsavia e un'altra che non ricordo. Poi lei aveva deciso di comprare un piccolo podere e trasferirsi nelle Marche con le due figlie, i tre cani e la gatta. «Ti invito appena ho finito di ristrutturare» mi aveva scritto. Ogni tanto ancora oggi mi dico che si sa come sono le ditte edili, ce ne fosse mai una che rispetti i tempi stabiliti. Del resto, anch'io ho il suo numero e non l'ho mai chiamata.

Ma in quel momento non ti racconto nulla, non credo neppure ti piacerebbe ascoltarmi. C'è altro che mi preme, molto altro, ed è molto urgente.

– Ieri tua madre ha detto che siamo ancora una famiglia. Secondo te è vero o no?

La tua espressione è quella di uno che si sveglia cadendo dal letto. Lo traduco in *prova a sostenere il contrario e ti sputo in faccia.*

– Allora, nel momento in cui metti piede qui hai diritto di sapere come mi sono rifatto una vita, e chi è per me Nora Beckford. Riguarda anche la tua, di vita.

Mi sembri d'accordo, anche se pronunciare un esplicito *sì* ti costa troppa fatica.

– E anch'io ho diritto di sapere cos'è successo l'altra sera in quella discoteca.

– Ma che è, non mi credi?

– Io credo che l'altra mattina tu abbia avuto paura. E che tu non abbia detto tutta la verità.

– Guarda che io non ho fatto niente.

– Non ti ho chiesto *cosa hai fatto*, Luca. Ti ho chiesto *cosa è successo*. Perché purtroppo qualcosa è successo. Quella ragazza qualcuno l'ha stuprata, Luca. E non solo. Sai cosa vuol dire rompere l'osso dello zigomo? Sai cosa vuol dire far uscire una mandibola dalla sede? Significa picchiare duro da ammazzare, capisci?

– Mi dispiace per lei, ma chissà chi ha incontrato. Quella ha giusto due neuroni che si parlano solo tramite avvocati.

– Come fai a dirlo, se non la conosci?

– Ma le hai viste le cose che mette sul profilo? Una *poraccia numero uno*, pa'.

– Le ho viste, ma perché ha fatto il tuo nome? Perché proprio te vuole mettere nei casini? Ci sarà una ragione, un collegamento.

– *Ecchennesò*, tu lo capisci che passa per la testa alle donne?

Ti dico che, se stai coprendo qualcuno, da domani il giochino diventa pericoloso. Ti giuro che a me puoi dire tutto e rimarrà fra di noi. Un patto fra padre e figlio e un patto fra maschi. Una cosa sacra, insomma. Cosa puoi volere di più? Mio padre non mi ha mai proposto niente del genere.

Tu non cedi e io ti metto la mano sulla spalla.

– Allora, Luca, io con te davanti al pubblico ministero non ci vengo.

Finalmente lo vedo allarmato.

– Ma perché?

– Non voglio essere lì mentre fa a pezzi le tue cazzate.

– Le cazzate le dice quella là!

– Da padre, lo capisci, è uno spettacolo che preferisco risparmiarmi.

– Sei mio padre. Che fai, scappi?

– Mi dispiace, sei maggiorenne.

– E tu sei un pezzo *demmerda*.

Quella notte alla Scuda mi hai detto proprio così. Se oggi non lo ricordi, forse è perché l'hai rimosso, perché con il tempo la vergogna ha preso il sopravvento. Non so come ho fatto a tenere le mani in tasca, stringere la stoffa e non girarti la faccia con uno schiaffo. Non lo so, sta di fatto che mi sono alzato, ti ho detto di andare a dormire e ho messo in fila i miei passi fino alla porta.

La mattina del colloquio, prima di partire per Firenze salgo nell'atelier, cerco Nora, vedo il tavolo della colazione ancora intatto e la trovo sul bordo della piscina vuota che fuma, in anfibi e vestaglia di seta rosso carminio. Non di rado dagli armadi della Scuda riemergono scatole intatte con i regali – dal sontuoso all'imbarazzante – che l'amante di turno aveva rispedito a suo padre, in porto assegnato, dopo essere stata scaricata.

Nora si tiene chiusa la vestaglia con una mano e ha i capelli pettinati dal cuscino. Mi accenna un sorriso ed è il sorriso dolce e colpevole di chi sta pensando di tornarsene a letto.

– Starò fuori tutto il giorno. Ti ho preparato un memo con tutte le questioni importanti.

– Non preoccuparti. Come la sta prendendo il tuo ragazzo?

– Non lo so. Ci diamo tutti un tono. A proposito, mi dispiace – dico. – Qualsiasi cosa sia successa ieri sera, mi dispiace.

– Guarda il lato positivo. Non è più tua moglie.

– Rimane sempre la madre di mio figlio.

Aspira l'ultimo tiro sbirciandomi con la coda dell'occhio.

– Per fortuna Luca assomiglia decisamente a te – mormora, dietro la nuvola di fumo che si dirada velocemente.

Durante il viaggio verso Firenze non hai detto una parola. Tua madre cinque o sei al massimo. Le hai sequestrato il cellulare per ascoltare musica e ti sei perso a guardare fuori dal finestrino. Prima le fabbriche che sbuffano finte nuvole, poi la campagna sfinita dai mesi di gelo, poi i vivai ordinati. Fra di noi c'è un conto aperto, ma tua madre non lo deve sapere. A mezzogiorno meno venti risaliamo la rampa del parcheggio di fianco alla stazione e ci facciamo pazientemente superare da una processione di turisti giapponesi scortati dai venditori di selfie stick. Gli autobus avanzano a passo d'uomo fra i reticolati dei lavori in corso. Sembra che per i lavori abbiano tolto anche il cielo e l'abbiano sostituito con un telo biancastro, uniforme e senza profondità. Ma Giulia tiene indosso gli occhiali da sole come una celebrità che non vuole essere riconosciuta. A un certo punto ti agguanto per un braccio. Cappuccio in testa e mani piantate nelle saccocce che hai al posto delle tasche, stai per attraversare la strada mentre arriva il tram.

La Procura per i Minorenni è in un edificio che occupa quasi un isolato intero. Anonimo, se non fosse per le due bandiere sopra l'ingresso e una targa su cui qualcuno ha spruzzato della vernice gialla.

Dentro è un labirinto di corridoi, scale e pareti divisorie. Vado avanti io, tu mi segui, Giulia chiude il nostro piccolo, imbarazzato corteo guardandosi le punte delle scarpe. Gli avvisi e le indicazioni in A4 appesi ovunque con lo scotch mi ricordano più una segreteria universitaria che un luogo dove la giustizia prende le sue severe decisioni. La differenza è che qui sono tutti più gentili e danno molte più informazioni. E nel concetto di gentilezza rientra anche l'incrociarti con nonchalance e il non chiederti, neppure con un'occhiata, per quale motivo sei qui, dato che difficilmente sarà un motivo di cui essere fieri.

Incontriamo il nostro avvocato su un piccolo pianerottolo. Dice che ci stava venendo incontro, che il pubblico ministero è occupato e ritarderà di una ventina di minuti. Si fa subito da parte, per quanto la mole glielo consenta, e ci fa passare indicando la seconda porta del corridoio.

– Come sapete, se lui è d'accordo, potete essere con Luca mentre...

– Certo che entriamo con lui – fa tua madre.

– Io rimango fuori – dico.

Non saprei dire chi di voi due rimanga più colpito,

se tu o Giulia. Lei non se l'aspettava, tu eri sicuro che non facessi sul serio.

– Mio figlio è maggiorenne. È l'ora che se la cavi da solo.

Secondo tua madre è inconcepibile. Per ribadire che invece è concepibile, eccome, mi metto a sedere su una sedia da ufficio scolorita.

– Vai tu – rispondo. – Io vi aspetto qui, tanto... Luca ripeterà quello che ha detto alla polizia in albergo, no? E allora lo so già.

Giulia stenta a capire quello che sta succedendo. Tu invece no. Ti ho appena lasciato solo, ti ho appena detto chiaro e tondo che non ti credo, ma senza farlo capire a nessun altro. E mentre anche tu inizi a credere un po' meno in te stesso, io mi auguro di aver fatto la mossa giusta. Quella più dolorosa, quella più azzardata, ma talvolta è l'unica giusta.

Di Maria cerca di riportare l'ordine dicendo che una decisione va presa. Sei maggiorenne e la presenza dei genitori non è obbligatoria. Anzi, sei tu a dover dichiarare che acconsenti alla presenza di tua madre durante il colloquio.

Mi guardi per un istante, e in quell'istante il nostro patto mancato fra maschi diventa una segreta partita di scacchi.

– Allora vado da solo – fai.

Dobbiamo calmare Giulia in due, io e l'avvocato.

– Ma che succede? Siete tutti impazziti?

– Me la cavo da solo, tranquilla.

– Sono tua madre.

– E appunto. Tu e pa' andate a farvi un bel giro per Firenze.

Il 9 di marzo la porta di ciliegio dell'ufficio del pubblico ministero si è aperta alle 12 e 18 minuti. Da un quarto d'ora la studiavo come se fra le venature del legno ci fosse qualche profezia da decifrare. La dottoressa Scotti Fischer l'abbiamo intravista per pochi secondi. Camminava con l'aiuto di una stampella e mi è parsa una versione 2.0 della vecchia fricchettona. Dico vecchia anche se non arrivava ai sessanta perché, per come la vedo io, i fricchettoni invecchiano già dopo i trenta. Portava una stola dai colori quasi lisergici, diversi etno-braccialetti, una collana di pietre di giada. Zero trucco, mi è parso.

So bene cosa ha pensato quando si è trovata davanti Luca. Un ragazzo sano, dalla nuca perfetta e dalle spalle possenti, uno che vorresti fosse tuo figlio. Fra lei e Di Maria c'è stato un saluto da vecchie conoscenze. A noi ha riservato un cenno con la mano.

Quando la porta di ciliegio si è chiusa non è stato come rimanere ad aspettare i risultati di una prova o di un esame. Appena la maniglia è tornata alla sua posizione iniziale, Giulia mi ha mormorato che ero una testa di cazzo, poi è andata verso la finestra in fondo al corridoio. L'ho lasciata piangere da sola perché in quel momento una prima sentenza era già stata emessa. Anche se non era stata pronunciata una sola parola, noi due l'avevamo sentita distintamente.

Di lì a un'ora la porta si sarebbe riaperta. Non potevo sapere cosa sarebbe successo in quei sessanta minuti, ma ero già sicuro che quell'ufficio non ci avrebbe restituito lo stesso ragazzo che era appena entrato.

Sei uscito dopo quaranta minuti. A una prima occhiata mi sei sembrato sereno, ma la Scotti Fischer non ci ha dato il tempo di scambiare mezza parola, ha chiesto subito di parlare con noi. Ti sei andato a sedere nel medesimo punto da cui ti eri alzato, accanto alla fotocopiatrice, di sghimbescio.

Per prima cosa ho notato un grande mobile a vetrina che occupava mezza parete e che stonava con il resto della mobilia da ufficio, bianca e moderna. La seconda è che c'erano altre due persone, un uomo e una donna sui trenta. E poi ho notato Di Maria intento a prendere appunti con la borsa appoggiata sulle ginocchia.

– Si metta pure più comodo, avvocato – ha fatto la Scotti Fischer, tornando verso la sua scrivania, poi ha chiesto a uno dei due uditori di aprire la finestra, ma non tanto. La mancanza di convenevoli da parte del pm mi ha stupito. Ma non l'ho presa come una scortesia, sembrava piuttosto un non voler perdere la concentrazione. Si è lasciata sprofondare nella poltrona da ufficio, facendola cigolare.

– È meglio chiarire subito perché siamo qui. Dobbiamo capire cosa è successo e dobbiamo capirne i motivi. Ma il vero scopo del nostro lavoro è poi farlo capire alle persone coinvolte. Per questo c'è bisogno del contributo di tutti.

Il timbro ruvido era quello di chi non lascia passare un giorno senza buttare nel cestino un pacchetto di sigarette accartocciato. Dietro la scrivania ho notato la foto di due labrador. Quando il pm ci ha chiesto come ti avevamo visto ultimamente, Giulia è tornata a dare segnali di vita cosciente.

– Luca sopporta benissimo la pressione psicologica...

Ho annuito. Sarebbe stato più giusto dire che avevi i tuoi rituali per compensarla. Fin da piccolo. Quando eri in ritardo e Giulia ti faceva trovare la borsa già pronta, tu la rovesciavi e ricominciavi da capo: la base era composta da busta con shampoo e bagnoschiuma, ciabatte, accappatoio e poggiapiedi di spugna per evitare qualsiasi contatto fra le tue preziose estremità e gli spogliatoi popolati di germi insidiosi. Da qualche anno adottavi una tua personale allacciatura delle scarpe con il nodo della stringa al centro della tomaia. Già tre ore prima del match, il tuo cellulare diventava irraggiungibile – almeno per noi.

– Luca ama il calcio, vive per il calcio, non ha mai avuto dubbi che fosse la sua strada...

Non ho aggiunto niente, però ho ripensato a quando quattro anni prima avevi urlato *affanculo il calcio* e avevi cercato di piantarti un grosso coltello da cucina nel ginocchio. Per poco la tua carriera non si era chiusa sul nascere. Ma erano i giorni in cui il nostro matrimonio colava a picco, questo va detto.

– Sembra strafottente, ma fa il calciatore, si sente speciale... in realtà è un ragazzo sensibile.

Ho confermato silenziosamente. Come molti adolescenti maschi ostenti la sensibilità di un ferro da stiro. Dopo una partita passi dalle due alle quattro ore riverso sul divano. Due se la partita è andata bene, quattro se è andata male, tre se la squadra ha vinto ma non sei soddisfatto della tua prestazione. Un ragazzo sensibile forse impiegherebbe almeno dieci minuti a leggere qualcosa che non sia il sito della *Gazzetta*, tu invece tratti partite di droga e stermini gang rivali in un gioco chiamato *Grand Theft Auto*. A ogni poliziotto ucciso guadagni stelline da criminale fino a quando, a sei stelline, ti mandano contro i Marines con gli elicotteri Apache. Fra una strage e un inseguimento puoi farti fare un lavoretto da qualche prostituta. D'alto bordo o meno, credo sia anche quella una questione di stelline.

– In squadra è quello che ha i voti migliori a scuola. E non sa quanto aiuta gli altri con i compiti e le verifiche... specialmente il ragazzo di colore, Momo, sono amicissimi.

Ho annuito ancora più convintamente. L'affermazione era giusta, anche se andava relativizzata al livello desolante della squadra, in cui anche uno svogliato come te acquisiva lo status di faro di conoscenza.

Il mio controcanto mentale si è smorzato solo quando Giulia ha rivendicato che in squadra gli allenatori ti hanno sempre portato a esempio per i compagni, e che spesso ti hanno scelto come capitano.

– Sa quante ammonizioni ha preso Luca, da quando gioca? Tre. E gioca da quando ha dieci anni.

– La terza gli è stata comminata proprio il pomeriggio del 6 marzo, se non erro. Per proteste contro l'arbitro della partita che era... la signorina Meluzzo Rosa. Una donna.

Ecco, questa notazione del pm non mi è piaciuta.

– Era la finale e gli aveva appena fischiato un rigore contro – metto in chiaro, – fra l'altro inesistente.

– Non vorrà che lo rivediamo alla moviola, spero.

– Luca ha protestato, l'avrebbe fatto anche con un arbitro uomo. E non l'ha insultata, altrimenti si sarebbe preso il cartellino rosso, non quello giallo.

– Conosco le regole del calcio. Capisco persino il fuorigioco, stia tranquillo.

La Scotti Fischer ha continuato a porci domande generiche, come volteggiando in modo sinistro intorno ai fatti del 6 marzo. È giusto che tu sappia cosa i tuoi genitori hanno risposto in quel frangente. Non avevi avuto delusioni amorose, non avevi mai avuto una storia importante con una ragazza, solo cose effimere, prime esperienze di sesso o poco più. Durante il nostro divorzio eri rimasto equidistante. Ogni risposta, anche se data di comune accordo, non riusciva ad allontanare un vago senso di accerchiamento. Poi il pm è rimasto qualche secondo con gli occhiali a metà naso, ha messo a fuoco le scritte su una cartellina, poi l'ha girata verso di noi.

– Come ho già detto prima a Luca, in presenza dell'avvocato Di Maria, i risultati dell'esame del DNA...

– Su cosa lo avete effettuato? – l'ho interrotta. Di Maria mi ha fatto capire con uno dei suoi colpi di tosse che era meglio tacere, lei però mi ha risposto in tono pacato.

– Glielo dico subito. Abbiamo confrontato peli e cellule epiteliali sui parastinchi presi dalla borsa di suo figlio, segnati con pennarello indelebile LC e repertati nella stanza 102 dell'Hotel La Marina... con le tracce organiche repertate in un piccolo prefabbricato fuori dalla discoteca, indicato dalla denunciante come luogo della presunta violenza.

Le ho chiesto cosa intendesse per tracce organiche.

– Intendo liquido seminale contenuto in un profilattico. Il risultato di compatibilità fra le due tracce è stato del 99%.

Tua madre ha avuto la malaccorta idea di chiedere come mai non fosse del 100%.

– Perché il 100% esiste solo alla televisione, signora.

– Non è possibile – ha replicato. Di Maria le ha mormorato di non agitarsi, ma non ha ottenuto il risultato sperato.

– Luca quella non la conosce, gliel'avrà detto, no?

Un cenno della Scotti Fischer e l'uditore si è avvicinato con un pc portatile. Ce lo ha posizionato davanti e sullo schermo ho riconosciuto il tuo viso, leggermente deformato in larghezza. La tua voce è arrivata subito dopo sottolineata da un lieve sibilo di sottofondo.

– Lei m'ha detto *portami a vedere le stelle sul mare* e io ho detto *sto così carico che se vieni sul mare con me stasera le stelle te le faccio vedere io, e pure tutti i pianeti.* E questa non ci ha pensato un attimo. Ha accannato la sua amica e m'ha portato fuori di corsa.

Eri proteso verso l'interlocutore, i gomiti sulle ginocchia larghe, serio ma concentrato. L'interlocutore era solo una voce fuori campo, quella aspra della Scotti Fischer.

– Sapresti dirmi a che ora vi siete appartati sulla spiaggia?

– Eravamo arrivati da poco, queste qua ci si sono accollate da subito. Saranno state al massimo le undici.

– Queste qua chi?

– Questa Aurora e la sua amica.

Il pm ha interrotto la registrazione. Ha voluto informarci che da lì in poi domande e risposte si addentravano in dettagli espliciti. Forse preferivamo non ascoltarli direttamente? Sono stato io a risponderle di andare avanti, mentre Giulia, inebetita, fissava il pc come se sullo schermo ci fosse solo un androide con le fattezze di suo figlio.

– Cos'è successo, sulla spiaggia?

– E che è successo... ci siamo dati da fare.

– Bisogna che tu dica esattamente che tipo di rapporto c'è stato.

A quel punto ho preferito chiudere gli occhi. La sequenza monocorde di domande e risposte mi è risultata più indolore. Dove si è consumato il rapporto? *C'era questo casottino di legno, tipo quelli che mettono per le feste sulla spiaggia per farci il bar.* Eravate in piedi? *Io in piedi, lei appoggiata a una specie di panchetto.* Vi siete spogliati? *Mica faceva caldo. Mi sono sbottonato i pantaloni, lei si è tolta gli slip.* Che tipo di penetrazione è avvenuta? *Come che tipo?* Vaginale? *Eh.* Solo quella? *Certo.* Avevi portato tu il profilattico? *No, ce l'aveva lei.* Avete avuto qualche altro tipo di rapporto? *In che senso?* Avete praticato sesso orale, tu a lei o viceversa? *No. Non voleva essere baciata, neppure sulle guan-*

ce, ha detto. Perché? *Perché sennò devo rifarmi il trucco, ha detto*. Quanto tempo siete rimasti in questo casottino? *Boh*. Approssimativamente? *Chessò, dieci minuti*. E poi? *E poi siamo usciti, lei si è accesa una sigaretta. Me l'ha anche offerta, io ho detto ma che scherzi, fumare io?* Ti sembrava tranquilla? *Sì*. Che vi siete detti? *Boh, niente di che, lei fumava, io stavo un po' su di giri, tipo nel mio mondo, ecco.*

A quel punto Giulia si è alzata in piedi, ha iniziato a ripetere *ma basta*, non so quante volte. L'uditore ha guardato la Scotti Fischer e ha interrotto la riproduzione del video.

– Ma che stiamo qui a fare, scusate? – ha chiesto.

– Stiamo qui perché la versione di Aurora Lopez è completamente diversa. Secondo la ragazza è stato Luca a seguirla quando è uscita a fumare.

– E poi? L'ha presa per i capelli e l'ha trascinata a forza nel casottino, certo. Ma l'ha visto? Secondo lei mio figlio ha bisogno di sbattersi una troietta in calore qualsiasi?

Io e Di Maria siamo riusciti a far sedere Giulia, non a farle abbassare i toni.

– Sa quante ragazze farebbero a schiaffi per uscire con lui... vuole che le faccia vedere i suoi profili su internet?

Il pm ha rassicurato tua madre di averli già visionati, i tuoi profili social, e a me non è sembrata proprio una notazione neutra.

– Vede, signora, al momento sappiamo per certo che è stato Luca Corbo a non dire la verità. Perché giovedì mattina Luca ha ripetuto all'ispettore capo Siracusano di non aver mai visto questa ragazza, anche davanti a un selfie che li ritraeva insieme.

– Insieme anche ad altri ragazzi – ho fatto io, prima che Giulia potesse peggiorare la situazione.

– Avete un'idea del perché vostro figlio abbia mentito alla polizia?

– Perché aveva paura – ho detto io, – è ancora un ragazzo.

– Be', ha compiuto diciotto anni... il giorno dopo i fatti, altrimenti non sareste qua... ma se siete qua, signori, è anche perché l'esame ginecologico effettuato al pronto soccorso ha riscontrato microlesioni compatibili con un rapporto non consenziente.

A quel punto è stato Di Maria a dare un senso alla propria presenza.

– Un magistrato con la sua esperienza non può sottovalutare i forti elementi di dubbio sulla versione fornita da Aurora Lopez. Lei sa meglio di me, dottoressa, che usare violenza e indossare un preservativo è piuttosto improbabile. E poi ci sono le terribili percosse subite dalla ragazza. È raro che l'autore di uno stupro infierisca con violenza sulla vittima una volta che ha ottenuto quello che desidera. È la casistica che lo dice, non il sottoscritto.

Devo dire che il tono da garbato seminarista di Di Maria si è rivelato più efficace di quanto immaginassi. La Scotti Fischer ha annuito inespressiva. E senza obiettare.

– Bene, signori. Vi ringrazio. Ci rivedremo per l'incidente probatorio.

Giulia si è guardata intorno come a un crocevia di strade sconosciute. Di Maria le è arrivato in soccorso con un sorriso rilassato, e mentre si rivolgeva al pm le ha anche messo una mano sulla spalla.

– Bene, dottoressa.

– Rivederci? Ma perché, scusate?

– Potrete essere presenti, ma non è obbligatorio – l'ha tranquillizzata l'avvocato.

– Sì, ma quando? – ha chiesto Giulia.

– In tempi piuttosto rapidi, vedrà – ha risposto la Scotti Fischer.

– Cioè?

– Un paio di mesi.

Giulia si è lasciata cadere le braccia in grembo e mi ha guardato. Nell'ufficio di un pm, davanti a un avvocato e due uditori, mi sono reso conto che, dalla sera in cui ci siamo conosciuti, non avevo mai visto tua madre davvero disperata.

– Due mesi? E questi reati avrebbero, come ha detto?, una *corsia preferenziale*? Due mesi per ascoltare una mezza demente. E perché? Per darle il tempo di inventarsi altre cazzate e mandarle bene a memoria?

All'uscita dall'ufficio del pm, Di Maria ci mette un po' a calmare Giulia e a farsi ascoltare. Ci siamo rintanati in un piccolo andito defilato, davanti alla porta di un bagno.

– Abbiamo molte notizie positive. Innanzitutto la polizia non ha sentito i compagni di squadra.

– Almeno loro potevano confermare che Luca...

– Avremmo solo avuto due falle in più per una fuga di notizie – dico io, e d'altronde lo sai che è stata la mia ossessione, fin dall'inizio della faccenda. – Di questi tempi è quasi una sentenza di condanna anticipata.

Cerco di spiegare a Giulia che questo benedetto incidente probatorio è un anticipo del dibattimento, il che però le fa intuire che tutta la faccenda non si chiuderà prima di un anno. Di Maria si prodiga in rassicurazioni.

– Il pm sente la Lopez e io la posso controinterrogare. A quel punto sicuramente la versione non regge, la ragazzina è costretta a ritrattare e il dibattimento neppure inizia.

Io domando a Di Maria se ha valutato bene la scelta di non opporsi all'incidente probatorio.

– Per oppormi dovrei fornire al gip delle ragioni per cui interrogare Aurora Lopez non è ammissibile. In casi come questi è praticamente impossibile, la testimonianza della parte offesa è tutto. Meglio non perdere tempo in schermaglie inutili. Con l'incidente probatorio abbiamo la possibilità di accedere al fascicolo del pubblico ministero. Sapremo lo stato delle indagini per organizzare le contromosse. Sempre che ce ne sia bisogno.

– Vale a dire?

Secondo Di Maria la vicenda si chiuderà all'udienza preliminare. Non ha dubbi che sarà la stessa Scotti Fischer, dall'alto della sua esperienza, a chiedere di non procedere contro nostro figlio.

– Ma ci vorranno *due mesi*!

Di Maria smorza il tono di voce, ci avvicina abbracciandoci tutti e due.

– Signori, ricordatevi che due mesi sono lunghi anche per Aurora Lopez. Possono succedere tante cose, in due mesi...

Giulia mi chiede con un'occhiata il permesso di farsi contagiare dall'ottimismo sinistro di Di Maria. Non so che dire, di sicuro il nostro grasso e profumatissimo avvocato sembra diabolicamente euforico.

– Mettiamo invece che per disgrazia la versione della ragazza regga – faccio io.

– Non reggerà.

– Perché?

– Perché in due mesi noi faremo crollare lei – sentenzia Di Maria, poi si aggiusta i polsini della camicia sotto la giacca e reprime a stento un sorriso di beatitudine, come se si eccitasse solo all'idea.

È a quel punto che tua madre dice *ma dov'è Luca?*

Ci guardiamo intorno. Nessuno di noi due le sa rispondere.

Io ti cerco al secondo piano, l'avvocato al piano terreno, mentre Giulia rimane al primo, svuotata di forze da qualche cattivo presentimento. Non sei in fondo a qualche corridoio secondario, non ti sei chiuso in un bagno, non è la tua sagoma quella disegnata dalla luce della finestra. *Felpa grigia con il cappuccio, giacca della tuta arancione, alto e ben piantato*. Ti descrivo al portiere, in astanteria, e lui mi dice di sì, uno così l'ha visto, è uscito una ventina di minuti fa.

Però non sei nei bar lì intorno, potresti essere andato alla stazione, ma come ti troviamo alla stazione? Magari sei salito su un treno verso la costa, o verso Arezzo. Ma poi perché? Hai la tua borsa dello sport in auto, dove vai senza quella? Vagando nel rimbombo della hall ci perdiamo Di Maria, forse ancora intento ad arrampicarsi sulla scalinata della stazione senza morire d'infarto, poi usciamo verso piazza Santa Maria Novella. Riconoscerti seduto su una panchina ci pare una questione di secondi, ma intanto cerchiamo in silenzio un pretesto per addebitare all'altro una qualche distrazione. Lo so. Finisce sempre così, fra me e tua madre.

– E se fosse tornato alla macchina? – dico. Giulia prende il telefonino dalla borsa, è un gesto automatico, ma stavolta la più diabolica invenzione del genere umano contro l'ansia non può aiutarci.

– Che fai? Guarda che non ce l'ha il cellulare – le ricordo.

– Su WhatsApp però...

– Cosa?

– È on line.

Le dico di chiamarti, invece lei mi fissa inerte, riprendendo fiato.

– Che aspetti? Chiamalo, cazzo.

– Avevo fame – dici.

Ti sei sbranato due muffin con un beverone di caffè all'americana, seduto in disparte in uno di quei posti in cui gli stranieri possono uscire per un'oretta da Firenze ed entrare nel dovunque globale. Peschi qualche briciola dal vassoio, passi il pollice sullo smartphone come se niente fosse e dici che la dottoressa non è come quella stronza di poliziotta. È in gamba, ti ha messo a tuo agio.

– Sì, l'abbiamo visto – dice Giulia.

– Mi ha ridato anche il cellulare.

– Potevi chiamarci – dico io.

– Non sapevo se avevate finito.

– Non abbiamo finito, Luca. Ne avremo per altri due mesi. E questo perché tu non sai tenerti il coso dentro i pantaloni.

Dunque, è questa la chiave di lettura di Giulia.

– E che palle, ma'! Che ne so che quella è una sciroccata!

– Allora proprio non capisci: da qui in avanti per te sono tutte sciroccate, okay? Tutte.

– Rilassati, perché qua se c'è uno che sta in paranoia sono io.

Le faccio presente che hai diciotto anni e, anche se il Campus del Rivadarno è in un ex convento, hai scelto di fare il calciatore, non il monaco. Dico un sacco di cose sensate che, invece di calmarla, la irritano ancora di più.

– Ecco la solidarietà maschile!

Tua madre urla, urla che è esaurita, non ha più voglia di sacrificare la sua vita per chi non la sta nemmeno ad ascoltare. Spinge via la sedia, annuncia che va a prendersi il primo treno per Roma e ci molla lì. Tutto si può dire di Giulia, ma non che lanci minacce a vuoto.

Il punto è che nessuno di noi due ha voglia di correrle dietro. Né io né te diciamo una sola sillaba per farla tornare. La verità più amara è che in quel momento abbiamo tutti e tre bisogno di rimanere per conto nostro. Per capire se possiamo fidarci almeno di noi stessi.

Quella sera Nora mi propone di cenare assieme.

– Meglio di no.

Mi sento a pezzi. Lei insiste.

– Perché? – chiedo io.

– Così mi racconti. Ti farà bene.

Non ne sono sicuro. Senza trucco i suoi occhi hanno una nudità allarmante. La osservo divorare verdure con la voracità di un predatore carnivoro. A me invece non va quasi niente. Vino rosso e formaggio, olive con un po' di pane, e sto bene così. Le racconto la nostra giornata alla Procura per i Minorenni più onestamente di quanto potrei raccontarla a me stesso. Nora è una che ascolta con attenzione. Il retaggio della sua parte britannica di educazione impone di non interrompere mai gli altri e di aspettare una pausa per fare una domanda. Il suo però è un silenzio che mette in soggezione. In carcere il silenzio è sempre una risorsa preziosa, perché le parole non svaniscono velocemente. Rimangono lì, prigioniere delle mura, e diventano ingombranti. Per questo Nora parla sempre con una sorta di grande cautela, a dispetto della sciatteria con cui la maggior parte dei nostri simili apre bocca.

Concludo dicendo che sono ottimista, perché la Scotti Fischer mi sembra una persona equilibrata.

– Stai umanizzando il tuo giudice. Come mai? – mi fa, a bruciapelo.

Mi verso ancora vino. Farei meglio a non replicare, invece mi lascio trascinare dall'amarezza.

– Il problema non è il giudice. È Luca. Sono le cazzate che mi ha raccontato.

Nora mi fissa a occhi socchiusi, fa crocchiare la lattuga fra i denti. Finisce con calma di masticare e mi chiede:

– È questo il tuo problema?

– È questo.

– Quindi non è la verità. È che tuo figlio non te la racconta.

Le rispondo che tutta la verità la conosce solo quella ragazzina, e spero che presto si decida a dirla.

– Gli hai proposto un patto fra maschi. Volevi la verità, e per averla gli hai promesso l'omertà. In Italia è l'unico modo per ottenere la verità, se mi permetti.

– Figurati. Abbiamo tutti diritto a un paio di stereotipi al giorno.

Lei rimane seria, pulisce minuziosamente il piatto con l'indice. Quando ha finito di leccarsi il dito, nasconde le labbra dietro il tovagliolo qualche secondo in più del necessario.

– Ti sei sentito offeso.

– Sono suo padre.

– No, tu sei il maschio alfa della famiglia e lui ti ha mancato di rispetto. Sta iniziando a spodestarti.

– Volevo solo che mi raccontasse subito la verità.

– E a che serve la verità, Dario? Se passiamo la vita a inventarci scuse, bugie e cazzate, un motivo ci sarà, no?

– Ma ti prego, Nora.

– Tu vuoi sapere la verità solo per capire come nasconderla meglio – insiste. Mi alzo di scatto e le faccio presente che non ho bisogno di nascondere niente. Lei non fa una piega.

– Ti riesce bene, Dario. Io ne so qualcosa.

– Certo. È per questo che mi tieni a lavorare qui.

– Non fare la vittima. Non sei tu, in questa storia.

– No, non sono io. È mio figlio.

– Sicuro?

Me lo dice con sufficienza, come una banalità. Sbatto la sedia quasi a incastrarla sotto il tavolo, il rumore le provoca un sussulto di fastidio. La ringrazio per la cena.

Aspetta che io arrivi sulla porta, poi si prende l'ultima parola.

– Questo patto fra maschi tuo figlio non l'ha voluto stipulare. Non con te, almeno. Ti sei chiesto perché?

Mi fermo, mi volto un attimo ma non rispondo. In quel momento brucio di risentimento e non posso capire quanto Nora Beckford abbia ragione.

La sera del 9 marzo rientro in casa e salgo sul soppalco a osservare le finestre del corpo centrale della Scuda, il bastione squadrato in cui vive Nora.

Le finestre della cucina al piano terreno rimangono illuminate solo pochi minuti. Poi Nora torna di sopra, nell'open space dove passa gran parte della sua giornata. I segnali luminosi delle finestre parlano un linguaggio familiare: prima finestra da sinistra, Nora sta sfogliando la rassegna stampa cartacea che le preparo ogni giorno. Seconda finestra, Nora ha deciso di mettersi a lavorare al pc (lì trova un'altra selezione di notizie che la possono interessare). Alone diafano sulla terza (piuttosto raro), Nora guarda la tv.

Quella sera distinguo solo un debole riverbero ambrato, di nuovo alla prima finestra. L'abat-jour sul comodino del letto. Pochi minuti e si spegne.

Non capisco. Nora mi ha caricato a testa bassa. Non era mai successo.

Lascio il mio punto di osservazione e rimetto un po' a posto. Da sotto il divano spunta il grumo nero di una maglietta abbandonata e in bagno trovo un portacipria dimenticato da Giulia. Siamo stati una famiglia complicata, ma non peggiore di tante altre. Per due giorni il destino ci ha regalato una seconda occasione e ho sperato finisse diversamente, ora lo posso ammettere.

Niente sta andando come vorrei. Mi stappo una birra. Guardo la cucina, il lungo tavolo immacolato, le lunghe file di libri che mi avrebbero dovuto insegnare a combattere il dolore e le disillusioni. Verso nella birra il solito sorso di pastis. Mi sembra tutto così inutilmente spazioso, per un uomo solo. E tua madre aveva ragione, qua alla Scuda di notte c'è un gran silenzio. Interrotto, ma solo ogni tanto, dai sospiri lunghi del vento o dal richiamo lugubre del gufo reale.

Controllo il cellulare. Nessuna chiamata, nessun messaggio da te o da Giulia. Mi dà nell'occhio invece il nome di Marco Sullo, un contatto che riemerge di rado dai recessi della mia rubrica. Era il giovane nerista della testata concorrente ai tempi del mio praticantato. Adesso lavora come caporedattore a Firenze. Siamo rimasti amici, ma saranno anni che ci sentiamo solo per gli auguri di Natale.

Il messaggio è laconico. «Ciao, Dario. Non volevo tu lo vedessi direttamente sul giornale. Ho fatto quel che potevo. Mi dispiace». L'allegato è la bozza di una pagina con ancora qualche cornice bianca al posto delle foto. Il titolo principale, nerissimo e strillato, è: «C'è un indagato». Il sommarietto recita: «Stupro in spiaggia, la ragazza ha fatto un nome. La polizia indaga. Nel locale anche i giovani del Rivadarno che festeggiavano la vittoria alla Viareggio Cup».

Chiamo subito Marco. La crepa nella diga si è aperta, ma forse ho qualche ora per ripararla.

VI

Arrivo all'autogrill in anticipo. Lascio l'auto nel posto più lontano dal bar e dal distributore di benzina illuminato. Mi metto a tracolla la borsa da computer, controllo i contanti all'interno, aspetto un po', poi vado a prendermi un caffè.

L'una. Pago, esco, torno verso l'auto costeggiando una mandria addormentata di autoarticolati. Una brezza leggera sorvola il rombo cadenzato dell'autostrada, gli altoparlanti della stazione di servizio diffondono musica nel vuoto della notte. Arriva una city car blu. Sarà lui, mi dico.

Invece no. Non corrisponde alla descrizione. È più corpulento, ha i capelli grigi, pochi ma arruffati. Non lo riconosco neanche subito. Del resto ci sentiamo solo per gli auguri di Natale. Gli chiedo cosa ci fa qui. Lui, Marco, per prima cosa mi stringe la mano.

– Il mio collega non è voluto venire. Non ha accettato la proposta.

Batto la mano sulla borsa da computer.

– Per domani ne trovo altri diecimila, il tempo di andare a prenderli, cazzo, sono uno di cui ci si può fidare, gliel'hai detto?

– Non è quello il problema. È che ne avevano già parlato in riunione, ormai la pagina era stata vista e approvata dal direttore.

E allora gli chiedo il numero del direttore.

– Gaudenzi? Ma sei impazzito? Quello è una iena. Rompigli i coglioni, e domani tuo figlio te lo ritrovi in prima pagina.

– Cosa c'è di eccitante a rovinare la vita di un ragazzo perbene?

– Andiamo, Dario, devo spiegare come funziona tutta la storia proprio a te? Eppure...

– Eppure cosa?

– Ci sei stato dentro fino a ieri l'altro, come tutti quanti.

Gli consiglio di non permettersi di giudicarmi e a quel punto, a sorpresa, alza i toni.

– Sei tu che stai giudicando noi, ora che sei con il culo al caldo a scrivere comunicati. Neppure ti accorgi che hai avuto un trattamento di favore. Io ho visto le foto della ragazzina, sai? È ridotta davvero male... con una pecetta nera sugli occhi potevamo pubblicarla. Ma abbiamo evitato perché poi, fra dieci o vent'anni, se le vedrebbe saltare fuori su internet. Non dimenticherebbe mai. Per come ti conosco, Dario, non sono sicuro che tu avresti fatto lo stesso.

– Ti ringrazio.

– E *devi* ringraziarmi. Perché sono qui all'una di notte a dirti che ho fatto il possibile, ho anche spostato il trafiletto sulla squadra nella sezione sportiva.

– L'ho visto. Luca Corbo non convocato per un leggero stato influenzale. Il primo idiota domattina farà due più due.

– Di più non potevo. Anche perché la notizia è vera, Dario.

– Cosa credete di sapere?

– Sei qui e neghi, Dario? Ma cazzo...

Gli giro un braccio dietro la schiena ancor prima di averlo deciso davvero.

– È stata una trappola per capire se l'indagato era mio figlio?

Lui cerca di divincolarsi e io, questa volta in modo molto più consapevole, lo sposto verso il cestino dei rifiuti in cui ho deciso di infilargli la testa.

– E allora sarei qui, all'una di notte, a farmi menare da te? – ringhia lui. Sbuffa e balbetta di lasciarlo andare, ma io non ci penso neanche. Ripete un paio di volte che la notizia non aveva bisogno di nessuna verifica, la fonte era di prima mano.

– E chi sarebbe questa fonte di prima mano?

Non mi risponde e continua a dimenarsi, ma intanto gli appoggio la guancia al bordo del cestino.

– Lasciami subito, ti conviene.

– Chi vi ha detto che c'è un indagato e che è mio figlio?

– Lasciami o ti denuncio.

– Qualcuno in questura? In procura? Dimmelo. Dimmelo o ti ci ficco dentro la testa.

Lui prova a darmi un calcio, per tutta risposta gli sbatto la fronte contro il cestino. Senza troppa violenza, ma basta a fargli capire che non può liberarsi di me.

– È stata sua madre... la madre della ragazzina.

– E come mai siete andati a cercarla?
– Ma figurati, si è fatta viva lei, ha trattato con il direttore. Ha preso un paio di migliaia di euro, credo, non di più.
Lo lascio. Lui si accascia a sedere sul marciapiede della piazzola stringendosi il braccio al busto. Si lamenta ossessivamente, come un bambino, e mi promette di nuovo una denuncia perché il suo braccio è sicuramente rotto. A malapena lo ascolto, perché ho sentito quanto vale il tuo futuro: duemila euro. I giorni in cui gattonavi instancabile per casa, le bolle ai piedi per il primo paio di scarpini, il gelo implacabile dei campetti alla periferia di tutto, la prima e ultima volta che hai provato a nasconderci una verifica andata male. Tutto questo non può valere duemila euro. Non ha un valore negoziabile. *Duemila euro* dico, abbatto il sostegno a calci, poi prendo il cestino, lo scaravento nell'aiuola, torno verso la mia auto e ripeto *duemila euro.*

Tu in quel momento non lo sai, ma alle sette di mattina sono già in viaggio. Traffico scarso, la domenica è sospesa nel limbo della mezza stagione. Ginseng, finestrino aperto e la tua playlist sparata a volume increscioso nello stereo dell'auto. La roba (definirla musica è una bestemmia) che ascolti mi fa così terribilmente schifo, mi suscita un'incazzatura così profonda che ho pensato di usarla per tenermi sveglio. Metà sono rapper dall'aspetto sub-umano, l'altra metà fighetti dall'ego molliccio e sconfinato. Un paio di volte rischio comunque di appoggiarmi rovinosamente al guardrail, ma per le otto sono all'Arno Campus. Se non fosse per le vigne ondulate e i casali incoronati dai cipressi, parrebbe di essere in Svizzera. Aiuole perfette, una tensostruttura per allenarsi indoor, pannelli solari e irrigatori che lanciano arcobaleni perfetti sul campo verde.

La vostra mattinata prevede una sessione di lavoro in palestra, poi una partitella a metà campo. E oggi pomeriggio tutti a vedere la partita della prima squadra. Compreso tu, che invece saresti dovuto andare perlomeno in panchina.

Incontro Novi e il direttore sportivo nell'ufficio accanto al casottino del custode. Il secondo deve avere alle spalle un sabato notte insonne come il mio, ma più divertente, a giudicare dal profumo vanigliato che spande. Io non voglio che tu mi veda, per il momento. Voglio solo sapere se hai letto qualcosa, se in squadra se ne parla.

– Per ora la notizia è solo sul giornale. E questi il giornale non lo leggono nemmeno per sbaglio – dice Novi. Abbadeschi mi rassicura subito, la società ha già pronta una nota per ribadire che la festa in discoteca si è svolta nella massima tranquillità e che la violenza ai danni di quella ragazza non ha niente a che fare con il Rivadarno.

– Aspettate a diramarla. Se la notizia che c'è un indagato non rimbalza troppo, una smentita del genere rischia di avere un effetto negativo.

Il direttore sportivo mi dà ragione, Novi invece mi guarda sconsolato.

– Aspettiamo. Ma secondo lei una società di provincia che vince il torneo di Viareggio quanti amici si è fatta, nell'ambiente?

– Non importa, non facciamo mosse azzardate.

Come spesso accade, di lì a poco sarò costretto a fare i conti con il mesto realismo di Novi.

Chiamo Di Maria mentre cerco un bar dove riordinare le idee. Vado a dieci all'ora per un chilometro, ma incontro solo showroom di terrecotte, officine per mezzi agricoli e agriturismi con wine shop.

– La madre di Aurora Lopez. È lei che ha parlato con il giornale. Fino alla chiusura delle indagini esiste il segreto investigativo, se mi ricordo bene.

– Ho visto, ma nel nostro caso la discovery c'è stata con la perquisizione. Luca sapeva già di essere indagato. Nessun pregiudizio alle indagini, direi, quindi...

– Duemila euro, s'è fatta dare. Anche questo è regolare?

– Possiamo dimostrarlo? – mi chiede. Finalmente un bar.

Dopo il trattamento che ho riservato al mio ex amico Marco Sullo, temo proprio che non li avrò dalla mia parte. Sono quasi ventiquattro ore che non chiudo occhio, ma rimango abbastanza lucido da dare le giuste, notevoli, dimensioni alla cazzata che ho fatto stanotte.

– Allora? Qualcuno del giornale lo testimonierà?

Quando capisce che non ho una risposta, Di Maria mi suggerisce di guardare la buona notizia. Parcheggio e spengo il motore.

– Il nome di mio figlio può essere associato allo stupro di Aurora Lopez. Mi scusi, avvocato, ma io le buone notizie non le vedo.

– Lei pensa davvero che gli inquirenti non chiamino il giornale? Pensa che i suoi colleghi proteggano le fonti così strenuamente da inimicarsi polizia e procura? Diranno quello che hanno detto a lei. *In camera caritatis*, ma glielo diranno. La cosa non finirà fra le carte dell'inchiesta, ma il pm si farà un'idea di chi siano i Lopez. Glielo dico sinceramente, i Lopez sono la controparte che vorrei sempre avere. Gente che diffonde notizie sull'inchiesta per duemila euro è alla disperazione.

– Gliene do ventimila perché la figlia ritratti tutto, allora.

– Ma per carità! Fra un mese gliene chiederebbero altri ventimila. E così via. Si metterebbe un cappio al collo. È gente disperata, gliel'ho detto.

– E allora?

– Stia tranquillo, con questa mossa i Lopez si sono scavati la fossa da soli. Piuttosto, avrei un grosso, *grossissimo* favore da chiederle.

– Ma le sembra il momento?

– Sì – mi risponde sicuro. – Una mia conoscenza vorrebbe visitare la Scuda.

– Nessun problema. Sarà ospite mio.

– Entro una settimana al massimo.

Dovrei dirgli che è impossibile, prima di sei mesi non se ne parla. Poi penso alla sua parcella e dico di sì, in qualche modo farò. Penso anche che, più le cose si complicano, più l'avvocato Di Maria sembra prendere fiducia. Quindi, delle due l'una: o io non capisco più nulla, o in questo casino ci ritroviamo come avvocato uno psicopatico.

– Che ti posso dare, tesoro?

La quarantenne dietro il banco non ci prova nemmeno, a farla sembrare una domanda innocente. Avrebbe una quarta abbondante anche senza push-up, dunque non il mio genere. E comunque è solo sano folklore di provincia.

Mi piazzo nell'angolo più defilato, apro il pc, inizio a setacciare la Rete e dopo una decina di minuti sono al telefono con Santomauro, un giornalista che ho cresciuto io stesso a «Chi è stato?». Dato che siamo in confidenza, non mi va di perdermi in convenevoli.

– Vedo che sei diventato il direttore responsabile del blog «CalcioMania». Sei l'ultima persona a cui volevo fare querela.

Come mi aspettavo, lui risponde di aver osservato le norme di deontologia professionale.

– Non fare il furbo con me. Hai scritto nell'articolo che l'ambiente del Rivadarno è «sereno nonostante le voci che darebbero un suo giocatore come indagato per violenza ai danni di una giovane incontrata in una discoteca versiliese». E subito dopo che «rispetto alle ultime partite, solo una novità: non figura tra i convocati in prima squadra il difensore centrale Luca Corbo della Primavera».

– Dario, non è colpa mia, sta diventando un segreto di Pulcinella.

– Non mi frega. Mio figlio è minorenne...

– *Era* minorenne, Dario.

– Lo era all'epoca dei fatti. Tu invece lo hai appena reso riconoscibile. Intanto ti mando una diffida via mail. Entro domani hai notizie dal mio avvocato.

Stacco senza lasciarlo replicare. Dopo un quarto d'ora la notizia scompare e la barista torna alla carica. Mi si siede addirittura davanti, uno straccio sulla spalla. Ha gli occhi truccati alla Amy Winehouse e le unghie di dieci colori differenti, dieci.

– Non sei di queste parti.

– No.

– Un altro caffè non te lo porto perché mi sembri nervosetto. Cosa posso fare per rilassarti?

– Vorrei un bicchiere di latte, grazie. A temperatura ambiente.

È una richiesta che spegnerebbe qualsiasi ardore. Io intanto spero che il latte possa spegnermi le braci accese in fondo allo stomaco. Invece, cinque minuti dopo un portale chiamato «Mondonews» riprende la notizia, probabilmente solo in virtù di una decisione elaborata da un algoritmo. «Pestata e violentata, indagato un giovane calciatore».

Esco dal bar per chiamare cinque o sei numeri telefonici dai prefissi sconosciuti, prima di rendermi conto che «Mondonews» ha la sede ai Caraibi, il server in Cina e come prestanome un giornalista italiano ottuagenario, probabilmente rinchiuso in una casa di riposo.

Torno dentro, riapro il pc, e Google ha già indicizzato alcuni siti dai nomi come noncipossocredere.com, senzacensura.it, veritascomode.org. Tutti dichiarano che l'indagato è senz'altro un giovane calciatore del Rivadarno «non aggregato alla prima squadra in occasione della sfida odierna». Si tratta solo di poche righe in mezzo a finestrelle che cercano di vendermi incontri con casalinghe assatanate, decespugliatori turbo e cure dentistiche in Croazia.

Mi sono rimesso a cercare numeri telefonici e a scrivere mail di fuoco almeno per un'altra ora. Mi sono arreso solo quando ho aperto Facebook. A quel punto ho capito che la domanda «Indovinate chi è la promessa del calcio indagata per stupro?» era sulla timeline di centinaia di profili. E che ormai la risposta era talmente banale che nessuno aveva bisogno di scriverla esplicitamente. Di domenica persino l'internauta più pigro poteva dedicare dieci secondi a trovare la formazione del Rivadarno e togliersi la curiosità senza che nessuno rischiasse querele.

Una ventina di utenti, con nickname che vanno da «joyarebelde» a «cieloduro» hanno già suggerito come capire chi sia.

Polli da combattimento con troppo testosterone. Peccato, è un difensore buono... L'avesse fatto a mia figlia, gli chiuderei le palle in uno schiaccianoci. Non mancava nemmeno l'idiota di turno che invocava la riapertura dei bordelli, dove i giovani si sfogavano e così poi non andavano in giro a stuprare le donne. Naturalmente era la stessa epoca in cui i treni arrivavano in orario. Pensa quanto poco basta, in Italia, per produrre un mito duraturo.

Stavo correndo da un buco all'altro della diga, ma ormai avevo l'acqua ai fianchi. Potevo prendere nota di ogni utente che metteva le tue iniziali prima che qualcuno, o un rigurgito di prudenza, gli consigliasse di eliminare il commento, eliminando la colpa, non certo il danno. Con qualche settimana di lavoro, avrei potuto rintracciarne diversi e presentarmi sotto casa loro con una mazza da baseball. In due parole, non potevo fare praticamente nulla.

Nessuno può fermare la Rete. Quell'idiota aveva ragione.

E anche fermare tua madre, lo sai, non è facile.

Appena uscito dal bar avevo risposto alla sua chiamata e in quasi dieci minuti non mi aveva praticamente lasciato pronunciare una sola sillaba. Dunque non ero riuscito a mantenere la faccenda riservata. Pretendevo di gestire io la tua carriera, ma non ero capace neppure a fare il mio, di lavoro. Anzi, secondo lei l'essere mio figlio alla fine si era ritorto contro di te. Erano troppe le persone dell'ambiente che mi avevano sui coglioni, ecco la verità. Non vedevano l'ora di farmela pagare, ma adesso a pagare il prezzo in realtà eri tu.

A mente fredda lo posso anche riconoscere: seppure vomitate con la bava alla bocca, non erano considerazioni del tutto deliranti. Avevo avuto un'ottima carriera da giornalista, e il successo non rende mai simpatici. Il successo non dura per sempre e in molti non aspettano che di potersi cordialmente vendicare. Per quel giorno è fondamentale aver convertito il successo in potere. Meno scintillante, più solido. Tuo padre non è stato così previdente, questo è lampante. Tu vedi di pensarci per tempo, d'accordo?

– Che cosa hai intenzione di fare? – mi ha chiesto tua madre.

– Lasciamo sfogare la tempesta. È solo questione di giorni.

– E poi?

– E poi la ragazzina ritratterà, in un modo o nell'altro. Stai tranquilla.

– Cosa facciamo per nostro figlio adesso, intendo!

– Troviamoci. Decidiamo insieme, con calma. Dove sei?

A quel punto ho appreso che Giulia era circa a una cinquantina di metri da me, cioè nel parcheggio del Campus. Ma, lo confesso, ho deciso che per quel giorno non me la sentivo di fronteggiarla e ho raccontato di essere alla Scuda.

– Certo, prima viene quella puttana e poi tuo figlio.

– Il nostro problema ora non è al Campus, Giulia. È tutto intorno, non ti pare? E me ne sto occupando da stanotte, se proprio lo vuoi sapere. Hai già visto Luca?

– Siamo appena arrivati.

– Siamo?

– Sono con mio padre.

– Stai scherzando?

Chi guida a settantotto anni a Roma può guidare senza problemi nel resto dell'Europa occidentale, ma un viaggio di oltre duecento chilometri mi sembrava un azzardo.

– Abbiamo preso un treno e poi un taxi – ha chiarito, mentre fermavo subito l'auto ai bordi della carreggiata. Mi sono avvicinato a piedi all'entrata del Campus. Nel parcheggio davanti alla sbarra però non c'erano taxi in sosta. C'era un crossover dai vetri scuri, la carrozzeria così lucida da non sembrare neppure nera. Tua madre è uscita da quell'auto, gli occhiali da sole ormai d'ordinanza e la coda di capelli di chi ha avuto appena il tempo di passare davanti a uno specchio. Dall'auto scendeva anche tuo nonno, questo è vero, ma per il resto tua madre mi aveva appena detto una bugia. Magari sarà stata la prima, ma non per questo mi ha fatto meno male.

Mentre lei chiudeva la nostra telefonata, si apriva la portiera del guidatore.

Auricolare bluetooth, barba squadrata come un pennello, smartwatch e calzini stravaganti, l'ex mediano dai piedi ruvidi Alessio Garbati si è guardato intorno, ha preso la giacca e se l'è appoggiata sul braccio con un gesto liscio e perfetto.

Tua madre, insomma, è riuscita nella straordinaria impresa di tradirmi quando non era più mia moglie. Ti sembrerà assurdo, ma in quel momento è così che mi sono sentito. E come un marito tradito sono rimasto in disparte, perché non ero ancora pronto a scontrarmi con la realtà.

Sono usciti dopo una mezz'ora. Ho contato cinque minuti da quando il crossover ha imboccato il vialetto e l'ho chiamata.

– Allora, sei con Luca?
– No, sono in taxi.
– In taxi – ho ripetuto.
– La società ha diramato un comunicato stampa.
– Lo so. E so anche che non servirà a un cazzo. Dimmi di Luca. L'hai visto? Ci hai parlato?
– Sì. È abbastanza tranquillo. Ora si sta allenando, i compagni sono tutti con lui.
Ancora bugie. Quello che sarebbe successo di lì a poco, lo sai benissimo, avrebbe smascherato tutte le bugie che tua madre stava tentando di rifilarmi. Forse persino in buona fede.

Sono rientrato all'Arno Campus poco dopo mezzogiorno, sicuro del fatto che, come al solito, tu fossi l'ultimo a uscire dallo spogliatoio. Sempre in anticipo sul campo, sempre in ritardo fuori, Dio sa quante volte ti abbiamo accompagnato alla partita perché il pullman della squadra era dovuto partire senza di te. E quante multe per ritardo abbiamo pagato.
Momo invece era già fuori a lavare gli scarpini. Li ha mollati per darmi la mano e abbracciarmi. Due sottili strisce di capelli crespi ossigenati gli correvano dalle tempie alla nuca.
– Brutta storia. Ma finisce presto, signor Corbo.
– Luca è ancora dentro?
– Chiaro. Lui e Christian, sempre gli ultimi.
Ha ripreso a spazzolare con cura il terriccio dai tacchetti.
– In giro ce ne sono, di queste qua fuori di testa. Bi-

sogna stare sempre attenti. Ma non è facile. Come fai? Delle volte...

– Luca rischia un processo, Momo. Ma se lo difendiamo tutti insieme ora, come fa una vera squadra, questa brutta storia la chiudiamo sul nascere.

– Noi siamo tutti con lui. Luca è un grande, è un fratello.

– Dovresti parlare con il nostro avvocato. Se vuoi anche oggi.

Ha chiuso il rubinetto e mi ha guardato.

– Avvocato?

– È stata questa ragazzina ad approcciare Luca. Sono andati in spiaggia assieme, nessuno ha costretto nessuno. È così che è andata, no? Si tratta solo di metterlo per iscritto.

Prima di rispondermi ha sbattuto la suola delle scarpe contro il bordo del lavatoio.

– Io però, non è che c'ero...

– Come sarebbe a dire, scusa? Luca ha detto che siete stati insieme tutta la serata, tu, lui e Christian.

– Eravamo tutti insieme, sì, ma c'era tanta gente, un casino.

– Ma tu ce lo vedi Luca a massacrare di botte una ragazzina? Andiamo!

– No, certo... ma io non parlo con avvocati o polizia...

– Macché polizia, devi solo rilasciare una dichiarazione per difendere Luca. Il tuo compagno di squadra, Momo. Lo sai di cosa lo stanno accusando?

– Sì, ma... avvocati, tribunali, in queste cose io non ci voglio entrare. I miei genitori non...

– I tuoi genitori? Ma cosa sei, un bambino, Momo? Hai quasi diciannove anni o sbaglio?

Si è messo a togliere ogni filo d'erba dagli scarpini, scuotendo la testa. Tanto convinto quanto impaurito.

– Mi dispiace, signor Corbo, non posso farlo.

Gli ho chiesto ancora perché, poi qualcuno ha gridato. Un urlo lungo e forte, veniva dagli spogliatoi. Momo è rientrato sotto la tribuna prima di me e ha subito imboccato la prima porta a sinistra. Io invece ho fatto in tempo a vedere che il portoncino di metallo in fondo al corridoio si stava chiudendo. Qualcuno stava uscendo, mi sono detto, ma in quel momento ho solo pensato di seguire Momo dentro lo spogliatoio. Fra le bottigliette di plastica vuote e le bende srotolate c'era rimasto solo un borsone. L'urlo si è contratto in un lamento, poi si è sciolto in qualche parola comprensibile. *Non ci vedo più.*

Christian girava su se stesso, le mani sulla faccia. Si era già rivestito, ma non aveva le scarpe. *Non ci vedo più.* Ha sbattuto contro la parete, contro il lettino, e intanto ripeteva ossessivamente queste parole, come se avesse una mano che gli serrava la gola. Mentre lo tenevo fermo, Momo gli ha letteralmente staccato le mani dal volto. Gli ha subito messo la testa nel lavandino, ha aperto il rubinetto e gli ha urlato di aprire gli occhi.

Christian ha schiuso le palpebre a fatica, ma è bastato a farmi prendere un colpo. Sembrava un morto vivente. Gli occhi erano inespressivi, l'iride era quasi scomparsa, intrappolata in una rete di capillari congestionati.

Un minuto e sono arrivati tutti. Novi, l'allenatore, il fisioterapista, Grigo e un paio di altri della squadra. Sei arrivato anche tu, il borsone ancora a tracolla. Non eri così sorpreso di vedermi lì, ti avevo avvisato con un sms che avevi sicuramente letto (senza darti la pena di rispondere, come sempre).

Hanno sdraiato Christian sul lettino, si sono messi in cerca di un collirio, gli hanno persino appoggiato due sacchetti di ghiaccio secco sul volto. Ha balbettato di essersi sfiorato appena gli occhi dopo essersi dato la pomata al ginocchio. Non ci aveva pensato, si era distratto. Senza troppi complimenti l'allenatore gli ha dato dell'imbecille.

– E dillo che l'hai scambiata per la crema antirughe – ha detto il fisioterapista.

Qualcuno ha anche riso. Per mettergli il collirio l'hanno tenuto in tre. Ha continuato a lacrimare come un tubo rotto, il viso stravolto come se stesse piangendo da settimane. Il fisioterapista gli ha consigliato di stare al buio con gli occhi aperti. In stanza ce l'ha accompagnato Momo, perché continuava a vedere sfocato.

Siamo rimasti soli, io e te. Provo a ricostruire il dialogo a memoria, ma sono abbastanza sicuro di quello che ci siamo detti. Parola per parola.

– Alla fine sei arrivato pure tu – mi hai fatto. E non sembrava un rimprovero, lo era. Ti ho raccontato che avevo tentato per tutta la mattina di fermare la notizia.

– Ma i giornalisti fanno questo di lavoro, no? Sempre i cazzi di qualcuno.

– Come ti senti?

Hai scrollato le spalle, ma come se dovessi risistemarti un peso.

– Su Instagram m'hanno già accannato in centocinquanta. Qualche isterica mi messaggia che devo impiccarmi.

– So che sono venuti la mamma e il nonno.

Ho capito immediatamente che non era un argomento di cui volevi parlare.

– Non ho voglia di andare alla partita, oggi.

– Come mai?

– Non lo so, mi rompe il cazzo andare là e stare in tribuna.

– E allora?

– Andiamo da qualche parte.

– Dove?

– Non lo so.

– Va bene.

Bianchi ha detto *okay*, Novi ha detto *forse è meglio*. Nessuno si è opposto al fatto che tu non andassi a vedere la partita della prima squadra con gli altri. Capivano la situazione, certo, ma a dirla tutta li ho visti anche sollevati. Iniziavi a diventare ingombrante. Tu, la tua iperansiosa madre, il tuo chiacchierato padre, il casino in cui ti eri cacciato e i titoli di giornale che aveva causato. Le partite non si vincono quasi mai in campo. E non vanno avanti i più dotati con la palla fra i piedi. Non ci piacerà mai ammetterlo, ma il calcio è un dio malvagio che si nutre di fallimenti ed esige ogni giorno un tributo spaventoso di talenti sprecati. Tutto quello che fa la differenza, nel calcio, accade quando non si gioca, succede nella testa e negli spogliatoi. È la dose di mistero e imprevedibilità per cui può ancora valer la pena di seguirlo.

Ho guidato un paio di chilometri nella quiete domenicale della campagna. Nel paesaggio erano arrivati i ripetitori della telefonia, l'insegna della Casa del Popolo era ridotta a un'ombra e l'autobus colorato aspettava il suo carico da scorrazzare fino al villaggio outlet più vicino. Solo i vecchi sulle panchine intorno al Monumento ai Caduti erano uguali ai vecchi di trent'anni prima. E forse era la cosa più inquietante.

– Che ti va di mangiare?

– Non saprei.

La strada ha iniziato a scendere, a curve morbide, fra campi di zolle brune attraversate solo dai pali dell'elettricità. I filari di vigne nudi ricordavano lunghe righe in caratteri ebraici, neri sulle esplosioni di giallo dei fiori di colza. Lo sguardo poteva saltare di collina in collina per chilometri fino a dove l'orizzonte si schiacciava contro lunghe nubi turchesi. A un certo punto abbiamo incrociato una Ferrari. Il suo rombo l'aveva annunciata, sembrava strappare l'aria come stoffa.

– Grande... – hai detto.

Un minuto e ne è passata un'altra.

– Testarossa – hai detto.

Alla terza, un bolide bianco che hai etichettato come «la cinque e cinquanta», mi hai chiesto di fermarci. Ho accostato su una piazzola panoramica. Dalla strada sotto di noi ne salivano altre.

– Quella nera, la cabrio, è una California. Non se ne vedono tante.

Siamo scesi, siamo rimasti a veder sfilare tutta quanta la processione – ho contato due targhe inglesi, una americana, due in cirillico – fino a quando l'ultima Ferrari non ha raggiunto la cima del colle, dove spiccava una replica della Torre della Signoria. La terra bruna dei campi intorno mandava un odore ferroso, come poco prima della pioggia.

– Un raduno di ferraristi. Ricchi sfondati.

– Quale ti piace di più? – ti ho chiesto.

– Quale mi comprerò, vuoi dire.

– Speriamo.

– Una Testarossa, chiaro. Un duecentino ed è fatta.

– Un duecentino.

– È sempre un investimento, pa'. È così che la devi vedere.

Io cercavo di vederla così, ma davanti avevo solo il misero regalo di compleanno che io, tua madre e tuo nonno eravamo riusciti a farti per il diciottesimo compleanno: un'auto da ventiduemila euro. Questo, forse, oggi ti può spiegare delle cose.

Tu sei risalito, io invece sono rimasto appoggiato alla macchina. A un certo punto hai suonato il clacson. T'ho guardato solo un istante, e senza neanche voltarmi. Hai dovuto fare la fatica di scendere di nuovo.

– Che fai? Comincio ad avere fame.

– Il Capsidol lo usi tu, Luca – ho detto.

– Cosa?

– Il Capsidol. Pomata alla capsaicina. Che poi sarebbe tipo l'olio al peperoncino, no? La usi da anni, da quando ti sei infortunato. È l'unica cosa che ti toglie il dolore a quel maledetto ginocchio.

– Il ginocchio è a posto, nessun problema.

– Quante bugie, Luca. Quante bugie.

– Ma che dici?

– Quante bugie hai raccontato. Quante ne devo ancora sentire, prima che finisca questa storia?

– Andiamo a mangiare qualcosa, pa', mi pare che sei un po' giù di zuccheri.

– Cosa è successo con Christian? Che volevi fare? Lo volevi accecare?

– Io? Ha fatto tutto da solo.

– Eravate gli ultimi nello spogliatoio. Quando tu hai chiuso la porta in fondo al corridoio, Christian urlava già da un pezzo. Possibile che tu non l'abbia sentito?

– Avevo gli auricolari.

– Smetti di raccontarmi cazzate. Momo non firmerà una parola a tuo favore, sai? Anche Christian poteva testimoniare, hai detto. Che cosa è successo, nello spogliatoio? Di cosa avete discusso?

– Di niente!

– Non è che i tuoi amici ti stanno voltando le spalle?

– Andiamo a mangiarci 'sta cosa o no?

– Devi fidarti di me, Luca. Perché sono tuo padre. E se questo non ti basta, devi fidarti di me lo stesso. Perché fra poco, fra molto poco, non ti difende più nessuno.

– Ma di che parli?

– Dimmi perché hai quasi accecato Christian.

Mi sei venuto addosso, faccia a faccia, occhi contro occhi.

– Ma lo vedi che sei tu? Sei tu che non mi credi mai.

Non so perché, ma anche quel momento mi è sembrato prezioso, irripetibile. Ho abbassato la voce.

– No che non ti credo. Sono giorni che racconti solo cazzate, Luca. A me, a tua madre, alla polizia. Ti credi un duro? Ti fa sentire figo, ti piace giocare al giovane mafioso come fai alla PlayStation? Ma andiamo, hai visto, l'altro giorno? Ti ho lasciato solo un'oretta e sei crollato subito.

Mi hai dato uno spintone, volevi risalire in auto, ma ti ho agguantato per il collo della maglietta.

– Perché non mi dici che hai visto Garbati, stamani?

– Ma quando?

– Ha accompagnato tua madre e il nonno.

– È questo il problema, allora?

– No, non lo è. E allora perché non me l'hai detto?

– Ma vedi di rilassarti.

– S'è messo a fare l'autista, adesso?

Non mi hai risposto, hai provato a divincolarti, evitando il mio sguardo.

– Hai firmato con lui?

Te l'ho chiesto ancora un paio di volte. Mi sono stupito che la domanda ti paralizzasse, ti rendesse inoffensivo, anche se eri venti chili più di me e trent'anni più giovane. Avresti potuto spingermi oltre il parapetto con una mano sola.

– *Evabbene*, ho firmato, allora? – hai detto, tentando di sembrare convinto.

Ora lo capisco ed è giusto che te lo dica: è proprio per questo che ti ho preso in piena faccia con uno schiaffo. Io, che in diciotto anni non ti avevo mai dato nemmeno uno scappellotto sul culo infagottato dal pannolino. Io, tuo padre, ti ho girato la faccia, di novanta gradi, a mano aperta. Avevi firmato solo per stanchezza, per paura, per non dispiacere tua madre e tuo nonno, perché così avevano fatto altri tuoi compagni. Più che scegliere un nuovo procuratore, avevi tolto a me quell'incarico senza neppure avvisarmi prima, di persona, come si fa fra persone leali. Non avevi preso una decisione, l'avevi subita. Nel profondo ora te ne vergognavi e io, tuo padre, ancora più di te. Tu avevi sbagliato una mossa, ma io avevo fallito un'intera missione.

Non ho calcolato la forza, non ho calcolato le conseguenze, non ho capito neppure quanto tu fossi rimasto scioccato. Nei miei ricordi di quei momenti non ritrovo il tuo viso. Ricordo solo che hai aperto la portiera, hai preso il tuo giubbotto e te ne sei andato. Non mi hai detto una parola, non hai neppure mormorato un insulto. Che tu ci creda o no, è quella, ancora oggi, la cosa che mi ha ferito di più.

VII

Non voglio essere retorico, ma quella seguente è stata una delle settimane più solitarie della mia esistenza. Nessuna notizia da te, nessun messaggio da tua madre. Stando a quanto è rimasto scritto sulla mia agenda, sono uscito dalla Scuda solo per andare in treno a Roma. Un mercante d'arte inglese strabico e imbrillantinato sosteneva di possedere alcuni bozzetti di Beckford, ma Nora non gli dava sufficiente credito per incontrarlo di persona e mi aveva mandato in avanscoperta. Per il resto, testa china sulla scrivania. Erano arrivati in contemporanea due cataloghi da esaminare pagina per pagina, parola per parola. Per Nora un catalogo con sopra il nome Beckford è una parte dell'opera di suo padre, quindi deve essere principalmente un oggetto che risponde all'*estetica Beckford*. Lei esige di avere fra le mani un vero e proprio prototipo, una costosissima copia zero da correggere e migliorare all'infinito, per la gioia del nostro corriere. I cataloghi in questione erano due autentiche schifezze, uno peggio dell'altro. Graficamente fermi ai fasti della innovativa grafica anni Settanta, testi in italiano che neppure Google Translator e, per giunta, carta patinata lucida.

Ci sono cose (non poche) che Nora non ha mai tollerato. Fra queste, vado a memoria, annovero i tovaglioli di carta a tavola, il circo, i calzini maschili corti, le prugne secche e la carta patinata lucida per i cataloghi di suo padre.

È venerdì ed è pomeriggio, sto rileggendo la bozza del contratto di lavoro per la nuova assistente di Nora. Dalla finestra vedo arrivare Alicia e le vado ad aprire ancora prima che bussi. La seguo fin nella cucina della Scuda. Alicia è appassionata di talk show pomeridiani, mentre prepara la cena divide la sua devozione in parti eguali fra Karol Wojtyla, un famoso astrologo e la saga familiare di Al Bano e Romina Power.

Mi indica il piccolo televisore che si porta dietro quando lavora in casa. La conduttrice del programma sta intervistando una figura di spalle, protetta da un alone d'ombra. È una donna dai capelli lunghi, nerissimi, mi pare. La didascalia dice: «Esclusivo: parla la mamma di A.».

A. è Aurora Lopez, e Alicia non ha certo bisogno di dirmelo.

La donna è in tv a perorare la causa di sua figlia, violentata e massacrata di botte in spiaggia. La ragazza ha bisogno di un intervento di chirurgia plastica facciale, ma i Lopez i soldi non li hanno, il processo andrà per le lunghe e, se la giustizia non dovesse provare la colpevolezza di... La conduttrice la ferma giusto in tempo. Quella stava per dire il tuo nome in diretta tv. Mi appoggio al tavolo.

– Ma che indagini e indagini – riprende lei. – Quelli che giocano a calcio sono tutti protetti. Hanno grandi avvocati... noi ce li sognamo. Io faccio le pulizie, mio marito il metronotte.

– E sua figlia, come sta?

– Non esce di casa, si vergogna. Piange tutto il giorno. Ho dovuto togliere tutti gli specchi. Ogni tanto si graffia la faccia da sola, non la devo perdere di vista un attimo. Sono dieci giorni che non posso più andare a lavorare, non so come faremo a tirare avanti.

La conduttrice si fa dire i nomi di battesimo dei suoi datori di lavoro, si ravvia i capelli, poi mette a favore di telecamera il suo profilo migliore e lancia un accorato appello perché nessuno licenzi Barbara. Applausi. Il climax emotivo sta salendo e mi aspetto il peggio. Infatti.

– La vogliamo vedere una foto di sua figlia... com'è arrivata al pronto soccorso quella sera?

– La dobbiamo vedere.

– Se la sente?

– È giusto che vedano tutti, cosa le ha fatto quello là.

Dunque la famiglia Lopez si è trovata concorde nel dare in pasto all'opinione pubblica anche il terribile scatto che l'ispettore capo Siracusano ha sbattuto sotto gli occhi di mio figlio. C'è giusto una sfocatura a pixel, di legge, sugli occhi tumefatti. Dopo una carrellata sui volti attoniti del pubblico, l'intervista si sposta sul mondo del calcio. La pressione, gli interessi, la competizione esasperata.

– Quei ragazzi vivono solo per il calcio, le famiglie li spingono, devono diventare dei campioni a ogni costo. Non fanno una vita normale. Prima o poi la testa salta, è chiaro...

Segue un brutto collage di risse, in campo e fra i genitori, di arbitri inseguiti, di calci proibiti, di panchine sfasciate e bottiglie che volano. Tutta roba presa da YouTube, e neanche tutta dall'Italia. Ma tanto chi vuoi che se ne accorga? Siamo fuori dai Mondiali, la gente non va allo stadio, abbiamo un campionato deprimente. Non vinciamo nulla da anni, la strada per il professionismo è intasata di giovani calciatori stranieri, spesso piuttosto scarsi. Neppure allevare un calciatore, o sposarne uno, ti può più cambiare la vita. La droga non è più buona come un tempo e iniziamo a prendercela con gli spacciatori.

La conduttrice abbraccia Barbara Lopez. Dopo la pubblicità ci sarà la top ten dei dieci migliori partiti d'Italia ancora single. Con i consigli su come accaparrarseli prima che sia troppo tardi.

Ringrazio Alicia.

– Io prego per Luca, *cada día* – mi fa.

– *Cada día*, lo so, sei molto cara.

Dieci minuti dopo tua madre mi ha telefonato per annunciarmi che avrebbe querelato «quella puttana della Lopez». E naturalmente per complimentarsi, visto che con tutte le mie conoscenze nell'ambiente non ero stato capace di evitarti questo massacro.

– In compenso sei stato capace di prenderlo a schiaffi – ha concluso. – Non rivedi più né me, né Luca.

– Già. Adesso siete in mano ad Alessio Garbati.

– Luca ha bisogno di un professionista dell'ambiente come lui. Neanche dopo tutto questo casino l'hai capito?

Ti risparmio il resto della chiamata. Mi aspettavo le accuse e mi aspettavo anche le minacce. Avevo sperato però che dello schiaffo tu non le avessi detto niente. E non per vigliaccheria, ma per quell'ostinata idea di duello fra uomini, un po' western, mi rendo conto, ma per me era importante. Sarebbe stato il segnale che avevi trasferito nella vita quello che in campo ti era sempre venuto naturale: niente sceneggiate, mai lamentarsi per le botte, mai chiedere all'arbitro il cartellino giallo per l'avversario.

Non mi importava se per Nora era omertà machista o solidarietà familistico-mafiosa, io un rapporto esclusivo, da pari a pari con te, lo volevo. Ne avevo bisogno. Avrei dovuto costruirlo prima che tutto il casino scoppiasse, è vero, ma ormai ne sentivo il bisogno e basta, punto.

A proposito di Nora, un'ora dopo sono tornato alla Scuda e sono salito da lei con una buona notizia. L'ho trovata seduta sui listoni consunti dell'atelier, a gambe incrociate, circondata dalle pagine di un catalogo che aveva smembrato in maniera crudele, disseminandolo di croci a pennarello rosso. Ha mormorato un saluto senza guardarmi.

– Trenta milioni di penale, trasporto e sorveglianza a cura di una ditta di security di nostra fiducia, ma a carico loro. Quattro settimane di mostra, non prorogabili.

– Cosa?

– «Black Box» a Bilbao. Hanno accettato tutte le condizioni.

Nora mi ha guardato e ha scosso la testa. Aveva i capelli raccolti in un minuscolo codino.

– Ma è quello che avevi chiesto.

– Ho cambiato idea.

– Allora perché mi hai fatto trattare una settimana?

Ha mosso le spalle appena, come per scrollarsi di dosso un'inezia.

– «Black Box» non si muoverà mai da qui.

Nora stava rifiutando più denaro di quanto ne avessi mai visto io in venticinque anni di lavoro. Quando mi è stato chiaro che non aveva altro da aggiungere, ho lasciato cadere la mail appena stampata fra i fogli sparsi del catalogo e me ne sono andato.

Ho passato la notte fra venerdì e sabato a scrivere e riscrivere una specie di lettera aperta. Me la ricordavo lunghissima, forse perché interminabile mi era parsa quella notte. Invece, file originale alla mano, era piuttosto sintetica. Anzi, direi proprio la misura giusta per diventare virale.

In questi giorni la mia famiglia e io stiamo combattendo una guerra contro le ombre. Una guerra invisibile che nessuno ha il coraggio di dichiararci, ma che sta minando nel profondo la nostra dignità, la nostra serenità, i nostri legami più intimi.

Da una settimana mio figlio Luca Corbo tenta di fare la propria vita, la vita a cui ha diritto. Studiare e allenar-

si seriamente per costruirsi un futuro. E invece deve subire un continuo stillicidio di sospetti infamanti e accuse gravissime, senza alcun freno alla fantasia di titolisti, blogger, conduttori, commentatori anonimi. Un linciaggio continuo da cui non si può neppure difendere, per il semplice fatto che nessuno lo nomina mai direttamente. Mio figlio infatti è ancora tutelato dalla giustizia minorile, ma il fatto di essere una speranza del calcio giovanile e di militare in una squadra di Lega Pro, lo ha reso di fatto identificabile.

In quanto padre, giornalista e persona di buon senso, voglio mettere fine a questa situazione surreale.

È vero, mio figlio Luca Corbo, giovane calciatore in forza alle giovanili del Rivadarno, è sottoposto a indagine. Non potrebbe essere diversamente. Nella notte fra il 6 e il 7 marzo una ragazza è finita al pronto soccorso con segni di violenza sessuale e gravi lesioni da percosse. E quella ragazza, la ormai famosa A., ha fatto il nome di mio figlio. Luca ha già fornito al magistrato la sua versione dei fatti, totalmente diversa. Le indagini sono ancora in corso.

Le notizie sono queste, ma su Luca Corbo ogni giorno vengono pronunciate migliaia di sentenze istantanee sulla base di indiscrezioni o speculazioni isteriche. Luca è mio figlio, ma se scrivo queste righe non è solo per lui, per le persone che gli vogliono bene e gli sono accanto. Del resto sono altre le sedi in cui stiamo difendendo Luca da accuse infondate. Queste righe le sto scrivendo per chiunque. Chiunque può trovarsi un giorno nelle condizioni di mio figlio. E nessuno deve subire un linciaggio così subdolo e feroce, in nome di qualcosa che rifiuto, con tutto me stesso, di chiamare informazione.

L'hai già spedita? L'hai già spedita?

Che domanda fastidiosa. E poi non so la risposta.

L'hai già spedita?

Conosco la voce, ma di cosa parla? Ho gli occhi chiusi. È bello tenere gli occhi chiusi. Però mi fa male tutto un fianco, non so neppure se il destro o il sinistro. Ho una specie di frenetico termitaio lungo il braccio.

– L'hai già spedita?

La voce è di Nora, la luce mi acceca. Non dovevo aprire gli occhi. Non so di cosa stia parlando, non so che cosa ci faccia in casa mia a quest'ora. Già, ma quale ora? Glielo chiedo.

– Quasi mezzogiorno.

Mi sono addormentato alla scrivania. Ho due post-it appiccicati alla mano, in bocca un sapore di frutta marcia.

– Non avrai mandato in giro questa roba – insiste.

Nora mi indica il monitor con il file della lettera ancora aperto. In quel momento, giuro, non me lo ricordo e devo rifletterci sopra prima di dirle di no.

– Allora cestinala subito.

Non capisco il perché. Mi alzo, mi massaggio la faccia per essere sicuro di averne ancora una.

– Primo, che tu difenda Luca non farà cambiare idea a nessuno. Sei suo padre...

– Appunto.

– ... e queste nobili parole le hai scritte perché c'è di mezzo tuo figlio. Non piantarci sopra i vessilli sacri di una crociata, non è proprio il caso.

– Non ho diritto a riportare un po' di buon senso in questo schifo?

– Quando eri dall'altra parte della scrivania, facevi come loro.

Nora sta per aggiungere *anzi, peggio*, ma si ferma giusto in tempo.

– Quante volte me lo devi ancora rinfacciare?

– Saranno i tuoi colleghi ad andarci giù duro, Dario. A ricordarti chi eri qualche anno fa.

– Un segugio da sangue, soldi e sesso, lo so. Ti ringrazio.

– E non solo. Tu oggi lavori per me, e io per tutti sono l'assassina di Irene Calamai.

– La vecchia storia torna a galla per colpa mia. Ecco la tua vera preoccupazione.

Lei ha incrociato le braccia, più delusa che irritata.

– Comunque, volevo solo avvertirti che alla Scuda è arrivata un'ospite che chiede espressamente di te – dice, poi esce dal mio ufficio come usciva dalle feste venticinque anni fa. Nora Beckford era una che sapeva farsi notare anche quando se ne andava.

Le auto che arrivano alla Scuda sono di rado utilitarie. Ma un coupé Aston Martin blu petrolio non capita proprio tutti i giorni. Anche la targa aveva qualcosa di esotico. Era piazzata nel centro esatto del parcheggio, assieme a un minivan bianco di marca giapponese, e di fatto impediva qualsiasi movimento a tutte le altre.

La proprietaria dell'Aston Martin era una donna alta e quasi filiforme. Due le cose che mi hanno colpito subito: le sue sneakers a disegno tartan e i guanti da guida. Per il resto era vestita di bianco, camicia marinière di popeline e pantaloni a sigaretta. Potevo sbagliarmi, ma la sola borsa in pelle d'agnello costava quanto un mese di stipendio di Ramón e Alicia (e Nora paga loro anche un solo minuto di straordinario). Ti chiederai perché mi dilungo su questi aspetti. Perché chi porta addosso circa cinquemila euro di vestiti può permettersi di non lasciare nessun particolare al caso. Un re studia ogni accessorio per comunicare esattamente il proprio potere, il militare si equipaggia pensando solo alle esigenze della battaglia. L'essere umano che sta dentro vestiti del genere delega tutto alla sua divisa e ci si barrica per risultare il meno vulnerabile possibile.

Fisicamente poteva essere una ex modella, i capelli erano a metà fra il biondo e la canizie dell'anzianità. Mentre ci presentavamo le ho dato una sessantina d'anni, e non ci sono andato lontano.

– Amanda Paulus, l'avvocato Di Maria le avrà parlato di me.

Mi aveva comunicato solo il nome, ma naturalmente ho mentito con trasporto. Si è sfilata un guanto da guida per darmi la mano. Me l'ha porta, anzi, *concessa*, con il polso reclinato verso il basso. Non ha nemmeno accennato a stringere. Con l'altra ha allungato le chiavi dell'auto al *man in black* uscito dal minivan. Giovane, meticcio, palestrato e con l'orecchino. Gli ha parlato in francese.

– Quasi non mi ricordavo più le autostrade di questo paese. Un vero inferno – ha cambiato discorso.

Non capivo con quale accento si degnasse di parlare la lingua di questo paese. Ha definito la Scuda *incantevole*. Ha tenuto a farmi sapere che suo padre l'aveva pronosticato: quel giovane inglese aveva talento e se avesse smesso di fare l'artista solo per portarsi a letto una quantità indecente di donne, qualcosa di buono avrebbe potuto combinare.

– Direi che suo padre non si è sbagliato.

– Mio padre non si sbagliava mai. Una volta ha invitato Thomas nella nostra villa a Cap-d'Ail. Thomas avrà avuto, bah, neanche trent'anni, io diciassette. Non era famoso, però con le mie amiche sognavamo tutte di portarcelo una notte a Plage Mala, al tempo era *pochissimo* frequentata, mai stato?

– No.

– Dovrebbe, anche se ora, bah, ci sono persino due ristoranti.

Mentre facevo strada verso l'appartamento e prima che perdessi il filo, Amanda Paulus ha concluso l'interessante aneddoto ricordando come suo padre di fatto sequestrò Thomas Beckford per alcune settimane. Gli mise a disposizione la torretta della villa e gli promise diecimila sterline se fosse riuscito a rimanere almeno un mese lontano da ogni distrazione, a lavorare. A quel tempo Beckford non poteva rifiutare, era un bello squattrinato che vagabondava per l'Italia approfittando di mecenati o delle loro mogli.

– Non aveva ancora partecipato alla Biennale, quindi... un signor nessuno. Mio padre gli mise a disposizione tutti i materiali che desiderava. Resistette due settimane, credo, e l'unica cosa che produsse furono decine di schizzi di un unico soggetto. Immagino sappia qual era.

Sono stato costretto ad ammettere di no, che questo episodio manca alle *res gestae* di Thomas Beckford. Ho usato il latino di proposito, per darmi un tono.

– Ma sul serio? Ma dovrebbe documentarsi meglio, allora – riprende, scandalizzata. – Era il famoso *David focomelico*.

– Intende *Nothing is possible* – preciso io, sfoggiando la pronuncia faticosamente appresa in due anni. – È quello il titolo dell'opera. Le raccomando di non usare *David focomelico* in presenza di sua figlia. Nora detesta che il capolavoro di suo padre venga chiamato in quel modo.

– Farò tesoro del suo consiglio. Ho dato appuntamento a una coppia di cari amici, anche loro *fa-na-ti-ci* di Beckford. Potrebbe prenotarmi un posto carino per una cena... informale, ma non sotto un certo livello, mi capisce?

– Capisco, ma non mi occupo di prenotazioni. E se volete, Alicia e Ramón possono occuparsi magnificamente della vostra cena.

Ho sorriso e mi sono congedato. O almeno, mi pare di essere stato sufficientemente gentile per poter usare questo verbo. Poi ho fatto una cosa che non ti ho mai detto. Ho riesumato un vecchio cappello panama, ho scelto gli occhiali da sole più scuri e al posto della giacca mi sono infilato un maglione. Dieci minuti dopo ero già al casello della Firenze-Mare. Il giorno della famosa partita contro la Fiorentina per l'accesso ai playoff, insomma, c'ero anch'io. Non era il caso che ci incontrassimo, non avevo parole nuove e importanti da dirti e non volevo destabilizzarti prima di una partita importante. Anche per questo, volevo evitare che qualcuno mi riconoscesse. Me ne sarei rimasto in disparte ma, almeno dalla tribuna, ti avrei visto.

Ero convinto che mi avrebbe fatto sentire un po' meglio.

Sono arrivato che la partita era iniziata da un quarto d'ora. Quando il sole bucava le nuvole, il campo in sintetico diventava lucido e la casacca gialla dell'arbitro quasi fluorescente. Voi giocavate con la seconda maglia, quella bianca. Ho chiesto il risultato e mi sono messo alla estremità di una tribunetta di tubi metallici, all'opposto di quella principale dove sventolava qualche bandiera viola. Gli spettatori erano qualche centinaio, la partita era ancora sullo 0-0.

Nel primo tempo avete superato molto di rado la metà campo. Christian doveva avere ancora postumi dell'incidente agli occhi, perché ha distribuito soltanto passaggi nel nulla. Grigo galoppava come un cavallo e incrociava i gomiti con i difensori della Fiorentina, ma non teneva palla per più di qualche secondo.

Di rischi non ne avete corsi, questo va riconosciuto. Tiri da lontano, un paio di parate di ordinaria amministrazione. Tu e Momo eravate sempre dove sarebbe finito il pallone, un attimo prima degli attaccanti. Quarantacinque minuti noiosi, ma quando uno è padre di un difensore, sa apprezzare le partite senza reti, perché è chiaro che qualcuno sta facendo molto bene il proprio lavoro.

Durante l'intervallo me ne sono rimasto seduto e ho cercato di individuare tua madre fra il pubblico. Sapevo che era lì e volevo controllare con chi fosse, lo ammetto. Poi il brusio della gente intenta al viavai con il bar è cambiato di tono. Qualcuno era salito su una piccola impalcatura dietro la porta per appendere uno striscione bianco. Erano in tre, e da dove ero io mi sono sembrate tutte ragazze. Ho pensato che arrampicarsi fin là sopra per appendere qualche svenevole messaggio riservato a uno dei giocatori in campo fosse una stupidaggine, ma non avevo capito niente.

Quando siete rientrati dagli spogliatoi, lo striscione bianco era completamente steso. La scritta in spray nero diceva «VIOLENZA SULLE DONNE? CARTELLINO ROSSO». Hai sicuramente fatto in tempo a vederlo, *tutti* lo hanno visto, mentre un paio di uomini cercavano di convincere le ragazze a scendere, prima di salire per toglierlo. Dalle tribune è volato qualche fischio. Io sono rimasto immobile, senza respiro, senza spostare lo sguardo. L'arbitro si è consultato con i guardalinee, poi ha deciso che la cosa migliore era fischiare l'inizio del secondo tempo.

L'atmosfera era surreale, voi giocavate ma nessuno vi seguiva davvero, perché togliere lo striscione si è rivelata un'operazione più lunga del previsto. Ai piedi dell'impalcatura si è scatenato un parapiglia. Quando è arrivato anche un operatore con la videocamera, ho deciso di andare a vedere. E quello che ho visto è stato ancora peggio di quanto temevo.

Non c'era solo un operatore, c'era anche un tipo con il microfono, uno di quegli inviati kamikaze specializzati nel tallonare un intervistato fino a quando non fugge o non perde la pazienza.

– Perché lo fate togliere? Offende qualcuno? Non siete d'accordo? – ripeteva a macchinetta il tipo con il microfono. In quattro o cinque gridavano alle ragazze di scendere dall'impalcatura. Fra di loro ho riconosciuto anche il direttore sportivo, mentre l'uomo che parlava con l'inviato portava una sciarpa viola sul completo grigio.

– Ma le sembra il momento? Ma a cosa servono queste pagliacciate?

– Cos'è, una difesa d'ufficio della categoria? Tutti uniti, quando serve.

Mi sono guardato bene dal mettermi in mezzo. Potevo solo tifare per il meglio, ma non era decisamente giornata. È successo il peggio, tutto il peggio.

Una delle ragazze è scivolata, è atterrata in malo modo e l'inviato con il microfono ha subito gridato all'aggressione. A quel punto uno steward ha trascinato via l'operatore, il direttore sportivo s'è impadronito del microfono scatenando una mischia di urla e strattoni.

Era proprio la carne più succulenta da gettare nella fossa dei leoni dei commentatori da social. Lo steward ha strappato a brandelli il grosso lenzuolo, mentre l'inviato gridava all'operatore di riprendere tutto. Il direttore sportivo pretendeva di sequestrare la videocamera, non si sa a quale titolo. Come in ogni parapiglia che si rispetti, qualcuno ha invocato la polizia, qualcun altro minacciato denunce. A riportare la calma sono arrivati due vigili urbani. Da parte mia, avevo visto e capito già anche troppo.

Sono tornato verso la tribunetta pensando alle possibili contromosse. Intanto il vostro allenatore aveva perso la voce urlandovi di salire, salire, salire, ma tu e Momo niente, avanzavate al massimo di cinque o sei metri dall'area di rigore. Ti ho sentito gridare al mister che la palla era sempre scoperta, che non potevate salire, e ho pensato che tu avessi ragione. Se i tuoi centrocampisti e gli attaccanti non tengono palla, salire con la difesa è un suicidio. Il difensore è sempre in bilico sul vuoto che lui stesso crea. Il campo disabitato che si lascia alle spalle è terra bruciata che porta il nemico lontano dalla porta. Quei quaranta metri di campo diventano una no-fly zone, una terra ostile sorvegliata dalla bandierina del guardalinee. Ma basta un attimo, un avversario prende la palla, guadagna un secondo per ragionare e alza la testa. Quella terra di nessuno allora diventa una prateria immensa in cui le orde nemiche possono dilagare al galoppo. Il vuoto alle sue spalle lo risucchia all'indietro. I palloni spiovono con parabole insidiose come traiettorie di mortaio.

A quel punto c'è solo da ritirarsi e darsi da fare perché nessuno di quei palloni tocchi terra, come se fossero proiettili infuocati che non devono piombare sui tetti.

Il secondo tempo è diventato subito un assedio.

Quando i palloni arrivano dalla linea di fondo, un difensore si trova di frequente a doverli respingere rivolto verso la propria porta. Non è agevole, l'errore è in agguato e il segnale è pessimo. Se gli attaccanti avversari arrivano sistematicamente fino a lì, le tue truppe ormai sono accerchiate. Su uno di quei cross, la palla è sgusciata fuori da un incrocio di gambe, prima di finire al loro centravanti. Fin troppo facile.

Le telecamere inquadrano sempre chi ha appena segnato. Guardare una partita dalla tribuna permette di osservare le reazioni di chi il goal lo ha preso. Chi rimprovera chi, chi piega la testa sotto il peso della gioia altrui. Se c'è più rabbia, più demoralizzazione o più vergogna. Da quei momenti mi immagino persino di capire se ci sarà un pareggio o no. Il vostro portiere ha scagliato via la palla, tu hai rimproverato un compagno e, a quel che ho visto, lui ti ha risposto per le rime. Il vostro allenatore ha gridato la frase di prammatica. *Non è successo niente!* Era successo tutto, invece.

Capisco perché Bianchi non ti aveva sostituito al rientro dagli spogliatoi. Tatticamente sarebbe stato ingiustificabile e avrebbe indicato a tutti, se mai qualcuno ancora non lo sapesse, a chi era diretto quello striscione del cazzo. Speravo lo facesse adesso, speravo tu fossi così smaliziato da simulare una contrattura. Che illusione, Luca. Sapevo benissimo che tu volevi rimanere lì, non avresti mai lasciato il fortino mentre il nemico lancia l'assalto decisivo.

Il mister ha mandato in campo un paio dai piedi buoni per tenere di più la palla. Daniel e Francesco non sono proprio i tipi che si attaccano alle caviglie degli avversari come mastini furibondi. Forse doveva farlo prima, quando potevate giocare per lo 0-0. Con il senno di poi, quello che ci rende tutti superbi allenatori, è stata un'idea giusta nel momento sbagliato. Va bene tenere palla, prima però la devi prendere, e in mezzo al campo voi non la prendevate più. Immagino la tua frustrazione di quel momento. Ogni rinvio che facevi, anche di quaranta o cinquanta metri, sembrava rimbalzare contro un muro e tornare indietro all'istante.

Dopo dieci minuti di questa sofferenza, a Momo è rimasto il pallone sotto il piede. Sembrava volesse sgonfiarlo con i tacchetti. Uno di quegli errori che fai quando nel cervello l'ansia rimbomba come in un hangar vuoto. Dalle tribune si è levato un autentico brusio di piacere. Prima che il numero 24 viola arrivasse a scippare la palla, Momo è riuscito a calciarla verso di te. Un passaggio sbilenco, in controtempo, e a mezz'aria. Accanto a me sono saltati tutti in piedi, con la stessa furia di quando duemila anni fa incitavano un gladiatore a dare l'ultimo colpo di maglio all'avversario rantolante. Niente sangue, ma stessa adrenalina.

Mentre l'attaccante della Fiorentina ti sfrecciava accanto, tu sei rimasto piantato, le gambe a compasso. Hai allungato un braccio per afferrarlo, ma poi ti sei fermato. Quello ha messo a sedere il portiere ed è entrato in porta con il pallone.

2-0. È finita, mi sono detto.

Magari.

Il dialogo seguente lo ricostruisco oggi come me l'hai raccontato tempo dopo tu.

Ma che cazzo fai, Momo, la break dance?

Cazzo fai te, tiralo giù, no?

Bravo, così mi butta fuori per una cazzata che hai fatto tu.

Hai paura che poi non ti chiamino in Nazionale?

È quello che ti rode?

Era meglio giocare in dieci. Tanto oggi tirano scemo anche te, grande campione, hai visto?

A quel punto gli hai tirato un pugno. Tu hai sempre ripetuto che non era forte, ma visto dalla tribuna sembrava una bella legnata, un pugno dato con lo slancio del corpo. Uno come Momo non va giù facilmente,

Sono arrivati per primi gli avversari, a dividervi. Hanno dovuto persino smettere di festeggiare.

Non ci avevi pensato da solo, non ci aveva pensato il mister, e così è toccato all'arbitro mandarti negli spogliatoi. Sulla tribunetta ridevano tutti. Ti risparmio le battute salaci (ma tu vai a vedere sul vocabolario cosa significa *salace*).

Per il resto, com'è finita lo sai. Quattro a zero.

– È stata un'imboscata – ho detto, – la troupe non poteva essere lì per caso.

– Lei sa senz'altro come funziona – ha sottolineato Garbati.

– Infatti vorrei capire cosa sta succedendo. A chi state rompendo le palle, signori?

La mia domanda era per l'allenatore e il direttore sportivo. Il primo, dopo avervi urlato in campo e insultato negli spogliatoi, era quasi afono. Il secondo ha sospirato, gonfiando le morbide guance da batrace.

– Avete troppi gioiellini da vendere? – ho insistito.

– Lasci perdere, Corbo – ha risposto. – Siamo qui per parlare di Luca.

– Ma qua il problema non è più Luca.

– E chi è che ha fatto quella cazzata in discoteca? Gualtiero Bianchi si è intromesso, la voce esile e crepitante, come da una stazione radio mal sintonizzata.

– Andiamo, Bianchi, ha giocato anche lei, no? Che fa, pretende l'astinenza fino a trent'anni?

Lì ho capito che non mi sarei mai abituato al fatto che Garbati fosse il tuo procuratore. Con quel suo tono da quindicesimo piano, le sue giacche senza spalline e gli occhiali che mi sembravano, non so perché, ornamentali.

– Non devono nemmeno giocare per la fica. Negli spogliatoi questi si litigano lo specchio. E comunque è Luca che oggi ha picchiato un compagno. Non lo accetto. Vent'anni che alleno e non mi era mai successo. Almeno avesse steso uno buono dei loro.

Strano a dirsi, ma dall'inizio della riunione convocata in tutta fretta all'Arno Campus tua madre non aveva ancora aperto bocca. Era l'unica donna intorno al tavolo tondo, di formica effetto legno, ma non è mai stata il tipo da intimorirsi per questo.

– Sta bene, cosa ci dovete comunicare, allora? – ha detto finalmente, poi si è versata dell'acqua minerale. Erano quasi le nove e nessuno di noi aveva ancora cenato.

– Luca avrà a disposizione lo psicologo della squadra anche tutti i giorni, se lo ritiene necessario – ha mormorato il direttore sportivo. Poi ha guardato l'allenatore. Toccava a lui la parte del cattivo.

– La società ha deciso per una multa di duemila euro. Come da regolamento.

Garbati ha fatto notare che a sua volta la società era in arretrato di un paio di mensilità, per un totale di tremila e spiccioli.

– Si compenserà – ha fatto il direttore sportivo.

– Okay. Ma un'idea su come gestire la faccenda ce l'avete o no? – ho chiesto. Secondo lui c'era solo da aspettare il giudice sportivo.

– Intanto prepariamo il ricorso – ha suggerito Garbati. – Avete parlato con l'arbitro, per ammorbidire il referto?

– No, nessun ricorso – ha gracchiato Bianchi, – è stato anche deciso che Luca non verrà convocato in prima squadra per tre turni.

Ho fatto notare che era un provvedimento sproporzionato. Mi ha risposto il direttore sportivo, perché lo schema ormai era chiaro: il cattivo emanava la sentenza, il buono la motivava.

– Mi spiace, è troppo grave. Dobbiamo dare un segnale.

– A chi? Di cosa?

– Non possiamo farci sfuggire di mano lo spogliatoio.

Mi spiace che tocchi a Luca, è anche contro il nostro interesse, ma a questo punto non si può fare altro.

La fine della stagione si avvicinava e si tiravano le somme. Salire di categoria con la prima squadra costava un sacco di soldi, ma vendere qualche gioiellino della Primavera come Momo, Christian, Luca o Grigo avrebbe indebolito la futura squadra per la serie B. La coperta era corta, tutto sommato rimpinguare le casse e rimanere un anno ancora in Lega Pro era meno rischioso che andare in B, farsi prendere a pallonate in faccia e retrocedere dopo una sola stagione.

– Non avete un minimo di comprensione per il momento che sta passando?

Finalmente abbiamo sentito anche la voce di tua madre.

– Lo capiamo, ma noi dobbiamo pensare alla squadra.

Ho tentato di non far aggrovigliare la discussione in un pericoloso rimpallo di recriminazioni. Niente. Pochi secondi e ci parlavamo tutti sopra, senza più capire una parola, finché Bianchi non s'è alzato sbattendo una mano sul tavolo. L'ha fatto addirittura inclinare. S'è messo a urlare come quando sta in panchina, solo che sibilava come un treno che frena.

– Mi avete rotto i coglioni. Io devo allenare dei ragazzi, devo farli stare sereni e devo educarli a dare tutto, per la squadra e per i compagni. Quel che ha fatto vostro figlio su quel cazzo di spiaggia non mi interessa! Quel che ha fatto oggi l'abbiamo visto tutti e non lo accetto.

Il direttore sportivo ha provato a farlo rimettere

seduto, lui ha smanacciato come per scacciare un moscone.

– Non mi calmo! Qua non si lavora più tranquilli, abbiamo le telecamere, gli striscioni, mille casini e oggi, *io*, mi sono *vergognato*! Siamo fuori dai playoff, abbiamo sputtanato una stagione di lavoro, questo so, di tutto il resto non mi importa una sega, sono stato chiaro? Qui Luca ha ricevuto solo esempi positivi. Lavoro e rispetto, rispetto e lavoro! Abbiamo deciso così e se non vi sta bene, signori miei, potete andare a fare in culo voi, vostro figlio e il vostro procuratore.

Silenzio. A quel punto Garbati si è alzato lentamente, ha rimesso il pennino nell'agenda hi-tech, ha sorriso come può sorridere una murena.

– Non si risolve tutto abbaiando, caro Bianchi. Forse i playoff li avete persi anche per quello.

– Meglio perderli giocando onestamente, che vendendo le partite come facevi tu, stronzo.

Quella sera io e te ci siamo rivisti fra le aiuole svizzere del Campus. Nel vecchio convento riadattato le finestre erano quasi tutte illuminate. I tuoi compagni erano in stanza, a smaltire la delusione con la fidanzata via Skype, o a proiettare sul soffitto in penombra tutti i momenti peggiori della disfatta. Il tuo avversario ti supera e la gravità ti schiaccia a terra, il pallone ti scavalca e ti chiedi perché si è alzato il vento proprio adesso. Quando niente gira come deve, non giochi più contro dei ragazzi come te, ti pare di combattere contro la furia beffarda degli elementi avversi.

Avevi il borsone a tracolla, sembrava pesasse duecento chili. Sapevi che i tuoi genitori erano stati convocati e sapevi che con te la società aveva picchiato duro.

– Di una cosa sono contento, pa'. Che oggi non c'eri, alla partita. Ti saresti vergognato.

Purtroppo, ora lo sai, avevo visto tutto. Ma non mi sono vergognato di te, sia chiaro. Mi ero inzuppato di rabbia e di amarezza, ma nessuna vergogna, te lo giuro.

– Non dire cazzate.

– Mi dispiace.

– Succede a tutti di perdere la testa, no? A proposito, la mia, di squalifica, quando finisce?

Non mi hai risposto.

– Andate a Roma?

– No, a Roma no. Sarebbe un casino. Andiamo qualche giorno ad Ansedonia, là stiamo tranquilli.

– E per la scuola?

– Niente verifiche questa settimana.

– Sentiamoci presto, però.

Ci siamo stretti tre dita, solo per un istante, poi ti sei avviato verso l'auto dove tua madre era seduta accanto ad Alessio Garbati. Trascinavi i piedi sulla ghiaia come se fossero due incudini. Sei salito dietro, dove i vetri erano più scuri, e la luce nell'abitacolo si è spenta. Sono rimasto lì, ho aspettato che il crossover nero superasse la sbarra.

Dal cielo buio ha iniziato a piovere. Una pioggia delicata e senza suono.

In Versilia la notte era chiara e asciutta.

Alla Scuda ho trovato le finestre del primo piano tutte accese. Era quasi mezzanotte e mi sono stupito. Il giovane meticcio parlottava con un tipo più anziano. Sarà stata l'oscurità, ma mi è parso che quest'ultimo avesse sotto la giacca una fondina ascellare. Il parco macchine si era arricchito di un roadster Jaguar grigio metallizzato.

Mi sono stupito ancora di più quando dalla porta socchiusa ho visto riuniti nel salotto principale Nora, Amanda Paulus, l'avvocato Di Maria e una coppia divisa da una ventina d'anni (a favore di lei). L'atmosfera sembrava rilassata. Ho notato le bottiglie vuote di tre Super Tuscan della cantina Beckford, e tieni conto che Nora non sorseggia più nemmeno una birra analcolica. Il dottor Zanella aveva una notevole cravatta rosa antico e gli occhiali così tondi e così piccoli da sembrare incorporati nel volto. Sua moglie me la rivedo davanti come una quarantenne a cui il botox aveva congelato il viso in un'espressione da zia di Barbie. Le altre cose che ho capito e che ricordo: lei era americana e i due avevano una villa sul mare vicino a Tellaro.

Finite le presentazioni, Nora ha proseguito il discorso interrotto dal mio ingresso.

– No, non credo che mio padre sia mai stato il tipico inglese infatuato della Toscana. A dire il vero, non ha scelto di vivere in Italia, ha scelto prima di tutto di *non* vivere in Inghilterra, fin da quando aveva vent'anni. Soffriva l'Inghilterra, diceva sempre che era un paese con una mentalità militaresca. Secondo lui bastava guardare gli inglesi in vacanza. Fanno casino, esagerano, fanno tutto quello che non gli è concesso *den-*

tro, come militari in libera uscita. Non vanno in vacanza, vanno in *licenza*.

Zanella ha riso, ma la Paulus non era d'accordo. Ha sciorinato una lista di suoi amici inglesi che avevano valorizzato *meravigliosamente* i loro possedimenti in Toscana, a differenza degli oligarchi russi che ha definito amorevolmente *cinghiali*.

– Non dovrebbe confondere un paese con la sua classe dirigente, non l'Inghilterra, almeno. Poi succede la Brexit, no?

La Paulus ha annoverato fra le grandi invenzioni inglesi il tweed, la salsa Worcester e il rugby, pronunciato con la u, non *règbi* come facciamo noi. Prima che arrivasse a Margaret Thatcher e alla caccia alla volpe, è intervenuto Di Maria, alticcio al punto da risultare quasi brillante. Ha detto che secondo lui il grande Thomas Beckford un po' di ragione ce l'aveva e ha chiesto a me quanti sono gli stati sovrani nel mondo.

– Duecento, più o meno – ho tirato là, mi sono scelto una sedia, ho fatto scendere l'ultimo dito di Bolgheri in un bicchiere per l'acqua. Ho visto Amanda Paulus inorridire.

– Duecento. Sapete a quanti l'Inghilterra *non* ha mai dichiarato guerra?

Nora ha scosso accuratamente la cenere dalla sigaretta. Solo lei lo sa compiere come un gesto di precisione.

– Nessuno tira a indovinare? Allora ve lo dico io: ventidue. E fra questi ventidue ci sono il Principato di Monaco, San Marino e il Vaticano... stati a cui è difficile fare la guerra, nemmeno hanno l'esercito.

– A che ti serve un esercito, quando hai il segreto bancario – ho notato io.

– E allora non spariamo sulla Santa Sede, dottor Corbo. Lo zio di mio nonno è andato vicinissimo a fare il segretario di Stato, sa?

La Paulus mi ha degnato di uno sguardo più lungo di due secondi, e non mi è piaciuto.

– Gli altri centosettantotto, prima o poi, se la sono dovuta vedere con i sudditi di Sua Maestà. Centosettantotto – ha tirato le somme Di Maria. S'è sbattuto le mani aperte sulle ginocchia foderate di adipe e di gabardina. A quel punto ha parlato anche Zanella. Ha sfoderato una sonora erre arrotata e una discreta padronanza di geopolitica.

– È vero... mettete a confronto i territori colonizzati dagli inglesi con la superficie della loro isola: è un quinto della Francia, un quarto della Spagna, un terzo della Germania... eppure hanno dominato territori in cinque, dico cinque, continenti diversi. Se contiamo le terre emerse... allora solo l'Antartide gli inglesi si sono risparmiati di invadere.

Ho fatto notare che sbaragliare pinguini non sarebbe stata una grande dimostrazione di valore guerriero. L'avvocato si è riverso sulla tavola in preda a un convulso di riso che quasi sembrava soffocarlo. Nora era divertita, la Paulus meno.

– Per trovare qualcosa di paragonabile bisogna tornare alla Macedonia di Alessandro Magno, ma durò poco – ho detto io.

– O sennò a Roma – ha suggerito Zanella. – Interessante ipotesi. Gli inglesi sono stati i veri eredi della macchina da guerra dell'Impero Romano?

Di Maria è parso quasi galvanizzato all'idea.

– Allora è merito nostro. In effetti, fino al Vallo di Adriano, organizzazione e disciplina. Dove non sono arrivati, tribù di straccioni...

– ... che in effetti non hanno passato secoli a invadere le terre di qualcun altro – ha considerato Nora, poi ha spento la sigaretta e ha comunicato agli altri, di punto in bianco, che era stata una piacevolissima serata.

– Non so come ringraziarla del privilegio che ci ha concesso accompagnandoci di persona per tutta la villa – ha risposto la Paulus.

– Grazie per avermi raccontato di mio padre. E soprattutto per avermi risparmiato i particolari più imbarazzanti.

Zanella si è alzato e ha mimato un baciamano. Nora mi ha lasciato il compito di intrattenere gli ospiti per un'altra mezz'ora.

La Paulus non ha parlato che di «Black Box», delle emozioni travolgenti che ancora sentiva addosso. Che idea bellissima e rivoluzionaria quella di lasciare la scultura quasi completamente immersa nel buio. L'ultima, suprema beffa del grande Beckford, ha sentenziato.

– A dire il vero, è stata un'idea di Nora – ho reso noto io, nel tono più neutro possibile, ma questo mi è costato un fuoco di fila di domande a cui non avevo molta voglia di rispondere. Ma certo non potevo derogare ai miei doveri di ospitalità.

– Credo abbia a che fare con quello che ha vissuto Nora. Col fatto che tutti hanno pensato di conoscere la verità, anche se vedevano solo qualche piccolo dettaglio nel buio. Hanno pensato di aver capito tutto, invece tutta l'opera, il disegno complessivo è rimasto oscuro, difficile da ricordare e ricostruire. E forse, chissà, è anche meglio, perché vederlo nella sua completezza ci avrebbe messo paura.

Zanella si è detto certo che Nora Beckford fosse stata vittima dello strapotere fuori controllo della magistratura. Di Maria ha rammentato i diversi insuccessi di quel magistrato, Virgilio Capoferro, e di come ogni inchiesta finita nel nulla lo avesse misteriosamente catapultato verso una carriera di tutto rispetto.

– E sia sincero, ci dica... lei l'ha visto, il capolavoro nella sua completezza?

La domanda della Paulus era una freccia intrisa di veleno.

– Intende quello di Beckford o quello che ha portato sua figlia in carcere?

– Guardi, noi accettiamo volentieri rivelazioni su entrambi – ha risposto Zanella.

– Sono costretto a darvi una doppia delusione.

– Lei sa molto più di quello che dice, dottor Corbo.

– E lei mi sopravvaluta, signora Paulus.

Di lì a poco, Zanella e la moglie si sono alzati. Quando l'avvocato Di Maria ha provato, senza successo, a fare lo stesso, è stato deciso all'unanimità che non fosse in grado di guidare fino a Firenze. L'unico posto libero in cui poteva adagiare la sua mole per quella notte era da me.

Di Maria è alticcio, mi dico, forse al punto giusto da farsi sfuggire qualche verità prima di crollare nel sonno. Si slaccia la cravatta, la usa per asciugarsi la fronte dal sudore e poi mi fa i complimenti per la sistemazione.

– Visto che è una sua cara conoscenza... chi è Amanda Paulus?

– Un gran cervello.

– Sì, ma a cosa lo dedica? Medicina? Fisica nucleare?

– Finanza.

– Ecco. Come si sente? Le preparo una tisana?

– Meglio di no. Se mando giù ancora qualcosa di liquido, esplodo.

Si abbandona sul divano e mi chiede se quel pomeriggio ho assistito alla disfatta del Rivadarno. E di Luca Corbo, potrebbe aggiungere, ma è ancora abbastanza lucido per evitarlo.

– Sì, purtroppo c'ero.

– Bel casino. Ha visto quante visualizzazioni ha il filmato di quei due inviati?

È chiaro che preferirei non saperlo, ma a cosa servirebbe? Di Maria scruta il cellulare e dice *duecentonovantaduemila*. I siti di quotidiani che l'hanno ripreso sono una ventina, le condivisioni sui principali social sfiorano quota dodicimila.

– E l'hanno messo on line solo da sei ore. Un massacro.

Un massacro che in quel momento scorreva anche fra le tue dita, sul monitor del tuo cellulare. Mentre eri accanto a tua madre, e magari anche al tuo nuovo procuratore.

– Sbaglio o non la vedo più così ottimista, avvocato?

– A proposito, mi hanno notificato l'incidente probatorio. Dieci di maggio, se lo segni. Le arriverà domani o dopodomani. Ho già la copia del fascicolo del pm, qui in borsa. Me lo sono portato dietro per studiarlo, ma per stanotte non credo che inizierò.

– Splendido, ma non è una risposta.

– Adesso non è più una guerra convenzionale, okay? Quindi useremo armamenti non convenzionali, tutto qua.

– Amanda Paulus sarebbe uno di questi?

– Di più. Amanda Paulus ha la valigetta con i codici della guerra termonucleare.

Avrei potuto saltare questa parte di racconto, o modificarla per apparirti più sveglio di quello che sono. Ma l'ho dichiarato all'inizio, voglio essere sincero fino in fondo. A mia parziale discolpa, era stata una giornata orrenda.

– Dottor Corbo, lei pensa che l'Arno Campus sia spuntato nella notte, come i funghi? Ha idea di quanti soldi è costato? Crede che ce li abbia messi Abbadeschi? Quello come ha due soldi in tasca si infila nel primo casinò, lo sa. Poi la Paulus manda me a tirarlo fuori dai guai, con un bell'assegno in garanzia. Da dove crede che arrivino i quattrini per comprare i cartellini di un ragazzo promettente come Luca? Dai duecento disgraziati che vanno a vedere la prima squadra la domenica? Ha visionato bene il contratto che ha firmato per conto di suo figlio? Vuole che glielo legga io? Me lo sono portato dietro, in borsa.

– Lo so bene che la società ha dovuto chiedere un finanziamento...

– No, non è un finanziamento, dottor Corbo. È un leasing. Non viene chiamato così, perché fa pensare a una fotocopiatrice o a un furgone, ma suo figlio è al Rivadarno in leasing. Il Rivadarno ce l'ha solo in affitto, e siccome non riscatterà mai per intero la cifra, il cartellino di suo figlio, almeno fino al prossimo anno, di fatto appartiene a Ostermann.

– Ostermann?

– Ostermann, sì, come quel film di trent'anni fa, ma con una enne in più. Una società che gestisce fondi di investimento. Fondi speculativi, a essere esatti. Non di quelli in cui si entra con cento euro al mese, e neanche con mille, okay? Il fondo Ostermann è amministrato da Amanda Paulus, Zanella è l'AD di una banca del Ticino che fa da intermerdiario e detiene una significativa quota di minoranza. Mi dica lei se sono stato troppo complicato.

Purtroppo no, dovrei dirgli.

– Mio figlio è un asset di un fondo di investimento?

– Finché il Rivadarno ne detiene il cartellino sì. E fossi in lei sarei contento. Perché gli asset vanno protetti e, come vede, se avete una possibilità di uscire da questo casino, si chiama Amanda Paulus. Se io non le ho rimesso ancora mezza notula, dottor Corbo, è perché io sarò pagato dal Rivadarno, e cioè dalla Ostermann.

– Questo lo capisco. Non capisco come.
– Neppure io, non me l'ha detto. Ma se è voluta venire fin qui, significa che un piano ce l'ha.
– Andiamo, avvocato, lei lo sa.
– Ora mi scusi tanto, ma devo proprio stendermi.
Si toglie scarpe e giacca, si tira una coperta fin sulle spalle e perde conoscenza all'istante.

Alle cinque e mezzo il cellulare mi vibra nella mano. Mi devo essere addormentato sopra le coperte un secondo dopo aver impostato la sveglia. Da qualche giorno ho ampliato gli abbonamenti digitali, quindi non ho bisogno di scendere all'edicola per controllare anche i quotidiani locali.

Sulle edizioni cartacee la notizia dello striscione non si è guadagnata titoli importanti. La Rete l'ha in parte bruciata, per fortuna. Solo un quotidiano gli dedica una pagina intera con una grande foto, ci sono le interviste a due delle spericolate autrici della protesta. Si chiamano S. B. e L. N. Stiamo combattendo una guerra delle ombre così surreale che neppure sappiamo i nomi dei nostri nemici. A quanto pare, però, le due ragazzine sono amiche di Aurora Lopez e sono convinte che l'ambiente del calcio sia tutta una mafia in cui si proteggono a vicenda. È l'effetto-casta, funziona alla grande, di questi tempi. «Se l'indagato era un extracomunitario, era già in galera» si spinge a dichiarare una di loro, tanto è difesa dall'anonimato.

Il Rivadarno ha diramato l'ennesimo, inutile comunicato sul fatto che la squadra è serena, che la clamorosa batosta contro la Fiorentina è «maturata solo sul campo». Un sito specializzato in calcio giovanile racconta impietosamente il 4-0 subito ieri dal Rivadarno, assegnandoti un 3 in pagella. «Luca Corbo è una grande speranza del calcio italiano che rischia di trasformarsi nell'ennesima grande illusione. Farsi espellere per un pugno a un compagno significa non essere pronti neppure per un onesto campionato di terza categoria».

Sono anche questi i casi in cui un giornale interpella al volo una firma di fiducia, e la firma di fiducia sforna venti moduli, generalmente in aeroporto, giusto nella mezz'ora che deve aspettare fra i controlli di sicurezza e l'imbarco. Le scuole di pensiero sono grossomodo due. Per la mozione uno, il calcio va ripensato, moralizzato, anzi no, ripulito e azzerato, come se cambiare lo sport nazionale fosse l'unica rivoluzione possibile in questo paese. Per la mozione due, è lo specchio del paese, e se il paese non cambia, processare solo il calcio è da ipocriti. Niente di nuovo, insomma, anche se una frase mi si pianta alla bocca dello stomaco. «Giornalisti isterici, ultras che la fanno da padroni, dirigenti arroganti, allenatori che sfasciano panchine. Qualcuno si stupisce che fra i giovani calciatori crescano maschi violenti?».

Mio figlio non è un maschio violento. Perché questa mia certezza non è evidente a tutto il resto del mondo?

La Scuda è ancora avvolta nella nebbia dell'alba, e non mi aspettavo che qualcuno bussasse alla porta. Scendo. L'avvocato Di Maria dà uno scossone, manda un breve ruggito nasale, ma niente più. La sagoma slanciata di Amanda Paulus è chiusa in un trench, circondata di nebbia. Entra e squadra subito Di Maria sul divano. Non pronuncia niente di simile a *buongiorno.*

– È un buon avvocato, è preparatissimo. Ha solo il lavoro nella vita, mi creda. Non è abituato a bere. Quando viene da noi a Montecarlo non gioca mai neppure un centesimo, sa? Li spende in donne, questo sì, ma ha un grande gusto. Se vedesse quali, forse duemila euro a notte non le sembrerebbero affatto buttati.

Amanda Paulus parla sottovoce, si toglie il lezioso basco bluette e guarda fuori.

– Che cosa le ha detto ieri sera?

– Stia tranquilla, non era molto ubriaco.

Metto due tazzine sul ripiano davanti alla finestra.

– Io non seguo molto il football, ma mi dicono meraviglie di suo figlio. Non le nascondo che ne sono fiera. Il Rivadarno è un progetto molto importante, per noi.

– *Noi* sarebbe la Ostermann?

– Esatto. Dunque posso risparmiarmi le spiegazioni.

Guarda l'orologio da polso e dice che non abbiamo molto tempo. Per fare cosa non lo capisco.

– La ragazzina ritratterà. Purtroppo bisognerà attendere ancora qualche settimana, i tempi della giustizia italiana sono la vera rovina di questo paese, si sa, ma può star sicuro: la ragazzina dichiarerà che si è sbagliata, che era sotto shock e che ricordava in maniera confusa. Dirà che Luca non le ha fatto niente di male. Dirà che è stata aggredita dopo che Luca era tornato nel locale, magari da un uomo che non parlava italiano, e siamo tutti contenti. A destra fanno le ronde, la sinistra ha la scusa per abbandonare la politica dell'accoglienza senza sensi di colpa. Ovviamente... la ragazzina non l'ha visto in faccia e il pubblico ministero chiederà di non procedere contro Luca. Con il suo aiuto, faremo in modo che la cosa abbia il giusto risalto sulla stampa.

– Le invidio tutte queste sicurezze.

– Mi ascolti bene, dottor Corbo. Sosterremo tutte le cure mediche, anche quelle di chirurgia plastica per la ragazzina se saranno necessarie, sistemeremo lei e la madre in una nuova casa, un posto tranquillo, lontano da qui e da quel selvaggio dell'ex marito. Barbara Lopez avrà un lavoro vero. È quello che la donna ci ha chiesto. La Ostermann lo farà. Devo essere sincera con lei: non ci costerà poco. Ma lo faremo.

– Secondo le vostre stime mio figlio vale di più.

– Questo nessuno lo può sapere, dottor Corbo. Suo figlio ha i numeri per sfondare, lo dicono tutti. Con una campagna adatta si può anche lavorare sul personaggio, perché no. È un bel ragazzo. Faccia pulita, ha un certo appeal. Purtroppo questa disavventura non lo sta aiutando, ma noi non vi facciamo mancare il nostro appoggio. Il Rivadarno è uno dei migliori vivai italiani, i risultati parlano chiaro. Abbiamo almeno quattro o cinque ragazzi al centro di trattative importanti. Dovrebbe essere orgoglioso che suo figlio ne faccia parte.

– Lo sono. Ma non mi dica che lei è venuta qui solo per dirmi questo.

Mi alzo e spengo la moka prima che inizi a borbottare. Prendo le tazzine, lei declina con un gesto di contenuta irritazione.

– Io sono venuta per vedere «Black Box».

– Questo lo capisco.

– Temo di no, dottor Corbo. Io non la voglio vedere come la vedono tutti.

Ho mandato giù il caffè senza zucchero, in un sorso solo, e sono rimasto in silenzio.

– E ora è il momento giusto.

Amanda Paulus ha incrociato le braccia per farmi capire che non aspettava una risposta. Aspettava che ubbidissi alla sua richiesta.

Siamo usciti, la nebbia si era ridotta a un lieve appannamento fra le mura e i tronchi degli alberi. I picchi delle Apuane, in alto, erano già rosa.

Non mi costava niente. Avevo i codici d'accesso la stanza di «Black Box», come ce li avevano Ramón, Alicia e Nora.

Vedere «Black Box» nella sua allucinata pienezza, anche per pochi secondi. Nessun circolo dell'alta finanza era così ristretto. Nessuna cifra poteva garantire un privilegio del genere, ma la salvezza di un figlio era oltre qualsiasi prezzo. I termini del tacito accordo erano chiari. Il fatto che Amanda Paulus si fosse portata dietro una minuscola torcia a luce bianca mi ha rivelato in un unico dettaglio la dismisura della sua ossessione.

Il guardaspalle della Paulus aveva giù provveduto a spostare l'Aston Martin e il minivan fuori dal cancello. Tre gradini, un breve tunnel di glicine e siamo arrivati all'ingresso della mostra permanente. La lampada notturna era ancora accesa, ma il suo ventaglio di luce sul muro era sbiadito. Non mi costava niente e nessuno l'avrebbe saputo.

Amanda Paulus mi fissava impaziente. Ho messo le dita sul tastierino che apriva il portone. Io avevo visto la scultura per intero, due anni e mezzo prima. E non solo. Avevo visto per primo assieme a Nora anche il modello in cera, avevo conosciuto i risvolti più reconditi di quell'estate. Li ricordo ancora con la stessa precisione con cui il bronzo incandescente si è insinuato in ogni curva, in ogni rigonfiamento e nello squarcio più minuscolo per creare l'ultima scultura di Thomas Beckford.

– No – ho detto.

La donna a capo della Ostermann ha fatto finta di non capire. Sapevo cosa raffigurava e sapevo perché Nora aveva deciso che non fosse mai mostrata nella sua interezza. Era un segreto fra me e lei. Faceva parte della nostra oscura e invisibile intimità. L'unica che ci era concessa, l'unica che potevo difendere. L'unica fedeltà che potevo giurare a Nora Beckford.

– Mi spiace ma... no.

La stavo fermando a un passo dal traguardo. Inaccettabile.

– È questa la sua riconoscenza? – mi ha ammonito con il tono che si riserva a un dispettoso insubordinato.

– Non lo posso fare.

– E a suo figlio non pensa?

– Luca è innocente.

– Ne è così sicuro?
– Certo. E lo dimostreremo anche senza i vostri soldi.
– Lei sa cos'è la superbia?
– Un vizio capitale, credo. Ma non sono credente.
– No, dottor Corbo, la superbia è un lusso. Lei è sicuro di poterselo permettere?
– Mi perdonerà se non l'accompagno all'uscita. Tanto la strada la conosce.

I colpi peggiori arrivano da dove non te li aspetti. E così è successo quella mattina. A farmi scoprire la notizia è stata tua madre con un crudo, laconico sms. «Guarda il sito della FGCI». Lo conservo ancora.

Mentre purtroppo capivo a cosa si riferiva, l'avvocato Di Maria riprendeva faticosamente conoscenza. Gli ho appoggiato il pc in grembo, lui lo ha sollevato, allungando le braccia per mettere a fuoco lo schermo. Per esser sicuro di quello che leggeva, ha sussurrato i nomi di tutti i convocati per il raduno della Nazionale Under 19.

Fra quei nomi non c'era quello di Luca Corbo.

– Bastardi – ha detto lui.

– Ipocriti del cazzo – ho detto io.

La motivazione ufficiale era il nostro selfie di famiglia alla festa dopo la finale. In quel modo avevi diffuso la notizia della tua convocazione prima che lo staff tecnico la diramasse ufficialmente. Una mossa inopportuna dettata dall'esaltazione, d'accordo. Ma guarda caso i selezionatori se ne accorgevano adesso.

Mentre l'avvocato Di Maria se ne andava a fare colazione, sono rimasto solo e ho provato a chiamarti. Non eri raggiungibile e quindi non potevo sapere come stavi. Ti immaginavo a sfasciare la tua cameretta delle vacanze, a scagliare il borsone del Rivadarno in mare, a litigare con tua madre per quel maledetto selfie. Chi aveva avuto l'idea? Tu? Lei? Come se quella fosse la vera ragione.

Nessuna delle mie supposizioni era giusta. Oggi lo so, perché tempo dopo mi hai raccontato cosa hai fatto quel giorno. O meglio, cosa volevi fare.

Quella mattina tu hai chiesto a tua madre di tornare a parlare con il magistrato. Se avessi avuto il numero di telefono della Scotti Fischer, l'avresti chiamata di persona. Purtroppo non era così semplice. E poi si sono messi di mezzo tua madre, tuo nonno e il tuo procuratore. Parlare con il magistrato? E per dirle cosa? Per cambiare versione? E cioè? Ma tu non intendevi spiegare niente a nessuno, volevi solo parlare di nuovo con il magistrato. *Fa sempre una pessima impressione. Adesso sei maggiorenne, attento! Pensi davvero che quella sia dalla tua parte? Fanno così per incastrarti! Niente passi falsi, non è il momento. Pensi che crederà a tutto quello che dici? Penserà che dovevi dirlo subito. Ora è tardi, Luca.* Ti hanno prospettato accuse di falsa testimonianza prive di fondamento. Garbati ha minacciato di rimettere il mandato di rappresentanza, cosa che ha gettato nel panico tua madre. *Devi fare quello che ti dico, fidati.*

Eppure tu quel giorno stavi per fare una cosa giustissima. Per motivazioni non del tutto nobili, oggi lo possiamo ammettere, ma volevi fare la prima cosa giusta da quando era iniziato tutto il casino. Andare dalla Scotti Fischer a raccontarle la verità senza dirla a nessun altro. Alla lunga nemmeno Garbati, con lo zelante appoggio di tua madre, poteva impedirti di chiedere un nuovo colloquio al magistrato.

Sembra incredibile, ma sono stato proprio io a bloccarti.

Avevo poco più di un mese per trovare una via d'uscita. Ma al momento mi interessava solo sentirti, capire come stavi e parlarti. Ci sono cose che un padre deve assicurare a prescindere, ancor prima di capire esattamente come fare.

Ho insistito perché tu mi chiamassi via Skype, senza scriverti esplicitamente che in quel modo eravamo al sicuro dalle intercettazioni. Alla fine mi sei comparso sul pc, disegnato a piccoli tasselli semoventi.

– Che fai?

– Studio.

– No ci posso credere. Cosa?

– I quiz per gli esami di guida.

– Ah, ecco.

Sono andato dritto al punto senza chiederti altro, senza farti parlare. E pensare che invece avresti avuto voglia, o addirittura bisogno, di dirmi le tue intenzioni. Ma purtroppo io, proprio io, non te ne ho dato il tempo.

– Ho parlato a lungo con l'avvocato, il 10 maggio ci sarà l'incidente probatorio. E si chiuderà tutto, è sicuro. Non dovrai più tornare in tribunale, non rivedrai più il magistrato. La ragazzina non reggerà, gli elementi sono labili, le indagini sono a un punto morto. Lascia perdere il casino che ci stanno montando sopra, è solo il segnale che non hanno niente, niente.

– Intanto però... la Nazionale, cazzo... mi hanno tenuto fuori anche da là.

A quel punto mi sono lanciato in una filippica veemente. Avevi fatto due cretinate incompatibili per un atleta professionista, ti meritavi quelle sanzioni, non c'era nessun complotto ai tuoi danni. Dovevi star buono e pagare per le tue colpe, l'affare Lopez non c'entrava niente. Te la sei bevuta. Non ci speravo nemmeno io, ora te lo posso dire.

– Io ti assicuro, Luca, che il 10 di maggio finisce tutto. Triplice fischio, vinciamo noi e ci dovranno anche delle scuse.

Se tua madre e Garbati ti avevano terrorizzato, io ti ho convinto a non fare alcuna mossa. Del resto è facile convincere qualcuno quando gli si dice quel che vuole sentirsi dire.

– Quando torni al Campus? – ti ho chiesto.

– Venerdì.

– Perché non passi da qui? Pranziamo assieme, poi ti accompagno io.

Mi hai risposto di sì e mi hai salutato al rallentatore, come se ti trovassi su una navicella spaziale.

Ho chiuso il pc e ho tirato fuori dalla cassettiera il pacco di fogli ancora tiepidi. Di Maria aveva ricevuto il fascicolo del pm e io me l'ero fotocopiato interamente mentre lui faceva colazione. Erano centoventi pagine, ma per fortuna Di Maria non disdegnava colazioni abbondanti.

Ora che avevo rifiutato l'aiuto di Amanda Paulus, non potevo più andare per il sottile. Dato che all'incidente probatorio Aurora Lopez non avrebbe ritrattato le accuse, bene, allora l'unica via d'uscita era che l'incidente probatorio non si tenesse affatto. A qualsiasi costo. Non sapevo come, ma quelle centoventi pagine potevano darmi qualche idea.

VIII

Le orme dei padri. Guardo le impronte che hanno sfaldato la sabbia umida. Nonostante quello che facciamo per alzare la testa e andare avanti, ci sono orme che possono attendere i nostri passi anche per anni.

Da qui vedo l'albergo di tuo nonno. Io ci ho passato solo la prima estate della mia vita, o almeno così mi hanno raccontato. Sono sicuro di non averci mai più messo piede, questo sì. Ora lo hanno trasformato in un residence di miniappartamenti. Un termitaio dalle rifiniture eleganti per brevi permessi-premio dalla città.

Playa Diva. Anche questa discoteca è cambiata, ovvio, ma ricordo che ogni tanto ci venivo. Ci venivo solo per far entrare i miei amici. Non mi torna in mente come si chiamava allora, ma faceva pubblicità sul giornale, quindi bastava farmi vedere dal buttadentro all'ingresso per entrare in tre o quattro saltando la coda. Ballare neppure mi piaceva. Mi piaceva ostentare un piccolo potere davanti ai miei amici. Uno di loro in questo locale ha conosciuto sua moglie e so per certo che dopo tanto tempo ancora non me ne vuole. Mi piaceva anche la donna che lavorava al guardaroba, aveva almeno dieci anni più di me e la dolcezza di chi ha perso anche l'ultima occasione di ribellarsi a un destino modesto. Fantasticavo di aspettarla fino all'ora di chiusura, portarla a fare colazione all'alba e buttarci in un letto mentre alle finestre spuntava il sole.

Per arrivare sul retro della discoteca ho dovuto girare intorno allo stabilimento balneare e scavalcare le reti antivento. I cartelloni del capodanno sono ancora in attesa che qualcuno li porti via. L'inverno è stato piovoso e le erbe infestanti si sono fatte strada fra i lastroni di granito che affiorano sotto la sabbia. Mi piace l'odore della sabbia in inverno, è forte e mi ricorda che è pur sempre roccia macinata dall'acqua e dal tempo. Con un piede aggancio un pezzo di nastro bianco e rosso lasciato lì dopo i rilievi. Anche sulla porta del casottino rivestito di cannicci è rimasto un brandello di carta con lo stemma della Repubblica.

Un pianale di legno inclinato fa da piccolo bancone protetto da una tettoia di frasche di palma. Butto un'occhiata dentro. Una vetrina-frigo, un listino scolorito, fiori tropicali in plastica. Il pavimento è a graticcio, di legno. È lì sotto che la Siracusano e i suoi colleghi hanno ritrovato il preservativo che ti ha messo nei casini. D'inverno il dehor del locale viene usato solo dai fumatori, che presumibilmente si assembrano davanti all'uscita di sicurezza, oltre la siepe di oleandro, fra un paio di tamerici e un albero già ricoperto di boccioli rossi.

Torno verso la spiaggia, non è facile figurarmi dove fosse esattamente Aurora quando è stata ritrovata dalla sua amica. L'infermiera che l'ha accompagnata nella stanza del Codice Rosa riporta che la ragazzina era fradicia da capo a piedi e quindi le ha fatto togliere subito i vestiti. Aurora tremava, le ha misurato la temperatura ed era sotto i 36 gradi. La Siracusano sembra non abbia gradito il modo in cui i vestiti erano stati tolti e ripiegati in attesa del loro arrivo, ma di certo non era stato quello il problema principale. Il problema vero, l'aveva scritto lei stessa, era che l'acqua aveva cancellato ogni possibile traccia organica dell'assalitore sui vestiti della ragazza, per questo la zelante Siracusano s'era dedicata persino a ribaltare il graticcio del casottino.

Quel giorno soffia vento di terra e faccio fatica a tenere fermo il mio pacco di fotocopie. Prendo appunti fitti, mentre il sole viene e va, il mare cambia colore come un grande mantello mimetico. Scatto diverse foto, ignorando che ogni tanto il cellulare mi richiama anche ai doveri del mio incarico.

Finisco per fare due passi fino all'ex albergo di tuo nonno, poco dopo il ponte sul piccolo corso d'acqua. I tre piani sono diventati quattro, il lezioso porticato è stato ridisegnato, il grande cedro è sempre lussureggiante al centro del giardino. Per anni ho evitato di passarci davanti, oppure mi sono girato dall'altra parte come se da qualsiasi finestra potesse affacciarsi la Medusa (se non sai chi fosse, apri Google).

Quel giorno invece mi piazzo lì per un po' e osservo l'albergo riprendere vita in attesa della nuova stagione. Lungo tutto un lato stanno togliendo l'ultima fila di ponteggi. Il rosa è diventato ocra, saggia scelta, devo dire. Non so a chi appartenga adesso, non me ne frega e lo penso anche quel giorno. Però faccio tutto il giro lo stesso, perché voglio guardare in ogni finestra, una per una. Sul retro hanno inglobato un terreno non edificabile e hanno ingrandito il parcheggio. Ora ci stanno anche i pullman delle comitive, croce e delizia di tuo nonno. Stanno montando gli scheletri metallici dei gazebo. Accanto al portoncino di servizio c'è una targa di ottone splendente, sotto c'è un adesivo bianco e blu. *Falcon Sicurtà.*

Scrivo le due parole con uno slancio irriflesso, prima ancora di capire perché e dove le ho già incontrate.

Le orme dei padri.

– E dunque i vostri sorveglianti effettuano anche tre passaggi a notte? – chiedo.

– Questo dipende dal piano-sicurezza che lei sottoscrive.

– Capisco, ma come faccio a sapere che siete passati davvero tre volte?

– Ce l'ha una videocamera di sicurezza? Gliela possiamo montare noi. Il nostro incaricato ci passa davanti e il mattino dopo lei verifica personalmente passaggi e orari. Se vuole, s'intende. Altrimenti li controlliamo noi, stia sicuro.

– In che senso?

– Nel senso, dottor Corbo, che tutti i nostri veicoli hanno il gps e noi per primi controlliamo che il nostro personale abbia effettuato scrupolosamente il giro che è stato assegnato a ogni dipendente.

– Un'altra cosa... le sembrerà strano, ma mi piacerebbe conoscere di persona chi passa a sorvegliare qua. Sarebbe sempre lo stesso?

– Di base sì. Noi preferiamo che sia sempre lo stesso dipendente a effettuare un certo giro. Familiarizza con la zona, riconosce al volo qualcosa di anomalo, può notare subito un'auto mai vista prima, qualche movimento sospetto.

– Giusto.

Ho appena concordato con la Falcon Sicurtà l'invio di un preventivo quando sento bussare. Nora entra nel mio ufficio e mi domanda subito come mai sto pensando a un'agenzia di sorveglianza.

– Tu sei sempre in giro – dico, – e anch'io con questo casino starò fuori, nei prossimi tempi.

– Forse hai ragione. In realtà sono venuta a chiederti di questa Hong Riu che hai scelto per farmi da assistente... perché non si presenta al colloquio? La Fondazione Beckford sta per caso diventando *unattractive*?

– Ha solo chiesto di rinviarlo di qualche giorno.

– Okay, ma non possiamo aspettare i comodi di questa Hong Riu solo perché conosce il cinese standard. O si presenta entro venerdì o cerchiamo un'altra soluzione.

– Ha avuto soltanto un problema familiare, Nora, solo un problema familiare.

Ritrovo il numero di Hong Riu mentre mi siedo per terra e studio l'interno del frigorifero alla ricerca di un alimento qualsiasi non scaduto. Per chiamarla uso il cellulare di lavoro di Ramón. Ci mette un po' a rispondermi, e mi risponde solo perché non riconosce il numero.

– L'ho chiamata per dirle che ho fatto di peggio.

– Peggio di quello che ha chiesto a me l'altra volta?

– No. Parlo del lavoro, Hong. Per averlo, per mantenerlo. Ho fatto ben di peggio che togliermi le mutande e metterle su un tavolo, anche se, come può capire, una cosa del genere a me nessuno l'ha mai chiesta, dentro e fuor di metafora. Mi sono umiliato molto di più, questo le volevo dire. Ho scritto cose che avrebbero offeso la mia intelligenza di lettore. Le ho scritte e le ho fatte scrivere. Mi sono giustificato dicendo che erano loro, il pubblico, che voleva così. Il che, sia detto con serenità, è abbastanza vero, ma è stato umiliante lo stesso.

– Ora si sente meglio?

– No. Ma c'è un'altra cosa. Sottostare a quello che vogliono gli altri alla fine non è neanche servito a conservare il mio lavoro.

– Quindi?

– Quindi lei è la persona che vogliamo qui alla Scuda. Ci ripensi. E venga a parlare con Nora. Sarà lei la sua datrice di lavoro, in fondo. Non butterei al vento l'occasione di conoscere una persona come Nora Beckford.

– Ho ricevuto una proposta più interessante.

– Non esiste una proposta migliore di questa per lei.

– Mi scusi, ma adesso non mi posso trattenere al telefono.

– Sta pensando alla storia di mio figlio? Ha capito chi è, certo, ormai l'hanno capito tutti anche se non lo dice nessuno.

– La devo salutare, veramente.

– Sta pensando che io sia un porco, padre di uno stupratore, è così? Me lo dica chiaro e tondo, allora.

– Buona serata.

Lei mi chiude il telefono in faccia, io chiudo il frigo. È così vuoto che rimbomba.

Due giorni dopo ho stipulato con la Falcon Sicurtà un contratto di sei mesi per la sorveglianza notturna della Scuda.

Il responsabile della sede toscana ha preteso un piccolo extra di mille euro. Gliel'ho consegnato personalmente nel parcheggio di una segheria abbandonata in cambio di quello che mi interessava veramente.

Proprio mentre pensavo che era stato più facile del previsto, ho aperto la busta e ho dovuto ricordare a me stesso, a cinquant'anni, che non c'è mai niente di facile, niente. Ho scagliato via le foto. Le avrei fatte a pezzi, in quel momento. Ero deluso e ho pensato che il tizio mi avesse tirato una fregatura, o forse pretendeva altri mille euro e un contratto più lungo.

Ho messo in moto e ho persino provato ad andargli dietro. Ho buttato una quarantina di minuti in quel patetico tentativo e mi sono presentato tardi all'appuntamento con Lavinia e i compratori della sua casa al mare. Sono persino entrato in un bar sbagliato. Dal momento che quell'incontro l'avevo organizzato io, ho aggiunto una discreta figura di merda alla mia bacheca.

I signori Lanzavilla se n'erano già andati. Lavinia aveva sicuramente sparato una cifra troppo alta, forse con la complicità di un paio di spritz. Si era truccata più del solito ed era chiusa in una giacca a vento sportiva. Siamo rimasti in silenzio, ad aspettare che riapparisse una striscia di luce arancione fra le nuvole viola e il mare scuro. Il bar stava chiudendo e avevano abbassato il sottofondo musicale. Le ho detto che mi dispiaceva.

– Ti capisco – mi ha fatto.

– Andiamo a fare due passi, sennò finisce che ne ordini un altro.

– Poco ma sicuro.

Era una giornata di nuvole grandi e il tramonto diffondeva una luce rosata di tono apocalittico, come se dovessimo salutare il sole per l'ultima volta. Ho sempre detestato l'enfasi drammatica di certi tramonti, il tramonto è una cosa che succede tutti i santi giorni.

– Mi accompagneresti alla casa? – mi ha chiesto.

– Adesso?

– Sì, magari con due spritz in corpo riesco a entrarci.

Non mi pareva il caso che Lavinia si rimettesse subito alla guida verso Firenze, quindi qualsiasi espediente era buono per trattenerla almeno un'ora e farle smaltire l'alcol. Siamo saliti sulla mia auto. L'autoradio era sintonizzata su un canale di musica classica.

– Brahms – ha detto lei, alzando la temperatura del climatizzatore.

– Allora andiamo... sicura?

– Sono passati quasi tre anni. Voglio provarci.

Né lei né Dania erano più riuscite a rimetterci piede, dopo la morte di Tommaso. Così da quasi tre anni Lavinia si ricordava di un quadro, un vestito, un libro, una valigia e mandava me a prenderlo nella casa di mattoni rossi accanto al circolo del tennis. Una piccola servitù che accettavo di buon grado, per Lavinia. Ma dopo quasi tre anni, direi che poteva anche finire.

E invece Lavinia non c'è riuscita, nemmeno quella sera. E la colpa non è stata neanche sua. Mi sono fermato a un semaforo, fra le frasche delle palme si sono accesi i lampioni e Lavinia si è chinata a raccogliere qualcosa accanto alle sue scarpe. Ha guardato attentamente la foto finita sotto il sedile e mi ha chiesto cosa fosse. Dal mio punto di vista, distinguevo solo un grumo di macchie nero-grigiastre. Le ho parlato della prova di un circuito di sicurezza da installare alla Scuda, ma devo essermi tradito stringendo troppo il volante fra le dita.

– Nell'angolo in basso si legge la data del 6 marzo.

– E allora?

– Non è successo il 6 marzo? Intendo... Luca. Era la notte fra il 6 e il 7.

– Sì, era la notte fra il 6 e il 7.

Lei ha appoggiato la foto nel vano fra i due sedili.

– Niente mosse azzardate, Dario.

– Non possiamo parlare di certe cose. Sei un magistrato.

– Appunto. Quindi io me ne sto zitta, ma tu è meglio che ne parli con me, prima di combinare qualche casino.

Non ho risposto, ho proseguito per un chilometro o poco più, poi ho accostato non appena ho riconosciuto i tre fari e i grandi caratteri slanciati che ricordavano la testata di una rivista di moda. Playa Diva.

– Mi sto facendo solo delle domande. Il mio lavoro una volta era quello.

– Quali domande?

– Per esempio, mi sono domandato come mai Aurora Lopez è arrivata al pronto soccorso con i vestiti fradici. Poi... mi sono chiesto perché la sua amica a un certo punto sia andata a cercarla. L'aveva vista uscire verso la spiaggia con un ragazzo, qual era il problema? Che cosa l'aveva preoccupata? E perché non lo dice?

Ho ripreso fiato un attimo. Lei mi stava seguendo, del resto aveva promesso di ascoltarmi, ma probabilmente non avrebbe detto una parola.

– Ti va di scendere cinque minuti?

Abbiamo attraversato il viale. Oltre la distesa di sabbia, mare e cielo stavano scolorando nel buio. Dalle vetrate circolari affacciate sulla spiaggia potevamo vedere il dj provare in consolle prima della serata. Ogni tanto un lampo colorato baluginava sulla sabbia scura fino ai nostri piedi.

– Ecco – ho fatto, – volevo proprio tornarci di sera, con la discoteca in funzione. Per capire.

Ero sicuro che, anche con il buio, scopare di comune accordo dentro quel casottino di cannicci senza essere visti fosse poco probabile. Trascinarci di forza una ragazzina, violentarla e poi massacrarla di botte assolutamente impossibile.

– Le hanno spaccato l'osso dello zigomo, capisci? Le hanno sganciato la mandibola dalla sede. Avrà urlato, cosa dici? Eppure... la senti la musica?

– Sì, e mi fa vomitare.

– Anche a me. Ma il volume, voglio dire... non è così alto. E lì, a quindici metri, c'era gente che fumava. Qualcuno avrebbe dovuto sentirla urlare.

Nonostante l'imperscrutabile sufficienza di Lavinia, continuava a sembrarmi lampante che il racconto di Aurora Lopez fosse così pieno di buchi da non stare insieme in nessun modo. Ho indicato verso la riva.

– Per quale motivo una ragazzina in quelle condizioni, dopo uno stupro, invece che entrare in discoteca e chiedere aiuto, se ne va da sola, nel buio, verso il mare? Le era presa voglia di fare un tuffo?

Con un cenno del capo Lavinia mi ha fatto capire che era il momento di tirare le conclusioni.

– Allora, per me è chiaro che Luca e la ragazza si sono infilati lì dentro per farsi una sveltina, che erano perfettamente d'accordo e che a riempirla di botte è stato qualcun altro. E non qui, ma sulla spiaggia, Lavinia. D'inverno non viene illuminata e se vuoi massacrare qualcuno, hai un sacco di spazio, là, nel buio, non ti vede nessuno... Questo qualcun altro è arrivato, l'ha cercata per tutto il locale finché non l'ha vista con Luca. E quello che ha visto non gli è piaciuto. Ha aspettato che mio figlio tornasse dai suoi amici, che lei rimanesse da sola a fumarsi una sigaretta... a quel punto l'ha portata sulla spiaggia, più lontano possibile, e l'ha riempita di botte.

– Ti sei chiesto come mai una scena del genere non l'ha notata nessuno?

– Certo. Perché non c'è stata nessuna scena. Aurora non ha fatto resistenza, non voleva dare spettacolo e conosceva quella persona. La conosceva bene e non pensava che arrivasse a tanto.

– Hai in mente qualcuno che corrisponde a questo profilo?

– È uno che pretende di sapere sempre dov'è Aurora, qualche volta la segue quando esce, arriva nei locali per sorvegliarla e l'ha fatto tante di quelle volte che alla fine lei l'ha perfino denunciato per stalking. In una sola sera, c'è scritto nella denuncia, questo qui è arrivato a chiamarla ventisei volte.

– Un ex fidanzato che non si rassegna?

– No, Lavinia. Costantino Lopez.

– Suo padre?

Credo che Lavinia Monforti abbia smesso di stupirsi da anni. Del resto non la pagano per illudersi sul genere umano, anzi. Ma la mia ipotesi le sembrava lo stesso azzardata. Mi ha chiesto di tornare verso l'auto, perché le stava prendendo un gran freddo.

– Come se non bastasse, quella notte al pronto soccorso un'infermiera lo ha sorpreso a strattonare Barbara Lopez dandole della puttana... ha avvisato il posto di polizia e la solerte Siracusano ha allegato la nota all'informativa per il pm. Comunque, anche questa non era una novità. Quando la moglie ha chiesto la separazione, gli assistenti sociali hanno monitorato la famiglia da vicino. Pare che Costantino Lopez le ripetesse spesso «stai attenta, perché io ho una pistola».

– Se tu fossi il mio amico ispettore Barozzi ti direi «vacci tu dal gip con questa roba, io preferisco aspettare fuori».

Prima di risponderle sono salito in auto, ho preso la busta con le altre foto e gliel'ho appoggiata in grembo mentre mettevo in moto.

– Costantino Lopez fa il metronotte. Falcon Sicurtà è una ditta piuttosto grossa, ci lavora da dieci anni. La sua zona di competenza è questa, la costa da Lido di Camaiore a Forte dei Marmi. Residence, case vacanze... e gli alberghi chiusi, sai quante volte sono stati razziati d'inverno? La sera del 6 marzo è passato poco prima di mezzanotte da quell'albergo là, che per inciso una volta era di mio padre, sai? Duecento metri da qui. Pensa quanto era vicino Costantino Lopez al posto in cui stavano sfigurando di botte sua figlia. Che combinazione, vero?

– Non è una prova oggettiva.

– Vero. Ma io non sono un magistrato – le ho risposto. Lei si è allacciata la cintura senza replicare e ha girato lo specchietto retrovisore per risistemarsi i capelli mossi dal vento.

L'ho accompagnata alla sua auto. Sembrava non avesse una gran voglia di andarsene, ma la ragione non ero certo io. Ha voluto sapere come stavi, mi ha chiesto anche di Giulia e ho avuto la netta impressione che temporeggiasse prima di dirmi qualcosa di importante.

– E Nora?

– È in forma, direi. Si è fissata di dare un nome a tutti gli ulivi, sono quattrocentosette, credo sia ancora a metà. Su ogni mostra discute i particolari fino allo sfinimento. A volte si intrattiene anche con gli ospiti ma se le chiedono una fotografia o un selfie è capace di buttarli fuori a calci dalla Scuda. Ogni tanto viene a trovarla qualche amica conosciuta in carcere. Parlano tre ore filate, ridono tanto, o almeno, mi sembra che ridano tanto, se penso che ricordano anni passati in galera...

Si è messa a ridere anche Lavinia.

– Un giorno allestirono un gruppo teatrale anche nella sezione femminile. Decisero di fare Shakespeare, per giunta. Nora ci finisce in mezzo. Vado a vedere una prova e rimango di sasso. Nora contesta la traduzione, recita parti in inglese per far capire meglio il senso, dà indicazioni alle altre... suggerisce anche i tagli. Insomma, in breve nessuno più si fila il regista che allora molla il progetto per ripicca. Ci rimangono tutte male, così male che diverse di loro finiscono per prendersela con Nora.

– Che commedia era?

– Era... no, non era una commedia. Era *Re Lear*.

– Roba tosta.

– Un adattamento... s'intende.

– In ogni caso, ridono un sacco, cenano assieme, poi l'amica le chiede esplicitamente un lavoro e l'idillio finisce, perché Nora non ne vuol sapere. «Non siamo un ente benefico» mi dice sempre.

– Come va il suo problema?

– Il contatto fisico con le persone? Non ne parla volentieri. Tempo fa mi ha detto che con il nuovo psicoterapeuta iniziava a capirci qualcosa. E ovviamente ha a che fare con il padre... e con il carcere. «Per me la vera pena è stata separarmi da lui», mi ha detto.

Fra me e Lavinia è rimbalzato un breve sorriso. Aveva riconosciuto una tipica frase di Nora, ficcante e spietata.

– Però sta facendo progressi – ho aggiunto, ripensando a Nora che si truccava davanti allo specchio mentre non sapeva che io potevo vederla.

– Secondo te potrebbe avere qualcuno?

Era probabile, ma dirlo a Lavinia sarebbe stato come riconoscerlo ufficialmente.

– Non ne ho idea. È sempre in giro, ma alla Scuda se ne sta da sola, lo sai che tipo è.

Lavinia si è chiusa la cerniera fin sotto la gola, ha preso la chiave della sua auto, l'ha fatta roteare con il dito un paio di volte.

– Volevo dirti che... stanno pensando di darmi la scorta.

– Cosa?

– È per un'inchiesta piuttosto delicata che sto seguendo.

Ho evitato di chiederle che razza di inchiesta fosse. Non me lo avrebbe detto, e forse neanche lo volevo sapere.

– Ti hanno minacciato?

– Non direttamente. Discorsi ascoltati in intercettazioni, ma in una lingua straniera, e non sono sicuri che il senso fosse proprio quello di farmi fuori. In ogni caso, io la scorta non la voglio.

– Perché?

– Perché poi la vita non è più vita. Tanto vale che mi ammazzino... mi sparano quando sono sul parapendio e buonanotte. Almeno non muore nessun altro a causa mia.

– E allora lascia l'inchiesta.

Mi ha risposto con quel suo sorriso tirato da giovane canaglia, una smorfia di sfida che le veniva ancora bene, anche se aveva cinquant'anni come me. Saranno state le lentiggini, o i capelli rossi che si ribellavano allo scolorire degli anni, non lo so. So però che Lavinia Monforti in quel momento non sfidava la morte, quanto l'idea che il tempo delle speranze non ci appartenesse più.

– Pensaci bene, Lavinia.

– Okay, promesso. Tu però non dire niente a Nora.

Prima di scendere mi ha preso il viso fra le mani e mi ha dato un bacio su una guancia. I suoi slanci di affetto sono sempre così, energici e improvvisi. Non ti lasciano il tempo di replicare. Non ha aggiunto altro, neppure di salutarle Nora, è saltata giù ed è fuggita verso la macchina, nel vento di maestrale che iniziava a seminare pesanti gocce di pioggia sul parabrezza.

Il giorno dopo decido di andare a Firenze in treno, perché così ho il tempo di lavorare sulle fotocopie del fascicolo. In realtà mi sono fatto le fotocopie delle fotocopie, e sto componendo un copia-incolla vecchio stile di stralci selezionati.

Per fortuna la fine corsa è a Santa Maria Novella, perché mi accorgo di essere arrivato quando il treno è fermo da mezz'ora e il vagone si sta affollando di nuovo. Ancora cinque minuti e rischiavo di ripartire per Viareggio.

Punto verso piazza San Lorenzo. L'ultima volta che c'ero passato era invisibile, ingolfata di bancarelle di borse, cinture e magliette appese ovunque. Adesso è libera, fatta eccezione per qualche abusivo con il suo telo per terra, le mani già agli angoli per chiuderlo e scappare. Faccio un giro mentre aspetto il mio uomo e alle dodici in punto lo vedo uscire dal portone.

– Quando in redazione mi hanno detto che eri in un centro massaggi, ho pensato male, te lo dico sinceramente.

Marco Sullo mi fissa un attimo, si toglie gli occhiali da sole, come se non ci credesse, poi se li rimette.

– Hai pensato subito a quello che fa tua madre.

Prova ad andarsene, io lo afferro per una spalla e lui mi dice di mettere giù le mani.

Ha già deciso di denunciarmi, mi informa, per cui non serve che peggiori la situazione.

– Parliamone dieci minuti, Marco.

– Per tre giorni non sono riuscito nemmeno a stare seduto – protesta, toccandosi la nuca.

– Ti fermi a pranzo o devi tornare in redazione?

– E tu? Vai a fare in culo da solo o ti ci devo mandare io?

– Quante copie avete perso nell'ultimo anno? Diecimila? Ventimila? Di più?

– Il nostro giornale esce ancora. Il tuo no.

– E allora domani vi faccio uscire con qualcosa di forte.

Mi risponde che non ne vuole sapere e continua il suo slalom fra strada e marciapiede, fra coppie che si fanno selfie e adolescenti anglofoni che trascinano trolley argentati più grandi di loro.

– Siamo stati sempre buoni amici. L'altra sera ho perso la testa. Voglio riparare, tutto qua.

Finalmente si ferma. Ha il fiatone.

– Ma non ti fai almeno un po' schifo?

Non c'è più niente che fa schifo. Lo sa Marco Sullo, lo so io e lo sa anche Santomauro. Ho diviso in maniera chirurgica le mie Corbo-leaks, in modo che la mano del direttore d'orchestra non si veda.

Il giornale di Sullo apre sulla storia travagliata della famiglia Lopez, avendo cura di non citarne mai il cognome. La figura del padre emerge bene, vale a dire malissimo. Un fallito che ha trasferito sulla figlia il controllo ossessivo che non poteva più esercitare sulla moglie.

Il giorno dopo il sito di Santomauro invece dà in pasto ai cliccatori le foto del luogo della violenza e tutti i dubbi sul racconto della ragazza. A lui ho fatto avere altri particolari, come il ritrovamento del preservativo e la strana circostanza dei vestiti di Aurora completamente bagnati.

A questo punto una trasmissione di cronaca delle ventuno unisce i puntini per i più pigri e il nuovo quadro smuove un caso che ormai galleggiava senza grande appeal. Intervistano persino delle amiche di A. che, a volto nascosto, confermano le continue persecuzioni del padre. Il bello è che sono preparate, si sente che stanno leggendo un canovaccio già fornito dai programmisti.

Non ti sto raccontando questo per farti vedere quanto mi sono sbattuto per te in quei giorni, non credo proprio che ce ne sia bisogno. È solo per farti capire che resistere alla tentazione del peggio è impossibile. Il peggio funziona sempre, il peggio è sempre credibile, e in quel momento suggerire qualcosa di più torbido era l'unico modo per sbloccare la partita.

Persino tua madre si è rifatta viva con un messaggio stringato dei suoi, per dirmi che finalmente la verità stava venendo a galla. Non ha sospettato nemmeno per un istante che quella verità fosse opera mia, né io mi sono sognato di dirglielo. Il tempo di appuntarmi medaglie sul petto davanti a lei era finito.

Si è rifatto vivo anche l'avvocato Di Maria. Con una parcella (di acconto) di seimila euro. La Ostermann non aveva gradito il mio rifiuto, chiaro. Ho stracciato la lettera con il logo in filigrana e anche l'elegante busta in carta avorio, l'ho buttata nel water e ci ho pisciato sopra. Niente più che un gesto per esorcizzare la paura che il conto da pagare fosse ben più alto.

Sempre per rimanere in tema di avvocati, quello della famiglia Lopez mi ha fatto arrivare tramite un comune amico la disponibilità a un incontro «soprattutto nell'interesse dei nostri ragazzi». Sulle prime mi era parso molto strano, poi ho capito. I soldi, il lavoro, la casa promessi dalla Ostermann a Barbara Lopez e a sua figlia erano svaniti. Visto come si stavano mettendo le cose, questi qua ci provavano, magari a mettere un po' di soldi sul tavolo potevo essere io. Meglio qualche spicciolo subito, piuttosto che un risarcimento in sede civile del tutto incerto e dai tempi biblici.

Non ho nemmeno risposto. Dopo tutto quello che era successo, la partita ormai era a eliminazione diretta, il pareggio non era più possibile.

Credevo alle tue parole e sentivo di aver trovato la pista giusta, non solo un diversivo per portare l'attenzione dell'opinione pubblica lontano da te.

Il giorno prima che ci incontrassimo sono entrato in casa e ho visto un'ombra sfocata oltre le vetrate del mio studio. Ho trovato Nora seduta sulla mia poltrona, davanti alle fotocopie del fascicolo dell'accusa che, assieme ai quotidiani degli ultimi giorni, coprivano ormai interamente la scrivania. Le è sfuggita una piccola contrazione fra il naso e le labbra, il massimo del disagio che poteva concedersi Nora.

– Che ci fai qui?

– Sono venuta a cercare le ultime correzioni di quei due cataloghi osceni.

– Devo finirle.

– E cosa aspetti, Dario? Stai curando la comunicazione per la Fondazione Beckford o per tuo figlio?

Lei si è alzata, io ho radunato alla meglio le fotocopie sparse sul tavolo e le ho fatto presente che mio figlio non aveva bisogno di nessun ufficio stampa.

– Ma andiamo, Dario. Credi che non riconosca lo stile? Il tuo modo di suggerire senza dire, di spezzare le informazioni in modo che si possano ricollegare facilmente... è lo stesso che hai usato contro di me, tanti anni fa. Chi legge pensa di avere una grande intuizione, di capire usando il proprio cervello. Ma non è vero, non fa nessuna fatica, il ragionamento gliel'hai già preconfezionato tu.

Ho chiuso le fotocopie in una cartellina, le ho riposte rumorosamente nella cassettiera.

– Io ho le chiavi della Scuda e tu hai quelle di casa mia. Ma cosa diresti se mi trovassi a frugare nell'atelier?

Mi ha dato sbrigativamente ragione e ha fatto il giro della scrivania in modo da non passarmi vicino.

Cos'hai letto. Le parole mi sono uscite piatte, senza intonazione, per farle capire che non poteva negare. Lei si è appoggiata alla parete divisoria di vetro e ha detto:

– La pillola del giorno dopo.

– Non capisco.

– Perché la ragazzina se l'è fatta prescrivere, al pronto soccorso? Era scritto nel referto.

– E allora?

– Lei e tuo figlio avevano scopato con il preservativo, l'hanno anche ritrovato, no?

– Potresti usare termini più neutri?

– Diventi puritano con l'età?

– Vai al dunque, per favore.

– Aurora aveva paura di rimanere incinta. Perché? Ho risposto che non ne avevo idea, del resto quella notte Aurora Lopez aveva detto e fatto una certa quantità di cazzate.

– Avrà avuto i suoi motivi, Dario. Anzi, io ne vedo uno solo. Un rapporto non protetto con qualcun altro. Ma a questo punto la storia che *tu* hai suggerito ai giornali porterebbe dritto a concludere che suo padre non l'abbia solo picchiata. Roba pesante. E tutta da dimostrare.

– Uno che mentre sua figlia è al pronto soccorso tratta da troia l'ex moglie è capace di tutto.

– Lei però al pronto soccorso era andata con il nuovo compagno.

– Adesso lo giustifichi?

– Per niente, ma la Lopez conosce bene l'ex marito. E che fa? Si porta in ospedale il nuovo amico.

– Quell'uomo è esistito solo nella testa di Costantino Lopez. Poteva essere chiunque.

Con una calma provocatoria ed esasperante, Nora mi ha chiesto se avevo fatto caso ad alcuni file che la polizia aveva trovato di un certo interesse nel cellulare di Luca.

– No.

– Magari dacci un'occhiata.

Mi sono avvicinato e l'ho mirata con la punta dell'indice.

Mi aspettavo una reazione di fuga, invece Nora è rimasta ferma, sulla soglia del mio studio. Non capivo se stava sfidando me o la sua abituale distanza di sicurezza dagli altri.

– Mio figlio non ha torto un capello ad Aurora Lopez. Tutto il resto non sono fatti miei. E tantomeno fatti tuoi.

Difficile spiegare come mi ha guardato Nora Beckford in quel momento. L'unica immagine che rende alla lontana l'idea è quella di un animale selvatico ferito a morte dopo essersi fidato per la prima volta di un essere umano.

Non avevo guardato la relazione della Siracusano sui file ritrovati nella memoria del tuo cellulare. In compenso sapevo in quale centro commerciale faceva le pulizie Barbara Lopez, sapevo che lei e la figlia abitavano in una grande casa con giardino alle spalle della ferrovia tirrenica che divideva in due Viareggio, nella zona in cui un tempo si allungavano i tetti bassi e trasparenti delle serre. Sapevo che Costantino Lopez viveva in affitto non lontano dal lago di Puccini, in un bilocale degli anni Ottanta con un ridente balconcino in cemento zebrato di muffe, e che nonostante il fisico appesantito era un appassionato ballerino di merengue. Avevo apprezzato sul suo profilo Facebook i video di gente che rompe pericolosamente i coglioni a un coccodrillo di tre metri, barzellette scollacciate e frasi dozzinali contro «i falsi amici», «la gente senza valori», «le patetiche che cercano solo un'avventura». Avevo orgogliosamente concluso che, rispetto a quello fra i coniugi Lopez, il divorzio fra tua madre e me era stato un limpido esempio di civiltà.

Avevo spiato in casa d'altri perché spiare in casa propria mi pareva un controsenso.

Avevo dato per scontato che una sorta di casa in comune esistesse ancora. Un concetto ideale, l'indirizzo di una via immaginaria, un posto in cui almeno una volta al giorno Giulia, tu e io tornavamo con i pensieri, ognuno per conto proprio. Uno *spazio cloud* dei sentimenti a cui potevamo collegarci in qualsiasi momento per ritrovare tutto ciò che nessuno di noi tre avrebbe mai distrutto.

Quella notte mi sono rimesso pancia a terra sul fascicolo del pm. Ero convinto che nel tuo cellulare avrei ritrovato qualcosa del genere.

La relazione dell'ispettore capo Irma Siracusano dedicava alcune righe a descriverti come un ragazzo introverso, focalizzato sui propri obiettivi, disinteressato all'empatia che non fosse quella dello spogliatoio. Riprendendo le opinioni di alcuni tuoi allenatori, concludeva che la tua notevole superiorità fisica e tecnica ti dava sul campo quella sicurezza che stentavi a conservare appena finiti i novanta minuti. L'ispettore capo segnalava poi la presenza nella squadra di un clan ristretto, *afferente* (giuro, c'era scritto proprio così) al gruppo WhatsApp chiamato Orange Special e composto solo da te, Grigo, Christian e Momo. Lì voi, gli oligarchi della squadra, parlavate in modo confidenziale di due argomenti. Nuovi arrivati nella squadra e ragazze. Ragazze *da sbattere*, *da ca-*

stigare, da ripassarsi. Al di là di tutto, mi ha colpito che fossero tutti verbi transitivi, verbi che avevano bisogno sempre e solo di un complemento oggetto. Giusto perché sono tuo padre, mi limiterò a dire che non eravate teneri con nessuna delle due categorie.

Un terzino promettente veniva dal vivaio della Fiorentina e chiamava sempre la palla. *Quello sgroppa, ma non ha capito, qua la palla decido io a chi darla* scriveva Christian. *Le chiavi del centrocampo l'allenatore le ha date a me.* Momo invece ce l'aveva con Ismail e non si nascondeva dietro un dito. Secondo lui non bisognava fidarsi dei marocchini, parola di ivoriense. Grigo invece non tollerava chi non si faceva il mazzo per la squadra. *Quello corre solo quando ha la palla, quell'altro se valessero le presenze sul lettino del fisioterapista sarebbe capitano.* Uno degli ultimi argomenti trattati era lo yo-yo test, una specie di tortura a eliminazione progressiva temuta da tutta la squadra. Correre avanti e indietro, per venti metri, a ritmo crescente, finché non ce la fai più. Tra i primi a cedere c'è stato Daniel, bersagliato perché ha la madre sudamericana e si dà arie da fuoriclasse. Grigo è stato inflessibile: *Con Daniel ci avevo scommesso che scoppiava subito, ora mi lava le scarpe per un mese!!!* Anche Cosimo non ha resistito oltre quindici minuti. La sua mobilità limitata all'area di rigore gli vale anche l'appellativo di *attaccapanni. A chi lo vendono il prossimo anno? All'Ikea, lo vendono.*

Quest'ultimo messaggio l'avevi scritto tu. Così come avevi scritto che una certa Jennifer, conosciuta un mese prima in una discoteca dell'Oltrarno, *non la faresti toccare neanche dal cazzo del cane.*

Riconosco una citazione del tuo rapper preferito. Oggi posso rivelarti che, in mezzo alla marea di robaccia inutile che ti sparavi nelle orecchie, Salmo mi è sempre piaciuto. Anche perché i diecimila riferimenti che infila nei suoi testi ti hanno spesso obbligato a venire da me e chiedermi chi erano Janis Joplin, Buster Keaton o Nino Ferrer. Se per sei o sette mesi hai ascoltato solo *Piece of my heart*, *Maybe*, *Kozmic Blues*, *Down on me*, se questa tua fissa mi ha obbligato a riascoltarla e apprezzarla dopo tanti anni, è grazie a Salmo. Devo dirti anche che detestavo Janis Joplin, ma solo perché era una ragione frequente di litigi fra mia madre e mio padre. Tua nonna la adorava, per tuo nonno era una drogata puzzolente che latrava come una cagna. Litigavano quasi su tutto, ma quando litigavano per una canzone proprio non li capivo. Come facevano a litigare per la musica, per una cosa che ora c'è ma basta premere un bottone e basta, fine, non c'è più. Non è un quadro, non è una parete, non è un mobile, a farla sparire non ci si mette niente. Non sapevo a chi dare ragione, ma ogni volta che sentivo Janis Joplin era chiaro che avevano litigato o che stavano per farlo.

Non ti ho mai detto che mi piace Salmo. I genitori non devono diventare fratelli maggiori dei figli. Se i miei genitori avessero apprezzato assieme a me *Nero a metà* o il primo album di Alberto Fortis, quei dischi mi sarebbero subito piaciuti di meno.

Avevi solo citato il tuo rapper preferito, ma la Siracusano non aveva colto il riferimento. Gli altri del gruppo ti spronavano a *castigare* Jennifer, immaginandola capace di porcherie funamboliche. *Ogni volta che vedi la porta, devi tirare!* ti incitava Grigo. Ma Jennifer proprio non ti piaceva e devo riconoscerti una certa coerenza nel non cedere al volere della truppa, anche se questo ti era costato l'accusa per niente velata (così te l'avevano formulata, c'è poco da fare) di essere omosessuale.

A stendere su di te l'ombra della diversità contribuiva anche un andamento scolastico sopra la media dei tuoi compagni. E infine noi, i tuoi genitori. Un padre giornalista a Roma e una madre laureata in storia dell'arte significava avere alle spalle una famiglia radical chic.

La Siracusano aveva riportato stralci delle vostre conversazioni perché la questione era andata ben oltre lo sfottò. Christian ti ammoniva che i ricchioni nella musica o al cinema, be', nessun problema, ma nel calcio no, negli spogliatoi poi poteva essere un problema. *È come se mi mettessero a me a fare la doccia con dieci ballerine.* Grigo invece pensava alla squadra, solo alla squadra: *E se poi ti innamori del centravanti avversario, capisci che è un problema? Dobbiamo fidarci di voi, là dietro... oooops!*

In un altro messaggio andava giù anche più pesante. Disseminava faccine sorridenti a profusione, è vero, ma ho sentito un brivido leggendo un messaggio come: *Un negro in difesa ormai l'ha accettato, ma un finocchio no, mio padre mi fa cambiare squadra (Momo ti voglio bene, lo sai).*

Goliardia da spogliatoio, mi sono detto. Non sono mai servite menti illuminate per giocare bene a calcio. Purtroppo però c'era stata la notte del 6 marzo, e ogni particolare evidenziato dalla Siracusano si illuminava come un presagio inascoltato. E purtroppo c'erano i file recuperati fra il materiale che avevi cestinato. Si trattava di video brevi, quattro o cinque minuti al massimo, e non era chiaro da dove ti fossero arrivati. Ho dato una scorsa ai titoli, sono partito da *questa zoccola era a scuola con me* per arrivare a *guardate quant'è porca lei*, ma alla *gangbang dieci contro una* ho riunito tutte le fotocopie e le ho fascicolate alla meglio senza neanche rimetterle in ordine.

Mi sono alzato dalla scrivania nel pieno di un *loop* mentale che diceva solo *alla sua età li avrei guardati anch'io e non ho mai stuprato nessuno*. Qualche video porno sul cellulare non significava niente. Trent'anni fa il porno ce lo passavamo in vhs e in dvd. *Adesso è solo tutto più facile. Alla sua età li avrei guardati anch'io. E io non ho mai stuprato nessuno, non ho mai neppure sfiorato una donna che non lo volesse.* Quei file non significavano niente. Ero disposto a ripetermelo allo sfinimento, pur di arrivare a crederci.

IX

Un telecronista avrebbe sicuramente detto che l'inerzia della partita era cambiata, ma io preferisco dire che a cambiare era stato il vento. La primavera arrivava e qualche acquazzone non l'avrebbe fermata. Anzi, dopo la pioggia, l'odore della terra saliva più forte, le siepi di pittosporo spandevano profumo. Erano anni che non fiorivano così presto, secondo Ramón. Erano fioriti anche i due alberi di Giuda e i giaggioli lungo i vialetti del giardino, ma il loro colore viola acceso non aveva incontrato i favori di Nora.

Fateci dei bouquet per le stanze degli ospiti era il gentile equivalente di *che spariscano prima possibile.*

Il vento era cambiato perché qualche sito aveva pubblicato il nome di Costantino Lopez, infischiandosene del fatto che in quel modo rendeva di fatto identificabile sua figlia, ossia la vittima della violenza. Tanto era bastato alla carta stampata per riferire che secondo la Rete al vaglio degli inquirenti c'era la posizione del padre della vittima, una guardia giurata quarantenne, separato dalla ex moglie, già denunciato dalla figlia per stalking. Per chi abitava in Versilia era come averne pubblicato la carta d'identità.

Gli inquirenti avevano smentito tutto, ma ci sono momenti in cui la verità non importa a nessuno.

Santomauro aveva rintracciato Costantino Lopez e gli aveva chiesto persino un'intervista, ma quello gli aveva chiuso il telefono in faccia. Marco Sullo invece mi assicurava che un rotocalco tv aveva offerto al padre di Aurora una discreta somma per averlo ospite, ricevendo in cambio una replica piuttosto netta. *Se parlate ancora di me e di mia figlia vengo a Roma e do fuoco agli studi.*

Ma ne avevano parlato ancora, eccome. Un uomo ancora geloso con l'ex moglie e dispotico con la figlia, una madre rassegnata ma combattiva, una famiglia improbabile che salta per aria. Era un quadro semplice, a tinte forti, e non aveva bisogno di spiegazioni. Le donne che sceglievano uomini come Costantino Lopez invece condannavano se stesse e le loro figlie a una vita di infelicità e di soprusi. Ma più stupefacente era stato il dibattito scatenato dai nuovi risvolti della vicenda. Era giusto che i padri fossero gelosi delle figlie femmine? Quanto si poteva essere possessivi? Insomma, alla fine Costantino Lopez aveva sì esagerato, ma un po' di diritto a perdere le staffe ce l'aveva avuto. Non era uno che andava in giro a picchiare le figlie degli altri, casomai aveva massacrato la sua. Non era un pericolo e, soprattutto, era uno di cui ci si poteva sentire facilmente migliori prima di dare la linea alla pubblicità.

– Hai visto che storia è uscita sui giornali? – mi hai chiesto, quando il giorno dopo ci siamo incontrati alla stazione di Viareggio.

Ti ho risposto facendoti il verso. *Eccerto chellò vista*. Poi ho aperto il portellone posteriore e mi sono limitato a dire che sì, era roba da non credere. Tu hai scaraventato il borsone dentro il bagagliaio, io ti ho chiesto se avevi fame, ma mi hai risposto che non vedevi l'ora di tornare al Campus.

– È una bella serata. Facciamoci due passi e ci mangiamo qualcosa sul mare. C'è tempo.

Niente, non *ciavevi* voglia. Ti sei buttato sul sedile, ti sei alzato gli occhiali da sole sulla fronte. Anche troppo rilassato, mi sono detto, o forse intorpidito dai primi segnali di primavera.

– Io però mi sono fottuto gli Europei con questa storia... possiamo fargli un mazzo così, tipo che gli chiediamo un botto di soldi per danni?

– Tipo no.

– E perché?

– Perché questi i soldi non ce li hanno.

– E allora, se non ci hai i soldi, devono insegnarti a stare muta, stronza.

– La vuoi denunciare per calunnia? Dobbiamo dimostrare che Aurora Lopez ti ha accusato sapendo che eri innocente.

– E che, non lo sapeva?

– E come lo dimostriamo? A lei basterebbe solo dichiarare che ha ricordato male, ha confuso te con...

– Con suo padre? *Maddài.*

– Potrebbe dare la colpa allo shock. Forse aveva bevuto, si era presa qualche pasticca, non so. Le attenuanti ce l'ha. La colpa o la negligenza non bastano. Perché ci sia calunnia serve il dolo. Insomma, nella partita lei avrebbe due risultati utili su tre, okay?

– Che cazzo di legge.

– Piuttosto, chi va dei vostri al raduno della Nazionale?

– A questo solo Christian. Però ne fanno un altro a metà maggio. Daniel e Grigo ci sperano, e anche io.

– Come va con Momo?

– Ci siamo telefonati. È *tuttapposto*.

Ancora oggi mi domando se ho sbagliato. Un treno ci superava oltre la palizzata grigia, le nuvole sembravano sciogliersi nel vento fresco e io ho deciso di non chiederti conto di quei filmati, di chi te li aveva mandati, di chi fossero i protagonisti. Non avrei retto una nuova discussione furibonda. Ho deciso che nessun video porno, per quanto squallido, poteva giustificare quello che avevi subito nell'ultimo mese.

– Sembra che mi riconvocano in prima squadra per la prossima, sai?

– Grandioso.

– Devo spaccare tutto, pa'. Devo giocare e spaccare tutto. Vedrai se in Nazionale non mi convocano per il secondo stage, vedrai. Sono ancora in tempo.

Ti ho chiesto quanto ti eri allenato e tu sei rimasto sul vago. Un paio di volte, sì, in un campetto a Orbetello, però poi c'erano dei tornei in corso e allora avevi fatto un po' di fondo e di palestra, ma ti sei ritirato velocemente nel sottobosco della reticenza. Oggi so che avrei dovuto chiederti qualcosa in più, invece ho fatto il mio dovere di pompiere. Ti ho ricordato che quei campionati europei erano la tua prima occasione, non l'ultima.

– Garbati dice che in certi ambienti bisogna entrarci presto.

A quel punto mi hai raccontato di come il tuo nuovo procuratore avesse convinto l'allenatore della prima squadra a utilizzarvi di più, nelle partite che rimanevano. Il campionato primavera per voi era finito, ma anche la prima squadra galleggiava a metà classifica e non aveva velleità. Meglio far collezionare presenze ai gioiellini di famiglia, ogni minuto in campo aumentava il vostro valore. C'era solo qualche problema per Grigo e per Ismail.

– Cioè?

– Cioè, loro il Rivadarno li ha presi con un contratto che... tipo che se loro fanno più di tot presenze in prima squadra, poi il Rivadarno deve pagare altri soldi alla squadra che glieli ha venduti.

– E quindi la formazione la fanno Novi e Abbadeschi con la calcolatrice in mano.

– Grigo e Ismail stanno incazzati che non ti puoi immaginare.

Ho acceso l'autoradio e ti ho chiesto di dirmi una cosa con la massima sincerità.

– Giuro.

– Il nonno ti ha fatto provare la macchina, vero?

– Siamo andati al Chiarone, c'è quella strada dritta, non ci passa mai nessuno.

– Lo sapevo. Tua madre non ha detto niente?

Hai fatto spallucce.

– Strano.

Alla radio hanno passato un pezzo di James Taylor. Io ho alzato il volume, tu l'hai riabbassato subito, io ti ho guardato male.

– Ti devo dire una cosa.

– Una volta tanto sei in vena di confidenze.

– Te la dico perché a me non va che non lo sai.

– Sì, ma cosa?

– La mamma, ieri sera. L'ho vista con Garbati.

– Cioè?

– Erano in auto. Si baciavano. Non si sono accorti che li guardavo.

Mi ha fatto un effetto stranissimo. Solo ora, a distanza di tempo, riesco a descriverlo. Era come aver appreso la morte di una persona in coma profondo. Magari non ti aspettavi il miracolo, i medici erano stati chiari e sapevi che lì si sarebbe arrivati, ma in ogni caso la morte era ancora fuori ad aspettare. Ora era diverso, il matrimonio fra me e tua madre era definitivamente scomparso dal paesaggio delle cose esistenti.

– Prima o poi doveva succedere – ho mormorato.

– Non dici altro? – mi hai chiesto.

– No.

– E non ti fa incazzare?

Ho sollevato per un attimo le mani dal volante. Mi hai detto che delle volte ti sembravo davvero strano.

– Probabilmente hai ragione. E tu? Che ne pensi?

– Io? Magari non ti piace, ma Garbati si sta facendo il mazzo per me.

– È il tuo procuratore.

– Ha parlato con un sacco di gente, tipo direttori sportivi, e gli ha spiegato bene la situazione. Lui li conosce tutti e li ha convinti che è una montatura. Dice che avremo presto delle belle offerte. Dice che oggi i difensori veri vanno forte. Ormai sanno giocare tutti la palla, ma perdono l'uomo come se perdessero l'autobus, non hanno il senso della posizione. Io invece sì.

Tu eri sempre nel posto giusto al momento giusto, era vero. Tranne fra il 6 e il 7 marzo. Quella notte avresti fatto meglio a essere da tutt'altra parte.

– È un tipo a posto, pa', tranquillo.

– Tranquillo... per te o per tua madre?

– Per tutti e due. Tranquillo.

Ti ho promesso che ci avrei provato.

Visto dall'alto, all'imbrunire, l'Arno Campus sembrava un'astronave atterrata fra le vigne. Al riverbero diamantino dei riflettori il tuo viso si è trasfigurato. Era serata di scuola calcio e senza dirci una parola siamo tornati insieme a quando uscivi fiero e concentrato dagli spogliatoi ma i pantaloncini sembravano ancora delle braghe da clown. Poi a quando io discutevo con tua madre per farti portare il borsone da solo, anche se era quasi più grosso di te. E poi a quella foto in cui sei accosciato e i muscoli delle ginocchia hanno la forma soda di teste di elefanti.

L'aria appena fresca era striata dai fischietti degli allenatori. Intorno ai riflettori si distingueva un pulviscolo di falene. Siamo rimasti un po' davanti al reticolato di bordo campo, in mezzo ai genitori che aspettavano la fine dell'allenamento. Alcuni di loro ti hanno guardato come un'apparizione, un desiderio, una profezia sperata.

Ci siamo sfiorati le guance, poi hai fatto il tuo rientro ufficiale in squadra per cena. Io sono tornato verso l'auto costeggiando a passo lento la tribuna e mi sono sentito chiamare *dottor Corbo*.

Indossava una coppola e non l'avevo riconosciuto. Il tuo allenatore era seduto qualche gradino più in alto, accanto a una borsa uguale alla tua, rigonfia e aperta. Ne spuntavano delle pettorine fluorescenti e un paio di fischietti, l'angolo lucido di una targa. Io l'ho salutato, lui mi ha dato la mano.

– Che fa qui?

– Quando ho iniziato allenavo sgorbietti come quelli lì – mi ha detto, poi ha quasi abbracciato la sua borsa. – Andavamo ditta per ditta a chiedere le centomila lire, le divise si lavavano a casa, a turno. A settembre si organizzava una piccola festa, dove ora c'è la palestra c'era un campo, e si cucinava tutti, per racimolare i soldi e iscriverci al campionato. Non volevamo che le famiglie pagassero per far giocare i ragazzi. Niente debiti, questa era la regola, Novi non voleva sentire ragioni. Trent'anni fa, e ora... trent'anni sono tutti qua dentro, guardi, in una borsa... visti così sembrano poca roba, no?

– Che le succede, Bianchi?

– Succede che chiedevo solo di allenare un paio d'anni la prima squadra. Invece niente. Stasera mi hanno esonerato. Da ogni incarico. Grazie, dottor Corbo.

– Di cosa? – gli ho chiesto.
– Di avermi fatto buttar fuori.
– Non capisco.
– Lei e il suo procuratore. Complimenti. Guai a chi tocca Luca Corbo. Guai a chi osa soltanto proporre di metterlo fuori per tre partite.

Gli ho fatto presente che nelle ultime settimane mi ero dovuto occupare di ben altro. Ho tentato anche di ricordargli che per la Primavera del Rivadarno la dirigenza voleva i playoff. L'obiettivo era stato fallito e la società aveva tratto le conseguenze.

– Se avessimo giocato in undici, forse ai playoff ora c'eravamo. Invece qualcuno s'è messo a dare spettacolo...
– E lei? Perché ha messo Luca in squadra quel giorno? Sa benissimo quello che sta passando mio figlio.
– Vuol sapere perché? Perché suo figlio è diventato della scuderia di Garbati, e Garbati qui fa il bello e il cattivo tempo. Ho tenuto fuori squadra Christian per un turno, abbiamo anche vinto. La sera mi hanno chiamato suo padre, Garbati, Abbadeschi e anche Novi, sembrava che avessi toccato Gesù Cristo il salvatore in persona. Il ragazzo va valorizzato, deve fare presenze. Ma se non sta in piedi, devo mandarlo in campo lo stesso?

Sono riuscito a farmi ascoltare giusto il tempo di un *mi dispiace*. Lui si è alzato, si è scosso i pantaloni di velluto a manate e si è aggiustato la coppola sulla testa.

– A dodici anni i genitori pagano, e glielo vada a dire lei che il ragazzo non gioca. A quindici anni nello spogliatoio ci sono già i clan. Poi arrivano i procuratori e i faccendieri. Ti trattano come se in squadra tu avessi venti fenomeni su venti. Cazzo, com'è che mastico calcio da quando ero alto così, cioè come ora, e non me n'ero accorto?

– Io non ho chiesto la sua testa a nessuno, tantomeno a Garbati.

Mi si è avvicinato. Aveva il fiato acido, gli occhi arrossati, tracce di saliva impastata agli angoli della bocca.

– Cosa vi ha raccontato Garbati? Aspetti, che indovino... «io scommetto sul tuo talento, Luca!», non è vero? Scommette, lui, scommette! È proprio vero, è senza vergogna.

Dal campo le grida sovrapposte degli allenatori ci arrivavano moltiplicate dall'eco lungo i gradoni della tribuna.

– S'è mai chiesto perché questo campione cambiava squadra ogni anno? Cos'è, gli puzzavano i piedi da non stare nello spogliatoio insieme a lui? E perché rimaneva sempre nelle squadre di bassa classifica? Era un pervertito che godeva a perdere? Ha giocato quindici anni da professionista, e mai una promozione. In compenso, sette retrocessioni... mi dica lei, forse Garbati portava sfortuna?

Ha scosso la testa e poi mi ha sputato un catarro a mezzo centimetro dalla scarpa.

– Mi auguro che Garbati venda suo figlio a una società seria. Magari non a due contemporaneamente. Con le partite gli è riuscito anche quello, sa? Si chiedono tutti come abbia fatto a non finire sottoterra, quella volta. Auguri.

Ha sollevato la borsa con uno strappo secco. Ho sentito una voce alle mie spalle e ho riconosciuto la bianca criniera vaporosa e il trench blu di taglio impeccabile. Abbadeschi, ai piedi della scala per salire in tribuna, lo stava chiamando a gran voce.

– Me ne vado, me ne vado – ha gridato Bianchi.

– Vieni qui, Gualtiero, un attimo solo.

L'ex allenatore del Rivadarno ha abbassato lo sguardo verso di lui. Respirava come se avesse appena finito i quattrocento metri. Abbadeschi gli ha garantito che uno come lui una nuova squadra l'avrebbe trovata subito.

– T'aiuto io, Gualtiero, promesso.

– Non ti dare pena, tesoro. Non la voglio l'elemosina di uno che ieri sera si è fatto invitare a cena per dirmi che non c'erano problemi.

– Parliamo.

– Parliamo? Ma io un verme come te non lo voglio più vedere.

– Ora però non offendere, su.

– Non offendere? Sai cosa c'è? Guarda...

Gualtiero Bianchi ha divaricato le maniglie della borsa e l'ha rovesciata di scatto. Magliette dell'Inter e della Sampdoria, una larga divisa arancione con il colletto scolorito e il logo di una ditta di trasporti. Un pallone ricamato di firme a pennarello.

– Tenetevela questa roba, non me ne importa un cazzo – ha urlato.

Una targa lucidissima è carambolata via dal suo astuccio. La borsa ha vomitato un gagliardetto, un cronometro rosso, biglietti, tessere, medaglie e foto di vittorie su cui si era posata la pietosa patina turchese dei ricordi.

– Gualtiero, ci sono i bambini, per piacere.
– Ma che vadano a fare in culo anche loro. E i loro genitori.
Ha lanciato la borsa vuota verso Abbadeschi, poi con il tacco della scarpa ha sbriciolato il vetro di una foto incorniciata, sono sicuro che il terzo sulla destra fosse lui. In campo erano tutti immobili, congelati nelle loro posizioni, a guardare la scena. Bianchi ha sbattuto per terra una grossa coppa di peltro fino a quando i manici non sono saltati via.
– Ecco, almeno così è proprio finita – ha sussurrato. L'ho sentito solo perché mi stava passando davanti. Ha calciato il pallone, ed è stato un calcio da cinquanta metri senza neanche rincorsa. Quando il lancio ha toccato il campo, fra i ragazzini fermi in mezzo al verde come miniature del Subbuteo, nemmeno uno di loro s'è mosso per inseguire o stoppare la palla. Il rintocco morbido dei rimbalzi si è smorzato in un silenzio assoluto. Bianchi s'è sentito improvvisamente osservato.
– Nessuno di voi arriverà mai neanche in Lega Pro! Nessuno! Avete capito? Andate a studiare, imbecilli! – ha gridato, poi s'è allontanato con le mani in tasca.

Quel venerdì sera il traffico sulla Statale è lento e calmo. 20.59, ho questo ricordo nitido delle cifre arancioni sul cruscotto proprio mentre imbocco la salita verso la Scuda. Nel primo tratto i lampioni diventano sporadici pali di legno nascosti fra gli alberi. Dall'autoradio il tuo amato Salmo ricorda che *un vero cornuto non guarda mai nell'armadio*. Spengo. Rettilineo, prima curva larga.

Da quando sono ripartito dal Campus, non ho fatto che ripensare al tuo allenatore. Un caporale sempre alle prese con i suoi catarri e con poche granitiche certezze, ossessionato soltanto dal farvi arrivare primi sulla palla. Forza atletica, bava alla bocca, *boia chi molla* e una concezione del collettivo che avrebbe fatto invidia alla squadra del Ministero dell'Interno della DDR. Al resto ci avevate sempre pensato da soli. Nelle giornate migliori, i passaggi di Christian avrebbero messo in condizione di segnare anche me. Christian ha gli occhi anche dietro, mi hai sempre detto tu, vede il campo a trecentosessanta gradi. Furbo come pochi altri a farsi tamponare dagli avversari in mezzo al traffico del centrocampo, a uscire palla al piede da certi ingorghi da raccordo anulare. Sennò c'era Grigo. Lui poteva mettere dai dieci ai quindici traversoni in area di rigore, come una catapulta che bersaglia incessantemente la cittadella nemica. Prima o poi l'attaccapanni Cosimo una palla dentro la metteva. Di nuca, di ginocchio, di stinco, con il difensore aggrappato alla maglietta, ma ce la metteva. Cosimo. Una ragazza fissa, pochi grilli per la testa, il più ingenuo e insieme il più affidabile di tutti. È uno di quelli destinati a diventare uomo senza vivere davvero lo stadio intermedio di ragazzo. L'hai mai visto sorridere dopo un goal? Io mai. Esulta sempre con la smorfia di sollievo di uno che è appena andato in bagno dopo una settimana.

Con una squadra come la vostra, penso, persino io

sarei stato un discreto allenatore. Bianchi vi ha tenuto uniti anche facendo volare qualche borraccia negli spogliatoi. È stato un padre dispotico, ma si sarebbe fatto sbranare al posto dei suoi figli. Non a caso, dopo la vostra folle partita contro la Fiorentina è lui che hanno sbranato. Mi tormenta il dubbio che il padre di un maschio sia comunque meglio così, zero sfumature e nessuna morbidezza. Monotono ma solido.

Di fianco al cancello della Scuda intravedo la sagoma chiara di un'auto, leggermente di traverso, con le ruote anteriori a ridosso del canaletto di scolo. Nessuno mette mai la macchina lì, ma poi riconosco lo scudo blu della Falcon sulla portiera, penso che stanno facendo il primo controllo della notte e parcheggio. I metronotte però lasciano sempre accesi i fanali dell'auto. Oggi mi sembra lampante, ma in quel momento sono avvolto nei miei dubbi come in una nebbia.

A pochi metri dalla porta di casa mi ritrovo davanti un uomo vestito di scuro, pantaloni con le tasche alle cosce, che mi domanda se sono io Dario Corbo. E me lo domanda dandomi del tu. È uscito dall'auto, ma per me è come se si fosse materializzato nella penombra.

– Sono io. Perché?

Quello non mi risponde subito, si avvicina per guardarmi meglio. Ha gli occhi sgranati, la barba rada e non curata. È troppo tardi per preoccuparsi, ormai.

– È successo qualcosa?

Ha una pistola alla cintura e si porta una mano al fianco. Accende una piccola torcia elettrica. Il lampo mi si stampa sulle retine, quando riapro gli occhi l'uomo della Falcon se la sta puntando sull'avambraccio e illumina un pesante tatuaggio verdastro a caratteri gotici. Non decifro subito le lettere, mi sembra un tempo lunghissimo, come quello che ho sprecato senza capire che c'è qualcosa di sbagliato.

La scritta a caratteri gotici dice *Aurora*. Io gli dico *cosa vuole da me*, senza punto interrogativo, non è una domanda.

L'uomo dice che deve parlarmi. Io gli dico che mi dispiace, non è l'ora e non è la maniera di presentarsi.

Mastica chewing gum, porta un bracciale d'oro. Polsi spessi, pancia che preme nella camicia. Provo a dimenticarmi che il padre di Aurora Lopez ha una pistola con sé e una denuncia sul curriculum. Mentre mi volto verso la porta, mi chiede se può entrare.

– No.

– Solo un minuto.

Apro la porta, penso che sono quasi al sicuro e mi volto verso di lui. Fa uno scatto con il collo e le spalle, come se scacciasse un insetto fastidioso. Da giovane doveva essere il bullo che piace, occhi chiari e capelli biondi. I capelli li ha persi quasi tutti e la testa è come un bulbo di carne. Gli occhi sono scoloriti.

– Lei è in servizio e noi non abbiamo niente da dirci.

Allarga le braccia.

– Ti volevo solo chiedere scusa. Tutto qua.

– Non capisco.

– Scusa, scusa per quello che sta passando tuo figlio.

Mi dico che non è possibile, che mi sta solo trattenendo qualche secondo e poi mi spara. Mi ripeto che devo entrare alla svelta e chiudere la porta, ma non mi riesce. La curiosità talvolta è una specie di istinto. Opposto a quello di conservazione.

– Lo sto passando anch'io – mi dice. – Venire trattati così sui giornali... è una vergogna, non dovrebbe succedere, ma siamo in Italia.

– So come funzionano i giornali, grazie. Non si preoccupi per noi, signor Lopez.

So talmente bene come funzionano che mi sale in gola un filo di vergogna. È come un rigurgito aspro, per tenerlo sotto controllo devo reggere la parte in modo ancora più convincente e gli dico che accetto le sue scuse, anzi no, le apprezzo. Allora questo mi arriva davanti, mi porge la mano. Io mi limito a guardarla come si guarda una trappola, lui non la sposta di un millimetro.

– Hai paura di me.

– Io e lei non dovremmo essere qui, ora, a parlare di quello che è successo.

– Perché no? Siamo tutti e due padri di famiglia, in fondo.

Dà ancora quel piccolo scatto con le spalle, mastica il chewing gum più rumorosamente.

– Mi sarebbe piaciuto avere un maschio, sai? E poi uno che gioca bene a calcio. Quanto sei orgoglioso, dimmi la verità.

Invece di salutarlo e chiudere la porta, continuo a chiedermi se sia sincero o se sia fuori di testa, se sia ingenuo oppure molto più furbo di me.

– A me il Signore ha dato una femmina. Volevo anche un maschio, ma ho avuto sfortuna sul lavoro, due figli in questa Italia alla rovina sono un lusso. Gli immigrati, loro sì, anche due o tre, e vorrei proprio sapere come fanno. Se sei italiano e paghi le tasse, non ce la fai. Una femmina da piccola è la cosa più bella del mondo, però poi... da grande, sai come sono queste, ti ritrovi da solo contro due donne. È un casino. Se due donne insieme ti fanno la guerra, sei finito.

Gli confesso che anche a me sarebbe piaciuto avere un maschio e una femmina, e che poi anch'io ho divorziato.

– La vita non va sempre come vogliamo – concludo, gli stringo velocemente la mano e faccio per entrare.

– Mi dispiace per quello che ha detto Aurora su tuo figlio... non è vero, ci posso scommettere. Ma devi sapere che la mia ragazza non c'è con la testa.

– Lo so, Lopez.

– Ha denunciato me perché pretendo di sapere dove va e con chi va. Sono suo padre o no? Quella stronza me l'ha rovinata, me l'ha messa contro, me l'ha tolta. Ecco i risultati. La storia di tuo figlio... lui è un ragazzo per bene, sano... e quando si capisce che è tutta una montatura che fanno? Accusano me... ma ti rendi conto a che punto è arrivata questa troia? Prima usa mia figlia, poi si fa pagare da qualche giornalista per rovinare me. E la legge? Sempre dalla sua parte. La casa rimane a lei, la figlia rimane con lei... e io che faccio? Lavoro giorno e notte, pago gli alimenti e non posso più neppure aprire bocca. Se provo a farmi rispettare, come padre, quella mi denuncia. Qualsiasi cosa dice, i giudici credono sempre alla donna... e poi parlano di maschilismo? Me lo dici dov'è il maschilismo? Io non l'ho mai visto.

Costantino Lopez si chiude la base del naso con due dita. Penso che stia per starnutire, invece fa ancora quello scatto con le spalle, solo che stavolta la scossa è più lunga. Poi si mette a piangere e mi prende per un braccio. E non piange per finta.

– Da padre a padre, io mi metto nei tuoi panni, io ci penso a tuo figlio, una cosa del genere rovina un ragazzo... ma tu mettiti nei miei. Come staresti tu, a vedere una figlia che sua madre ha cresciuto come una puttana? Affitta casa ai marocchini che lavorano nelle serre, così se li ripassa pure, ogni tanto. È la favola di tutto il vicinato. E come va sul lavoro? Sempre truccata, con i tacchi... lo dicono tutti che è in cerca, ecco cosa dicono. Quella notte mi chiama, c'è Aurora al pronto soccorso, arrivo e la trovo in un corridoio che confabula con il suo ganzo di turno, santiddio, in una situazione del genere... Vedi, anche io potrei andare in giro a raccontarne tante, come ha fatto lei, i giornali e le televisioni hanno telefonato anche a me. Ma la dignità, cazzo, dove la mettiamo? La famiglia viene prima di tutto, no?

Lopez ha continuato la sua arringa su questi toni per un'altra decina di minuti. Parlava a valanga, ma mettendo l'enfasi nei punti giusti, come un buon attore di prosa che sta ripassando velocemente la parte. Era meno rozzo e meno ingenuo di come me lo sarei aspettato, e continuava a sembrarmi alla disperazione.

Di punto in bianco ha deciso che lo show era finito. Si è scusato ancora per le bugie che Barbara Lopez aveva fatto dire a sua figlia, mi ha ringraziato di averlo ascoltato ed è tornato verso l'auto.

Io mi sono chiuso la porta alle spalle, ma ho dovuto fare i conti con una vergogna che non mi aspettavo. Costantino Lopez accusava sua moglie di un'operazione che avevo condotto io e fino a lì, voglio essere sincero, ero pronto a fregarmene. Ero molto più disturbato all'idea di aver incassato la solidarietà di un individuo del genere. La versione dei fatti che avevo diffuso si fondava interamente su di lui. Era sopra le righe, respingente, di un vittimismo aggressivo. Gli occhi fissi, come sempre in allarme, da metabolismo ipertiroideo, mi mettevano dubbi anche sulla sua salute, ma la ragione era un'altra, e si sarebbe saputa più avanti.

Pochi minuti dopo Costantino Lopez ha aspirato una piccola striscia di cocaina dal vetro del suo smartphone. Questo è il vantaggio di scrivere una storia quando conosci anche ciò che non potevi sapere sul momento. Lopez lo faceva ogni sera prima di iniziare il suo giro. Si riforniva abitualmente da un paio di giovani tunisini nella Pineta di Ponente a Viareggio. Sembra che Lopez millantasse amicizie nelle forze dell'ordine per avere qualche dose omaggio, in realtà la coca che gli rifilavano era comunque tagliata da schifo. Caffeina, lattosio e levamisolo, un noto antiparassitario per bestiame.

Da quando cercavo di dormire il meno possibile, avevo riconosciuto lo spettro diafano della cocaina transitare nelle mie notti. L'avevo provata, in passato, per curiosità, per darmi un tono, l'ultima volta per sopportare un'emergenza di lavoro durata cinquantasei ore. Giudicami come vuoi, la verità è che ho odiato quella roba come si odia qualcosa che ti solleva e poi ti scaraventa giù dal trentesimo piano, in picchiata verso una disperazione senza ritorno. Precipiti e giuri a te stesso che non cederai un'altra volta e che piuttosto ti schianti al suolo. Ma quando arrivi verso il sesto piano e inizi a vedere il marciapiede, be', allora ne rivuoi, eccome. Da quella volta ho capito che volevo vivere di più, non più velocemente. Anzi, l'unica maniera per allungare la vita oltre il crudo, oggettivo conto delle ore che mi rimanevano, era dilatarla con la lentezza. La cocaina invece mi faceva sbranare il tempo a morsi.

Quella sera non ho avuto alcuna difficoltà a rimanere sveglio.

Mi sono infilato sotto la doccia senza nemmeno togliermi tutti gli abiti di dosso. Poi mi sono rannicchiato sulla mia poltrona di lettura, al buio. Lopez mi aveva messo paura senza minacciarmi. Erano quasi le undici e la Scuda era avvolta in un mantello di edera e di oscurità.

Non lo sapevo, ma Costantino Lopez era ancora lì fuori, a cinquanta metri da me, nell'auto della Falcon Sicurtà ferma sul ciglio della strada. Aveva deciso di non lavorare e non lo aveva comunicato a nessuno. Aveva messo il cellulare offline e aveva spento la radiotrasmittente.

Un uomo onesto. Mai rubato neanche un pezzo di pane... lavoro da quando sono nato. Che mi dà questo stato di ladri? Da mangiare gratis, da dormire in albergo? Mai...

Costantino Lopez ha passato quasi un'ora chiuso in auto, a scrivere considerazioni di questo tono, poi ritrovate nella memoria del suo smartphone.

Ricordo di essermi affacciato alla finestra della cucina quando ho riconosciuto il rintocco del gufo reale che increspava il manto silenzioso della notte. Un ammonimento. Fuori l'umidità era come un pulviscolo denso. L'auto della Falcon Sicurtà era ancora ferma di sbieco, esattamente come quando ero riuscito a congedarmi da Costantino Lopez.

Anche quella notte, come sempre, oltre alla cocaina Lopez teneva nel portaoggetti dotato di serratura una scatola supplementare di proiettili 7.65 per la sua Cheetah. Il caricatore della pistola ne ospita tredici. Lopez era stato l'ultima volta al poligono di tiro il lunedì della settimana precedente.

Mantenuto la famiglia, con qualsiasi lavoro. Sacrifici... per la dignità si fa questo e altro, per la famiglia, per guardarsi allo specchio la mattina. Non vergognarsi, questa è l'unica cosa. Tu invece mi fai vergognare... tu mi infami davanti al mondo, maledetta.

Non ricordo quanto tempo ho passato alla finestra, a guardare l'auto, senza sapere cosa fare. La luce del telefonino che rischiarava l'abitacolo era tenue, azzurrata come un fuoco fatuo. Ricordo che quando ho visto accendersi i fanali, mi sono infilato la prima giacca che ho trovato, ho aspettato che Lopez completasse la manovra di inversione e sono uscito.

Pedinare qualcuno non è facile. Se non lo hai mai fatto di mestiere è un casino. Per pedinarlo di notte, quando le strade sono sgombre, bisogna sperare che sia molto distratto dai suoi pensieri.

Gli ho lasciato guinzaglio lungo sui rettilinei, accorciavo vicino alle rotonde.

Non potevo prevedere cosa avesse in mente Lopez, e neppure era il momento di andare in questura a denunciarlo. Forse era tutta una mia proiezione, dovuta solo al senso di colpa.

Arrivato a Viareggio, ha deviato per la variante della via Aurelia, poi ha ignorato l'ingresso dell'autostrada per Firenze, tirando dritto verso Pisa. All'aeroporto ha imboccato le rampe per la superstrada.

Sulla via a due corsie gli sono rimasto più a ridosso. Guidava nel rispetto dei limiti. Ha messo la freccia in prossimità di un enorme centro commerciale cresciuto sulla sponda destra delle quattro corsie. Intorno al parallelepipedo luminoso si era addensato uno sfilacciato brandello di periferia. Palestre, outlet del mobile, bar da pausa pranzo e grandi concessionarie.

Lopez è entrato nel parcheggio, io no. Era quasi mezzanotte ed era pressoché deserto. Una sola fila di auto si allungava sul lato vicino all'ingresso dei fornitori. Ci è passato davanti un paio di volte, come se dovesse controllare qualcosa, poi ha posteggiato poco lontano. Io ho proseguito verso una stazione di servizio e ho fatto rifornimento senza perderlo d'occhio. Lopez è uscito dall'auto, si è sgranchito le gambe, ha allungato le braccia. Ha fatto un giro su se stesso, come per domare l'agitazione, poi è risalito in auto. A quanto ricostruito in seguito, è stato in quel momento che è passato a registrare delle note vocali, successivamente diffuse anche da alcuni giornali.

Senza famiglia un uomo non è niente. Ma anche tu sei niente, senza di me. Senza la nostra famiglia. Se non l'hai capito, lo capirai presto.

Stava aspettando qualcuno. Il centro commerciale spandeva luce da ogni vetrata ma era chiuso, a quell'ora potevano esserci al lavoro solo le imprese di pulizie.

Le tue guerre contro di me, la tua cattiveria. Che madre da poco... Aurora non studia, non va più in chiesa, non lavora... le hai permesso tutto. Cosa le hai insegnato? A truccarsi, a vestirsi che si vede tutto, ad andare nei locali e provocare. Dov'è la dignità? Conosci questa parola?

Barbara Lopez.

Il suo ex marito aveva controllato che ci fosse anche la sua auto. Il suo ex marito aveva una pistola. Il suo ex marito aspettava che finisse il turno di pulizie. Intanto lasciava messaggi in cui tutti avrebbero letto troppo tardi i segni di uno squilibrio senza ritorno.

L'hai tolta a me, questa figlia, volevi una bambola tutta per te? Ecco, ora la bambola è rotta. E chi l'ha rotta, Barbara? Chi rompe paga. Ci sono delle regole.

Io però l'avevo potuto capire prima. Nessuno aveva ancora letto i suoi sfoghi e io ero l'unico ad averli ascoltati. Era passato da me come a chiudere un conto, o qualcosa del genere. Non c'era altro motivo per cui Costantino Lopez fosse proprio lì, e non a compiere il suo giro notturno di vigilanza.

Sarebbe finita come poteva finire già qualche mese prima. Sangue sul pavimento, sopra il marchio di una ditta di materassi e poltrone. Sangue scuro di Barbara Lopez sul pavimento che lei stessa aveva appena finito di lucidare. Già sentivo i colpi di pistola, secchi e persistenti nell'androne dal soffitto alto come una cattedrale. Poi forse anche il corpo di Lopez sarebbe rotolato giù per la scala mobile ferma.

Sarebbe finita così. Tu, tua madre e io non avremmo più avuto niente da temere, niente da dimostrare. Non potevo fare nulla. Potevo solo andarmene prima possibile, il più lontano possibile. Quel che restava della famiglia Lopez si stava per disintegrare e non mi sarebbe arrivato nemmeno un minuscolo schizzo di sangue.

Lopez è uscito di nuovo dall'auto. Mani sulla faccia, poi mani sui fianchi. Ora indossava un giaccone della Falcon, con lo stemma bianco fluorescente. Ha estratto la pistola dalla fondina e l'ha nascosta nella tasca, a portata di mano. Poi si è appoggiato all'auto e si è fatto il segno della croce. Ti giuro. Forse era convinto che il suo dio riservasse uno sconto di pena a chi si pentiva in anticipo.

Ho messo in moto e sono uscito dal distributore.

Con te voglio essere sincero fino in fondo. Stavo andando via. Poi sono passato di fianco alla zona carico e scarico del centro commerciale. Era una deviazione di nemmeno cento metri. È successo così, ho solo pensato che in fondo a quella striscia d'asfalto potevo scoprire se una cosa chiamata destino esisteva davvero. Ho girato all'ultimo istante.

Ecco, in fondo anche questo l'ho fatto solo per curiosità.

– Non uscite – dico.

Saranno una dozzina, le donne in lieve maggioranza. Le porte dei due spogliatoi sono bianche, quasi quadrate, gli armadietti invece coloratissimi. Le guardo una per una prima di rendermi conto che io, Barbara Lopez, non so che faccia abbia.

– Cerco Barbara Lopez. La conoscete?

Il consulto è rapido. Ormai chi non la conosce, quella di Viareggio? Non c'è nemmeno bisogno di dire perché. Mi dicono che sta nell'altro gruppo, quello assegnato alle pulizie degli uffici al secondo piano. Dovrebbero aver finito anche loro, a mezzanotte smontano ma passano dall'ingresso sud, quello fra l'entrata principale e la discesa per il parcheggio sotterraneo.

L'ingresso sud è sul lato opposto del centro commerciale. Se esco e faccio tutto il giro arriverò che tutto è già successo.

Mi si para davanti un addetto alla security, divisa marrone scuro. È giovane, di origini africane e più alto di me di almeno dieci centimetri. Mi chiede chi sono.

Quando me lo chiede di nuovo ho già iniziato a correre. Mi urla di fermarmi, ma io ascolto solo le mie suole di gomma che squittiscono a ogni passo. È l'unico rumore nel centro commerciale deserto e pieno di luci. Devo superare ventotto postazioni di cassa, ventotto, sperando di non incrociare nessun suo collega. Ma quello corre al doppio della mia velocità, alla scala mobile mi ha quasi raggiunto e allora io scendo a cavalcioni del corrimano, scivolo solo all'ultimo metro e nel gruppetto si voltano tutti. Qualcuno ha già la sigaretta pronta. Le porte a vetri si schiudono, ma per il momento non esce nessuno.

– Barbara Lopez... – dico, – è qui?

Barbara Lopez in effetti è quella bionda, bionda tinta fino alle radici. È minuta, sugli stivaletti neri con tacco e zeppa ci sta sopra a fatica, come se fossero due sgabelli malfermi. È quella con il foulard fucsia fra i capelli e mi guarda spaventata, riparandosi dietro gli altri.

– Non esca, c'è il suo ex marito là fuori.

Non mi pare abbia capito, glielo devo ripetere.

– Ha la pistola e la sta aspettando. Stia qui.

Le due ante a vetri si richiudono. A quel punto lei trova il coraggio, guarda fuori, si rende conto. È Costantino Lopez l'uomo nel giaccone che si sta avvicinando all'ingresso, a passo calmo, dal settore del parcheggio contrassegnato con il cartello rosso che dice 2A. Quando arriva l'addetto alla sorveglianza, Barbara Lopez gli si aggrappa addosso e urla che quello è fuori di testa.

Il più anziano del gruppo vorrebbe chiamare la polizia con il cellulare, il giovane addetto invece ordina di risalire tutti subito. Lopez è lì fuori, a qualche metro. Sembra fare finta di nulla, le mani nelle tasche del giaccone. Prende a calci una bottiglietta accartocciata, ma intanto si avvicina al nostro ingresso.

– Fai bloccare tutte le porte sud.

L'addetto chiude la chiamata con il suo collega e Costantino Lopez si avvicina, guarda verso di noi, bussa con una certa energia. Io arretro dove non può vedermi.

– Com'è che non escono? – chiede.

Il ragazzo della security non gli risponde, si limita a piazzarsi davanti alla porta, braccia incrociate e mento sollevato.

– C'è qualche problema? – insiste Lopez. – È mezzanotte, il turno è finito.

Stavolta una risposta la ottiene.

– Il centro commerciale è chiuso.

– E dovevi arrivare tu dall'Africa a spiegarmelo. Voglio parlare con la signora Lopez.

– Non è possibile.

– Voglio solo sapere dove è mia figlia. Vammela a chiamare, veloce, dài.

– Le devo chiedere di andarsene.

– Sennò che fai?

– Deve allontanarsi, o sarò costretto ad avvertire la polizia.

– Bravo, magari così ti riportano al tuo paese. Anche questo lavoro ci venite a rubare, adesso?

Il ragazzo non replica, prende il cellulare da un tascone e questo suggerisce a Lopez di alzare le mani e arretrare di qualche passo.

– Va bene, va bene – urla, poi corre in modo volutamente goffo fino a una fila di panettoni di cemento. – Qui va bene? Oppure devo andare in fondo al parcheggio? Avanti, dimmelo tu quanto mi devo allontanare.

Ormai è troppo lontano, oltre il vetro, perché il sorvegliante replichi. Lopez grida ancora che quella è la sua famiglia, che nessuno può impedirgli di vedere Barbara e Aurora. Poi torna verso l'auto.

Il vigilante mi guarda con un breve sospiro di sopportazione, poi incrocia di nuovo le braccia tenendo il cellulare in mano.

– Comunque grazie – mormora, e io penso che è meglio andarmene prima possibile. Non voglio avere a che fare con questo squallore.

Mi sono defilato scendendo nel parcheggio sotterraneo da un'uscita posteriore. Un ballatoio buio di metallo, di quelli che danno l'impressione di camminare sul vuoto, mi ha riportato in superficie sul lato sud, nella zona di consegna merci.

Non ho mai raccontato a nessuno che Barbara Lopez è ancora viva grazie a un mio ripensamento. Fin da quella notte, speravo che né lei, né i suoi colleghi e neanche l'addetto della security ricordassero la mia faccia al punto da potermi dare un nome.

Con questa speranza sono uscito in un piccolo piazzale di carico, sgusciando fra autoarticolati e bancali alti come palazzine. La mia macchina era oltre una barriera jersey, al confine fra il parcheggio dell'ipermercato e quello di un grande parallelepipedo che conteneva un ingrosso di cibo per animali, una palestra olistica (l'insegna diceva così) e un mercatone di prodotti a stock provenienti da fallimenti. Nella foga non l'avevo nemmeno chiusa, ero stato lucido a malapena da portarmi dietro le chiavi.

Sono atterrato sul sedile, di peso, le luci di cortesia si sono spente e ho messo in moto senza rendermi conto che dietro di me c'era un'ombra non prevista. Ho sentito un fruscio, poi un respiro, poi qualcosa ha luccicato alle mie spalle. Non mi sono neppure spaventato, ero ancora strafatto di adrenalina.

– Chi sei? – ho chiesto.

– Che è successo?

Era la voce di una ragazzina. Sembrava parlare tenendo serrato qualcosa fra i denti. Ho pensato che parlasse così per camuffare la paura e sembrare decisa.

– Posso sapere perché sei nella mia macchina?

– Perché non sapevo che cazzo fare ed era aperta.

Ho intravisto un cappello da baseball e una sciarpa rosa, lucida, tirata fino sul naso.

– Non è successo niente. Puoi scendere.

– Non l'hanno arrestato neanche stavolta?

– Non so di chi parli.

– Lo so io di chi parlo.

– Scendi subito.

– No, ora tu mi porti via da qua. E non provare a fare lo stronzo con me.

Mi ha avvicinato la lama al collo, aveva le dita bendate una per una.

– E dove ti dovrei portare, scusa? – ho chiesto.
– Non importa dove. Via da qui.

Mentre facevo manovra si è lasciata andare sullo schienale, abbassandosi per non farsi vedere. Ho rallentato, e davanti a noi la macchina bianca della Falcon Sicurtà è sfrecciata via dalla rotonda come una pallina da flipper da un respingente. Lei mi ha guardato un attimo nello specchietto retrovisore e mi ha mostrato ancora il piccolo coltello a scatto, da campeggio. Lo teneva in alto, con tutte e due le mani.

In fondo allo spartitraffico c'era una grande rotonda, ho svoltato alla prima uscita per evitare lo stradone principale. La ragazza mi ha detto che c'era un tizio, nel parcheggio, uno pericoloso, fuori di testa, che era venuto a cercarla, uno che lei non voleva vedere. E lì ho fatto i conti con l'idea che le cose, loro, succedono e basta. Siamo noi poi a definirle rocambolesche.

– Ho capito di chi parli. Ero là, ho visto tutto. C'era un tipo un po' agitato, ma non si è fatto male nessuno, te lo garantisco.

– E come mai eri là?

Le ho risposto che ero un ispettore della grande distribuzione.

– E lavori di notte?

Mi sono inventato una storia di furti dopo l'orario di chiusura, le ho raccontato che mi avevano mandato a fare un controllo a sorpresa, perché si sospettava di magazzinieri o di qualcuno della cooperativa di pulizie.

– Hai beccato proprio la serata giusta.

– Davvero.

Sono arrivato al bivio per l'imbocco della superstrada. Ho fermato l'auto davanti al cartello che ci imponeva una scelta fra Pisa e Firenze.

– Per me è uguale – ha detto lei. – Portami a una stazione.

Fermo nel mezzo del bivio, i fari piantati sulle due frecce blu, mi sono voltato verso di lei per la prima volta. Ricordo il suo sussulto improvviso. Non era paura, era vergogna. Non mi ha lasciato il tempo di fare domande.

– Il tipo *un po' agitato* è mio padre, okay? Sono andata alla polizia, l'ho denunciato... ma non serve a un cazzo, mica ti danno la scorta. Per fortuna l'ho riconosciuto da lontano... mi sono detta «questo è venuto a farci fuori sul serio, tutte e due».

Parlava a mascella serrata, la mano a reggersi la sciarpa davanti alla bocca.

– Invece non ha ammazzato nessuno e se n'è andato, hai visto?

– Appunto. Ora vai a sapere dove cazzo è e cosa ha in mente.

Aurora Lopez mi ha puntato il coltello contro e si è risistemata la sciarpa. Di lei vedevo appena gli occhi. Quello di sinistra aveva la palpebra inferiore leggermente deformata in un angolo e un sopracciglio lucido, gonfio, come se imprigionato sottopelle le fosse rimasto un grosso verme scuro.

– Portami a una stazione. Non sono minorenne, tranquillo.

– Okay – le ho detto, – come vuoi tu.

A un certo punto mi ha consigliato di cambiare strada, perché su quel tratto di Aurelia nei fine settimana c'è sempre una pattuglia.

– Come ti chiami? – le ho chiesto.

– Che t'importa?

– Io sono Dario, comunque.

– Mi chiamo Aurora – ha detto. Sempre a denti stretti, in senso letterale e figurato.

Sopra di noi saliva la luce lampeggiante di un aereo appena decollato. Le ho chiesto se le andava di spiegarmi la situazione, almeno un minimo.

– Mia madre era dentro a fare le pulizie. Si è fissata che non devo stare sola, quando lavora le devo venire dietro e mi parcheggia in palestra. Meditazione... due palle. E stasera fra un po' quello ammazza prima me. Perché poi, se si ammazzano fra loro e si levano dal mondo, mi fanno anche un favore, guarda.

All'una di notte si trovava posto anche nel parcheggio della stazione di Pisa. C'era però il solito viavai di varia umanità che da una certa ora in poi sostituisce quello dei passeggeri. Aurora Lopez mi ha chiesto dei soldi per comprare il biglietto.

– Senti, Aurora, tu dovresti tornartene a casa.

– Ho diciotto anni, faccio il cazzo che mi pare. Dammi cinquanta euro. Ce li avrai cinquanta euro... dalla macchina non mi sembri un morto di fame.

– Okay, prendi il primo treno. E poi?

– Non ti preoccupare.

– Sai dove andare? Arrivi in un'altra stazione, non conosci nessuno, hai i soldi per un panino, poi viene sera e che fai? Prendi due cartoni e dormi su una panchina? Oppure trovi un galantuomo che ti ospita e domattina ti trovano in un fosso a farti mangiare dai topi.

– Sai che perdita. Dammi i cinquanta euro, su.

– Se vuoi andartene per i fatti tuoi qualche giorno, non ti bastano cinquanta euro per non finire nei casini.

– Nei casini ci sono già, e non sai quanto. Comunque, se me ne vuoi dare cinquecento, non ci sputo sopra.

– Cinquecento. Se mi fai fare un bancomat ci arrivo.

Le indico un'insegna luminosa sotto i portici.

– Non penserai mica di sbattermi? Guarda che io ti taglio la gola, prima... io lo faccio, non scherzo.

– Ho capito che non scherzi. E neanche io. Ascoltami, io ti do cinquecento euro, però tu mi dai mezz'ora per convincerti a tornare a casa da tua madre.

– Escluso.

– Se non ci riesco, prendi il tuo treno e arrivederci.

– I soldi però li voglio subito.

Ritorno in auto con le banconote, gliele porgo e lei per prima cosa le conta. Io vedo sbucare dall'altro lato della piazza un'auto nera con la striscia rossa e i lampeggianti. Metto subito in moto.

– Carabinieri... meglio muoversi da qui.

Anche secondo lei è meglio, possiamo farci un giro ma niente strane idee.

– Hai fame?

– No.

Mi sposto verso i lungarni, ma evitando la zona centrale. È venerdì, c'è la movida degli universitari e qualche pattuglia gira sicuramente. Subito dopo il Ponte della Fortezza l'Arno fa una curva decisa, di una sessantina di gradi. Sulla sponda sinistra ci sono dei giardini dove si andava a studiare quando arrivava la bella stagione. Ci sono tornato anni dopo, ci avevano allestito il cinema all'aperto e ogni tanto facevano dei bei concerti. Passo dall'altra parte prendendo il Ponte della Vittoria, poi imbocco il viale alberato dove di giorno la gente viene a fare jogging. Ora non c'è nessuno. Villette blindate sulla sinistra, l'Arno sulla destra.

Aurora Lopez non conosce Pisa, non chiede dove stiamo andando, si fida. Ma non di me, di se stessa. In una mano tiene le banconote, strette come fanno certi bambini per paura di perdere un regalo appena ricevuto, nell'altra il coltellino da campeggio. Se fosse mia figlia, penserei di aver sbagliato tutto.

Accosto e scendo senza dirle niente. Non c'è nessun altro. L'acqua del fiume scorre lentamente nel buio e non fa rumore. Mi siedo su una panchina, lei mi raggiunge dopo un po'.

– Che ti sei messo in testa? – dice, e rimane in piedi, a qualche passo di distanza.

– Raccontami... fra i tuoi genitori è finita molto male?

Forse non ne ha voglia ma forse se la farà venire, almeno per darmi soddisfazione. Si chiude la cerniera del piumino argentato, una sottomarca da grande magazzino come i pantaloni neri listati di rosa.

– Quando mia madre ha chiesto la separazione, lui è partito di testa. Non che prima fosse un tipo calmo. E poi tira da mattina a sera. Di notte fa il vigilante, di giorno l'operaio. Capisci che vita di merda? Ce l'hai una sigaretta?

– Non fumo. Che ti è successo al viso?

– Ero in bicicletta, sono andata giù di faccia. Manca poco mi ammazzo, sul serio. Anche le dita... tutte sbucciate, guarda.

– Non sei in condizioni di andartene in giro da sola, questo lo capisci, no?

– Tu non hai capito che io a casa non ci torno. Quello stanotte ce lo ritroviamo che prende a calci la porta. È già successo. E che facciamo? Chiamiamo la polizia? Prima che arrivi, se arriva, quello ci ha già ammazzato. Sai quante volte ce l'ha promesso?

Le domando se non hanno un parente, qualcuno da cui andare e cambiare aria qualche giorno.

– Non abbiamo nessuno. E poi mia madre deve lavorare. Come campiamo, sennò?

Aurora Lopez guarda il fiume, le mani in tasca, il berretto leggermente storto. Se sapesse chi sono, non sarebbe mai venuta con me in un posto isolato. Invece neanche se lo immagina e, se ora io le annodassi la sciarpa rosa intorno al collo e le chiudessi la bocca, non le rimarrebbe nemmeno il tempo di chiedersi perché. Morirebbe senza capire.

L'ho sempre pensato, molta gente insospettabile ha ucciso solo perché ha avuto un'occasione semplice.

Un calcio al corpo e il fiume se lo prende. Se con un

po' di fortuna lo porta fino al mare, tanti saluti a tutti. Vite brevi, contorte e inutili che finiscono così. Quante ne ho raccontate? Centinaia, una via l'altra, cambiava solo qualche dettaglio. Che la racconti pure qualcun altro, stavolta.

La ragazza che ti accusava e tuo padre quella notte sono rimasti senza dire niente, come se ognuno dei due ascoltasse il silenzio dell'altro. Poi lei ha fatto presente che mezz'ora era passata.

– Riportami alla stazione.

In quel momento ho deciso che non l'avrei portata in nessuna stazione.

– Ci sarebbe anche un'altra possibilità – le ho detto.

– Non mi interessa – mi ha risposto.

– Sicura?

Non mi ha risposto, ma il modo in cui ha esitato ad aprire la portiera mi ha fatto capire che tanto sicura non era.

Mi bastava solo insistere per cambiare le sorti della partita, dipendeva solo da me. In pochi secondi non potevo valutare tutte le conseguenze, potevo solo decidere.

Mezz'ora dopo ho infilato il cellulare di Aurora Lopez sotto il pianale di un Tir, fermo per la notte poco fuori il casello autostradale. La targa era slovacca e ho dato per scontato che, forse già prima dell'alba, si sarebbe mosso per un lungo viaggio.

X

Non ero mai stato in un centro commerciale di notte e neanche in un supermercato cinque minuti dopo l'apertura. Sono posti in cui mi prende una noia di vivere istantanea come certi tipi di polenta confezionata. Li ho evitati finché ho potuto anche perché, ammettiamolo, alle incombenze del quotidiano pensava sempre tua madre. E il centro commerciale non è mai stata un'opzione per un pomeriggio con la famiglia, non in casa Corbo-Maiorino.

Invece sabato mattina devo andarci, non ho alternative. Non so quale sgrassatore scegliere e non mi è chiaro perché esistano dieci tipi di varechina. Le mirabolanti descrizioni tecniche delle fibre degli strofinacci mi mettono soggezione, sembrano tutta roba che puoi comprare solo se hai da pulire una stazione orbitante della Nasa.

Le otto e mezzo è un orario piuttosto insolito per una tua chiamata. Mi fermo davanti allo scaffale dell'alcool denaturato.

Mi dici che l'indomani con la prima squadra parti dalla panca. Potrai entrare al massimo dieci minuti, alla fine, se la partita non avesse più niente da dire. Medico sociale e preparatore sono d'accordo che hai bisogno ancora di una settimana per tornare al top.

Io non ricordo di preciso quante partite manchino alla fine del campionato, ma saltarne una non mi sembra un dramma.

– E poi c'è un'altra cosa – mi dici. E mi lasci qualche secondo ad aspettare.

– Non dirmi che Garbati e tua madre annunciano le nozze. Nel caso mi spiace per te, che ci dovrai essere per forza.

– Sento casino... dove sei, pa'?

– Al supermercato.

– Tu al supermercato? E a fare che?

– Secondo te, Luca, che ci viene a fare uno al supermercato? Ti do un indizio: non è il surf acrobatico.

Allora inizi a parlarmi del trasferimento a una squadra di cui non capisco nemmeno il nome, e il tuo solito modo confuso di raccontarmi le cose non mi fa individuare il problema.

– Bisogna farlo prima di fine mese, dice Garbati, e che è solo una cosa tecnica e non mi devo preoccupare.

Eri maggiorenne, la mia firma non ti serviva più. Ora avevi un nuovo procuratore e il tuo nuovo procuratore aveva una storia con tua madre. Avresti dovuto sentirti in una botte di ferro, invece mi chiamavi perché di colpo non eri più sicuro e ti imbarazzava ammetterlo davanti a me.

– Preoccupare di cosa?

– Io non capisco bene perché, ma... questo contratto che devo firmare, no? Ecco... la squadra che mi prende sta in Uruguay.

– In Uruguay?
– Garbati dice che però... non ci devo neanche andare una volta, in Uruguay. Poi a giugno siamo già d'accordo che passo alla...
– Ferma tutto. Hai firmato qualcosa?
– No, pa'. Però Garbati mi pressa. Ma se firmo il trasferimento poi non posso più fare presenze qui in prima squadra e io...
– Tu non firmare nulla e non preoccuparti. Al resto ci penso io.
Ho chiuso la telefonata determinato a mettermi a un tavolino con Garbati e la sua nuova fiamma, nonché tua madre, entro l'indomani. Ho riposto il cellulare e ho ripreso dalla tasca il piccolo appunto ripiegato. Prima di tutto dovevo finire velocemente la spesa.

Ho dato una pulita e poi ho messo stracci, spugnette, saponi e detergenti vari su un ripiano di legno. La cucina di casa Monforti era piuttosto ampia e dal soffitto basso, alla finestra sul giardino c'era un'inferriata bianca ingentilita da arabeschi floreali. In una casa chiusa da anni rimane sempre un'aria cruda d'inverno. A dispetto degli orologi che continuano a fare il proprio lavoro, il tempo senza vita rimane sospeso. Ho aperto la finestra. Ho dato un'occhiata alla sala e al fagotto avvolto nel plaid a scacchi che occupava il divano. Ricordava la forma di un grosso fagiolo.
Ho svuotato anche la seconda busta del supermercato, ma mi è volata per terra la confezione di cereali e

il fagotto sul divano si è contratto di colpo. Subito dopo ha fatto capolino un grumo di capelli scomposti attraversato da una striscia di stoffa bianca.

– Dormito bene?

Aurora Lopez si è voltata verso di me senza riuscire ad aprire gli occhi. Si è sciolta la bendatura che le passava sotto il mento, si è alzata ed è entrata in cucina trascinandosi dietro il plaid.

– Mi scoppia la testa – ha mormorato, poi ha controllato che avessi seguito alla lettera le sue istruzioni sulla spesa. Ha versato del latte in una scodella e poi l'ha riempita di fiocchi d'avena al cioccolato.

– È la tua casa delle vacanze, questa?

– Di un amico. Ma me ne occupo io. La manutenzione, gli affitti per l'estate...

– E magari ci porti qualcuna ogni tanto.

– Ogni tanto.

– Non sei sposato.

– No, non più.

Aurora Lopez ha preso a lavorare con il cucchiaio nella ciotola come in un mortaio per il pesto.

– Perché non ci hai provato, con me?

Perché lei era una persona in difficoltà e perché aveva trentadue anni meno di me, le ho detto. Mi sembravano due ragioni di per sé gigantesche, ma non come quella che le ho taciuto, e cioè che ero anche il padre del ragazzo che lei aveva accusato di stupro.

Aurora ha sorseggiato quella specie di impasto dalla tazza, con una certa difficoltà, a occhi chiusi e a labbra strette. Nonostante questo il latte è sgocciolato sul tavolo e lei ha imprecato. Le ho allungato un tovagliolo di carta e le ho chiesto se aveva riflettuto con un po' di calma.

– Io non ci torno in quella casa. Mi fa schifo. Non è più casa mia. Mia madre ci ha fatto venire a stare anche dei marocchini che lavorano nelle serre, figurati. Tutti in giro dicono che va pure con uno di questi, che vergogna.

– Conta la verità o quello che dicono gli altri?

L'obiezione non l'ha sfiorata. Lei mi ha raccontato orgogliosa di una casa molto grande, a due piani, così grande che da piccola lei ci si spostava con lo skateboard. Poi però c'era stata la separazione, sua madre era stata messa a part-time e gli avvocati costano. I soldi erano diventati pochi e quindi aveva dovuto smobilitare dal piano di sopra. Ma il piano di sopra era il suo mondo. Ci aveva passato l'infanzia, a quanto capisco. O forse, dato il pesante tono della vita familiare, ci aveva vissuto da rifugiata per giorni interi, anche d'estate, quando tutti gli altri bambini potevano andare al mare almeno con uno dei due genitori e lei invece no. Sua madre lavorava di giorno e suo padre doveva riposare perché lavorava di notte.

– E quindi cosa pensi di fare?

– Prendere una cosa per il mal di testa e farmi una doccia.

– Con questo arriviamo più o meno alle undici. Poi?

– Non lo so, è stato un periodo da schifo, ho voglia di stare sola.

– Come mai? Perché non me lo racconti?

– Va storto tutto da quando sono nata. Non sono strafica, non ho voglia di studiare, i miei non hanno soldi e sono due disgraziati. Se mia madre abortiva, magari poi si prendeva uno decente. Invece l'hanno obbligata a farmi nascere e a tenersi quel fallito. Se non nascevo era meglio per tutti.

Ho provato a dirle che esagerava, ma è stato solo un tentativo timido.

– Sì, invece. Se non nascevo, non facevo questa vita del cazzo. Tu soffrivi, quando non c'eri ancora?

– È una domanda strana.

– Pensaci. Se uno non vive, non sta neanche male. Ecco la verità. E siccome io mi sono rotta le palle di stare male, vai in farmacia a prendermi una roba contro il mal di testa, per favore. Non ce la faccio più.

Mi ha guardato massaggiandosi il collo con tutte e due le mani.

– Okay. Ci metto cinque minuti.

Ha aspettato che fossi sulla porta per dirmi:

– Sei buono, tu.

– Non capisco.

– La gente che conosco non è mai buona, vuole solo qualcosa in cambio.

Sono uscito senza risponderle.

Cosa volevo in cambio? In quel momento avrei risposto senza incertezze che volevo la verità. Oggi penso che ci fosse qualcosa di più. Volevo capire cosa ti aveva spinto a farti una scopata imprevista con Aurora Lopez, tu che eri sempre stato piuttosto selettivo con il genere femminile. Te lo potevi permettere perché eri considerato un figo. Alto, elegante, taciturno, e per giunta futuro calciatore. Sapevi bene che mantenere le distanze alimentava la tua aura e che parlare troppo poteva rivelare come eri davvero: timido, insicuro e intellettualmente meno vivace di un koala appena precipitato dall'albero di eucalipto. Eri del tutto inadatto a sostenere una relazione di una qualche importanza con una ragazza che, nel novanta per cento dei casi, alla tua stessa età di sicuro possedeva già da tempo una vita interiore. Però ne eri consapevole, questo ti va riconosciuto. Non ti eri imbarcato in imprese sentimentali al di sopra delle tue possibilità e ti eri concesso storielle di sesso lontano dall'ambiente della scuola e della squadra.

Ma perché allora quella sera avevi deciso di appartarti con una come Aurora Lopez? A me faceva venire in mente le ragazze di Brooklyn che prendono il treno verso *downtown* per illudersi di uscire dal loro piccolo mondo. È una canzone di Tom Waits che sicuramente non conosci. Ma rende l'idea, devi solo sostituire Brooklyn con Serpentara o Quarto Oggiaro, ecco. *Sono spine senza la rosa*, diceva quella canzone, capisci? Anche vista da lontano Aurora era come migliaia di altre ragazzine portate verso il centro città dalla piena del sabato sera o da quella dei saldi. Una giovanissima donna che decenni fa avrebbe posseduto senz'altro il fascino sincero della provincia, adesso poteva ostentare la scritta di paillettes *rich girl* o *I'm too sexy* sulla maglietta sopra il reggiseno super-modellante, ma la traduzione più fedele era sempre e solo *vengo dallo sprofon-*

do. Una che poteva truccarsi per ore, ma il mascara avrebbe solo messo in grassetto la disperazione di chi è disposto a tutto pur di spendersi l'unico bonus che la vita le ha concesso e che si chiama gioventù, finisce presto e te lo giochi una volta sola, poi hai chiuso. Una che prima o poi si sarebbe immolata sull'altare della propria incoscienza, come dimostrava il fatalismo con cui aveva accettato il mio aiuto.

Quante ne avevi snobbate a Roma, di tipe – le definivi così, quasi che al rango di *ragazza* neanche ci arrivassero – del genere? Quante, Luca? Cosa ti era successo la notte fra il 6 e il 7 marzo? Come facevo a spiegarmi tutto con i testosteroni da delirio agonistico?

Mi ero convinto che Aurora Lopez fosse l'unica persona che poteva farmi capire quello che tu continuavi a nascondermi. Ti sembra una motivazione poco razionale? A me no. Da quando avevo incrociato Aurora mi era diventato chiaro che fin dall'inizio io avevo giocato due partite. Una era al tuo fianco, contro la ragazza che ti aveva accusato.

L'altra era fra noi due.

Alessio Garbati mi è venuto incontro ai cancelli con un pass per la tribuna vip del Comunale. Da quando avevo lasciato Roma non ero più entrato in un grande stadio. Mi è tornato alla memoria quando a Londra tu, la mamma e io avevamo fatto insieme il tour di Stamford Bridge. Avevi undici anni e negli occhi lo splendore di chi prova per la prima volta l'esperienza del sacro. Quando avevamo imboccato il sottopassaggio verso il campo, un effetto sonoro aveva ricreato il ruggito della folla. Ti eri spaventato e mi avevi preso per mano. In quel momento, sono sicuro, avevi deciso che non saresti tornato indietro. Che tutto il resto non avrebbe contato più niente. Avresti sopportato qualsiasi cosa. Le diete di bresaola-rucola-parmigiano e anche quelle di tacchino ai ferri e quinoa, le attese di autobus e treni nel grigiore della pioggia insidiosa, le nottate a fare i compiti con la testa che pesa cento chili, le feste passate a bere birra analcolica e i sabato sera da solo quando la trasferta dell'indomani prevedeva la partenza all'alba. Nel tempio del Chelsea avevi conosciuto il sacro e stavi per diventare un rigoroso osservante.

Anche per quel momento tutto nostro nel sottopassaggio di Stamford Bridge mi sono precipitato subito a Firenze. La Fiorentina aveva il turno di campionato quel pomeriggio e non c'era migliore occasione per incontrare Garbati. In completo blu elettrico, sorridente e iper-reattivo come un candidato alle elezioni, mi ha presentato a diversi personaggi da lui definiti influenti. Li si distingueva subito da quelli che invece la lounge vip dello stadio se l'erano potuta permettere solo per una domenica. Lo capivi dal disinteresse apparente con cui pizzicavano dal buffet un brandello di focaccia ai semi di chia o un ovulo di bufala. Conservo ancora nella memoria le loro facce, ma senza un nome e un cognome.

Il nerd alto e sornione gestiva una società di comunicazione leader sul web. Portava diversi anelli colorati e occhiali di bachelite dal design vintage. A lui Garbati avrebbe affidato volentieri la gestione dei profili social di mio figlio, una volta passato in una grande squadra. Belle le hostess di una ditta che aveva invitato i clienti di riguardo, ancora più bella la giornalista di una tv qatariota che ha intervistato Garbati come opinionista. Lui si è difeso in un inglese schematico ma efficace. Qualche faccia invecchiata mi ha riportato a un album di figurine di calciatori mai finito. Ma il più potente di tutti, mi ha assicurato Garbati prendendomi sottobraccio, era un tipo curvo, con l'astuccio degli occhiali al collo, che vagava fra i tavoli del buffet, dando l'idea di sorvegliare tutti gli altri come un alligatore a pelo d'acqua. Parlava sei lingue, era laureato in storia antica ed era stato advisor dei più grandi procuratori del mondo. Ora viveva fra Fiesole e New York. Occhio vigile di chi archivia ogni volto che incontra e parlantina ipnotica, ci ha raccontato che i cinesi hanno programmato di vincere i Mondiali entro quindici anni e che lo faranno. Gli Stati Uniti erano già i migliori nel calcio femminile ma avrebbero pagato la presidenza Trump in termini di crescita del movimento. Ha concluso che se Donald non si era ancora otturato tutte le arterie a forza di ingurgitare cheeseburger, non avrebbe lasciato che «sceicchi, tagliagole della steppa e mandarini comunisti» dominassero il calcio sul Pianeta.

– Sembra la Guerra Fredda – ho commentato.

– Potrebbe essere anche la terza guerra mondiale, ma si farà con il pallone, e tutto sommato c'è da essere contenti, ci saranno meno morti – ci ha confidato, prima di buttare giù un flûte di prosecco e passare ad altri interlocutori. Ci siamo serviti, rigatoni al pomodoro e farro freddo ai sapori di mare. Buoni i primi, deboluccio il secondo. Gli schermi mandavano le immagini del riscaldamento in campo. Garbati mi ha lasciato da solo qualche minuto per andare a confabulare altrove sulle formazioni, poi è tornato a sedersi accanto a me. Dal nostro divano bianco si dominava gran parte degli spalti e tutta la Curva Fiesole, l'unico settore già completo.

– Forse ci saranno pochi morti, ma le guerre fanno sempre vittime. Non voglio che mio figlio sia fra queste.

Mi sono servito altro vino bianco, e ho servito anche Garbati. Sembrava stesse spiando con attenzione febbrile gli esercizi di riscaldamento delle due squadre.

– Che ne dice di darci del tu? – mi ha chiesto, accigliato e senza guardarmi.

– Prima mi spieghi questa cosa dell'Uruguay.

– Solo un passaggio tecnico. Una zona cuscinetto di qualche mese in vista di giugno. In Uruguay la finestra di mercato invernale si chiude a fine mese. Conviene sfruttarla.

– A chi conviene? A lei? Al Rivadarno o alla holding che mette i soldi per far andare avanti tutta la baracca?

– A Luca.

– Luca spera ancora di poter andare agli Europei.

– Crede che non lo sappia?

– E allora ha bisogno di fare presenze nel Rivadarno. Ma se fra due giorni firma per un'altra squadra...

Finalmente si è voltato verso di me.

– So di doverle dire una cosa molto sgradevole, ma io sono sempre corretto e onesto con i miei assistiti.

Nessun selezionatore chiama in squadra suo figlio, in questo momento. Il ragazzo non è in condizioni psicologiche adatte a sostenere la pressione di un torneo internazionale. Non appena finirà questa brutta faccenda, allora...

– Sarò onesto anch'io, Garbati. Io consiglierò Luca di non firmare per questo club in Uruguay.

– Suo figlio non dovrà andare da nessuna parte. Dopo quello che è successo, trasferirlo a una squadra estera è l'unica maniera per valorizzare il ragazzo in vista del mercato di giugno.

– Valorizzarlo? In una squadra dove non giocherà mai?

– Intanto stipulerà il suo primo contratto da professionista. E quest'estate verrà trasferito di nuovo, a un top team di serie A.

– Perché?

– Perché è così che funziona, dottor Corbo.

– L'unica differenza è che il *top team* di serie A, come dice lei, dovrà sborsare più soldi.

– Il mio lavoro è ottenere condizioni economiche vantaggiose per i miei assistiti.

– Non faccia giochetti con me, Garbati. Nessuno darà un euro in più di ingaggio a Luca perché lei lo parcheggia tre mesi in una squadra di seconda divisione all'altro capo del mondo. Sto parlando del costo del cartellino.

– Sono aspetti che riguardano le due società, non lei.

– Riguardano mio figlio.

– Suo figlio ha preso a pugni un compagno di squadra durante la partita più importante della stagione e lei viene qui ad avanzare pretese? Per me suo figlio è un patrimonio del calcio italiano e io sto cercando di tutelarlo in un momento difficile.

– Guardi che non mi commuovo facilmente.

– Sono piuttosto stanco di sentirmi trattato come uno speculatore.

Il tuo procuratore si era accalorato. Mi ha sorpreso, in fondo era una reazione quasi umana. Ha rovesciato mezzo bicchiere per terra, poi si è scusato.

– Mio figlio è maggiorenne, adesso. Deciderà di testa sua. Lo convinca a firmare per questa squadra uruguayana, in fondo è il suo mestiere, no? Io continuerò a fare il mio...

– Che non è il procuratore, dottor Corbo.

– È il padre. Grazie dell'invito, si goda la partita.

– Dovresti trovarmi un volo per domani. Bilbao.

Nora si è appoggiata al tronco dell'ulivo, si è asciugata la fronte con il dorso della mano, con un calcio ha allontanato il ramo appena tagliato. Erano ufficialmente iniziate le grandi manovre della potatura di fine inverno. Di lì a qualche giorno Ramón avrebbe radunato una squadra di una decina di persone. Ne avrebbero avuto per due settimane almeno, quattrocento piante non sono uno scherzo. A Nora piaceva occuparsi personalmente di alcuni ulivi più giovani, piantati dal padre nell'anno in cui era nata.

– Ma hai rifiutato le loro ultime proposte.

– È una location troppo importante.

– E «Black Box»?

– Su quello non transigo. Cederò su altro.

Normalmente Nora provvedeva di persona ai suoi spostamenti. Mi ha letto in faccia che non gradivo molto la novità.

– Non ho ancora un assistente, e qui c'è da fare – mi ha risposto, poi ha lanciato le cesoie in un cesto. Si è sfilata i guanti e mi ha dato disposizioni: dovevo prenotare un volo in business class e, soprattutto, comprare anche il posto accanto perché non corresse il rischio di trovarsi a stretto contatto con un altro passeggero.

Le ho chiesto se desiderava lo stesso hotel della volta precedente. Ho aspettato che mi guardasse strano, poi ho aggiunto che lo specchio triangolare in camera era davvero orrendo.

– Mi sono chiesto: ma come fa Nora a sopportare un obbrobrio del genere? Quell'albergo dovrà avere sicuramente altre attrattive.

– Che ti prende, Dario?

– Se ti devo fare da assistente, voglio farlo bene, tutto qua. Ma almeno risparmiami altre stupidaggini sull'afefobia e sull'asse che sta in equilibrio. E sul perché torni a Bilbao per una trattativa morta e sepolta. Allora: stesso hotel?

Per la prima volta ho visto Nora Beckford quasi sconcertata.

– Come fai a sapere che...

L'ho interrotta alzando le mani.

– Mi spiace. Sono un giornalista, le mie fonti sono riservate.

Sono andato a svolgere le mie incombenze da assistente, ho stampato le prenotazioni e dopo una mezz'ora sono tornato a recapitarle di persona a Nora. Il fatto che fosse appena uscita dalla doccia e l'asciugamano le arrivasse molto, anzi, direi *piuttosto* sopra il ginocchio mi ha irritato ancora di più.

– La videochiamata. Ancora faccio casino con il nuovo cellulare – ha detto.

– Cosa?

– Ho capito come è successo.

– Nessun problema. Devo dire che il nero ti dona.

– Li ho conosciuti quel giorno. Stavo pensando di affittare un appartamento a Bilbao per il periodo della mostra e sono entrata nella loro agenzia immobiliare.

– Di chi stai parlando?

– Volevi sapere con chi sono uscita l'altra notte? Carlos e... non mi ricordo il nome dell'altro, più giovane, di Capoverde. Miro, ecco. Una bella coppia. Ci siamo stati subito simpatici.

– Sono contento per voi tre, ma non mi interessa.

– Se non ti interessa, perché non mi hai detto che avevo lasciato attiva la videochiamata? Hai pensato che quell'esibizionista di Nora Beckford l'avesse fatto apposta?

– Non ho pensato niente.

Ho appoggiato la busta con le prenotazioni sul tavolo.

– Scusami, ma ho da fare.

Mi ha domandato dove andavo così di fretta.

– Fra oggi e domani ho diversi appuntamenti per la

casa di Lavinia – ho mentito, ma solo a metà. – Se c'è qualche urgenza, sono qui in un attimo.

A casa Monforti la situazione è tranquilla. Aurora ha mangiato. Polpa di mela, yogurt, marmellata e persino una zuppa di legumi di quelle pronte da scaldare.

– L'hai mangiata fredda? – le chiedo, e lei scrolla le spalle.

– Non c'è gas. Ma non hai detto che ci vieni spesso?

– Sarà scaduta qualche bolletta di troppo. Potevi usare il microonde.

– Manca un riduttore per la presa, non avevo voglia di cercarlo.

La ritrovo vestita come la sera prima, con la sola aggiunta di un paio di occhiali da sole a goccia. La bendatura ricorda quei cerchietti larghi, di stoffa, in voga nei primi anni Sessanta. Ma a differenza di quelli le passa sotto il mento, non dietro le orecchie. Ha acceso tre degli innumerevoli abat-jour disseminati per la sala.

– Sei uscita a fare due passi?

– No.

– Perché no? Da qui, due isolati e sei in spiaggia – insisto, di proposito.

– Perché no.

– Come va il mal di testa?

– Meglio.

– Davvero una brutta caduta – dico io.

– Non sai che rottura. Ancora venti giorni... a mangiare solo sbobbe come una vecchia di novant'anni. Se sbadiglio, vedo l'inferno. Meno male che ridere, cazzo, non ho proprio niente da ridere.

Le chiedo se l'hanno operata, lei si toglie gli occhiali e mi indica lo zigomo.

– Mi hanno messo delle cose, hanno fatto tutto da dentro. Almeno, be', niente punti in faccia. Certo che... parlo che sembro la voce delle biglietterie automatiche. Altri venti giorni senza caricare niente, non posso fare video conciata così...

Mi interesso subito a questa storia dei video.

– È che io, insomma... sono un po' una youtuber, ho un canale mio, ci metto su un sacco di roba, tipo anche un video al giorno. Sono agli inizi, però...

– E di cosa ti occupi?

Lei scrolla le spalle, io insisto e le porgo il mio cellulare.

– L'ultimo iPhone!

Ecco, ho trovato una cosa che la fa sorridere. Digita il suo nickname e me lo fa vedere sul monitor. Ha lo smalto nero sulle unghie scrostato. *Kut13Girrrl.*

– Si pronuncia «Chiutigherl»... più o meno. L'uno e il tre sarebbero...

– La I e la E, non sono nato nel Medioevo. Come mai tre erre?

Sembra che la domanda la metta in difficoltà. Ci pensa su.

– Boh... è più tosto, no? Cioè, voglio dire che sì, okay, sono una carina, però attenzione, non mi fate incazzare. Io sono così, ecco.

– Buono a sapersi.

Carica un po' di tutto, a seconda di come le gira la giornata, dice, poi però premette che sono tutte robe un po' vecchie, prima dell'incidente. Se il suo concetto di vecchio è databile a poche settimane fa, per lei sono una specie di dinosauro che ha attraversato ere geologiche remote. Scorre con il dito e commenta da sola con una serie di *questo no, qui sono venuta da schifo, questo era il primo, oddio ma questo non l'avevo cancellato?*

Quando me la sono ritrovata in auto mi sembrava una ragazza di vent'anni. Ora non ne dimostra più di quindici. La stessa oscillazione selvaggia che ho vissuto giorno per giorno con te, Luca. Una sera tornavamo da un allenamento e parlavamo di Christian. *Quello non gioca contro gli avversari, quello la partita la fa sempre fra lui e il pallone* hai detto a un certo punto. Se ricordo bene, avevi compiuto da poco sedici anni ed era la seconda volta che vedevi sul campo il nuovo arrivato. Se n'era parlato molto, di questo fenomeno. Ho passato il tragitto in auto a capacitarmi di quanto tu fossi stato lucido e definitivo con quelle parole. Appena entrati in casa hai abbandonato la borsa in mezzo al corridoio, hai lanciato le scarpe in camera tua, poi hai requisito il telecomando. Mentre tua madre aspettava che ti accorgessi della sua esistenza, sei sprofondato nel divano davanti a cani con il tutù, idioti che sfioravano il suicidio con un barbecue, ragazzetti che scorreggiavano in autobus mischiando banali flatulenze ad arie da geniali provocatori. Il giorno dopo hai scritto in un tema che alcolisti e fumatori non dovevano essere curati a spese di tutti, perché lo sapevano che cosa succedeva a fumare e a bere. A sostegno della tua tesi hai argomentato che per il tuo ginocchio noi avevamo cacciato qualcosa come quindicimila e passa euro, ma era giusto perché il guaio te l'eri procurato da solo. Neanche una settimana dopo il vostro portiere si è dimenticato l'accappatoio in stanza. Negli spogliatoi eravate rimasti solo tu, Momo e lui. Momo gli ha subito offerto il suo, ma quello è venuto verso di te tirando in ballo una questione assai misteriosa di *anticorpi diversi* fra bianchi e neri. Tu hai ripiegato l'accappatoio dentro la borsa, hai chiuso la cerniera e gli hai risposto, testuali parole, che poteva asciugarsi facendosi vento con l'uccello a elica.

Un giorno ti avrei preso a calci nel culo, il giorno dopo ti avrei applaudito mezz'ora. Era un continuo sbandare fra il ragazzetto che non eri più e l'adulto che non eri ancora. Lo riconosco quel giorno anche in Aurora Lopez mentre passa lunghi minuti di tormento con il pollice al galoppo sul mio cellulare. Poi, finalmente, sceglie.

– Che video è?

– È dove provo un sacco di ciglia finte. Assurdissime.

– Assurdissime – ripeto.

– Quelle a pavone, anche. Guarda.

Nel video Aurora non sembra una ragazzina che smania per essere più figa delle altre. Al naturale, senza gonfiori e lividi, avrebbe un viso non certo raffinato ma forte, occhi celesti come suo padre e zigomi marcati. Il make-up le serve per trasformarsi in una via di mezzo fra un tenero gattino e un'eroina dei manga. Sfuggire all'incubo di essere un cesso, ottemperare all'obbligo di placare le inquietudini dei coetanei maschi.

Spreca i primi venti secondi a balbettare saluti incerti a tutti i suoi iscritti (quarantatré in tutto, secondo il counter di YouTube). Intanto si liscia i capelli ai lati del viso, verso il basso, come alla ricerca della perfetta perpendicolarità. Guarda in camera come guarderebbe in uno specchio. Lo spettatore non esiste e l'inquadratura traballa ogni volta che Aurora si appoggia con i gomiti alla scrivania. Alle sue spalle c'è una parete color acquamarina, pupazzi e bambole stanno ammassati sopra le mensole come naufraghi su zattere troppo piccole.

– E quelle fluo? Guarda. Ti rendi conto? Qui si vede che mi era andata la colla nell'occhio? – commenta. – Non sai che fastidio.

Nel video il suo accento toscano, largo e morbido, viene infarcito di *gloss*, *extensions*, *glitter*, *blush*. Sembra una commessa volenterosa al suo primo giorno di lavoro. Il clip è uno di quelli in cui guardi subito le piccole cifre in basso per vedere quanto manca. E anche se rimangono quaranta secondi alla fine, cambi pagina lo stesso. Io provo a simulare interesse, ma Aurora Lopez non se la beve.

– Vabbè, stoppa. Fa schifo, vero?

Insisto che invece no, non è male.

– Non è vero. Stoppa, dài.

– Ma allora perché carichi i video se poi non vuoi che qualcuno li veda?

– Perché la mia camera fa schifo, nei video sembra che vivo nel ripostiglio. E poi è chiaro, c'è poca gente che mi segue... Dovrei comprarmi un po' di visual e di like, sennò non entri mai fra i video trend e non ti fila nessuno, ma chi ce li ha i soldi? Mia madre sa fare solo le pulizie, e quell'altro fuori di testa non ci paga mai gli alimenti. Una volta gli ho chiesto trecento euro e mi ha urlato che ero una scema, poi lui butta i soldi in robe sballate, li presta a gente che poi sparisce. Ora stoppa, dài.

– Ormai è quasi finito.

Per prendermi il cellulare mi si butta addosso. Lo fa istintivamente, senza malizia, anzi, finisce a colpirmi con il ginocchio appena sotto la cintola e non è piacevole.

Io appoggio il cellulare su un tavolino e lei mi abbraccia per scusarsi.

– Tu non ce ne hai, figli, mi hai detto.

Mi rimane appiccicata addosso.

– No.

– Ti sarebbe piaciuto più un maschio o una femmina?

– Tutti e due – dico.

Aurora Lopez mi appoggia la testa sul petto, mi stringe come se fossi un cuscino.

– Averci avuto un padre tipo te – fa, – sarei stata bene. Sarebbe stata tutta un'altra vita.

Neanche si rende conto dell'enormità di una frase del genere, penso. Eppure sono sicuro che non è una bugia. Per lei la sincerità è una questione istantanea, è quel che le passa per la testa, vale sul momento.

– Stai da solo?

Le rispondo di sì. Poco sopra l'orecchio ha una zona punteggiata di travasi di sangue dove i capelli stanno ricrescendo dopo essere stati strappati via. La bendatura manda ancora l'odore severo delle farmacie. La stringo anch'io.

– E ce l'hai un po' di posto?

– Come?

– Pensaci... quando sei al lavoro io sistemo la casa. Hai visto? Ho pulito tutto il bagno, e poi so anche cucinare. Non tante cose... però imparo. Non ti farebbe comodo un aiuto?

– Aurora, mi conosci da un giorno e mezzo.

– Ma io la riconosco una persona buona. E sai perché? Lo sai?

– No, non lo so.

– Perché è diversa da tutte le persone che ho conosciuto io. Tu non assomigli a nessuno. Non alzi mai la voce... porti delle belle giacche.

Provo a obiettare ancora, non mi lascia proseguire, mi prende tutte e due le mani.

– Zitto, ascoltami... io intanto ricomincio ad andare a scuola. E prometto, anzi, giuro... giuro che studio sul serio. Tanto le donne le porti qui, no? Ma basta che me lo dici, ti lascio casa libera.

– E tu, invece?

– Io? A me non mi frega niente. Non lo voglio il ragazzo, i ragazzi sono tutti stupidi, mi fanno schifo. Ora ho bisogno di stare tranquilla, per conto mio. Tu mi affitti una stanza e io pago facendo i lavori di casa due o tre ore al giorno. Dài, che funziona, secondo me.

È serissima ed entusiasta, non avverte il minimo imbarazzo. Io invece l'imbarazzo lo provo. In ogni parola di Aurora ho continuato a cercare conferme alla tua innocenza, in modo così meccanico da non accorgermi di cosa le sto ripetendo da qualche minuto. E cioè che l'ingenuità non è un diritto. Anzi. È una colpa.

– A te sarebbe piaciuta una figlia, l'hai detto.

Faccio presente che non c'entra niente, ma non mi prende in considerazione.

– Un padre come te... è quello che mi ci vuole. Io cambio, con uno come te, scommettiamo? Ci siamo incontrati. Una volta che mi capita una fortuna...

La fortuna non esiste, vorrei dirle. Però sarebbe un discorso complicato, neanche saprei da dove iniziarlo e lei non molla.

– Solo per un po', vediamo come va.

– Ma sì, il periodo di prova. E poi mi fai un contratto da padre a tempo determinato.

– Guarda che sarebbe meglio... che uno li può licenziare i genitori. Perché i genitori mica te li scegli, e se ti capitano due disgraziati come i miei, te li devi tenere. Ti sembra giusto?

– Aurora, non puoi fidarti del primo che incontri.

– Cosa faccio di male a fidarmi? Di qualcuno dovrò fidarmi, prima o poi.

Si solleva e rimane seduta sul bracciolo della poltrona. Si allenta la bendatura.

– I tuoi genitori andranno alla polizia, se non ci sono già andati.

– E chi se ne frega... sei tu che non ti fidi di me, dillo.

Prima che possa risponderle, nemmeno saprei come, sembra che la casa delle vacanze dei Monforti finisca sotto una cascata. È quella pioggia fragorosa che ti coglie di sorpresa, quando è sera ed è un po' che non guardi fuori dalla finestra.

Lei alza la testa, come se la potesse vedere scrosciare sul tetto.

– *È la pioggia di marzo, è quello che è...* – canticchio distrattamente, come per rassicurarla.

– Che dici?

– Niente, una canzone. Di tanti anni fa.

Cerco di ricordarmi qualche parola. *È sì, è no, è il mondo com'era, è Madama Dorè, burrasca passeggera.*

– Sembra una ninna nanna.

– Be', sì... in un certo senso. È una canzone dolce.

– Com'è che sai una ninna nanna... se non hai figli?

Potrei confessarle che ce l'ho, un figlio, ma non gli ho mai cantato niente perché quando tornavo a casa dormiva già. Potrei raccontarle che *La pioggia di marzo* era una delle canzoni preferite di mio padre, ma non ho voglia di aprire quel capitolo.

– È una ninna nanna da grandi.

– E come va avanti?

Aurora torna a sedersi su di me e mi abbraccia.

– Non me la ricordo tutta, è lunga.

– Dài, continua.

Canticchio a caso i versi che mi vengono in mente. *La Fata Morgana, tramontana dai monti, domenica sera, la rosa e lo jojo ninna o ninna-a, il profilo dei monti col sole al di là.*

– Ma che vuol dire?

– Tutto e niente. È un elenco di cose che ti ricordi, piccole cose che ti piacciono o ti sono rimaste impresse. Ci puoi mettere quello che vuoi. Basta che stai nella melodia. È semplice. Prova.

Le batto il ritmo sulla spalla, piano piano.

– *È il contro, è il pro, voglia di primavera, è la pioggia che scende, vigilia di fiera...* vai tu.

– Mi vergogno.

– E dài.

– Io non ce l'ho, le cose da ricordare. È stato tutto uno schifo. Mi vorrei scordare tutto e ricominciare da oggi.

Le chiedo perché, lei muove appena la testa.

– Continua – fa, e manda uno di quei sospiri che sembrano poter sollevare una montagna.

– Ho fame – ha detto a un certo punto.

Appena ha smesso di piovere sono uscito a comprarle qualcosa da mangiare.

Le ho portato una centrifuga di frutta e una coppa di panna. Io mi sono preso del gelato al cioccolato fondente.

Abbiamo mangiato sulla soglia del giardino, senza accendere le luci esterne, la luna era ai tre quarti, nitida. Le ombre della siepe si stendevano come merletti luciccanti sul prato e il traffico del lungomare era appena un vago rumore di fondo. Lei ha detto che l'indomani doveva comprarsi mutande, magliette e calzini. Le ho fatto presente che il supermercato aperto più vicino, be', tanto vicino non era.

– Domattina però ti posso accompagnare.

– Vado a piedi, domani voglio uscire. Con gli occhiali e il berretto non mi riconosce nessuno.

– Non ti pesa stare qui da sola?
– Non ho voglia di vedere gente. C'è la tele e c'è anche il cofanetto del «Trono di Spade».
– Sì, il mio amico è un patito.
– Tu l'hai mai vista?
– No.
– Ci spariamo un paio di puntate?
– Ora?
Ho guardato l'orologio, erano le nove e tre quarti, e ho detto *d'accordo*. Ho districato il fascio di cavi e collegato la tv. I Monforti avevano installato nel salotto anche un impianto dolby surround di marca top. Abbiamo spento tutte le luci. Ci siamo seduti su due poltrone vicine, lei rannicchiata, io con le gambe stese su una pila di riviste femminili che esaltavano l'arrivo dell'estate di quattro anni prima.
– Era buona la centrifuga, grazie – ha detto. Poi sono partiti i titoli di testa.
Aurora Lopez si è risistemata il bendaggio intorno al volto e io l'ho aiutata a fissarlo dietro, alla nuca. Lei mi ha sorriso, io le ho sfiorato la mano e, ti giuro, è l'ultima cosa che ricordo di quella sera.

Mi sveglio con la luce del mattino oltre le persiane. Mi sveglio con una specie di calabrone che mi ronza nell'orecchio e Aurora che mi scuote una spalla.
Il calabrone è il campanello di casa Monforti.
– Chi cazzo sarà? – fa lei, appoggiata alle mie ginocchia come se si nascondesse dietro la poltrona. Guardo l'orologio, mancano pochi minuti alle dieci, ma non

sono le stesse dieci di quando l'ho controllato l'ultima volta. Sono sparito dal mondo per dodici ore, ho dormito a profondità sconosciute, ho la testa vuota e la vescica piena.

– Saranno i testimoni di Geova... – dico io, per tranquillizzare più me che lei.

– I testimoni di Geova di domenica? Ma non vanno in chiesa?

– Non ne ho idea. Allora saranno quelli di Lotta Comunista, loro alla messa non ci vanno sicuramente.

– Non apriamo – fa lei.

Però suonano di nuovo, uno squillo intermittente, spazientito. È domenica. Lavinia può aver deciso di varcare la soglia di questa casa dopo tre anni, ma non ha trovato le chiavi e mi ha telefonato inutilmente. Suona perché ha riconosciuto la mia auto fuori. Potrei essere in una situazione piuttosto complessa.

– Vado a vedere, tu fila di sopra. Senza fare casino, però.

Aurora sale la scala in punta di piedi, io apro la porta della cucina e sbircio verso il cancello. Oltre le sbarre basse di legno bianco distinguo una figura. È una donna, ma non è sicuramente Lavinia, è più bassa e minuta. È una buona notizia. Mi sistemo alla meglio i capelli, poi la camicia nei pantaloni, faccio un respiro lungo e attraverso il giardino.

Si è legata i capelli all'indietro in una coda, per questo non l'ho riconosciuta subito. Camicetta aderente e jeans strappati al ginocchio, sembra di ritorno da una nottata in un discoclub. Nonostante gli stivaletti con il tacco, l'ispettore capo Irma Siracusano si deve alzare sulle punte per scrutarmi da sopra il cancello.

Questa non è una buona notizia. Riesco a formulare un pensiero solo: l'ispettore capo e Aurora mi hanno teso una trappola. E io non ho neanche capito perché.

Visto lo stato in cui mi presento, la poliziotta mi saluta e si scusa per l'evidente disturbo. Io socchiudo il cancello con l'intenzione di uscire, ma lei è più reattiva. Entra e lancia subito un'occhiata profonda proprio verso la finestra del primo piano. O almeno così mi pare.

– L'ho cercata alla Fondazione Beckford e mi hanno detto che poteva essere qua.

Devo assolutamente tenerla in giardino.

– È casa sua?

– No. Di una conoscente. Me ne occupo durante l'inverno. Ci sono sempre piccoli lavori... quando riesco, ci passo una serata. Qui d'inverno rubano spesso, lei lo saprà meglio di me.

Ho già dato troppe spiegazioni. Mi siedo sulla panchina di ferro battuto nell'atteggiamento più rilassato possibile. Lei rimane in piedi, si toglie la borsa dalla spalla.

– Solo una cosa, dottor Corbo. Per caso lei ha incontrato il signor Lopez, di recente?

Se me lo chiede, è perché lo sa. Prendo tempo e rispondo a voce bassa.

– Il padre di Aurora Lopez?

Devo parlare quasi sottovoce e non devo guardare la finestra di sopra, non devo.

– Esatto.

Questa tiene d'occhio Costantino Lopez e fa bene. Quindi avrà controllato il percorso dell'auto di servizio di venerdì notte. Non ho vie d'uscita e rispondo di sì.

– La Falcon Sicurtà si occupa della vigilanza alla Scuda.

– E la cosa non le crea problemi?

– È una ditta piuttosto grande. Mi sono sincerato solo che non fosse Lopez l'incaricato della sorveglianza.

– E invece venerdì è venuto proprio lui. Non s'è preoccupato?

– Sulle prime sì. In realtà era venuto a chiedermi scusa.

– Scusa?

– Lo so che sembra incredibile, ma si è scusato con me per quello che ha passato mio figlio.

– E perché?

– Perché pensa che le accuse siano false. Che Aurora... sia manovrata da sua madre. Prima l'ha convinta a incolpare Luca, poi ha cambiato bersaglio e sono uscite tutte quelle voci su di lui. Questo mi ha detto.

– In che stato era Lopez?

– Be', se lo immagini. Schiumava rabbia. Ma più che altro... direi che era amareggiato.

– Non ce l'aveva con lei e con suo figlio, però si è preso la briga di venire addirittura a scusarsi. Non è un po' strano?

Dall'interno della casa neanche un rumore. La porta della cucina rimane chiusa. Forse Aurora si è nascosta nel ripostiglio e non sta ascoltando.

– Sembrava che dovesse togliersi un peso dalla coscienza, di saldare un conto, non so se mi spiego.

Mi spiego perfettamente e la Siracusano sa benissimo a cosa mi riferisco, perché sa cosa è successo dopo, al centro commerciale. Esattamente come lo so io.

– Quanto vi siete parlati, lei e Lopez?

Rimango sul vago e lei mi ribatte che l'auto della Falcon Sicurtà è rimasta sotto la Scuda più di un'ora. Devo chiudere questa conversazione prima possibile.

– A un certo punto ci siamo salutati e io sono entrato in casa. Cosa abbia fatto dopo Costantino Lopez non lo so.

– Non si è sincerato che si fosse allontanato?

– No.

– Non si è sentito minacciato, non ha avuto paura che quell'uomo potesse fare qualche sciocchezza? In fondo aveva una pistola.

– Non contro di me. Perché? Ha combinato qualcosa?

– È andato ad aspettare Barbara Lopez all'uscita del turno di lavoro. Per fortuna gli è stato impedito di vederla. Da venerdì notte non si presenta più al lavoro e non sappiamo dove sia. E anche Aurora Lopez manca da casa da due giorni.

Detto questo, la Siracusano si alza e torna verso il cancello. A metà strada sono io a fermarla con un *no*.

– No cosa?

– Lopez era invelenito, sì... con la sua ex moglie. Davanti a me non ha detto una sola parola contro sua figlia. Ho avuto l'impressione che le voglia un bene dell'anima, alla sua maniera. Aurora gli manca. Non ce lo vedo a farle del male. Sinceramente... proprio no.

– Lo speriamo tanto, dottor Corbo. Grazie della collaborazione ma...

Le tengo il cancello aperto e rimango appeso a quel *ma*, proprio sulla soglia, proprio mentre l'ispettore capo sta per uscire e penso di averla sfangata.

– ... se la contatta ancora, ci avverta. Al momento Costantino Lopez è un soggetto imprevedibile e non le consiglio di ritrovarcisi faccia a faccia. Lei è il padre di Luca Corbo e si ricordi che, se non era per qualcuno che ha notato Lopez e ha avvisato la security del centro commerciale, Barbara Lopez era la numero ventiquattro.

– Ventiquattro?

– La ventiquattresima donna ammazzata come un cane dall'inizio dell'anno. Siamo nella media.

Rientro e trovo Aurora seduta sui gradini di teak. Si è tolta la benda e mi fissa. Il suo sguardo è severo e asimmetrico.

– Un'agente immobiliare che chiedeva informazioni. Il mio amico sta pensando di vendere la casa e ha sparso la voce.

Lei si tiene le mani sulle tempie e non dice niente. Le chiedo perché non mi ha svegliato, a una cert'ora. Silenzio. Recupero il cellulare e vedo le chiamate di Nora. Verso le tre dovrei accompagnarla in aeroporto. Mi sciacquo la faccia nel lavello della cucina e torno da Aurora.

– Se vuoi che ti accompagni a fare un po' di spesa, dobbiamo muoverci subito.

Il suo sguardo è ancora lì, piantato ad aspettarmi nel centro esatto dell'ingresso, fra la parete tappezzata di mostrine militari, il mobile di bambù e una bizzarra collezione di piccoli satiri d'avorio.

– Perché hai seguito mio padre, venerdì notte?

Rimango con le braccia a mezz'aria, come un portiere che stava per buttarsi ma ha capito che è troppo tardi e non c'è niente da fare.

– Faceva una bella strage, poi si tirava un colpo in testa e tutti contenti – continua lei. – Fine della storia. Che cazzo ci hai guadagnato a salvare dei disgraziati come noi?

– Lo vuoi proprio sapere?

Mi sono seduto sul primo gradino. Mi sono avvolto le mani nello straccio umido.

– I suoi discorsi mi avevano preoccupato. Poi mi sono accorto che era rimasto lì quasi un'ora, nell'auto, al buio, sotto casa mia. Non era normale... sapevo che aveva una pistola e mi sono immaginato il peggio. E, se lo vuoi sapere, ci sono andato io ad avvertire la sorveglianza del centro commerciale. Salvare delle vite, anche delle persone che stanno tentando di distruggere quella di tuo figlio, be'... non c'è discussione, va fatto e basta.

– Che eroe.

– Non sono un eroe, Aurora. L'ho fatto per sapere la verità. E se tuo padre faceva una strage, come dici tu, io non avrei mai saputo la verità.

– Ho già detto tutto. E al giudice dico la stessa cosa.

– No, Aurora. Non hai raccontato la verità. Hai raccontato alcune cose e non altre. La verità invece ha bisogno di tutti i pezzi.

– Cosa vuoi che ti dica? Che tuo figlio non ha fatto niente?

– Chi ti ha ridotto così dopo che Luca è tornato dentro il locale?

– È stato lui. Non sei capace a farti dire la verità da lui?

– E perché?

– Perché voleva fare una cosa che a me non andava. Vuoi che te la dica?

– Non mi interessa.

– Dovevi vederlo, come è andato fuori di testa.

– E dove ti ha picchiato, sentiamo? Dentro il capanno del bar?

Se fosse una pausa musicale, sarebbe di un trentaduesimo, quasi impercettibile. Ma io la riconosco lo stesso. Aurora risponde di sì, ma le bugie vivono o muoiono sul filo dei secondi.

– E allora perché nessuno ti ha sentito?

– E cosa ne so?

– Avrai urlato. Oppure no?

– A un certo punto sono svenuta, non mi ricordo niente.

– Non te lo ricordi. Ti ricordi solo di Luca? Ti ricordi solo quello che serve a incastrare mio figlio?

Per molto tempo mi sono rivisto mille volte mentre urlo in faccia ad Aurora, sbarrandole la fuga alla base della scala. Oggi non credo che il mio tono di voce fosse diverso dal solito. Per molto tempo il ricordo ha messo in scena il senso di colpa che in quel momento non riesco a provare. Mi sento in diritto di sapere tutto, subito, e non mi importa quanto possa costarle la verità. Eppure ho letto che le hanno ricomposto d'urgenza i pezzi dell'osso malare, perché rischiava di perdere un occhio. Ho letto che dal dolore si è pisciata addosso sul lettino del pronto soccorso, lo so perché la Siracusano ha specificato che «a causa della minzione il tampone vaginale si è rivelato inutile a raccogliere tracce organiche significative». Per questo l'ispettore capo è andata a cercarle nel casottino, e ha trovato il profilattico. So tutto, fin nei particolari che oggi preferirei aver dimenticato, ma non me ne importa niente. Oggi il mio inchiodarla a tutte le incongruenze del suo racconto mi appare mostruoso. In quel momento no, sto solo esercitando l'inappuntabile dovere di un padre verso suo figlio.

– La tua amica ti ha ritrovato sulla battigia. Come ci sei arrivata là?

– Non lo so, mi ci avrà trascinato.

– E per quale motivo? Lo sai che avevi i vestiti fradici? Anche in acqua ti ci ha buttato mio figlio? Poi però ti ha ripreso e ti ha riportato a riva... Ma per quale motivo, Aurora? Quale?

Appoggiata alla parete, le mani sul viso, mi toglie la parola con una rabbiosa sequenza di *non lo so*. La prego di ascoltarmi con un tono paterno che credo di non aver usato mai con te.

– Credi che per il 10 di maggio il nostro avvocato non abbia preparato domande del genere? Ne ha anche di peggiori, fidati... ma ti hanno detto che sarà il giudice a fartele, che lui eliminerà le domande più umilianti, che ci sarà uno psicologo con te. Questo ti hanno detto, no? Ma qualcosa dovrai pur rispondere, Aurora. Credi di far condannare mio figlio dicendo *non lo so* ogni volta che la tua storiella non quadra?

– Voglio andarmene – dice.

– Da cosa stai scappando, Aurora? Perché non me lo dici?

– Fammi passare.

– Almeno al giudice, la verità la dirai?

– Mi metto a urlare.

– Guarda che lo dico anche per te, Aurora. Lo sai cosa rischi?

– E che cazzo mi deve capitare ancora?

– Non puoi prendere per il culo un giudice. Ti metterai nei guai.

– Ancora un po' e finisce che in galera ci vado io, invece che quel bastardo di tuo figlio.

Prima che le dica di moderare i toni lei mi grida qualcosa. Non so cosa, forse urla solo di lasciarla andare via. Serra le dita a pugno e cerca di colpirmi alla cieca con un calcio. Mentre mi preoccupo che qualcuno ci senta, Aurora si blocca come se avesse appena preso una pallottola nella schiena. Si porta le mani sotto il mento, e la curva deforme delle sue labbra è qualcosa che non dimenticherò mai. Capisco che vorrebbe chiuderle, ma non può, come se avesse un sasso invisibile incastrato fra i denti.

Chiude gli occhi, smette di gridare e viene giù, verso di me, testa reclinata e braccia inerti.

Di morti ne avevo visti.

Di gente che muore, no.

Aurora non si muoveva, mi pareva che avesse le pupille rovesciate, non riuscivo a capire se respirava. Me la sono caricata in braccio, l'ho adagiata sul sedile posteriore e sono uscito a settanta all'ora dalla minuscola via fra le villette disabitate. Ho puntato verso l'Aurelia. L'ospedale non era lontano. Avrei dovuto spiegare parecchie cose, e non tutte mi mettevano in buona luce. E se Aurora non se la cavava, nessuno mi avrebbe creduto.

Aurora era sparita da due giorni, io avevo anche ricevuto la visita della Siracusano e non avevo rivelato che la ragazza era lì. Aurora aveva accusato mio figlio e io mi presentavo al pronto soccorso con Aurora in fin di vita.

In una parola sola: fottuto.

Al semaforo ho rallentato senza fermarmi. Qualcuno mi ha sfanculato con il clacson, poi mi è rimasto nelle orecchie un suono acuto, persistente come un'eco. Aurora si stava lamentando a occhi chiusi, una mano sulla bocca. Con l'altra si è aggrappata allo schienale per tirarsi su.

– Ti porto all'ospedale, tranquilla.

Lei ha mandato un lamento più forte e nasale. Ho capito dal movimento della testa che era un no.

– E dove dovrei portarti, allora?

Ho inchiodato a dieci centimetri dal paraurti di un furgone. Mi sono voltato verso di lei, le ho chiesto se sentiva molto male. Ha aperto appena gli occhi, era un sì debole ma chiarissimo.

– Devi farti vedere subito da un medico, lo capisci?

Niente, non ne voleva sapere. Passare da un pronto soccorso, e da *quel* pronto soccorso, equivaleva a farsi rintracciare dalla polizia e dai suoi. Aurora temeva quella cosa più di quanto la temevo io, e non me lo spiegavo.

– Ce la fai a camminare? Ti lascio lì davanti e me ne vado. Tu racconta quello che vuoi...

Nel frattempo io avrei sgomberato la casa dei Monforti da ogni traccia della sua presenza. Non sto scrivendo migliaia di parole per sembrarti meglio di quello che sono, Luca. E quindi lo possiamo dire, non era la reazione di un animo nobile. Ma il panico ci mette un secondo a staccarti dalle pareti tutti quelli che consideri trofei, ma sono solo le patacche di ottone delle buone intenzioni.

Aurora mi ha afferrato la giacca fra il colletto e la spalla.

Talvolta la paura è un contagio. In quel momento sentire il terrore di Aurora Lopez ha liquefatto il mio. Aveva afferrato la mia giacca come se fosse un giubbotto di salvataggio. Non capivo perché, e comunque il tempo di capire non ce l'avevo. Quando è arrivato il mio turno per entrare sulla Statale Aurelia, ho svoltato nella direzione opposta a quella per l'ospedale.

Nora solleva con due mani la sua valigia di pelle chiara, aggiunge che devo essere uscito definitivamente di testa. Fine delle comunicazioni.

– Dalle solo un'occhiata.

– L'hai portata qui?

– Quella è casa mia, Nora.

Lei va verso il cancello, guarda il cellulare, chiama un taxi.

– Aurora ha dolore, un dolore forte e la bocca, non so... le è successo qualcosa, non riesce più a rimetterla in una posizione naturale.

Nora abbandona la borsa per terra e mi chiede cosa ho fatto a quella ragazza. Soltanto sentirmi porre la domanda è umiliante.

– Io? Ha urlato e poi è svenuta.

– Benissimo. C'è una ragazza che accusa tuo figlio di averla violentata. Tu eri assieme a lei, non si sa dove e perché. Lei ha urlato ed è svenuta.

– Te lo racconterà lei com'è andata.

– Non mi interessa. Mi aspettano a Bilbao.

– Questo l'ho capito. Dammi un consiglio.

– Il pronto soccorso.

– È lei che non ci vuole andare!

– O forse sei tu che non ce la vuoi portare.

– Due minuti, finché non arriva il taxi – dico.

Esco dal cancello dopo di lei, entro in casa mia prima.

Aurora Lopez è distesa sul divano, la testa fra due cuscini. Si muove appena, come in un dormiveglia. Dall'angolo della bocca le esce una sbaffatura di sangue rosso vivo. Le chiedo cosa ha fatto, come se potesse rispondermi. Prendo il fazzoletto, Nora me lo requisisce, le si avvicina, le guarda la bocca semichiusa dall'alto, poi appoggia due dita sul labbro inferiore, pallido e contratto.

– Tu urla, se ti faccio male – le dice.

Aurora Lopez apre gli occhi a malapena e non urla. Smette persino di lamentarsi, cerca di mettere a fuoco questa strana creatura in gonna pantalone e anfibi color crema.

Nora le passa il fazzoletto sulla sbaffatura di sangue, poi le asciuga la fronte umida, le risistema i capelli. Non capisco, forse sta riflettendo sul da farsi. Vorrei dire qualcosa, poi mi accorgo che sorride. Io guardo il viso di Aurora e per la prima volta vedo davvero una ragazzina a cui hanno calcato sul viso un'orrenda maschera di carne. Se la vorrebbe strappare, se la carne non fosse la sua. Nora le sorride e la scena prende una luce nitida e insopportabile. Quello di Aurora Lopez è un viso oltraggiato come la parete di un cesso pubblico.

Fuori arriva il taxi. Nora mi restituisce il fazzoletto e io la seguo verso la porta.

– Allora?

– Ci vorrebbe un dentista che venga qui con una siringa di lidocaina. E che non faccia domande.

– Ma dove lo trovo, secondo te?

Nora si china sul finestrino prima che il tassista scenda. Gli allunga una banconota, si scusa, poi si volta verso di me.

– E allora dobbiamo arrangiarci. Tu fa' quello che ti dico. Se sviene un'altra volta, siamo fottuti.

Con i primi stipendi avevo comprato per tre milioni di lire l'auto di mio zio. Era il 1993, erano i giorni caldissimi in cui macinavo centinaia di chilometri per un'unica ragione: Nora Beckford. Volevo sapere tutto sulla figlia del famoso scultore. Era vero che fin da bambina era stata curata per disturbi bipolari? E come mai la madre aveva chiuso ogni rapporto con lei? Le avevo fatto la posta due giorni a Verona, dove abitava da anni, ma l'ex musa ispiratrice di Thomas Beckford non aveva voluto dirmi una parola. Cercavo i compagni di università che avevano ricevuto da Nora amfetamine per studiare settantadue ore di seguito prima di un esame. Li trovavo e ci confezionavo sopra venti moduli in cui risultava ovvio che la Beckford usava troppe sostanze (allora quasi sconosciute) per essere padrona delle proprie azioni. E poi riforniva i suoi amici gratis. Perché? Una volta ho fatto milleduecento chilometri in un giorno solo per incontrare Denise, una docente dell'Accademia di Belle Arti di Carrara con cui il padre di Nora aveva avuto una relazione di un paio d'anni. Dopo essere stata allontanata dalla Scuda si era trasferita lontano, in Puglia, e una sera aveva ingoiato troppi sonniferi, ma non abbastanza per morire. Chi l'aveva allontanata dalla Versilia? Si mormorava che fosse stato Thomas Beckford, quando aveva scoperto Denise in una camera della Scuda assieme a sua figlia. Ma la mia personale dietrologia di quegli anni andava oltre. Io ero certo che fosse stata Nora Beckford a sedurre Denise, proprio per causare quella crisi e separare suo padre da una donna che rischiava, forse per la prima volta, di diventarne compagna stabile. Il giornale non mi pagò la trasferta, ma andai lo stesso. Milleduecento chilometri da solo, si guastò anche l'autoradio. Denise parlò con me meno di tre minuti. Superai quel rifiuto bruciante convincendomi che la storia era torbida proprio come la immaginavo io. E siccome Nora Beckford era stata capace di sedurre la compagna di suo padre, risultava ovvio che avesse anche potuto massacrare a morte Irene Calamai e buttarne il corpo in una scarpata. Un ragionamento illogico nella forma, aberrante nei contenuti. A mia discolpa posso dire solo che nel 1993 quasi nessuno me lo fece notare.

Quella macchina aveva lo sportello del vano portaoggetti difettoso. Uno dei sostegni si sganciava dall'alloggiamento e ogni volta che salivo in auto avevo l'impressione che qualcuno ci avesse rovistato, magari per trafugare i miei appunti sul caso Calamai. Avevo ventiquattro anni, vivevo anche di fantasie.

Quello che sta facendo Nora è lo stesso movimento che usavo per rimettere a posto lo sportello che si apriva da solo. Prima abbassare, poi spingere in avanti.

Solo che Nora lo sta facendo con ossa e carne, denti e muscoli. Ha infilato tutti e due i pollici in fondo alla bocca di Aurora, sugli ultimi molari. Si è protetta con guanti di lattice e strati di garza. Le altre dita premono da sotto la mandibola.

Abbiamo tirato le tende, abbiamo fatto sedere Aurora su uno sgabello, poi Nora mi ha mostrato come massaggiarla fra le orecchie e gli zigomi, con due dita soltanto, lentamente. All'inizio tremava, adesso meno. Muovo piano la pelle sudata di Aurora Lopez, sotto c'è un gonfiore soffice, come un palloncino pieno d'acqua.

Potrei svenire io, se continuo a guardare Nora che le ha preso fra le mani la parte inferiore della faccia e se penso che gliela sta riagganciando. Come lo sportellino della mia auto. Ma questa non è plastica. Provo a concentrarmi su Nora che parla.

– C'erano queste due nigeriane. Due colossi di donne, ti dico. Cento chili l'una, più o meno. Con noi nella sezione non ci parlavano mai. Anche se in carcere è inevitabile avere contatti di qualche tipo con tutti... con loro no. Non si sapeva perché fossero dentro, si diceva che facessero anche la magia nera. Gente a cui mandare qualche maledizione non ci mancava, ma nessuna di noi aveva il coraggio di andargliele a chiedere.

Aurora guarda Nora negli occhi. La ascolta. Forse si sta chiedendo chi sia quell'aliena. È reale? Capelli a caschetto e occhi color nebbia, sembra uscita dalle pagine di *Harper's Bazaar* e le sta raccontando di galera e di risse fra nigeriane. Il mondo di Aurora è una scatola che qualcuno sta agitando, lei fissa Nora per cercare di tenersi forte.

– E quindi nessuno sapeva per cosa si stessero picchiando. Urlavano come ossesse, si sentiva in tutta la sezione. C'erano due agenti ma non sapevano dove mettere le mani. Finire con la testa fracassata contro un muro per uno stipendio modesto, no, non lo fa nessuno. Ce ne vollero altre cinque o sei, e una delle guardie venne sbattuta contro un tavolo. Quando la rialzarono, non me lo posso dimenticare, la faccia non era più la sua. Ci spaventammo tutte, lei invece no. Era una donna moldava, era dentro per aver ammazzato il pappone che aveva ridotto sua figlia a una larva, ma non aveva mai raccontato nient'altro. «So fare io» disse, e nessuno ci credeva. È lì che l'ho visto. Era un'infermiera, ma non l'aveva mai detto perché non aveva voglia di essere interpellata per ogni piccolo problema... ecco, a posto.

La mandibola di Aurora fa di nuovo parte del suo viso, ora.

– Sentito niente?

Aurora si tocca la faccia per verificare che sia tutto vero.

– Hai fatto tutto tu. Se rilassi la muscolatura torna a posto quasi da sola. Ora però devi tenere la benda fino a domani.

Aurora sorride tenendosi la mano sotto il mento.

– Ma chi sei?

– Una che ha appena perso un aereo. E parecchi soldi.

– Si chiama Nora – dico io. Raccolgo la carta e le garze cadute per terra.

Ci domanda se stiamo insieme.

Le rispondiamo di no all'unisono. Il tempismo perfetto ci fa sorridere quasi controvoglia.

Aurora si alza, allarga le braccia e io penso *non lo fare*. Ma non ho neppure il tempo di figurarmi come Nora possa reagire a un contatto improvviso e non deciso da lei. Aurora la abbraccia ed è un abbraccio goffo e totale, come lo sono quelli dei bambini. Nora ci finisce chiusa dentro, stordita e incapace di reagire. Come piombata di schianto in un lago d'acqua gelida. Aurora no, lei non se ne accorge, dice solo *grazie, grazie, grazie*, le appoggia la testa sulla spalla. La blusa di Nora si macchia di sangue e saliva. Questa giornata non ha ancora finito di peggiorare, penso, e immagino che Nora vorrebbe urlare e disintegrarsi all'istante.

Poi invece solleva le braccia, un attimo fa erano rigide come due rami spezzati, e si stringe addosso Aurora. La tiene a sé solo qualche secondo, e chiudendo gli occhi come se stesse saltando sopra un burrone.

– Ora però sistemiamo la bendatura – dice, e si libera dall'abbraccio con il sospiro profondo di chi si sente salvo per miracolo. Carezza i capelli di Aurora e lo ripete: – La bendatura è importante.

Ci metto mezza giornata a cancellare ogni traccia del passaggio di Aurora dalla casa al mare dei Monforti. Il sole viene e va dietro nuvole sottili, sembra che le finestre si accendano e si spengano. Era dal primo anno a Roma che non mi dedicavo alle pulizie domestiche e la mia schiena me lo ricorda con una certa sincerità.

Tu mi chiami appena finita la partita, io ho un sacchetto di rifiuti in una mano e lo zaino di panno bianco e rosa di Aurora nell'altra.

– Non mi ha fatto entrare – mi dici. – Neanche dieci minuti.

Mi piacerebbe suggerirti di protestare con il tuo procuratore, ma non è il momento di polemizzare, e non con te.

– Pazienza. Com'è finita?

– Zero a zero, partita inutile.

Hai una voce stanca, me lo ricordo benissimo, e non capisco perché, dato che non hai giocato nemmeno un minuto.

– Ci vediamo martedì. Così parliamo di un po' di cose, okay?

– Ci sarà la mamma e anche Alessio, lo sai, vero, pa'?

Adesso Garbati lo chiami per nome. Che tua madre e Garbati vadano a letto insieme non me ne frega niente, ma che tu chiami per nome uno che vuole trasferirti a una squadra di seconda divisione in Uruguay, cazzo, è inaccettabile.

– Lo so.

– Non te lo dovevo dire, di loro due.

– Non eri tu a dovermelo dire, è diverso.

Ti assicuro che farò come niente fosse, ti giuro che non dovrai mai vergognarti di tuo padre. Lo giuro a te ma soprattutto a me stesso, ti mando un abbraccio, chiudo casa dei Monforti e butto nel bagagliaio lo zaino di Aurora Lopez.

Aurora però non è in casa mia. Non è in giro fra il bosco e l'uliveto. Entro alla Scuda, colonizzata per intero da tre famiglie olandesi, e Nora si affaccia da una finestra. La trovo al cellulare, che vaga a piedi nudi nel grande salotto al primo piano. Sparisce in un'altra stanza, la sento parlare in tono deciso, poi riappare.

– Cerchi Aurora? Se n'è andata – mi fa, appena chiusa la chiamata.

– Cosa? Nora, quella ragazza...

– … ha diciotto anni e dei soldi in tasca.
– Perché l'hai lasciata andare?
Nora si avvicina e mi parla sottovoce, anche se non capisco chi altro potrebbe sentirci, qui.
– Perché esiste un reato chiamato *sequestro di persona*, Dario. E tu hai già rischiato abbastanza, mi pare.
– Questo lo decido io. C'è di mezzo mio figlio.
– Ci sei di mezzo anche tu, Dario. Fammi capire… cosa pensavi di risolvere tenendo con te Aurora? Convincerla a cambiare versione? A non deporre?
– A smettere di raccontare cazzate e a dirmi la verità.
– Aurora non la può dire, la verità.
– No?
– Quella ragazzina muore di paura, Dario.
– Ci hai parlato? Cosa ti ha raccontato?
Mi fa cenno di seguirla nel salone. Sul tavolo di vetro c'è un telefono cordless. Nora controlla che sia ancora carico, poi mi dice che ci ha provato.
– Quella ragazza ha alzato un muro. Se dice la verità, per lei è finita.
– Perché? Cosa le succede? La ammazzano? Qui l'unico che voleva ammazzarla è suo padre.
– Si ammazza da sola.
Mi stupisco che Nora creda di slancio a un'affermazione del genere.
– Sai quante volte al mese lo dice, di media, un adolescente?
– Aurora non è un'adolescente come tante. Ti sei scordato cosa ha passato?

– Non posso scordarmelo. Sono due settimane che cerco di capirlo.

Mi si avvicina ancora di più, mai l'ho vista così preoccupata per un altro essere umano.

– *Poi posso solo ammazzarmi, come quella là del video.* Ha detto così. Mi è rimasto impresso.

– Quale video?

– Non lo so, ma la storia te la ricorderai. Il filmato con il telefonino, lei che faceva sesso...

– ... il video diventa virale e lei si ammazza per la vergogna, me lo ricordo.

Non credo che Nora mi racconti una bugia.

– Non ti pare strano che Aurora se ne stia da due giorni senza cellulare? Per quelli della sua età è come essere tagliati fuori da tutto, morti. Perché preferisce starne lontana? Ha paura di qualcosa. Per me è chiaro cosa vuol rimuovere, e da dove arriva.

Per me sono solo speculazioni, mi interessa altro.

– Dov'è andata? Te l'ha detto? Ha preso un autobus? Le hai chiamato un taxi?

– È andata via a piedi.

– Non è possibile. Un'idea su dove andare ce l'avrà avuta, qualcosa avrà detto.

Mi porge il cordless.

– No, ma ha fatto una telefonata, dalla linea fissa.

– Una telefonata?

– Non lo so, sarà durata dieci secondi.

– Da qui?

– Non voleva farla dal tuo studio, è chiaro. E pensava che io non me ne accorgessi.

– Cosa ha detto? L'hai sentito?
– Ho capito solo *state tranquilli.* Forse chiamava sua madre.
– Aurora scappa di casa e chiama sua madre da un numero fisso, collegato a un recapito rintracciabile? Domani avrai qui la polizia, Nora, te ne rendi conto?

Ho copiato il numero di cellulare composto da Aurora e per prima cosa sono andato a cercarlo nel fascicolo del pubblico ministero. Le utenze sotto controllo erano riportate tutte. Oltre a quelle di Luca e di Aurora, c'era anche la mia, come la Monforti aveva giustamente previsto. Non era il numero di suo padre, e neppure di sua madre. Per un verso, era un sollievo, per un altro era una battuta a vuoto. A chi apparteneva quel numero? Qualche amico o qualche parente?

L'ho trovato quando già non ci speravo più. Il numero compariva fra le quattro utenze del gruppo WhatsApp Orange Special. Il privé virtuale di voi oligarchi del Rivadarno.

Quel pomeriggio Aurora Lopez aveva chiamato Christian Colasanti.

Per chiamarlo doveva aver conservato il suo numero prima di disfarsi del cellulare. Ci aveva pensato per tempo, era importante.

State tranquilli.

XI

Una giornata di festa.

Un pomeriggio di primavera.

È arrivata. Doveva arrivare tutto insieme. La primavera, questa giornata di festa, la resa dei conti.

Mi vesto bene, non voglio farti sfigurare. Completo grigio perla e una polo bianca nuova, di cotone, a nido d'ape.

Arrivo all'Arno Campus seguito da un 4x4. La folla è quella delle grandi occasioni. Hanno aperto alle auto un campo incolto dall'altro lato della strada. Chi mi segue preferisce parcheggiare distante da me. Ovunque ci sono nastri e palloncini bianchi e arancioni.

Il Campus è attraversato da orde di ragazzini. Dalla scuola calcio agli allievi è una scala di pochi gradini, separati da un paio di anni. Eppure sul campo sembrano letteralmente generazioni diverse. Le madri di questi ragazzini sono tutte fresche di palestra e di parrucchiere. Intanto *We are the champions* prorompe nell'aria, in tutta la sua pomposità. La squadra dei giovanissimi ha vinto il titolo regionale e per quell'anno è l'unico trofeo da festeggiare.

Per primo incontro Abbadeschi. È in grande spolvero e, a dir la verità, quando pretende di vestirsi da giovanotto non sta neanche male. Però, più che sembrare figo, alla fine fa tenerezza. Si lamenta del mal di schiena, ma lo fa con il suo sorriso morbido e gommoso.

– Troppe donne – gli dico.

– Non so lei, ma a me una vita non basta a togliermi la voglia. Guardi che splendori ci sono in giro, accanto a certi mariti non le vede sprecate?

Abbadeschi mi sembra aver trovato un invidiabile equilibrio fra Viagra e cocaina. Gli chiedo di te, mi risponde che ti ha visto bene, fra cinque minuti iniziate l'amichevole con la prima squadra.

– Intendo dire la faccenda dell'Uruguay – insisto.

– La classica soluzione ponte – mi fa, – niente di strano. Stia tranquillo.

La sua risposta non mi tranquillizza. A me trasferire un ragazzo in una squadra che non lo schiererà mai continua a sembrare normale come dar da bere benzina a un cavallo per farlo andare più veloce. Ma Abbadeschi mi sfugge, lo chiamano a distribuire medaglie nel campo di calcetto dove è stato allestito un tavolone per il buffet. L'aria profuma di fioriture, di braci e di bomboloni caldi. Ho fame e mangio un po' di schifezze. Il mio accompagnatore invece osserva l'ingresso delle squadre in campo da dietro una delle porte.

Non vorrei essere lì. Tutta questa storia non doveva neppure iniziare, non sarà altro che una penosa sequenza di errori. Come quello che sto per commettere io.

L'amichevole fra voi e la prima squadra chiude la giornata di festa. Aspetto quel momento di silenzio che precede sempre il fischio di inizio, poi accartoccio il bicchiere di plastica, mi avvicino alle tribune, scambio due parole con Adelio, il capo magazziniere. La squadra dei giovanissimi rientra negli spogliatoi, lui li segue nel corridoio sotto la tribuna e io seguo lui. Ne approfitto per andare in bagno, gli dico, senza fare il giro. In pochi secondi finisco in mezzo al caos. Canti, pacche, sfottò, magliette viscide di sudore e i tacchetti sul pavimento che sembrano una pioggia di mille denti, mille dadi lanciati sul duro tavolo della sorte. Nessuno fa caso a me. Il vostro spogliatoio è vuoto ed è ancora aperto. Ogni posto è un piccolo box contraddistinto da un numero. Entro e punto al 13.

Due minuti dopo sono fuori. Il mio amico è dove l'ho lasciato, alle spalle della porta, occhiali da sole scurissimi e mani dietro la schiena.

La maglia dal collo a V sembra slabbrata, in realtà è tutto studiato per mettere in risalto i tuoi pettorali e la T-shirt griffata. Che senso avrebbe spendere centottanta euro per una T-shirt e poi tenerla nascosta? Sotto la maglietta spunta l'elastico delle mutande alto quattro dita e la cintura con la fibbia rotonda. Non riuscirò mai ad accettare che uno vestito così sia il risultato dei miei sforzi educativi.

– Stai bene?

È la prima domanda che ti faccio dopo la partita. Sorridi e mi dai un pugno sulla spalla.

– Da dio, pa'.

Ti ho visto meno reattivo e più prudente del solito negli anticipi e te lo dico. So di non sbagliare, ti vedo calciare il pallone da quando il pallone ti arrivava fino alle ginocchia. Tu mi rispondi che era una partita in famiglia, non aveva senso giocare alla morte e rischiare. Il difensore titolare ha preso un giallo domenica scorsa e dovrà saltare la prossima. Abbadeschi ti ha garantito che Momo non verrà schierato. Se il tuo compagno di difesa collezionasse la quinta presenza in prima squadra, il Rivadarno dovrebbe pagare un bonus alla società da cui l'ha prelevato. Evidentemente le casse della società non se lo possono permettere.

– Domenica gioco sicuro. Dall'inizio. Ma devo fare bene il test di domani.

– Quale test?

– Lo yo-yo. Li faccio schiantare tutti, giuro. Anche Grigo, lui rimane sempre ultimo. Stavolta umilio anche lui. E domenica gioco sicuro.

Ti faccio cenno di seguirmi verso l'angolo più tranquillo della terrazza. Il sole sulle colline è ancora alto e le rondini sono arrivate. Ci appoggiamo alla ruota di un vecchio carro scenograficamente carico di finto fieno. Passa un cameriere e prendiamo due bruschette.

– Come fai a giocare domenica, se fra due giorni firmi per il Deportivo-come-si chiama di non-so-dove?

– Io non voglio firmare, pa'. Gliel'ho già detto ad Alessio.

– E lui?

Tu sollevi le spalle. La nostra conversazione finisce con l'arrivo di tua madre. Ci salutiamo educatamente.

– Che bel pomeriggio, vero? Tanti ragazzi, le famiglie, questo posto meraviglioso.

È in forma, su di giri e nell'immaginario maschile questo trova una sola spiegazione accessibile in pochi secondi: la mia ex moglie si è rifatta una vita degna di essere definita anche sessuale. Istintivamente, controllo se Garbati è in giro. Non al momento.

Appena ti allontani per andare a scambiare il cinque con un paio di giocatori della prima squadra, Giulia si avvicina.

– Come lo vedi? Bene... no?

Le dico che tutto sommato sì, ti vedo sereno. Compatibilmente.

– Anche io, sì – mi fa lei, ansiosa di incassare la mia conferma. – Sai, c'erano giorni, ad Ansedonia, che neanche si voleva alzare dal letto.

– Me lo immagino.

– Era andato proprio giù... ora però si è ripreso, vero?

– Sì, Giulia, sta meglio.

Arrivano Ismail e Momo. Strano a dirsi, ma quello agghindato come un rapper di Harlem è il primo, che cammina sottobraccio a una ragazza più alta di lui. Occhi grandi e magnetici, forse per il mascara, o forse per l'hijab che le incornicia il volto. Ismail ci presenta con orgoglio sua sorella che, a differenza di lui, ha studiato e ora lavora al consolato del Marocco a Bologna. Momo invece stasera ha deciso di strafare, completo chiaro e cappello di paglia stile *pork pie*. Sembra arrivato su una passerella di trenta chilometri direttamente da Pitti Uomo. Si ferma con noi solo lo stretto necessario a un saluto di prammatica. Il famoso incidente fra voi due è tutt'altro che chiarito, e io devo aggiungere una nuova voce all'elenco di balle che mi hai raccontato.

Se avessi qualche dubbio, poco dopo me lo conferma suo padre Charles. È uno dei pochi, assieme a me, che sembra aggirarsi calibrando il sorriso come a un rinfresco post-funerale.

– Ho sempre pensato che giocare al calcio lo teneva lontano da brutti giri. *Vuoi giocare al calcio?* gli ho detto, *bene, se ti urlano che sei una scimmia e ti tirano le banane, devi fare come se niente fosse, non torni a casa a piangere dalla mamma.* Quando ha conosciuto Luca, poi, mi sono detto che sul campo, alla fine, non sei nero o bianco. Sai giocare o no. È per quello che mi dispiace. Io non ce l'ho con il suo ragazzo, lo capisco quello che passa, però...

– Però?

– Questi ragazzi sono sotto pressione. Dov'è finito il divertimento? Quando vincono, sembra che abbiano vinto una guerra. Non sono felici, sono contenti di non essere morti, capisce?

– È diventato il loro lavoro. Devono portare risultati.

– Ma così si rovina tutto. L'amicizia, che fine fa? Luca era l'amico più grande, per Momo.

Recito la parte dell'ingenuo e affermo che, a quanto so, vi siete chiariti.

– Poi però è arrivata questa cosa della Roma...

È da Charles che lo vengo a sapere. La Roma ha scelto Momodou Kambè, e se ha scelto come difensore centrale il tuo compagno significa che non ci sarà spazio anche per te, almeno non per i prossimi due o tre anni. Dato che Garbati è anche il procuratore del tuo compagno di difesa, forse deve spiegarci qualcosa.

Garbati però non si vede. Arriva Cosimo con la fidanzata, il padre carabiniere e la madre ingioiellata. Gli faccio i complimenti per il goal, è rimasto in aria mezz'ora, prima di colpire di testa. Non sarà un principe di eleganza, ma in quel momento sembrava un delfino che salta fuori dall'acqua. Arriva anche Gregorio, alias Grigo, che di fidanzate ne ha una nuova ogni mese, e non ho mai capito se le sceglie tutte uguali o se impone loro un dress code di tubini neri e tacchi a spillo. L'ho sempre detestato, e da prima che tu mi rivelassi che porta la scritta DUX sui parastinchi. È per quello, si dice, che Bianchi non gli ha mai dato la fascia di capitano. È rispettato da tutti perché in campo non si risparmia mai, la sua frase ricorrente quando le cose vanno male è *non sono qui a perdere tempo* e dopo la disfatta contro la Fiorentina ha divelto a mani nude una delle docce. La sera stessa ha convocato una specie di direttorio in camera sua, dove ti ha imposto di chiedere scusa a Momo, perché *chi ha l'onore di indossare questa maglia non è un nero, è un compagno di battaglia.*

Un padre ricco e una prestanza fisica che gli ha permesso si scegliere fra atletica, rugby e calcio lo hanno convinto che le élite esistono e basta, lui ne fa parte e non se ne deve scusare con nessuno. Spesso mi dico che dovrei almeno concedergli il beneficio della sincerità, ma continuo a trovarlo inquietante, specie quando esibisce certi cappotti corti in stile mods inglesi dei primi anni Sessanta. Veste sempre *fit*, è astemio, a differenza di tutti gli altri lui due libri li ha letti, e purtroppo crede che siano più che sufficienti.

Di Christian invece si vede solo il padre. Lui è stato fra i primi a capire che in Toscana volevano venire a sposarsi i ricchi di tutto il globo. Dicono stia per comprare un podere dalle parti di Figline, non distante dalle proprietà di Sting. Ostenta un paio di baffi da moschettiere, occhiali blu e un'abbronzatura studiata, come se avesse scelto la tonalità sulla scala Pantone. Da esperto di catering tiene a farmi sapere che le tartine sono state scongelate e messe nel microonde e che la terrazza è troppo piccola. Il sottotesto è che il Rivadarno meglio avrebbe fatto a rivolgersi a lui. Ma oggi tutti vedono conflitti di interessi ovunque, conclude.

– Io invece vedo solo interessi. Chi li sa fare e chi no, lei che dice, Corbo?

Io non desidero intavolare alcuna discussione su questo argomento, per fortuna tu ripassi dalle mie parti e torniamo a parlare di calcio. Tu dici che a centrocampo Christian quel giorno ha *tirato scemi* anche quelli della prima squadra, e io concordo. Di talenti come lui non se ne vedono in giro, in quel ruolo.

– E dovrebbe sentire come canta. Ma forse più tardi, dopo la cena, si concede. Dipende da quanto beve.

Colasanti rende la battuta più complice con una botterella di gomito. Tu guardi l'orologio e dici che stasera Christian batte tutti i suoi record.

– Primo sulla palla, ultimo nello spogliatoio. Per non dire di quando si chiude in bagno.

– No, è uscito – fa suo padre, – solo che non trova il cellulare. L'ha lasciato chissà dove, vai te a sapere dove ha la testa, quando è fuori dal campo.

Il cellulare di Christian Colasanti era già lontano, in Versilia, privato della SIM in modo da non agganciarsi a nessuna cella. Era nelle mani del mio amico, alias Elton, un ex poliziotto a cui mi rivolgevo per qualsiasi lavoro non convenzionale. Sapeva come farli o a chi commissionarli. I prezzi erano abbordabili, la riservatezza garantita.

Per confondere le acque avevo pensato di simulare una razzia nello spogliatoio, rubando anche un paio di portafogli e qualche altro telefono, ma un episodio così grave avrebbe dato adito a una serie di denunce. Eseguire le operazioni necessarie necessitava di tempo e rimetterlo nello spogliatoio per la fine della partita era impossibile. Christian poteva pensare di averlo lasciato da qualche parte, almeno per un paio d'ore. Poi, siccome non era stupido, si sarebbe chiesto come mai il suo telefonino risultava irraggiungibile. Se le cose stavano come pensavo io, per ritrovare il suo cellulare avrebbe potuto commettere anche un passo falso.

Ma le cose non stavano proprio come pensavo io, anche perché un'idea definita non la potevo avere. Ero sovrastato da presentimenti malevoli. Immaginavo di tutto e temevo comunque che la realtà avrebbe superato la mia immaginazione.

Elton mi avrebbe riconsegnato il cellulare di Christian Colasanti quella sera stessa. Con tutto ciò che conteneva, compresi i file cancellati dal 6 marzo in poi.

Ritornato a casa dalla vostra festa, ho passato la notte intera a sfogliare foto, messaggi e video. La vita privata del promettente centrocampista era vivace. Ma non c'erano tracce, nemmeno un singolo messaggio fra lui e Aurora Lopez prima della notte fra il 6 e il 7 di marzo. Molte ragazze comunque sembravano offrirsi con disinvoltura, almeno virtualmente. A cinquant'anni uno ha smesso da un pezzo di turbarsi, ma non è ancora abbastanza vecchio da scandalizzarsi fantasticando di essere stato migliore. Ero pronto a sentirmi a disagio di fronte a una collezione di tatuaggi nascosti, intimità depilate e pose da star del porno. Ero pronto a dirmi che un voyeur con una giustificazione impeccabile rimane sempre un voyeur. E invece niente, di fronte a quelle ragazze ero intrigato come di fronte a un catalogo di frigoriferi. Le varianti fra i vari modelli erano poche, le inquadrature non cambiavano quasi mai, il prodotto in questione era sempre lo stesso, e non era affatto il corpo, ma un imperativo astratto, irraggiungibile: essere più fighe di ieri.

La maggior parte delle immagini ritraevano però Christian stesso. Abbigliato con giacche a quadri, pantaloni rigorosamente sopra la caviglia, camicie tropical, ossia la variante aderente delle obsolete hawaiiane. Ogni volta che cambiava sfumatura di shatush, il vostro geniale centrocampista lo documentava con una quarantina di scatti fra cui scegliere quello da postare su Instagram. Talvolta si concedeva anche nell'idromassaggio con un Rolex al polso (non so se autentico) e muscoli in evidenza, o anche abbracciato con la finalista di un talent e poi alle terme, su un campo da golf, in cima a un grattacielo a Dubai, in un ristorante minimal, sull'ottovolante, su una moto d'acqua, durante un safari con i genitori. Tutto molto *high life*. La sua parte anatomica maggiormente esposta rimaneva comunque il pollice alzato.

Ma a me interessavano i file datati 6 marzo. Ho visionato a velocità doppia quelli girati in campo durante la premiazione, negli spogliatoi, nella camera d'albergo e al rinfresco. L'unica nota degna di rilievo era il vostro allenatore negli spogliatoi, alle prese con una bottiglia di spumante che erutta un geyser di schiuma. Anche i sergenti di ferro, ogni tanto, perdono il controllo.

Al Playa Diva Christian non si era fatto prendere la mano più di tanto. Qualche selfie di gruppo per celebrare la vittoria con il completo scuro. Abbadeschi non si era certo sottratto alle pose sorridenti e Garbati aveva tenuto a ribadire che Christian e Momo erano della sua scuderia.

I video registrati dal cellulare di Christian fra le dieci del 6 marzo e l'una del 7 erano due. Uno era conservato in memoria e misurava due minuti e sedici secondi. Il secondo era identificato dalla stessa sigla di numeri e lettere, ma durava tre minuti e quarantotto secondi e figurava fra i file cancellati. Quindi era il file originale, da cui erano stati eliminati un minuto e trentadue secondi.

Appena arrivato a casa di ritorno dalla vostra festa, da solo e nel buio, li ho guardati entrambi per metterli a confronto.

Le immagini, anche se disturbate qua e là dalla funzione di recupero, le ho ancora oggi davanti agli occhi, fotogramma per fotogramma, vivide come se fossi stato presente alla scena.

Sono tutt'oggi vischiosamente mescolate ai ricordi della festa del Rivadarno. Nella mia memoria è rimasto come un montaggio alternato di quelle ore. Un salone sfolgorante di lampadari e specchi, i calici di cristallo e gli stucchi dorati. Il riquadro sbilenco di una ripresa notturna a bassa risoluzione.

Nero. *Ci vedono?*

Una luce bianca, poi una scia lunga come un graffio.

Ci vedono? È la voce di Aurora. Il sonoro ha una specie di tremolio.

Ma no, tranquilla. Non è la tua voce. Riconosco l'accento toscano di Christian.

La videocamera del cellulare viene abbagliata completamente, poi qualcosa si muove, due sagome grigie su sfondo rossastro.

Ti piace? Ti piace?

Questa invece è la tua voce.

Sì, continua, vai, vai. Di nuovo Aurora.

Tu sei l'ombra sulla sinistra. Aurora è davanti a te, aggrappata alle tue spalle. Le tavole di legno scure del pavimento, le frasche di palma, il rimbombo ritmico che arriva dall'interno del club. Christian sta riprendendo, ma non può farlo in maniera fissa. Sta riprendendo senza flash.

Dài, così. Sempre Aurora.

Attenzione, c'è un aggiornamento, il nostro grande centrale di difesa non è finocchio. Ancora Christian. Fa lo spiritoso.

La videocamera del cellulare fruga nella penombra cercando di adattarsi alla luce scarsa. I capelli di Aurora ondeggiano, il viso appare a tratti. Un ginocchio coperto da una calza parigina nera. Sopra c'è la tua mano. Quando i rumori di fondo scemano, si sentono i vostri respiri, sono come due tracce fuori sincrono, è un fastidio insopportabile. Il panchetto su cui è seduta Aurora grugnisce. Per fortuna dura poco. Ti appoggi alla parete di spalle, si sente come un breve rimbombo.

Intravedo di nuovo le ginocchia di Aurora. Ha richiuso le gambe riabbassandosi il vestito scuro, poi si è dedicata a riaggiustarsi le calze.

Il cronometro segna 02.16. Buio. In questo punto finisce il video in versione tagliata.

Il primo a parlare è stato Novi. A lui spettava la severa omelia sulle difficoltà del calcio giovanile e la scarsa attenzione verso i vivai. Abbadeschi invece ha fatto irruzione sul palco con la verve di un intrattenitore consumato.

– Quello che i nostri ragazzi, anzi, i *vostri* ragazzi hanno fatto alla Viareggio Cup è *Storia,* signori, *Storia* con la S maiuscola!

L'applauso è stato fragoroso. Sul maxischermo è partita una rassegna di tutti i vostri goal durante il torneo. Ho notato che il vostro allenatore non compariva mai, nemmeno di spalle o sullo sfondo, e ti ho chiesto come mai. Mi hai ragguagliato sottovoce che Gualtiero Bianchi aveva fatto causa alla società, l'avevi sentito dire ai due fisioterapisti durante una seduta in palestra.

L'ultimo goal della rassegna era il tuo rigore in finale, naturalmente. Ti posso assicurare che persino in quel momento ho temuto, non so perché, che finisse fuori. Giulia ha guardato te, poi me. Garbati aveva avuto l'ipocrita decenza di sedersi lontano da noi e quel rigore perfetto era l'ultima cosa tutta nostra. L'ultimo vero momento di felicità.

Ancora applausi, poi Abbadeschi ha reclamato sul palco il miglior giocatore del torneo, premiato da una giuria di giornalisti sportivi e allenatori.

– Un fantasista, un talento vero, di quelli che non nascono spesso.

Christian Colasanti ha salito i due gradini con un salto. Completo nero, gilet e cravattino rossi. Capelli scuri, con una fiammata bionda sulle punte. Abbadeschi l'ha abbracciato.

– Qui, nel Rivadarno ha fatto due anni splendidi, è cresciuto, è diventato uomo, è diventato un vero leader – ha detto, continuando a tenerselo stretto. Il vostro centrocampista sembrava incapace di pronunciare una sola parola. Per lui si erano già mossi Fiorentina, Juve e persino uno dei due Manchester, ora non ricordo più quale. Era commosso davvero, oppure era talmente bravo da ingannare chiunque.

– Io ho imparato tanto qui. Ho imparato cosa vuol dire essere in una squadra. La mia squadra sarà sempre il Rivadarno.

Si è dovuto fermare per non mettersi a piangere. E così, dopo neanche dieci minuti, è scattato l'ennesimo applauso, forte da far vibrare i lampadari. Ad alzarsi in piedi per primi sono stati proprio i suoi genitori. Tutti gli altri li hanno imitati.

Anche se mi è costato, mi sono adeguato. Mostrarmi tiepido poteva dar adito al sospetto.

Il timer dice 02.17.

Sei durato meno di Daniel allo yo-yo test, Luca. La voce di Christian. La ripresa oscilla di lato, capisco che l'apertura del capanno è occupata quasi completamente da una figura. Infatti c'è qualcuno alle tue spalle, e ti tira all'indietro.

Oh, cazzo fai, aspetta, protesti.

Ma sicuri che non ci vedono? Sempre Aurora, la sua preoccupazione è solo quella. Lo schermo torna scuro. Qualcuno ride, da lontano, ma non sono sicuro.

Stiamo noi davanti all'apertura. Christian cerca di tranquillizzarla. Noi chi? Chi è il terzo?

Lei non è convinta. *Andiamo sulla spiaggia.* Non capisco subito a fare cosa, ma le parole di Christian me lo chiariscono immediatamente.

Meglio, perché il nostro amico qua ti fa urlare. L'anta di un piccolo frigo, un listino, due noci di cocco. L'inquadratura sembra fuori controllo, Christian sta tenendo il cellulare in mano e gesticola come se niente fosse.

Non è mica delicato come il nostro amico ballerino.

Ti intravedo in penombra, se non mi sbaglio ti stai riabbottonando i pantaloni. Dopo l'ennesimo sfottò annunci di abbandonare la compagnia.

Sei un traditore. Vergogna! Guarda che ti perdi il meglio, eh. Vai, vai, che poi sennò ti spaventi. Sono due le voci che cerchi di controbattere. Il terzo resta una sagoma a pixel rosso-grigiastri. Il rumore di fondo diventa un fruscio caotico, devo tornare indietro dieci volte per capire *io torno dentro*. È a questo punto che Aurora dice una cosa. Strana.

Perché te ne vai?

Dice così, tu non le rispondi, lei insiste, e mi sembra chiaro che il tono della ragazzina è improvvisamente preoccupato. A due minuti e trentasei secondi c'è un taglio netto. Christian ha messo in pausa.

Quando Abbadeschi ha annunciato che la squadra degli Allievi aveva vinto il premio del Fair Play, tu hai mormorato che i campionati si vincono prendendo i cartellini giusti al momento giusto.

– Sì, ma quelli gialli – ho fatto io, e tu hai abbassato lo sguardo.

A festeggiare il premio sul palco hanno chiamato Ismail. Lui degli Allievi era il capitano, con voi veniva aggregato per fare esperienza. Aveva buona gamba, di norma entrava nel secondo tempo al posto del centrocampista sfiancato.

Trovavo la sua mise da rapper dei sobborghi di Marsiglia ricattatoria. Mi pareva volesse ricordare da dove veniva e come stavano i figli di tanti altri immigrati. Non credo che rifiutasse il suo essere italiano. Lo era, di fatto, al di là delle carte bollate, come Momo. Fare lo spavaldo ed entrare in salotto con le scarpe sporche era il suo modo per farsi perdonare l'ascesa sociale, una ruffianeria verso chi non avrebbe mai avuto la sua fortuna.

Alla dodicesima di campionato Ismail aveva segnato un goal con la mano. L'arbitro, ingannato dalla mischia in area di rigore, aveva convalidato. Lui si era fatto abbracciare dai compagni, poi era andato dal direttore di gara a chiedere che la rete fosse annullata. Il video era diventato virale, una goccia limpida in un oceano di genitori con la bava alla bocca, esultanze da gangster, panchine distrutte a calci e arbitri inseguiti fino negli spogliatoi.

Novi ha detto che così si comporta un vero capitano. Abbadeschi ha aggiunto che solo a Maradona era stato concesso di segnare con la mano, ma Maradona era Dio, e Dio fa quello che vuole. Beatificare un evasore fiscale non mi esalta ma, osservando le cose del mondo, è difficile escludere che, qualora esista, anche Dio abbia abusato ogni tanto di qualche alcaloide di sua creazione. E quanto alle tasse, nemmeno Lui credo si ponga il problema di pagarle.

Subito dopo è stato il turno di Momo.

– Questa è una serata di addii – ha intonato mesto Novi, – ma per noi ogni addio non è mai una fine. Anzi, è un inizio. È una festa, perché vuol dire che un nostro ragazzo è arrivato a traguardi importanti. E lui ci è arrivato. Allenandosi come pochi e non aprendo mai un libro, nemmeno per sbaglio.

Abbadeschi ha garantito che alla Roma l'avrebbero anche fatto studiare. Il tuo compagno di difesa si è presentato sul palco a lunghi passi, impacciato come se fuori dal campo il suo fisico possente fosse un ingombrante esoscheletro. Abbadeschi gli ha sottratto il cappello di paglia e se l'è calcato sulla testa, strappando la risata della sala.

Momo ha ringraziato la società, con poche, faticose parole e tenendosi ben discosto dall'asta del microfono. Non vedeva l'ora di tornare al suo tavolo.

– Per me è un sogno. E questo sogno lo devo ai miei genitori. Loro un giorno hanno deciso di venire qua in Italia. Non avevano niente... ora io mi prendo i fischi, delle volte... si sa, va così. Oppure mi fanno un buuu, e allora io penso ai miei genitori. A quello che hanno passato loro... e mi dico che non mi frega. Che avevano ragione, in campo conta solo se sai giocare. Penso che non ce l'ho fatta io, ce l'abbiamo fatta tutti insieme, io e i miei genitori.

Mentre Momo scappava dal palco e andava ad abbracciarli sotto una cascata di applausi, ti ho chiesto quando era il tuo turno. Tu mi hai fatto cenno di no.

– Perché?

Tua madre ha detto che era stata una scelta tua, non volevi finire troppo sotto i riflettori.

– Che fanno? Si vergognano di te... così non si sa mai?

Mi sono alzato e sono andato a prendere una boccata d'aria. Sul momento mi sono pentito di quella frase. A ripensarci, oggi ne sono quasi orgoglioso.

Quando la videocamera del cellulare di Christian torna a riprendere, per prima cosa si vede un alone di luce gialla. Poi tavole di legno con numeri stinti.

Lasciami. È Aurora.

Vuoi entrare nel nostro giro? Allora fai quello che diciamo noi. Christian.

Si sente la risacca lenta delle onde, il rumore della discoteca è come un temporale distante. Non ti vedo più, così immagino che tu te ne sia andato.

Va bene, però lasciami i capelli.

E se a me piace tenere le ragazze per i capelli?

Il cerchio di luce fredda è instabile. Illumina Aurora che tenta di divincolarsi. Qualcun altro le sta tenendo le mani dietro la schiena. L'inquadratura fa un giro completo di trecentosessanta gradi e viene rivolta verso il terreno. Le minuscole dune di sabbia, da vicino, hanno un vago aspetto lunare. Christian abbassa la voce, ma le parole si capiscono lo stesso.

L'hai detto tu che ti va bene, che lo vuoi fare con tutti e tre. Sì o no?

Aurora sembra riprendere fiato a stento. *Sì o no? Rispondi!* È Christian che insiste, e a quel punto torno a sentire la tua voce. Sei ancora lì, eri soltanto fuori dal cerchio di luce.

Va bene, Christian, ma non c'è bisogno di fare il fenomeno...

E tu che vuoi? Tu te la sei scopata, no? Ora tocca a noi.

Aurora ce la fa a buttare fuori qualche parola dalla gola contratta. Solo per ripetere che le stanno facendo male.

Vedrai che poi ti piace di più dice Christian.

Quello che segue però non mi pare un gemito di piacere. Il viso di Aurora finisce in primissimo piano, deformato dalla luce e dalla distanza ravvicinata. Christian le lascia i capelli per infilarle la mano nella scollatura del vestito. Dalla smorfia di Aurora capisco che anche l'altro, alle sue spalle, si sta dando da fare. Lei si volta.

Fai piano, non sono mica fatta di plastica come la Barbie, lo sai?

Uh, fa la spiritosa. Christian non apprezza e si avvicina e per punizione le sputa in faccia. Aurora rimane più sorpresa che altro, mi pare. Ripete solo *ma che schifo, lasciami.*

E lasciala, ha detto che le fai male. Lo dici tu, a qualcuno fuori campo che non nomini. Christian ti ribatte di non fare sempre il tenero. *Alle donne piacciono quelli duri, vero o no?*

Aurora forse sta per ribattere, poi spalanca gli occhi come davanti a un mostro spuntato dal buio.

Ma che fai... riprendi?

Rilassati, sto solo facendo luce.

Aurora si libera le mani, si tira giù il vestito e afferra il braccio di Christian.

No, stai riprendendo... ma sei scemo?

Amica, ora hai rotto veramente il cazzo.

Finito lo show, sono rimasto giusto il tempo per un dolce e il caffè. Ho stretto parecchie mani, mi sono preso diversi complimenti per te e ho incassato una solidarietà di tipo allusivo. Non avevi avuto un infortunio, una squalifica, un lutto. Il nostro problema non aveva nemmeno un nome. Poteva essere solo evocato.

Avevo già deciso di andarmene, poi mi ha bloccato Grigo. Era chiaro che mi aspettava, sulla piccola scalinata dell'ingresso principale. Aveva parcheggiato la sua ragazza di serata, ho capito che voleva parlarmi in confidenza. Come accadeva il più delle volte, non aveva coinvolto i genitori nelle occasioni sociali della squadra. Coltivava ossessivamente la propria autonomia e li teneva alla larga. Oltre il parapetto dalle colonne panciute le colline erano sommerse dal buio. La pianura brillava molto lontano da noi, era un'approssimazione.

– Garbati – mi ha fatto, senza preamboli. – Vuole diventare il mio procuratore. Lei che ne pensa?

– Io?

– Luca è dei suoi ora. Lo conoscerà. Che tipo è?

Gli ho suggerito di chiederlo a te.

– No, voglio sapere da lei.

Io ho tergiversato, lui ha tagliato corto, impaziente come se avesse un jet privato già ad attenderlo in pista.

– Lei è giornalista, no? Che sa di questa storia che Garbati vendeva le partite?

– Io non lavoro più in un giornale, e poi ho sempre fatto la nera.

– Ma lei ci crede o no?

– È una cosa che ho saputo dal vostro allenatore, come del resto tu, scommetto. Diciamo che la fonte è attendibile, ma andrebbe verificata.

Mi è parso deluso, anzi seccato.

– Garbati ha le mani in pasta. È potente, questo figlio di puttana. Ma sinceramente non mi pare che a voi abbia reso un gran servizio.

– In che senso, scusa?

– Be', Luca è dieci volte più forte di Momo, lo sanno tutti. Però alla Roma ci va Momo. Che senso ha?

– Lo sai, Luca deve chiarire la sua posizione su quella brutta faccenda.

– Che c'è da chiarire? Una stronzetta con un padre che dovrebbe essere in galera, e i magistrati frugano nelle mutande di uno a posto come Luca.

Un John Travolta giovane e magro, con i denti più sporgenti e gli occhi più crudeli. Questo mi ricordava il vostro esterno di centrocampo con licenza di tirare in porta da qualsiasi posizione. Mi piaceva quanto Garbati, vale a dire pochissimo.

Gli ho stretto la mano e gli ho detto che sarebbe andato tutto bene.

Spegni tutto.

Stai buona... fra noi funziona così, okay? Sono le regole.

Dammi il cellulare, stronzo.

Non so se sia l'audio della registrazione, ma più Aurora alza la voce, più sembra vibrare di paura.

E non strillare!

Non è stato Christian a parlare. Non sei stato nemmeno tu. È una voce più bassa e profonda. Aurora è inquadrata a mezzobusto, si protende verso l'obiettivo, cerca di raggiungere chi tiene il cellulare. Poi però manda un urlo e si piega. Chi le sta alle spalle le ha bloccato di nuovo un braccio dietro la schiena.

Senti qua, sentilo.

Ma lasciami.

Che c'è, hai paura?

Torna sul barcone, negro di merda.

Christian fa presente che così offende il suo amico. In un attimo Aurora si gira, ha il braccio libero. Momo ha i pantaloni abbassati, di lui si vedono soltanto un paio di mutande scure con delle vistose scritte rosse. Poi un fragore rischia di farmi perdere l'udito. Il segnale sonoro esplode in saturazione massima e Aurora viene spazzata via dall'inquadratura. Rallentando la velocità di riproduzione noto un lampo bianco. La manica della camicia di Momo attraversa lo schermo in diagonale.

A guardare i fotogrammi successivi viene il mal di mare. Per un istante passa veloce anche il tuo profilo sfocato, bianchissimo nel buio. Aurora deve essere rovinata addosso a Christian, lui è caduto, il cellulare è volato via.

Cazzo fai, Momo. Sei tu, sono sicuro.

A chi negro di merda, troia!

Lo schermo rimane grigio per qualche secondo.

Ma che... la vuoi ammazzare? Sei sempre tu, ma la voce è quella di chi si ritrova in caduta libera, a bordo di un aereo che non voleva prendere.

Dillo ancora, su.

Momo insiste e, a giudicare dal sonoro, qualcosa Aurora riesce a dire. A me sembra solo il lamento di un agnello alle porte del mattatoio, Christian invece capisce. E non gli piace. La sua voce melliflua cambia in un attimo, sembra registrata al rallentatore.

Denunci? Chi? Ma allora non hai capito.

Non hai capito. Un tonfo. *Che devi.* Aurora urla come se le stessero strizzando via l'ultima aria dai polmoni. *Stare buona.* Un altro. *Buona e zitta.*

Non sono sicuro, ma Momo interviene dicendo *fermati* e poi *occazzo, la faccia.*

Sei tu a dirlo. *Occazzo, la faccia.* Sei tu e sei disperato.

Silenzio improvviso. L'immagine si scompone in un frattale di frammenti grigi. Un clic. Nero. 03.48.

Il giorno dopo mi vedi arrivare all'Arno Campus a metà pomeriggio, mentre vi state allenando su uno dei campi da calcio a otto.

Il suono è un bip nasale, da primi anni Ottanta, quando i videogiochi si caricavano con un'audiocassetta e intanto si faceva in tempo a ripassare un capitolo di storia o l'indomabile coniugazione del verbo *fero-fers-tuli-latum-ferre,* il cui paradigma faceva rabbrividire come un'oscura formula di magia nera.

Il bip è sempre uguale, ma a ogni tratta arriva un secondo prima. Il tempo si accorcia, il respiro anche. Chi al bip non arriva al *cinesino* è eliminato. Il *cinesino* è un cono schiacciato, generalmente rosso, ed è il segnaposto da posizionare per delimitare spazi e lunghezze durante gli allenamenti. Da giovane, la mia bizzarra immaginazione mi faceva sempre pensare a tanti tipici cinesi da settimana enigmistica interrati in verticale sotto il loro copricapo. Nei due anni in cui ho militato con qualche infamia e senza alcuna lode negli allievi, l'apparire del cinesino all'allenamento mi gettava nello sgomento. Il nostro mister conosceva già una versione meno scientifica e più crudele dello yo-yo test. Due cinesini a distanza di venti metri e via, a rincorrersi in batterie di due finché uno non scoppiava e l'altro lo raggiungeva.

Oggi un allenatore così verrebbe denunciato per maltrattamenti.

Oggi ognuno di voi ha il suo cardiofrequenzimetro e, appena viene messo fuori dal test, uno dei preparatori atletici scarica i dati via bluetooth su un computer e analizza i tempi di recupero. Se entro centoventi secondi il battito non si abbassa fino al ritmo normale, meglio cercarsi un altro sport.

Gli ultimi due siete tu e Grigo, come previsto. Ormai sono più di quindici minuti che il test va avanti. Ormai i venti metri sono da coprire in pochi secondi, non c'è quasi più recupero fra una tratta e l'altra... Il pomeriggio è caldo e persino Grigo corre aiutandosi un po' troppo con i gomiti, come a voler remare nell'aria, tipico movimento di chi presagisce lo spegnersi delle forze. Tu no, tu continui ad arrivare al cinesino un secondo prima del bip, poi ti volti, un piccolo salto, e torni in allungo verso l'altro cono rosso che ti aspetta a venti metri di distanza. Senza allungare il passo, il busto eretto, la cadenza serrata.

Dopo diciassette minuti di tortura, Grigo manda un gemito, fa per tornare indietro ma ormai caracolla, non alza più le ginocchia. Conosco quella sensazione, la stanchezza estrema è un paradosso spazio-temporale: ogni passo in più che fai il traguardo si allontana. E il bip lo fulmina a mezza strada. Tu sei già ripartito e alzi le mani, urli, divori gli ultimi venti metri e stramazzi al suolo. Se non ti vedessi con le braccia alzate mi preoccuperei.

Il preparatore viene da te, torni in piedi afferrandoti alle sue mani, lui ti dà una pacca sul culo e ti dice *vai a scaricare i dati, superman, che qui il bluetooth non arriva.*

Passi davanti a Grigo, che respira a bocca aperta, le mani sui fianchi. Gli dai una sberla sulla coscia, lui alza il dito medio e tu lo abbracci dicendo *boia chi molla, ma stavolta hai mollato te.*

– Dài, Luca, il commercio triangolare.

– Sto a pezzi, pa'.

Non hai mai avuto grandi capacità di concentrazione. Ma quel giorno sei ai minimi storici.

– Domani hai la verifica di storia.

– E *chissene.*

– Su, ci arrivi anche a senso. Dall'Europa partivano navi piene di armi, stoffe, utensili di metallo e andavano verso... verso?

Finisci di ingurgitare il bibitone isotonico e mi guardi. Scacci un moscone dal tavolo.

– L'America.

– Ma come l'America? E per quale motivo?
– Per il commercio.
– E appunto! Stiamo parlando di commercio di schiavi, Luca. E dove li prendevano gli schiavi?
– Erano neri, quindi in Africa.
– E con cosa li pagavano?
– Con le stoffe e le robe di metallo.
– Ecco. Dopodiché...
– I neri li mettevano sui barconi, come oggi.
– Sì, in un certo senso.
– Quello che non capisco però, pa', è... perché facevano tutto 'sto viaggio, tutta 'sta fatica per andare a prendere i neri, a cento alla volta, e si facevano due settimane di nave...
– Luca, non c'erano le navi. C'erano dei velieri. E ci mettevano due mesi, quando andava bene.
– Pure. Ma perché? Non c'erano gli schiavi in America. Che so... gli indiani? Quelli non lavoravano se li obbligavi?
– Erano pochi. Ed erano morti come mosche per le malattie portate dagli europei. Non sei arrivato nemmeno a leggere fino alla fine della pagina.
Provo a spostarmi sul test a risposta multipla. «Quanti africani sono stati deportati nelle Americhe durante i tre secoli in cui è andata avanti la tratta degli schiavi?».
Non sai cosa rispondere, quindi prendi tempo.
– E che, tenevano il conto?
– Sì che tenevano il conto. Quegli uomini erano stati venduti da qualcuno e pagati da qualcun altro. Era-

no merce, e la merce va registrata scrupolosamente. Allora, quanti?

Le possibilità sono tre: sei milioni, dodici milioni o ventisette milioni. Tu non ne hai idea, e in fondo a che cazzo ti serve saperlo, tu nella vita devi saper prendere la posizione su un rinvio prima dell'uomo che marchi.

– Scommetti che neanche Momo lo sa? Glielo andiamo a chiedere?

Come al solito, l'hai buttata in caciara. Mi togli il libro dalle mani e allunghi le gambe. Intorno a noi il parco ondulato è di un verde perfetto. Un gruppo di ragazzini dei Giovanissimi fa stretching nel centro di questo anfiteatro naturale delimitato da siepi punteggiate di bianco. Il vento del pomeriggio ci fa arrivare il profumo dell'osmanto appena fiorito e non c'è ragione per pensare a velieri stracolmi di gente coperta di sudore e vomito, gente che non è libera neppure di buttarsi a mare e morire, perché la loro vita qualcosa vale e qualcuno ha investito su di loro. La tua vita vale molto di più, e solo per questo ti sembra così diversa. Tu mi indichi uno scoiattolo, io ti dico:

– Dodici milioni.

Tu vai a controllare sul libro e mi dici che ci ho preso, erano proprio dodici.

– Intendo tu, Christian e Momo. Quanto valete al momento, tutti insieme? Dodici milioni di euro? Forse anche qualcosa di più.

– Che ti viene in mente, pa'?

– Per il Rivadarno è una cifra importante. Mantenere tutta questa bella baracca costa.

– *Eccerto.* Però lo sai che non ti seguo?

– Non si può rovinare un investimento così per la cazzata di una sera, no? In fondo, se Aurora non dice a Momo *negro di merda* tutto fila liscio e nessuno si fa male.

Il tuo incarnato è sempre chiaro, ma in quel momento ti vedo pallido. O forse è il sole che si è appena velato. O forse hai finalmente capito che il tempo dei bluff è finito.

– Ma di cosa parli?

– Non di *cosa*. Di *chi*. Parlo di Aurora Lopez.

– Ancora con quella? Che film s'è inventata, adesso?

– Vi siete spaventati. Avete pensato che fosse morta? E quindi tutti zitti, tutti d'accordo. Chi è che ha preso il comando delle operazioni? Christian? Almeno questo raccontamelo, Luca, almeno una soddisfazione dammela... su.

– Te la do domenica, la soddisfazione, vedrai. Titolare dal primo minuto, scommetti?

– Domenica nessuno di voi giocherà. Scommetti?

– Ma che, sei venuto a portare rogna?

– È finita, Luca. La polizia ha scoperto tutto.

Mi tocca tenerti a sedere a forza. Ti ricordo che tuo padre è un giornalista, ha fatto quasi trent'anni di nera, è culo e camicia con la polizia e i magistrati e, di norma, non ti ha mai raccontato cazzate. Appena detto questo millanto fantomatiche conoscenze altolocate in grado di preavvertirmi degli sviluppi dell'indagine.

– Verranno verso le quattro o le cinque, prima dell'alba, e non sarà divertente.

Tu però continui a fare muro. In silenzio, quasi offeso.

– Il cellulare di Christian, quello che è sparito ieri.

– Che c'entra?

– Lo sai anche tu cosa c'è dentro, Luca. Chi credi che l'abbia preso? Sentiamo. Un ladro entra negli spogliatoi e, invece di riempirsi il sacco, prende *solo* un telefonino? Come sei ingenuo, figlio mio.

Ti ricordo che sei una promessa del calcio, sei figlio di un giornalista noto. Abbiamo le nostre carte da giocare, carte che altri non si sognerebbero neppure. Salgo a due piedi sulla leva del privilegio e spero sia quella giusta.

– Io torno in stanza. Sono stanco.

– Favoreggiamento personale in violenza sessuale di gruppo e lesioni gravi, Luca.

Ti ho abbracciato le spalle e ti ho sentito tremare, come una coda di lucertola staccata dal corpo.

– Io quando ho visto che avevano perso la testa io... io gli ho detto di smettere e me ne sono andato.

– E quella si chiama omissione di soccorso, sai? Ma a questo punto mi pare il meno.

– Io quella notte non ce l'avevo ancora, diciotto anni.

– Ma che idea originale. Una volta che salta fuori il casino, diamo la colpa al minorenne, che se la cava con poco, casomai.

– Non è vero, se non trovavano il preservativo non...

Non è un argomento che mi interessa. Ti ringhio in un orecchio di stare zitto e ascoltarmi bene.

– Quando hai risposto alla Siracusano e poi al magistrato diciotto anni ce li avevi. È a quel punto che hai intralciato la giustizia. Quindi finisci dritto a processo con gli altri due grand'uomini. Loro si beccano sette o otto anni, tu due o tre sicuri.

Tu però reclami, in fondo non è morto nessuno, è tutto un delirio, e minacci che in galera ti ammazzi.

– Luca, lo capisci o no che abbiamo un'opportunità? Ritratta le balle che hai raccontato e di' la verità. In questo modo il tuo favoreggiamento viene meno. Nel nuovo processo tu diventi testimone d'accusa, capisci? Ma devi farlo ora.

– Devo buttare merda sugli altri per salvarmi il culo. Bella storia.

– Quando l'ispettore capo ha rovesciato il capanno e ha trovato il preservativo, cos'hanno fatto i tuoi grandi amici? Non hanno firmato neanche una riga per te. Niente! Ti hanno lasciato solo. E tu lo sai, l'hai capito. Uno... a momenti lo accechi negli spogliatoi. All'altro, gli hai quasi rotto il naso. Mi ascolti o no?

– Non sono un infame.

Ti prendo il colletto della maglietta e lo torco, ti scuoto. Sei pesante e inerte.

– Basta, Luca. Prendere a calci una ragazzina e poi tirarselo fuori dai pantaloni... è da infami. Prenderla per i capelli, sputarle in faccia... è da infami. Obbligarla a farsi riprendere... è da infami. E guardare tutto questo senza muovere un dito è da infami. E siccome non siamo riusciti a fartelo capire, siamo due infami anche tua madre e io.

Mi pare di essere stato chiaro, ma con te non si sa mai, mi sembri inebetito e distante. Quindi ribadisco. *Tutto-questo-è-da-infami!* Ti prendi il viso fra le mani, magari così nascondi che stai per piangere. Anch'io, ora te lo confesso, non c'ero molto lontano.

– Non mi importa un cazzo se questi infami sono tuoi amici. Se uno deve andare a giocare nel Manchester e se quell'altro... i suoi genitori sono venuti in Italia con le pezze al culo.

Mi urli di andarmene. Qualche ragazzino, laggiù nella quieta conca verde, si volta e io lascio subito la tua maglietta.

– Sono tuo padre, e sono l'unico che può tirarti fuori dalla merda in cui ti sei messo a sguazzare. Ma questa è l'ultima chiamata. Questa volta ci andiamo insieme, alla polizia. E racconti tutto per filo e per segno.

Ma tu niente, mi hai spinto via, mi hai tirato contro la bottiglia vuota e ti sei messo a correre, tagliando in diagonale il prato perfetto.

In pochi secondi ti sei confuso nel paesaggio, fra le siepi precise e le ombre solenni degli alberi. Correvi via e non sapevi dove stavi andando, anzi, neanche lo immaginavi.

Rimane ancora oggi l'immagine più esatta della tua solitudine e della mia sconfitta.

La bottiglia di birra. Quella di pastis. Il cellulare di Christian Colasanti.

La compagnia della mia serata.

Birra e pastis sono una variante adulta, e potabile, di un sapore che mi riporta alle prime serate di bella stagione, alle prime volte in cui da bambino mi era stato concesso di bere alcol. Mia madre mescolava un po' di birra in un bicchiere di gazzosa. Ottimo per sfidare i cugini a chi cacciava fuori i rutti più sonori, magari con qualche modulazione baritonale. Da piccolo cercavo in quella mistura il sapore dell'alcol proibito, ed era il gusto amaro. Mi chiedo se dietro ci fosse un insegnamento.

Mi chiedo cosa dovevo insegnarti io, per non arrivare a questo punto.

Più domande mi faccio, più diluisco pastis nella birra, meno risposte trovo.

A un'ora sicuramente tarda, non so dirti quale, mi vedo davanti tre bottiglie vuote e il tavolo marchiato da cerchi appiccicosi. Scaglio via le bottiglie, rimango a guardare i frantumi per terra. Mi metto in tasca il telefonino, mi alzo aiutandomi con tutte e due le mani ed esco.

Non di rado il vento umido del sud sale fino in collina e la notte si stempera, anche in pieno inverno. Porta un odore esotico che io associo al deserto, anche se nel deserto non ci sono mai stato. Il vento del sud non è abbastanza fresco per scuotermi dal torpore, ma forse due passi mi aiuteranno. Imbocco il sentiero lungo il confine fra l'uliveto e il bosco. Lo conosco bene, lo faccio spesso di notte, per vincere il sonno. A volte seguo il richiamo del gufo reale e arrivo su, fino allo sperone di roccia che buca il terreno erboso come fosse la punta di un colossale palazzo sepolto. Il gufo reale lo utilizza come base e una volta, ma una sola, ho visto per un attimo i suoi occhi, due monete di bronzo bucate, prima che volasse via.

Ma quella sera non è il solito sentiero. La pendenza è così forte che devo aggrapparmi ai cespugli più folti. Annaspo, mani e piedi, sull'erba umida e scivolo qualche metro più sotto. Respiro a fatica. E il motivo è il cellulare che ho in tasca. Non ho dubbi. Il cellulare di Christian Colasanti è troppo pesante. Me ne devo liberare, ma non so bene come e dove.

Scendo, ed è peggio che salire. Cado svariate volte, non sto lì a contarle. Davanti a casa mia ci sono un paio di aiuole delimitate da sassi bianchi. Ne scalzo dalla terra uno, mi sta nel pugno, ha un'estremità aguzza. Andrà benissimo. Prima ancora di disfarmene, lo devo distruggere, questo telefono.

Mi siedo sugli scalini a riprendere fiato. E vedo Nora uscire dal cancello della Scuda.

– Tutto bene? – mi chiede.

Dico di sì, neanche mi rendo conto che ho i pantaloni chiazzati di terriccio, le dita annerite, la camicia fradicia avviluppata al torace come una pellicola adesiva.

– Ti ho visto dalla finestra. Ti sei fatto male?

Le chiedo perché.

– Sei caduto.

– Caduto, sì – ripeto. Nora mi si siede accanto a distanza di sicurezza. Io mi appoggio alla porta e guardo verso il cielo scuro, dove non ci sono luci che possano entrarmi negli occhi come spilli.

Mi chiede quanto ho bevuto.

– Non abbastanza – rispondo io.

Lei mi chiede di Aurora e io mento senza esitazione.

– Niente. Non so che numero abbia chiamato, non so dove sia. E neanche mi interessa.

– Potrebbe aver fatto una cazzata. Non ci pensi?

Sollevo le spalle, mi metto le mani in tasca e stringo il cellulare di Christian, come se avessi paura che salti fuori di sua spontanea volontà.

– No, non credo.

Nora mi fissa a lungo, si lamenta di aver lasciato le sigarette alla Scuda, sbuffa, poi si volta verso di me.

– Io ci sono passata, Dario, e tu lo sai... anzi, sei il solo a saperlo.

Ci sono persone a cui la verità ti lega con una catena, come gli schiavi sui velieri del commercio triangolare. Per te erano Christian e Momo, per me quella persona è Nora. L'ho guardata con la stessa espressione stranita con cui lei ha notato il sasso appoggiato sui gradini.

– Vedi, Dario, quello là s'era fatto un giro dentro di me perché ero Nora Beckford. Ero considerata una troia ed ero strafatta. Ma tutto questo non cambia niente.

Nora abbassa la voce come se quello là potesse sentirci. Forse fa addirittura un cenno con il capo verso le montagne vicine, nascoste nel buio. L'importante è non pronunciarne il nome.

– Immagina che ti entrino in casa e te la distruggano, anche senza rubare niente. Però ti sfondano gli armadi, ti bruciano i vestiti, le foto, i libri e ti cacano sul letto. Qual è l'unica consolazione? È che almeno lo fanno quando tu non ci sei. Per tanti anni mi sono convinta di non essere stata in casa, mentre succedeva. Invece poi no, è tornato tutto a galla. Quando quello là mi teneva per le gambe e mi sbatteva io c'ero. Strafatta, ma c'ero, ero io. E rivedevo tutto. Sentivo tutto. Se ti hanno profanato la casa, bene, puoi sempre cambiarla. E io ci provo.

– Non capisco.

– Dove nessuno mi conosce. Gente che non ha mai sentito nominare Nora Beckford. È quello l'importante. Se non sono Nora Beckford, posso lasciarmi andare, mi sono detta. Sono diventata solo un nickname, altre volte mi sono vestita da uomo. Mi informo anche se c'è un locale di scambisti nelle vicinanze, vado a vedere com'è, la gente che ci gira. In genere sono deprimenti perché cercano di darsi un tono. Una coppia gay, mi sono detta, magari è la soluzione. Avevano una casa in centro, molto grande, un po' vuota. Ci stavano da poco, c'erano tanti quadri appoggiati sul pavimento.

– Non sono così ubriaco da voler ascoltare il seguito.

– Non c'è stato un seguito. O almeno, non come speravo. Sono rimasta a guardarli per un po', poi li ho lasciati alle loro cose. E non dico che mi sia dispiaciuto, anzi. Guardare è pur sempre una specie di potere, il potere qualche brivido lo dà, in ogni caso. Ma non ha funzionato. Come tutte le altre volte, del resto. È come pretendere di cambiare città vivendo sempre nello stesso appartamento. È assurdo. Posso cambiare nome, posso cambiare vestiti, sì, ma quando poi me li tolgo, il mio corpo è sempre questo, non lo posso cambiare. E non mi ha perdonato. Io oggi lo difendo, ma non mi ha perdonato.

– Stai parlando di te o di Aurora?

– Vedo che hai capito.

– Aurora sopravvivrà. È più tosta di quanto sembri.

– Non ha fatto che parlarmi di te, sai?

– E allora perché se n'è andata?

– Passerà tutta la vita ad andarsene, te lo posso assicurare.

Nora si passa le mani fra i capelli, poi sul collo, poi abbassa lo sguardo.

– Che ci fai con questo sasso?

Il tono di Nora è così ingenuo da rendere troppo squallida la mia prossima bugia. O forse no. Il modo in cui mi squadra, aspettando una risposta apparentemente banale, dice chiaro che da me si aspetta la verità.

– Il sasso? L'ho preso per spaccare questo.

Tiro fuori dalla tasca il cellulare di Christian Colasanti.

– E perché?

In quel momento non so se la catena a cui siamo legati Nora e io ci trascinerà a fondo. Il gufo reale lancia il suo avvertimento. Per il resto è silenzio.

Prendo il sasso, lo soppeso e lo scaglio via. Accendo il cellulare.

– Te la senti? – le chiedo.

– Cosa?

– Un video. Sono solo tre minuti.

XII

Il mio tempo non sarà mai abbastanza.

Il mio tempo non l'ho bruciato dentro un carcere. Magari l'ho abbandonato negli aeroporti, l'ho guardato sgocciolare via dalle grondaie quando piove di domenica, l'ho prestato senza garanzie alla stupida noia dei vent'anni, stupidamente sicuro che un giorno mi sarebbe stato restituito.

Comunque vada, il mio tempo non mi basterà, l'ho sempre saputo. Non avevo bisogno di quella telefonata sedici minuti dopo mezzanotte.

Si fa presto a scoprire che è tardi. Io però non ne avevo bisogno e non me lo meritavo.

Ero appena rientrato in casa, ero davanti al frigo a chiedermi se avevo fatto la cosa giusta. Sentivo fame, ma l'idea di mangiare mi dava il voltastomaco. A mezzanotte e sedici minuti un numero non in agenda ha fatto vibrare il mio telefono e non ho risposto. Due minuti dopo è apparso lo stesso numero e ho lasciato che entrasse in azione la segreteria. La segreteria ha registrato un messaggio vocale e io mi sono detto che l'avrei ascoltato con calma. Poi invece ho chiuso il frigo, ho adocchiato una bottiglia di rosso ancora a metà e l'ho ascoltato subito. Ero già pronto con il pollice a cancellarlo.

– Sono il dottor Giannini, mi chiami appena può.

Prima di dire queste parole, il vostro medico sociale aveva fatto un lungo sospiro. Il sottofondo sembrava quello di un posto animato.

Ho trovato il dottor Giannini ad aspettarmi davanti al pronto soccorso assieme a Novi. Il presidente era infagottato in un blazer scuro. Avevi avuto un non meglio precisato problema cardiaco. C'erano accertamenti in corso.

– Non raccontatemi cazzate – ho detto.

– Luca è andato in arresto – ha sussurrato Giannini.

Il tuo cuore aveva smesso di pompare sangue. Senza preavviso. Il tuo cuore aveva deciso che dovevi morire, dopo appena diciotto anni trascorsi in questo mondo. Basta. Finito. Dovevi morire e passare al di là di un muro grigio e scabro, spesso chissà quanto, davanti al quale saremmo rimasti a chiamarti per tutto il resto della nostra vita. Avremmo tentato di appenderci tutti i nostri ricordi di te, ma nessun chiodo poteva penetrare quel cemento.

– Un arresto cardiaco? Com'è successo?

– Intorno alle undici e mezzo. Era in camera sua – ha detto Novi, ma non ne sapeva di più. Lui e Giannini erano arrivati direttamente in ospedale poco dopo l'ambulanza. Il vostro medico mi ha giurato che nessun controllo aveva mai segnalato niente di anomalo. Non se ne capacitava. Aveva già consegnato tutti i tuoi esami degli ultimi anni all'équipe dell'ospedale.

– È sano, è a posto, non ce lo spieghiamo – ripeteva. Fra una parola e l'altra ansimava.

In ascensore mi sono guardato nello specchio. Avevo la testa incassata fra le spalle, ero sicuro che fosse colpa mia. Doveva essere colpa di qualcuno, perché non si smette di vivere a diciotto anni senza che sia colpa di qualcuno.

Siamo usciti su un crocevia di lunghi corridoi deserti. C'era silenzio.

– Aspettiamo di parlare con i medici – mi ha rassicurato Novi. – Mettiamoci qua.

Mi sono seduto in mezzo a loro, le mani chiuse fra le ginocchia. Novi ha ricostruito la serata secondo quanto era riuscito a sapere dai tuoi compagni. Avevi cenato normalmente, poi una partita a ping pong, una alla PlayStation, due cazzate con gli altri della squadra ed eri salito in camera tua. Solo un po' stanco, avevano detto, ma niente di più.

Ho passato in rassegna tutte le possibili disperazioni che il futuro ci avrebbe riservato. Ho chiamato tua madre. Ho bevuto un po' d'acqua. Ho guardato Giannini uscire sul terrazzino a fumare. Fumava, tossiva, si passava l'altra mano fra i capelli grigi e foltissimi.

Era colpa di qualcuno. Il tuo cuore era sempre stato sano. Tua madre e io ti avevamo fatto un cuore forte, decine di controlli ce l'avevano detto. Quel qualcuno ero io. Poche ore prima ti avevo chiuso in un vicolo cieco. Sono passati due medici, ma non erano quelli che aspettavamo. Ne sono stato quasi contento.

E se non fosse stata colpa mia? Volevo farmi altre idee, volevo sopravvivere a quella notte insieme a te.

Chi sapeva del cellulare di Christian e di quel videoclip? Christian stesso, Momo e te. Christian era il tuo compagno di stanza e io non credevo a una coincidenza. Non avevo mai creduto alle coincidenze. Nessuno poteva chiedermi di crederci adesso.

Alle due e venticinque da una delle porte del corridoio si è affacciato un giovane medico dall'aria slavata, il camice troppo largo, gli occhiali tondi sulla punta del naso.

Ha pronunciato il tuo cognome. Che poi sarebbe anche il mio. Mentre mi alzavo dalla sedia, Novi mi ha stretto la mano e ha tentato inutilmente di sorridere.

La stanza era stretta, la scrivania la ingombrava quasi tutta. Il lettino era occupato da schedari e da un ventilatore. Giulia ha bussato con invidiabile tempismo, proprio mentre mi sedevo.

– Sono la madre – ha detto. Aveva i capelli raccolti, il viso acceso da aloni rossi e sembrava odiare me, il dottore, la scrivania, l'ospedale e il mondo intero che intanto, là fuori, dormiva come se niente fosse.

Il medico ha chiuso la finestra, si è seduto e ha detto:

– È fuori pericolo.

Giulia si è appoggiata a una cassettiera, l'abbiamo aiutata in due a sedersi. Ha ringraziato a voce bassa un Signore a cui da domani avrebbe potuto iniziare a credere seriamente.

– Luca sa che siamo qui? Quando possiamo parlarci?

Il medico ha tamburellato con una penna sulla scrivania.

– Al momento è sedato. È la prassi, in questi casi.

Tua madre allora ha chiesto a me se ero riuscito a parlarti. Non capiva la situazione. Nemmeno io, fino in fondo, e non sapevo cosa dire. L'espressione del giovane medico poteva riassumersi in *sto per spararvi in faccia, perché non mi pagano per prendervi per il culo.*

– Vostro figlio ha avuto un arresto cardiaco, signora. Sa cosa vuol dire?

Per spiegarcelo si è tolto gli occhiali e l'orologio. Voleva dire che il tuo cuore si era fermato all'improvviso ed eri arrivato all'ospedale privo di conoscenza. Niente più sangue in circolo. Un disordine nei segnali elettrici che regolano le sue contrazioni e il cuore perde il ritmo, non capisce più un cazzo e si imballa come un motore fuori giri.

Continuava a non sembrarci possibile, eri un ragazzo sano, allenato e controllato. Il dottore ci ha stoppato con un gesto quasi di fastidio. Servivano alcuni esami per capire come mai fosse successo e se operarti o meno.

– Potrebbe essere necessario impiantargli un defibrillatore. Con quello non correrà più rischi.

Voleva dire che saresti rimasto ancora un giorno o due sotto sedativi o, a dirla in modo meno gradevole, in coma farmacologico. Voleva dire che a diciotto anni eri morto, almeno per qualche minuto. Uno, cinque, dieci? Al momento non si sapeva. L'Arno Campus non era nel centro di una città, l'ambulanza ci aveva messo il suo tempo, quindi...

– ... previsioni, al momento, è meglio non farne.
– Previsioni su cosa? – ha chiesto tua madre.
– Sul *dopo*.

Era finito un *prima* e cominciava un *dopo*. Per me non c'era da aggiungere molto altro. Avevamo varcato il confine della terra che ci era sempre appartenuta. Nella vita che ci aspettava saremmo diventati stranieri, intorno a noi risuonavano già parole sconosciute e minacciose. *Fibrillazione ventricolare, QT lungo, ipossia.*

– Lo voglio vedere – ha detto tua madre.
– Deve avere un po' di pazienza, signora.
– Fatemelo vedere – ha ripetuto.

In una stanza attigua c'erano una poltroncina e un divanetto a due posti di pelle sintetica blu. Tua madre si è stesa lì, coprendosi con la giacca, sotto il neon bianco, l'espressione rigida di chi ha ricevuto un'offesa imperdonabile. Io sono andato ad aggiornare Novi e Giannini. Li ho pregati di tornare a casa, poi ho cercato un'uscita. Mi sono appoggiato al reticolato della centrale energetica. Ho chiamato Nora e ho finito il mio racconto con una domanda.

– È possibile provocare un arresto cardiaco?
– A un cuore sano e allenato? Non molto facile, direi.
– Ma si può fare.
– Come no, in America ogni tanto lo fanno. La sedia elettrica non va più di moda, non è un bello spettacolo. Un'iniezione di cloruro di potassio e il cuore si ferma.

– Solo con quello?

– Anche il cianuro, mi pare, e forse anche il cloroformio. Ma non sono sostanze che uno prende senza accorgersene. E non credo che nel Campus facciano mangiare due etti di liquirizia al giorno, o preparino infusi di belladonna.

– Un farmaco in commercio?

– Ci sono farmaci che hanno controindicazioni...

– Gli antidolorifici? Quel ginocchio gli ha fatto passare le pene dell'inferno. Una volta ho letto che potevano dare problemi.

– Gli antidolorifici non steroidei? Se ne parla da un po'. Quelli possono favorire l'infarto del miocardio. Ma non al cuore di un atleta di diciotto anni, guarda. E poi hai detto che tuo figlio ha avuto un arresto cardiaco, che è un'altra cosa.

Le ho fatto notare che al Rivadarno c'era chi conosceva tutto di te, ti monitoravano quasi giorno per giorno, da diversi anni, e non era possibile che fosse sfuggito un problema al tuo cuore.

– Ti senti in colpa – ha concluso lei.

– Io? Qualcun altro farà meglio a pensare alle sue, di colpe.

– Il cuore non si ferma per una discussione, Dario.

– Lo so, Nora, anche se non ho studiato medicina.

– E allora?

– Allora mio figlio è stato accusato di uno stupro che non ha commesso. Poteva evitarlo, ma non ha mosso un dito. Poteva dire la verità, ma non l'ha detta. Ieri aveva una paura fottuta, Nora, te lo giuro. Di chi non lo so, ma stanotte ha rischiato di morire in modo inspiegabile. Questo è.

Siamo stati aggiornati di nuovo intorno alle sette di mattina. Assieme al medico giovane e slavato si sono presentati una dottoressa e l'anestesista. Per prima cosa, tua madre ha ripetuto che voleva vederti a tutti i costi, quasi non volesse credere a quello che ci stavano raccontando. Io, te lo dico francamente, non volevo vederti senza che tu ti accorgessi che ero lì. Per me eri sospeso in un mondo parallelo, buio e lontano, mi faceva meno male immaginarti così e aspettare il tuo ritorno.

Ma quando saresti tornato? Perché saresti tornato, no? Alla mia domanda ho percepito una vibrazione di imbarazzo nei tre, la speranza silenziosa che fosse qualcun altro a rispondere. È toccato alla dottoressa, anche lei giovane ma con un'acconciatura e una spilla d'oro da signora di mezz'età.

– In un paio di giorni diminuiremo gradualmente l'anestesia. E a quel punto vedremo come reagisce Luca.

– Cosa ci state dicendo? Che potrebbe anche non svegliarsi?

– Avete appena detto che i parametri sono buoni, che il cuore ora è regolare – ha protestato tua madre.

– La situazione è stabilizzata. Ma quando il cervello rimane senza ossigeno per...

– Per quanto? Possibile che nessuno sappia esattamente com'è andata?

A rivedermi, mi giudicherei sicuramente patetico. A

sorpresa, quello giovane con gli occhiali è uscito dal suo gelido rigore per appoggiarmi.

– Quando è arrivata l'ambulanza, il ragazzo era già stato defibrillato. Questo ci lascia ben sperare.

Alla dottoressa è sfuggito almeno l'accenno di un sì con il capo. Poi ci ha guardato, le mani sul tavolo come a tenerlo fermo.

– La TAC non ha rilevato criticità o sofferenze. Anche questo è un buon segnale. Bisogna solo aspettare, signori.

Tua madre voleva capire di più, ma gli esami non suggerivano perché il tuo cuore aveva smesso di funzionare da un attimo all'altro. Allora ho raccontato dello yo-yo test, di come avevi voluto a tutti i costi rimanere l'ultimo della squadra a fermarti. Il giovane slavato ha detto che uno stress fisico poteva giustificare un po' di febbre, ma non certo un arresto cardiaco.

La dottoressa ci ha chiesto se avevi assunto qualche sostanza fuori dal consueto, ultimamente. Giulia ha pensato subito a qualche droga, e ha negato quasi con sdegno.

– Questi ragazzi sono sottoposti a mille controlli.

Mi sono stupito anch'io. Giannini non aveva fornito il quadro completo degli ultimi anni?

– Certo. E farmaci che il medico sociale possa non sapere?

Tua madre si è risistemata la crocchia di capelli e io le ho domandato se a lei risultasse qualcosa, anche una pasticca per il mal di gola o un'aspirina. La mia ironia è stata scarsamente apprezzata dall'équipe medica.

Poi c'è stato il silenzio di Giulia. Quel silenzio breve e inatteso.

– Una decina di giorni fa gli è stato prescritto un antidepressivo – ha detto poi.

I medici si sono guardati. Io mi sono alzato in piedi e ho chiesto a tua madre perché. Lei, impassibile, seduta sul bordo della sedia, mi ha risposto che lo sapevo benissimo, il perché.

– Perché non lo avete detto al medico sociale, Giulia, perché?

– Luca aveva paura che poi non lo facessero giocare. E comunque, è... è un medicinale blando, gliel'ha prescritto un medico e i dosaggi...

– I dosaggi, Giulia, i dosaggi? Luca l'hai controllato tu, quando era al Campus? Chi lo controllava, se Giannini non lo sapeva?

– Signori, nostro figlio è stato accusato ingiustamente di una cosa gravissima, da tre settimane la sua vita è...

– Giulia, ti prego, questo ai medici non interessa.

– No? Lo stress che ha subito Luca non c'entra niente?

– Il nome di questo farmaco, signora – ha tagliato corto il giovane medico, sempre con gli occhiali sulla punta del naso.

Mi ha appoggiato sulle ginocchia il camice e la cuffia per i capelli.

– Come sarebbe non entri?

– Non entro.

– C'è tuo figlio, là dentro.
– Vaffanculo.
Se tu ci avessi visto, non ti avremmo dato un esempio edificante, quella mattina. Ma è giusto smettere di raccontare che le difficoltà rendono migliori le persone. Al massimo le rendono più deboli e disposte ad accettare qualsiasi aiuto. Ma non migliori.
– Hai trovato il modo di dare qualsiasi colpa a me? È l'unica cosa che ti preme, ora? Mettiti questa roba e vieni di là con me, avanti.
Ho preso il camice verde, l'ho strappato per lungo e gliel'ho restituito.
– Neanche dal magistrato, eri con lui. Che cazzo di padre sei?
Qualcuno doveva pagare. Forse non mi interessava neanche chi. Se un cuore si ferma una colpa, da qualche parte, ci deve essere. Da mezzanotte e sedici minuti avevo in testa solo questo pensiero.

Mentre Giulia era accanto al tuo letto di rianimazione, sono arrivati Christian e Daniel. Sono stati i tuoi primi compagni di squadra a presentarsi, intorno alle sette e mezzo. Erano assieme ad Abbadeschi e al magazziniere.
È stata una visita rapida, la società aveva deciso che quella mattina i ragazzi sarebbero andati a scuola regolarmente. Daniel era in tuta, come sempre, e come sempre neanche la tuta dissimulava le sue gambe arcuate da fantino. Christian mi ha parlato senza guardare mai verso di me. Si mangiava una parola su due, mi girava attorno e non riusciva a stare fermo. Teneva il cap-

puccio della felpa sulla testa e non si era nemmeno tolto gli occhiali da sole a specchio.

– Era rientrato in stanza presto, gli ho chiesto come mai... lui mi ha detto che gli pareva di avere un po' di febbre. Sono andato in bagno, ho detto una cosa e non mi ha risposto. Ho pensato che si era addormentato, poi ho sentito un rumore strano, tipo l'affanno, non lo so, però era diverso, come uno che soffoca... *cazzo fai, russi?* Gli ho dato una botta sulla spalla, ma lui niente.

Tu non russavi mai e Christian lo sapeva. Il rumore a cui Christian non sapeva dare un nome era il rantolo dei moribondi. Mentre lo ascoltavo, ho letteralmente traboccato di sofferenza e ho persino desiderato di non averti mai messo al mondo. Un giorno il tuo cuore aveva iniziato a battere per merito mio. Ma se dopo neanche diciotto anni aveva smesso di colpo, senza nessuna ragione apparente, quel merito non poteva che tramutarsi in una colpa.

Christian è riuscito a dirmi di averti urlato in faccia, poi si è messo a piangere, un pianto secco che gli faceva contrarre la bocca come se la pelle si stesse per strappare. Ha abbattuto un attaccapanni con un calcio. Mentre Adelio lo rimetteva in piedi, Daniel ha trascinato Christian in un angolo ripetendogli che in fondo Luca l'aveva salvato lui.

– Se non te ne accorgevi tu... – ha detto Daniel, e non ha finito la frase.

Ho chiesto al factotum del vostro Campus di raccontarmi il resto, soprattutto quello che era successo prima che arrivasse l'ambulanza.

– Eravamo tutti fuori di testa, e invece è arrivato Grigo, l'ha steso per terra e gli ha fatto il massaggio cardiaco. Ho pensato che gli spezzava tutte le costole, da tanto che ci dava dentro. Ma lui ha continuato, non ascoltava nessuno. Che sangue freddo ha avuto, questo ragazzo, che sangue freddo.

A consolare Christian ci stava provando Abbadeschi, ma senza successo. A quanto mi diceva Adelio, avevano telefonato subito al fisioterapista, l'unico che sapeva manovrare il defibrillatore.

– Se n'era appena andato dal Campus. Il tempo di fare inversione e...

– ... e quanto ci ha messo ad arrivare?

Lui ha allargato le braccia.

– Pochissimo. Tre minuti, forse cinque, non lo so, in quelle situazioni uno non capisce più niente. Ma si è fatto il possibile, guarda. Luca è forte, vedrai che va tutto bene.

I ragazzi dovevano andare a scuola. Christian è venuto da me, petto contro petto, mi ha dato una pacca sulla spalla, a mano aperta.

– Luca è il nostro ultimo uomo, quello che ci para sempre il culo a tutti, in campo – ha sentenziato. *E non solo*, ho pensato io.

– Stavolta è toccato a me salvare il culo a lui... e gliel'ho salvato, vedrà.

Difficile negare di aver provato una specie di sorda vergogna. Dovevo la tua vita a uno che avevo appena rovinato, forse per sempre.

– Sarò sempre in debito con te, Christian – ho detto.

Ero sincero. L'unica, vera maniera possibile per sdebitarmi davvero sarebbe stato fargli riavere il suo cellulare.

Purtroppo per lui poche ore prima l'avevo consegnato alla polizia.

Mi ha trovato al bar dell'ospedale. Con il quinto caffè speravo di poter guidare sveglio fino alla Scuda. Dovevo andarmene qualche ora da quell'ospedale. Con Giulia era rimasto tuo nonno, avevo prenotato loro due stanze d'albergo a cento metri da lì.

– La dottoressa Paulus mi ha incaricato di dirle che è molto vicina a lei e a sua moglie.

L'avvocato Di Maria sembrava anche più reattivo e dinamico del solito. Era senza cravatta, abbronzato. Ha ordinato una spremuta d'arancia.

– È preoccupata per il suo investimento – ho fatto io.

– Quando nessuno investe su di noi, significa che non siamo nessuno, dottor Corbo.

– Agghiacciante. È sua o l'ha sentita in qualche master a Davos?

Ha vuotato il bicchiere in un sorso solo. La spremuta doveva essere piuttosto aspra, perché la sua faccia mi ha ricordato certi personaggi che fanno da garguglie nelle cattedrali gotiche. Poi mi ha annunciato che c'erano delle novità. Ha spostato di lato il bicchiere per piazzare sul tavolino una notifica da parte del Tribunale per i Minorenni.

– Ieri mattina la Scotti Fischer ha chiesto al gip di anticipare d'urgenza l'incidente probatorio.

– E a quanto vedo l'ha ottenuto.

La data in grassetto indicava un venerdì che, ci ho messo qualche secondo a capirlo, era il giorno dopo.

– In linea teorica, sì.

In pratica molto meno, mi ha spiegato. Se Aurora Lopez non si trovava, senza di lei non ci poteva essere nessun incidente probatorio. Ma i motivi della richiesta erano proprio i timori che qualcuno le impedisse di raccontare la sua versione.

– Anche fisicamente, capisce? – ha concluso.

– Capisco. Ma è un cane che si morde la coda – ho detto.

– È sparita Aurora e a quanto pare è sparito anche suo padre. Tutto torna, temo.

Tutto torna. L'ho ripetuto un paio di volte. Preferivo che credesse a quella versione, poteva essere vera e, da mezzanotte e sedici in poi, il destino dei Lopez mi interessava quanto la filatelia nella Prussia di Bismarck. Poi gli ho chiesto cosa avremmo dovuto fare, a questo punto.

– Non credo proprio che lei abbia voglia di esserci, domani.

– No.

– Io comunque ci andrò. Tanto sarà pro forma.

– Pro forma, certo.

– Si riposi qualche ora. E abbia fiducia.

– In chi?

– In suo figlio, dottor Corbo. E in chi sennò?

Il vostro allenatore mi ha contattato per telefono. Ci teneva a vedermi di persona, ma non voleva correre il rischio di incontrare nessuno del Rivadarno, ha specificato con grande premura, quindi non intendeva presentarsi in ospedale.

– Non voglio ritrovarmi davanti quel viscido puttaniere di Abbadeschi. Non voglio finire in galera per aver tirato il collo a uno stronzo.

Così io e Bianchi ci siamo incontrati a Pisa. Lui aveva accompagnato la sua giovane moglie a fare shopping e io tornavo verso la Versilia, dovevo trascorrere in qualche modo le ore che mi separavano dal prossimo consulto con i medici.

Il vostro ex allenatore aveva un aspetto vagamente trasandato. Un animale ingabbiato, lontano dal suo ambiente naturale. Che era il calcio, sì, ma ancora di più era il Rivadarno. Voleva sapere di te, ma il dolore più grande di questo autentico invasato era per la fine della squadra che aveva messo in piedi. Sembrava se lo sentisse già, mi dico adesso. Niente di peggio, pensavo mentre lo ascoltavo, di un'utopia che muore dopo essere stata possibile. Niente di peggio degli ideali che diventano veri rimpianti.

Siamo stati insieme un quarto d'ora o poco più e, a ripensarci, il tuo ex allenatore mi ha fatto parlare a malapena. Difficile a credersi, no?, ma era più disperato di me. Io avevo la speranza che tu ti risvegliassi, lui invece aveva perso tutto. Sua moglie, il sole sui lungarni, due ragazzini in bicicletta, il rintocco di un campanile: tutto sembrava provocargli solo un fastidio intollerabile.

– E poi usare un ragazzo come Luca per i loro giochetti, dico io, mandarlo in una cazzo di squadra sconosciuta, in Uruguay, mentre Momo va alla Roma. Ma siamo seri, Momo fisicamente fa paura, ma la testa è ancora da ragazzo... senza Luca accanto e in una categoria superiore? Lo tirano scemo dopo cinque minuti. È sempre stato Luca a guardargli le spalle, sembrava lo capisse prima, quando Momo stava per combinare una cazzata delle sue. Momo non ha la testa da ultimo uomo, capisce? Luca invece è nato per fare quello... Luca è nato già adulto, serio... capisce?

Capivo. E comunque, per quello che contava, gli ho assicurato che non avevi firmato per nessuna squadra uruguayana.

– Veramente il trasferimento è cosa fatta. Mi stupisco...

– Sono io che mi stupisco. Luca non ha firmato niente.

– Forse si sbaglia. Ma non è il momento di parlarne.

– Ne sono sicuro, Bianchi.

– E io sono sicuro di quello che dico. Loro credono di avermi sbattuto fuori, ma io ho ancora chi mi dice cosa combinano là dentro. Novi e Abbadeschi l'hanno svenduta ai procuratori, ai finanziatori stranieri, ma se posso, io li distruggo... non gliela lascio la squadra, a questi. Per me sarà sempre guerra, ha capito?

L'avevo capito benissimo. Infatti gli ho chiesto di farmi parlare con la sua fonte.

– Perché?

– Voglio vedere la firma di mio figlio su quel contratto.

Nel pomeriggio la notizia era dovunque. «Rivadarno

senza pace» titolavano le home page di un paio di quotidiani, all'unisono. C'erano il tuo nome e anche il nostro cognome, e il mio cellulare squillava ogni minuto. Ex colleghi, vecchie conoscenze romane che mi chiedevano interviste o provavano a sottrarmi qualche dichiarazione incauta. Sapevo bene cosa volevano che dicessi. Il *j'accuse* di un padre indignato contro coloro che avevano messo sotto pressione un ragazzo di diciotto anni con sospetti infamanti. Volevano che mi scagliassi contro le bugie fantasiose di una ragazzina presa sul serio troppo facilmente dai soliti magistrati che si credono depositari della verità. Volevano tutto quello che cercavo furiosamente anche io, quando facevo il loro lavoro. Speravano che dicessi la mia almeno su che fine avessero fatto Aurora Lopez e suo padre.

– L'ha ammazzata e poi si è suicidato – mi ha imboccato Sullo, al telefono.

– Dovresti inventarti qualcosa di meglio – ho risposto. – La banalità non fa notizia.

Nel tardo pomeriggio è arrivata tutta la tua squadra, alla spicciolata. Grigo e Cosimo hanno insistito per entrare. Ismail ha preferito di no. Mi hanno lasciato il tuo lettore mp3 con i tuoi pezzi preferiti e gli auricolari. Salmo, Caparezza, J-Ax e Janis Joplin. Dunque la ascoltavi ancora. Non so spiegarmi il piacere che mi ha fatto, mi sembra una cosa così stupida, ma mi è successa e te la racconto. Momo è venuto con il secondo gruppo. C'era anche suo padre. È lui che ha parlato, quasi ininterrottamente, tenendo a dirci che suo cognato aveva avuto un problema simile e si era ripreso benissimo. Il tuo compagno di difesa sembrava inebetito. Ma non è mai stato un istrione espansivo come Christian, per esempio. Anche per quello, ho pensato, eravate andati sempre d'accordo.

Ho finto di essere contento di vederli. Ho finto di apprezzare la taciturna preoccupazione di Momo. Ho finto di essere contento per la sua nuova destinazione, e ho finto con grande trasporto proprio perché in quel momento io ero l'unico a sapere che Momo la maglia della Roma non l'avrebbe indossata mai. Che il grande futuro da loro immaginato in Italia era già finito.

Non smetto mai di chiedermi dove sei. Mi chiedo se sei davvero inconsapevole come dicono i medici. Se invece soffri e ti senti solo, laggiù nel buio. Non sono mai entrato a visitarti, perché conosco la mia reazione. Piuttosto che vederti immerso nel nulla, il volto quasi sereno, ti prenderei a schiaffi. *Svegliati, che cazzo fai? Piantala, ci stai facendo impazzire tutti.*

Ogni ora avvicina il verdetto. E quindi il primo a essere giudicato in questa storia sarai proprio tu. Nessun grande avvocato può perorare la tua causa, e quella sentenza non sarà appellabile. Non ha senso.

Quella sera, verso le dieci, un utente sconosciuto mi contatta via Skype. Il nickname è Riobravo75, dopo qualche secondo una riga di messaggio chiarisce che a volermi parlare è Costantino Lopez.

Senza video, specifica.

Costantino Lopez vuole sapere di te. La voce dallo schermo nero sembra quella di un automa. Gli dico che abbiamo fiducia e siamo in attesa, e lui mi fa una domanda brusca.

– Perché il Signore l'ha punito, se è innocente?

Forse non è nemmeno una domanda.

– Lopez, io non sono credente. Ma se lo fossi, non crederei a un Dio che scaglia fulmini... Sarebbe facile per me dare la colpa a tutta la tensione che gli è arrivata addosso. E anche alle accuse di sua figlia. Sarebbe molto facile, sì. Ma la verità è che nessuno lo ha ancora capito. E in questo momento io penso solo a quando si risveglierà... e a come si risveglierà.

– Se è innocente, andrà tutto bene.

– Vorrei fosse così, Lopez. Ma lei piuttosto, che fa? Dov'è?

– Mi sono preso qualche giorno di ferie.

– La gente pensa di tutto, su di lei.

– Non mi importa di quello che pensa la gente.

– E di sua figlia, le importa? Nessuno sa più dove sia. È con lei?

– Aurora è sempre con me. Anche quando siamo lontani.

La frase mi abbassa la temperatura corporea di un paio di gradi. Gli propongo di incontrarci ma lui taglia corto, è lontano dall'Italia.

– Lopez, perché si comporta come un ricercato? Lei non ha fatto niente di male, no?

– Perché vuoi incontrarmi?

– Perché lei ha bisogno di aiuto.

– E perché vuoi aiutarmi?

Gli ricordo le parole che ha pronunciato lui: siamo

due padri, prima di tutto. Gli dico che se non avesse bisogno di aiuto non mi avrebbe chiamato.

– Adesso no.

– Lopez, ci pensi. Si fidi di me.

Sono a un niente dal convincerlo, lo sento, poi lui dice:

– Pregherò per tuo figlio.

Risucchio metallico, cerchietto rosso, e sul mio display torna la schermata principale dell'applicazione. Provo un paio di volte, ma Riobravo75 non è più contattabile.

Quella sera faccio almeno il mio dovere di cittadino. Chiamo l'ispettore capo Irma Siracusano e le racconto tutto.

– Riobravo75... faremo controlli su questo account.

Sono preoccupato, e le chiedo come è possibile che uno come Lopez possa detenere una pistola.

– Giusto per sua informazione, Corbo, ho disposto io stessa il sequestro cautelare dell'arma e i miei colleghi sono andati a casa di Lopez già due volte.

– Secondo lei è per questo che si è reso irreperibile?

– Non lo so, ma vorrei che qualcuno dei *suoi* colleghi giornalisti lo scrivesse.

– Perché?

– Perché scriverlo dopo non sarebbe lo stesso.

– Dopo cosa?

– Mi ha capito perfettamente. Comunque la ringrazio.

XIII

Ottanta chilometri di cielo rosa pallido, speaker radiofonici spumeggianti, poi caffè e pieno al distributore automatico. La mattina di venerdì sono arrivato all'ospedale intorno alle sei e mezzo, prima di tua madre. Non avevi ancora avuto la buona idea di risvegliarti, ma l'infermiere che smontava mi ha detto che avevi passato una nottata tranquilla. I tuoi parametri lasciavano sperare per il meglio e c'era solo da avere pazienza.

I giornali però ti definivano ancora «in gravi condizioni». E anche se lo so, che i titoli non si fanno con le mezze misure, appena comprati li ho scaraventati nel primo cestino.

Intorno alle sette ho sentito uno scalpiccio deciso nel corridoio. Troppo deciso per quell'ora.

Lavinia Monforti era elegante, tailleur pantalone e stola beige, ed era accompagnata da due uomini che si sono messi subito a distanza di discrezione.

– Alla fine l'hai dovuta accettare, la scorta.

– Guardiamo il lato positivo. Non dovendo guidare, non ho più il problema di evitare l'alcol.

– Questo vuol dire davvero vedere il bicchiere mezzo pieno.

Abbiamo riso assieme, quasi vergognandoci.
– Grazie di essere qua.
– Sarei voluta venire prima. Ma come vedi non è facile.
Le ho subito detto che il tuo cervello dava segni di attività continua, quindi eravamo in attesa. Da un momento all'altro poteva succedere.
– Sai, dicono che... probabilmente Luca sta sognando. Mi chiedo... ma cosa sognerà? I campionati europei che voleva giocare? Non è che invece avrà degli incubi? Magari sogna cose terribili e pensa di essersi risvegliato all'inferno. Non lo so, Luca sogna. Ma io dormo poco e penso cose senza senso.
– Non sono senza senso.
– Ho paura, Lavinia. Me lo immagino continuamente, sai... Luca che si sveglia, noi felici, lui ci guarda e però... niente, rimane impassibile e non ci riconosce. Ci guarda ma non ci vede, sembra sveglio ma dentro, qualcosa è... Lavinia, non sai quante volte mi vedo questa scena. Vorrei staccarmi la testa, per non pensarci.
È singolare che sia successo proprio in quel momento. I nostri cellulari hanno suonato a distanza di pochi secondi.
– È un mio collega – ha detto Lavinia. – Lo richiamerò.
Anch'io avevo sul display il numero di un collega, Santomauro, a un'ora in cui i giornalisti dormono ancora come bambini. Alla fine ho risposto. A Lavinia invece è arrivato un link.
– Hai già visto il video? – ha esordito Santomauro.

– Quale video?

– È su YouTube, è stato caricato dieci minuti fa.

Lavinia ha girato il suo telefonino in orizzontale. Era appena arrivato anche a lei. Lo schermo era di pochi centimetri, ma ho riconosciuto alla prima occhiata un primo piano di Aurora Lopez.

Il titolo annunciava «I miei consigli per il make-up» e alle spalle di Aurora c'era una parete di pietre a vista, grigie. Un tema lounge in sottofondo, la luce naturale uniforme e la ripresa ad alta definizione non avevano niente a che vedere con i video improbabili che Aurora Lopez, alias *Cut13Girrrl,* aveva postato sul suo canale frequentato quanto il luna park di Chernobyl.

Aurora aveva i capelli legati all'indietro e indossava dei guanti bianchi. La luce neutra aumentava il suo pallore e i segni persistenti del pestaggio mi sembravano più evidenti di come me li ricordavo. Le sue prime parole sono state, testualmente, queste:

– Ciao, il mio vero nome è Aurora Lopez. E oggi vi voglio mostrare come avere un make-up all'altezza di ogni situazione, anche quando ti hanno spaccato la faccia di recente... come è successo a me.

Si è appoggiata la coda di capelli sulla spalla e ha spiegato che per sembrare meno pallida aveva scelto uno shatush biondo. Per prima cosa si è dedicata al suo occhio sinistro, era più aperto di qualche giorno prima, ma conservava un'espressione stranita, come se appartenesse ancora al volto di un'altra persona. Per nascondere la slabbratura della palpebra inferiore ha usato delle ciglia finte scurissime. Poi ha camuffato il livido dell'arcata sopracciliare con dell'ombretto scuro e ha aggiustato la curva delle sopracciglia con un po' di matita. L'effetto finale, a dire il vero, sembrava la parodia di un'eroina del cinema muto sfinita dall'assenzio e dalla malinconia.

Lavinia ha mormorato che questa ragazzina doveva essere impazzita. Io non ne ero così sicuro, ad ogni modo non ho aggiunto niente.

E comunque Aurora parlava in tono rilassato. Non andava a braccio. Conteneva il volume della voce e moderava anche le aperture dell'accento toscano, e non solo perché i muscoli e i legamenti del volto le facevano ancora male. Ci aveva fatto un lavoro sopra, un lavoro non da lei, per come la conoscevo. In quello che stavamo vedendo c'era la mano di qualcun altro.

– Il mio zigomo è ancora gonfio, d'altronde l'osso sotto era rotto in tre pezzi, dico, tre... allora provo a far risaltare l'altro, in modo che sembrino uguali, ma uguali non sono, è da venti giorni che aspetto, ma ancora... ecco, posso giocare un po' con due fondotinta diversi, così.

Aurora procedeva con una disinvoltura che stentavo a credere.

– Guardate adesso... ho ancora il viso storto... cioè asimmetrico? Non sembra, no?

Si era corretta, ma non da sola. La parola più appropriata le era arrivata da un suggerimento, lo capivo dall'occhiata laterale che Aurora aveva lanciato. Si è sciolta la coda.

– Poi posso usare i capelli mossi per ingannare ancora un po', no? Spostando questa ciocca, per esempio... ecco.

Ha sorriso, poi è passata al rossetto. Ha scelto un colore scuro ma non acceso.

– Anche la bocca è un po' cambiata, perché mi è uscita proprio la mandibola e da una parte i legamenti si sono... tipo allungati. Però dicono che andrà a posto, boh. Io intanto rimedio così... scelgo questo *matte* liquido. Così vado più precisa.

Ha accentuato la curva delle labbra da un lato, poi le ha ripiegate verso l'interno, nella classica smorfia per uniformare la stesura del rossetto.

– Tonalità opaca, niente roba che brilla, non è proprio il caso.

Sembrava pronta. Invece mancava ancora il gran finale. Si è tolta i guanti e ha mostrato orgogliosa dieci vistose unghie finte di colore scuro. Mi sembrava che su ognuna ci fosse un piccolo arabesco bianco, ma lo schermo ridotto non faceva capire di più.

Aurora ha detto che sua madre le aveva tagliato le unghie e le aveva anche fasciato le dita perché i primi giorni si graffiava il viso da sola.

– Mi guardavo la faccia e mi faceva schifo, ero un mostro e me la volevo strappare via. Mi volevo fare del male, ero convinta che fosse tutta colpa mia e mi vergognavo di quello che avevo fatto.

Ha preso da fuori campo un paio di occhiali da sole.

– Io sono Aurora Lopez, questa è la mia faccia e non mi devo vergognare di niente.

Prima di inforcarli, ha guardato dritto in camera.
– Adesso vi saluto, perché oggi ho un appuntamento importante.
Ha chiuso il video mandando un bacio. Ho chiesto a Lavinia di controllare il counter.
– Venticinquemila e passa visualizzazioni – ha detto lei.
– È mattina presto ed è on line da neanche un quarto d'ora – ho tirato le somme io.

Un'ora dopo ho consegnato le chiavi dell'auto all'addetto del parcheggio e ho riaperto YouTube sul canale di *Cut13Girrrl.* Il video aveva superato il mezzo milione di visualizzazioni. Google lo indicizzava in seicentonove pagine, sui social aveva ricevuto qualcosa come ventisettemila condivisioni. I canali all-news ne parlavano tutti. Nelle prossime ventiquattro ore sarebbe stato convocato il gran ballo degli opinionisti e Aurora avrebbe potuto scegliere a quale trasmissione tv partecipare, e a quale prezzo.
Come avremmo detto in redazione, aveva fatto il botto.
Quando Di Maria mi ha chiamato, ero già sul portone della Procura presso il Tribunale per i Minorenni. Sono entrato e l'ho visto, cellulare all'orecchio, in mezzo a due file di persone in attesa che rendevano il corridoio più angusto di quello che era. Mi è venuto incontro facendosi strada a spallate. Sembrava piuttosto nervoso.
– La ragazzina si è presentata. L'incidente probatorio si farà.

– Lo so. Si capiva dal video.
– Roba da pazzi. Cosa non farebbe questa scema, per un quarto d'ora di celebrità.

Mi ha promesso che per Aurora Lopez non sarebbe stato facile come mettere un video su YouTube. Lui aveva pronta una lista di centoquarantadue domande.

– Non c'è bisogno, avvocato.
– Come sarebbe?
– Lei non farà nessun controinterrogatorio ad Aurora Lopez.
– E perché mai, scusi?
– Perché io le revoco il mandato a rappresentare mio figlio. In questo momento.

Non se l'aspettava. Prima che reagisse ho imboccato le scale.

Quando ha appreso che il legale di Luca Corbo non avrebbe nemmeno presenziato all'incidente probatorio perché la difesa non aveva intenzione di porre domande alla ragazza, il pubblico ministero Scotti Fischer ha esibito l'espressione di chi mette la palla al centro per iniziare la partita e si accorge che nell'altra metà campo sono spariti tutti. A quel punto non deve fare altro che avviarsi in tutta calma verso la rete e calciare nella porta vuota, eppure sospetta che ci sia qualcosa sotto.

L'ufficio era lo stesso in cui le tue bugie erano state smascherate. L'ispettore capo Siracusano mi ha salutato con un cenno distaccato, poi ho stretto la mano all'avvocato dei Lopez. La madre di Aurora non era stata ammessa per esplicita volontà della ragazza. Barbara Lopez ne aveva approfittato per fermarsi di sotto, a rilasciare dichiarazioni ai giornalisti che lentamente avevano saturato l'androne di ingresso della procura. Dalla finestra vedevo i curiosi traboccare in strada e rallentare il traffico. Aurora invece la vedevo poco definita, ripresa dall'alto, in un monitor da venti pollici appoggiato su un mobiletto di fòrmica.

Due figure davano le spalle all'inquadratura. Un uomo e una donna, non distinguevo molto altro di loro. Uno dei due tossiva insistentemente.

L'incidente probatorio è iniziato con un'ora di ritardo. Il giudice si è scusato, ma era evidente a tutti che la situazione fosse anomala. La Scotti Fischer ne ha approfittato per dire che l'audizione protetta le sembrava surreale.

– La difesa ha rinunciato al controinterrogatorio e la persona offesa ha dimostrato di non aver alcuna remora psicologica a rendere la propria versione dei fatti. Anzi, direi che ha tenuto a pubblicizzare l'evento in una dimensione assai più vasta di questa. Quindi ritengo che non sussista l'esigenza di alcuna mediazione da parte del gip e anzi preferirei, in tutta sincerità, porre le mie domande ad Aurora Lopez guardandola in faccia. In tutti i sensi.

Il tono duro del pubblico ministero mi ha stupito, almeno fino a quando non ho ricordato a me stesso che la prima destinataria delle balle di Aurora Lopez era stata proprio il sostituto procuratore Andreina Scotti Fischer.

Tu non c'eri, all'incidente probatorio. Io sì, è durato circa un'ora e un quarto, ma ovviamente non ricordo tutto per filo e per segno. Mi sono dovuto andare a rileggere i verbali, per ritrovare i punti più significativi.

Pubblico Ministero: E quindi, quando la sera del 6 marzo ha accettato di uscire dal Playa Diva «a fumare una sigaretta» con Momodou Kambè, Luca Corbo e Christian Colasanti, lei era cosciente di quale fosse, diciamo... il sottinteso.

Persona offesa: Certo, si sa che quelli che giocano a calcio mica possono fumare.

P. M.: Chi è stato a proporre l'idea di un rapporto sessuale di gruppo?

P. O.: È venuta così, un po' per scherzo. Cioè, a me piaceva Luca, però poi Christian ha detto che erano amici. Che loro le facevano spesso queste cose.

P. M.: Per «queste cose» intende sesso di gruppo?

P. O.: Sì, che alle loro feste era normale. Le ragazze che volevano entrare nel giro della squadra lo facevano tutte...

P. M.: Quindi, più che l'esperienza da provare, a lei interessava entrare «nel giro».

P. O.: Un po' anche quello, sì.

P. M.: Dal suo profilo Facebook sembra di capire che le piacerebbe fidanzarsi con un calciatore.

P. O.: E certo che sì. Fare la bella vita, andare in giro. Uscire dallo schifo che sennò ti tocca fino a che non muori. Che c'è di strano?

P. O.: Lo strano è che... una cosa è fidanzarsi con un calciatore. Capisco cosa mi sta dicendo. Un'altra è accettare di fare sesso di gruppo con dei ragazzi solo perché fanno parte di una squadra di calcio. Non ha pensato che, anzi, alla fine potesse essere controproducente?

P. O.: In che senso?

P. M.: Non ha pensato che non fosse il caso... che la stessero usando per divertirsi e basta, scusi se sono brutale.

P. O.: Tutti ci vogliamo divertire, no? E poi mi sembravano tranquilli. Soprattutto Luca.

P. M.: Intende Luca Corbo? E perché?

P. O.: Perché io lo vedevo come un tipo in gamba, se c'era lui, mi sembrava che era tutto a posto, situazione okay.

P. M.: In due parole, le dava sicurezza.

P. O.: Sì.

P. M.: Ha comunicato a qualcuno che si appartava con questi ragazzi?

P. O.: Solo alla mia amica Sabrina.

P. M.: Quella che poi è venuta a cercarla sulla spiaggia.

P. O.: Sì.

P. M.: E la sua amica che ha detto?

P. O.: Che ha detto? Non me lo ricordo. Niente. Qualcosa tipo *poi però me lo racconti*, e abbiamo riso.

P. M.: E quindi, prima l'avrebbe colpita il Kambè con un pugno, poi il Colasanti con dei calci...

P. O.: Ero caduta, non lo so, non vedevo niente, penso che erano calci.

P. M.: A quel punto lei avrà provato a chiedere aiuto, a gridare...

P. O.: Sì, ma mi hanno spinto la faccia nella sabbia.

P. M.: Chi?

P. O.: Christian, mi pare, perché poi quando mi è salito sopra... mi sembra che era lui.

P. M.: Le sembra o è sicura? Scusi, ma è importante.

P. O.: Non vedevo niente, ero a testa in giù, mi teneva la faccia nella sabbia. Però lo sentivo che mi parlava vicino all'orecchio.

P. M.: Quindi lei suppone che sia stato Christian Colasanti a, diciamo, obbligarla a un rapporto non consenziente in quel momento. E cosa le diceva?

P. O.: Che non dovevo ribellarmi e non dovevo denunciare, sennò metteva quel video in rete. Ed era peggio per me. Nel video che aveva fatto lui si vedeva che ci stavo, ha detto, e tutti e tre sarebbero stati d'accordo a mettersi contro di me.

P. M.: Tutti e tre intende Colasanti, Kambè e Corbo?

P. O.: Sì.

P. M.: Dunque se Christian le era, diciamo, vicino... ha capito dove fossero gli altri due? Cosa stessero facendo, voglio dire.

P. O.: Sentivo ridere. Poi ho sentito Luca dire *smettila, Christian.*

P. M.: Come può essere sicura che fosse Luca, se non vedeva niente?

P. O.: Perché Christian gli ha risposto e ha detto il nome. Luca.

P. M.: Cosa gli ha risposto?

P. O.: «Sei troppo sensibile, dovevi fare il ballerino, Luca». Gli ha detto così, me lo ricordo perché mi ha fatto strano.

P. M.: E quindi anche Corbo, che in fin dei conti personalmente non le aveva usato alcuna violenza... anche lui avrebbe sicuramente difeso Christian e Momo. Questo le diceva Colasanti.

P. O.: Erano compagni di squadra, ha detto Christian. Nessuno tradiva. E Luca era quello che parava il culo a tutti, sempre, anche in campo.

P. M.: E le è sembrato plausibile?

Presidente: A me sembra poco plausibile che la ragazza, in quel frangente, si sia posta problemi di plausibilità, andiamo avanti.

P. M.: Se la sente di raccontarmi che cosa è successo dopo, o facciamo una pausa?

P. O.: Christian ha... finito. E l'altro ha detto di no, che non gli andava più. Che sembrava che ero morta. Aveva paura che ero morta.

P. M.: Per l'altro intende Momodou Kambè?

P. O.: Sì, ho sentito che hanno discusso un po' e poi Momo e Luca hanno convinto Christian che era meglio tornare nel locale e fare finta di nulla.

P. M.: E quindi fino alla battigia ci è arrivata da sola, dopo.

P. O.: Ero lì vicino.

P. M.: D'accordo. Ma perché l'ha fatto?

P. O.: Ero piena di sabbia. Anche in bocca. E poi sentivo bruciare tutto. Ma proprio tipo come il fuoco, in faccia, e dentro la testa. Ho pensato che dovevo spegnere l'incendio che sentivo in testa, che ci voleva dell'acqua. Che mi sarebbe passato il dolore.

P. M.: Non ha pensato che lavandosi eliminava le tracce dei suoi aggressori?

P. O.: No.

P. M.: In quel momento l'idea di denunciare non la sfiorava nemmeno?

P. O.: C'era il video, non potevo fare niente. Volevo solo essere a casa, in camera mia, sotto le coperte, e basta.

P. M.: E quindi cosa ha fatto?

P. O.: Sono entrata in acqua, all'inizio, dov'è bassa. Però mi è preso freddo, tanto freddo e, boh, mi ricordo solo che sono tornata subito a riva. Poi basta.

P. O.: È svenuta.

P. O.: Non lo so, non mi ricordo niente. Solo freddo. Ho riaperto gli occhi che ero in ospedale ed era caldo.

P. M.: Premetto che è l'ultima domanda. La sua ricostruzione odierna dei fatti è radicalmente diversa da quella resa alll'ispettore capo Siracusano la notte fra il 6 e il 7 marzo. Vuol dirmi perché?

Qua la semplice trascrizione dell'incidente probatorio non rende l'idea di quanto Aurora Lopez abbia tergiversato, cercando una sistemazione ai suoi capelli con shatush biondo, torturando le stanghette degli occhiali da sole che teneva in mano dall'inizio dell'udienza.

Però la Scotti Fischer non le ha dato tregua.

– Secondo quello che ci ha raccontato oggi, la notte del 6 marzo lei ha denunciato solo chi si era reso colpevole di lasciar fare gli altri due. Perché?

– Veramente io non volevo denunciare nessuno.

– Questo lo abbiamo capito. Ma una volta che la sua amica ha chiamato l'ambulanza e l'hanno portata al pronto soccorso, il personale del Codice Rosa s'è accorto che qualcosa non andava... a quel punto, perché non ha detto la verità?

– Perché c'era il video, gliel'ho detto. L'avrebbero messo su internet.

– Ma perché non si è inventata un'altra storia, allora? Poteva dire di essere stata aggredita da uno sconosciuto, di non ricordare... Perché Luca Corbo? A lei quel ragazzo piaceva, in fondo. Cos'è, voleva punirlo per non averla aiutata? Per non essere stato capace di fermare gli altri due?

Sono passati dieci secondi. Estenuanti come gocce che si allungano prima di cadere. Io fissavo Aurora, e per un istante ci siamo toccati con lo sguardo. Forse la Siracusano se n'è accorta. Il giudice si è schiarito la voce solo per spezzare quella specie di Ok Corral senza pistole. La psicologa si è accostata ad Aurora e le ha sussurrato qualcosa.

– È stata mia madre.

– Sua madre?

– È arrivata che era fuori di testa, ha detto che mi dovevo vergognare e che se dicevo la verità sarei stata una zoccola per tutta la vita.

– E lei ha pensato che avesse ragione?

Aurora ha annuito guardandosi le mani. Le sue unghie lucide e nere cercavano qualcosa da graffiare. La Scotti Fischer ha socchiuso gli occhi e si è stretta fra le braccia i suoi appunti.

– Mi perdoni, Aurora, fin qui lei è stata molto precisa. E anche ammirevole, se lo lasci dire. Sappiamo tutti, anzi, *tutte* quanto sia terribile raccontare esperienze del genere. Ma ora le devo chiedere un ultimo sforzo.

Aurora ha bevuto dalla bottiglietta e ha sgocciolato sul tavolo. Ha asciugato subito, con la manica della maglia.

– Lei ha appena detto che sua madre... *è arrivata che era fuori di testa.* Ho capito bene?

– Sì. Io mi aspettavo che magari mi consolava, invece era incazzata come...

– Ha reso l'idea. A me interessa altro, ora. Se è arrivata dicendole quelle cose, significa che sapeva già come si erano svolti davvero i fatti.

Esistono varie gradazioni di silenzio. La piccola aula della Procura per i Minorenni si è trasformata in un bunker a migliaia di chilometri dal mondo circostante, in cui tutti trattenevamo il respiro più a lungo possibile, come se l'ossigeno stesse per finire.

La bottiglietta di plastica fra le mani di Aurora ha mandato un *crack* secco.

– Sto solo seguendo la logica – ha aggiunto la Scotti Fischer.

– Be', sì – ha detto Aurora.

– Sua madre sapeva già la verità. E chi gliel'aveva detta?

– Boh.

– Come sarebbe boh? Mi scusi, Aurora. Non se l'è domandato?

– No.

– Lei con chi aveva parlato di quello che le era successo?

– Con nessuno, stavo da cani e non ci riuscivo nemmeno, a parlare.

La Scotti Fischer non sembrava desiderosa di ritornare sui particolari più crudi e l'ha interrotta.

– Vede, secondo il suo racconto, in quel momento c'erano solo altre tre persone che sapevano cos'era successo... Christian Colasanti, Luca Corbo e Momodou Kambè. Posto che non avevano alcun interesse a raccontare la loro bella impresa, possibile che sua madre abbia parlato con loro?

– Ma no, neanche li conosceva.

– E allora? Chi gliel'ha detto, a sua madre?

– Non lo so.

– Non lo sa o non lo vuol dire?

Aurora ha scosso la testa, sembrava voler nascondere il viso fra i capelli, e a quel punto il giudice è intervenuto decidendo che poteva bastare così.

– Anche perché, dottoressa Scotti Fischer, di fronte a queste dichiarazioni di Aurora Lopez noi dobbiamo fermarci qui. L'incidente probatorio coinvolge due persone maggiorenni, il fascicolo non è più di nostra competenza.

Mezz'ora dopo Aurora è salita su un'utilitaria bianca parcheggiata nel cortile interno. Dalla finestra ho visto l'auto imboccare un piccolo portone che immetteva sull'altro lato dell'isolato. Giornalisti e curiosi non hanno fatto in tempo a capirlo e Aurora ha lasciato la procura mentre il suo video superava il milione di visualizzazioni.

Novi, Giannini, Abbadeschi, Adelio, Christian e Momo e Grigo. Poi Bianchi. E anche Lopez. Stavo assemblando una mia formazione mentale per arrivare alla verità. Ma alcuni di loro non erano al Playa Diva quella sera, e nessuno di loro, tantomeno i tuoi compagni di squadra, potevano avere interesse a nascondere la violenza ad Aurora Lopez incolpando solo te.

Mi è passata davanti Irma Siracusano, la prima ad aver ascoltato le false accuse di Aurora Lopez. Mi ha chiesto della tua situazione e mi ha detto che era rimasta sconvolta.

– Questa storia è nata male – le ho detto, – e difficilmente proseguirà meglio.

Infatti i nomi di Christian Colasanti e di Momodou Kambè sono circolati già due ore dopo la fine dell'incidente probatorio. «Pestata e stuprata, un video inchioda altri due giovani calciatori», è stato il primo lancio d'agenzia. La notizia era filtrata senza altri particolari e fiorivano svariate ipotesi su quello che ti era successo, su come fosse collegato alla notte fra il 6 e il 7 marzo.

Nel primo pomeriggio il Rivadarno ha rilasciato un comunicato, venti righe di nulla per affermare che la società si era sempre fatta carico di una missione educativa che non riguardava solo l'ambito sportivo. Potevo immaginare i miei colleghi di qualsiasi redazione ridacchiare, roteando sulle sedie girevoli come bambini sulle giostre. Più tardi Abbadeschi ha perso le staffe durante un collegamento tv in diretta e l'indomani Novi ha voluto gestire personalmente una conferenza stampa ridicola. Quello che avevano costruito in trent'anni stava crollando e l'unica cosa che rimaneva loro, ancora per qualche giorno, era fingere che non fosse così.

La tua squadra spariva e tu non potevi nemmeno accorgertene. Mi dicevo che, se non altro, questo sfacelo ti veniva risparmiato. Tua madre mi raccontava che ogni tanto aprivi gli occhi, muovevi le dita, ma nessun mondo si materializzava ancora intorno a te. Almeno, non il mondo in cui stavo vivendo io.

Nel mio mondo la mia principale occupazione era dimenticare ogni ora che passava senza la notizia del tuo risveglio. Nel mio mondo Giulia progettava rivincite a colpi di cause civili milionarie contro lo staff medico della squadra, contro i tuoi due compagni di squadra o contro la famiglia Lopez. Io avevo visto e rivisto quei tre minuti e quarantotto secondi, e avrei dovuto sconsigliarla. Ma non me la sentivo. Giulia tirava avanti a cracker, bustine di zucchero e acqua, da due giorni aveva una calza smagliata e non se ne era accorta. Alla fine dell'orario di visita dovevano accompagnarla fuori dal reparto di terapia intensiva quasi di forza. Non era in grado di accettare che l'unica vittima innocente di tutta la storia si chiamasse Aurora Lopez.

Nel mio mondo Costantino Lopez tornava a farsi vivo da uno schermo nero con un nuovo account Skype.

– Perché solo tuo figlio e non anche gli altri due?

– Lei come sta, Lopez?
– Non importa come sto io. È vero quello che si legge da tutte le parti?
– Non creda a tutto quello che si legge.
– Perché Luca? E gli altri due?
– Se sta parlando delle accuse di sua figlia, nessuno l'ha ancora capito.
– Sto parlando della giustizia, quella vera. Non quella dei magistrati con il culo sulle poltrone. La giustizia di chi sa e di chi vede tutto.
È a quel punto che ho fatto il collegamento, ho avuto l'idea per completare la mia squadra.
– La risposta ce l'ha proprio lei, Lopez, lo sa?
– Io?
– Dovrei farle vedere delle foto.
– Mandamele pure su...
– Dobbiamo incontrarci.
– Non se ne parla.
– Prima o poi tutte le comunicazioni vengono tracciate.
– E che foto vuoi farmi vedere?
– Voglio capire perché è stato accusato solo Luca.
– E sei convinto di poterlo capire?
– Con il suo aiuto sì.
– Non mi fido.
– Perché no? Lei vuole giustizia per sua figlia... ora però mio figlio è in coma. Anch'io ho diritto di scoprire perché Aurora ha raccontato cazzate.
– È stata Barbara ad addestrarla, non ci vuole molto.
– Magari è così, ma come ha fatto?

– Quella è capace di tutto.

– Sarà, ma la sua ex moglie... come poteva sapere tutto, quando è arrivata al pronto soccorso? Aveva già pronta un'altra versione dei fatti. Lei la detesta, okay, ma anche Barbara è stata manovrata, questo le sto dicendo. E io voglio capire da chi.

– Forse dal tizio con cui si è presentata a...

– Esatto. Lei l'ha visto, Lopez. Se lo ricorda bene, no? E quindi lo può riconoscere.

Stavolta non mi ha ribattuto subito. Una serie di fruscii interlocutori mi hanno lasciato sperare che avesse capito.

– Decido io dove. E se vieni con la polizia... ricordati che sono armato.

– Perché dovrei venire con la polizia? Lei non è un ricercato.

Era vero, Costantino Lopez non era ricercato, ma avere a che fare con lui era maneggiare esplosivo instabile. Nasconderlo a me stesso non è servito a molto, alla fine.

L'uomo che era al pronto soccorso quella notte con Barbara Lopez.

L'uomo che Costantino aveva visto dialogare appartato con la moglie.

Per lui, il nuovo compagno di Barbara. Per me, l'uomo dell'ultimo passaggio.

Ho escluso Daniel, Christian, Ismail e Grigo. Nessuno della squadra era più uscito dall'hotel dopo la serata al Playa Diva. E poi erano troppo giovani perché Lopez potesse scambiarli per un possibile partner della sua ex moglie. Non ho escluso Novi, anche se non era andato nel discoclub ed era già sulla sessantina. Aveva comunque pernottato all'hotel in Versilia, come Bianchi e Abbadeschi. Ho inserito fra le figurine della mia squadra anche Garbati, che in zona c'era, così come il padre di Momo. E il padre di Christian in fondo abitava a un'ora di auto dalla Versilia. Avevo escluso il magazziniere Adelio, ma avevo incluso sia Di Maria, legale di fiducia della Ostermann, sia Giannini, il medico sociale. La mia ipotesi è che uno di voi, in preda al panico, si fosse rivolto a una persona di cui si fidava. Ognuno di quei nomi poteva aver avuto il tempo di precipitarsi al pronto soccorso per gestire la faccenda prima che la ragazza parlasse e fosse troppo tardi.

Ho recuperato i loro visi dai profili social, dal sito del Rivadarno, dalle foto ricordo delle vostre partite. Avvertire l'ispettore capo Siracusano avrebbe vanificato i miei piani e mi sono presentato all'appuntamento accompagnato solo dal mio album di figurine.

Mi ha fatto arrivare a piedi fino a uno spiazzo circondato da barche in rimessaggio. Erano le sette di sera, i cantieri erano quasi deserti, le barche immobili ai loro ormeggi come cavalli docili. Quando ho visto la figura tozza di Lopez avvicinarsi lungo la massicciata della diga foranea mi sono detto che, se avevo commesso un errore, ormai non potevo tornare indietro. Ero allo scoperto, in un luogo isolato, e Lopez aveva una pistola. Ci siamo salutati con un cenno del capo. Mani in tasca, a tre metri di distanza.

– Non capisco perché lei preferisca tenersi la pistola, Lopez. Non sarebbe meglio tenersi il lavoro?
– Io ci lavoro, con la pistola.
– È diverso, lei lavora con il porto d'armi. E quello non glielo rinnovano, se continua così, lo capisce?
– So dove andare se voglio ascoltare una predica.
Si è abbassato il cappuccio del giaccone. Un pizzo di barba grigia gli ridisegnava il mento.
– Vediamo queste foto, forza.

Giulia è uscita dal suo albergo intorno alle otto e mezzo di sera. Un tre stelle da rappresentanti di commercio, rimodernato da poco ma senza lussi inutili.

Aveva i capelli raccolti, si era messa il meglio che aveva con sé. Ha preso l'auto di tuo nonno. A ogni rotonda si fermava più del necessario, non era nelle condizioni di guardarsi le spalle e non sospettava di essere seguita. La serata era limpida, la luna quasi piena. Le stelle più luminose si potevano addirittura confondere con le luci delle colline. E tua madre puntava proprio verso le colline, quelle a sud della superstrada.

Villa La Faggeta. Un agriturismo con spa di livello. Parco illuminato e torretta merlata. L'ho vista entrare nel parcheggio, ho proseguito e ho fatto inversione appena potevo.

Dieci minuti dopo sono entrato nel salone principale. Tutto come da copione, pavimenti in cotto e soffitti a volta. Mi si è avvicinato un cameriere, ho detto che mi aspettavano a un tavolo di amici, poi ho indicato l'angolo più intimo della sala, protetto da tendaggi impalpabili e illuminato solo da candele dentro bocce di vetro ambrato.

Il centrotavola ospitava una selezione di formaggi e salumi, ma tua madre aveva il piatto vuoto. Mentre mi avvicinavo, ha rifiutato di farsi riempire il bicchiere di vino. Ho afferrato la sedia più vicina e mi sono aggiunto. Ho salutato educatamente sia lei sia Alessio Garbati e ho sollevato con due dita una fetta di prosciutto.

– Non male – ho detto, mentre i due riprendevano fiato.

Giulia era atterrita, ha balbettato il mio nome, io ho fatto del mio meglio per tranquillizzarla. Garbati è rimasto padrone di se stesso in modo impeccabile.

– Dottor Corbo, vogliamo fare per caso una sceneggiata?

La lama del coltello da formaggi terminava con due denti da forchetta. Me ne sono impadronito senza movimenti bruschi.

– Non vedo perché – ho risposto, tagliandomi una fetta del pecorino più stagionato. – Giulia e io abbiamo divorziato in modo tutto sommato civile, lei è il procuratore di mio figlio.

– Poteva chiedermi un appuntamento.

Tua madre ha provato ad alzarsi, non so per quale motivo, ma l'ho afferrata per un braccio.

– Il fatto è che ho appena incontrato un uomo. Un uomo con una pistola.

Ho finito di masticare con calma il formaggio, poi

ho bevuto dal bicchiere di Giulia. Ho finto uno sguardo da intenditore all'etichetta della bottiglia.

– Io avrei preferito che quest'uomo la pistola la consegnasse a me...

Giulia mi ha chiesto se fossi impazzito.

– Purtroppo non ha voluto sentire ragioni. Ecco perché sono qui. Perché quest'uomo è pericoloso e imprevedibile.

Garbati ha gettato il tovagliolo sulla tavola in gesto di sfida.

– Quest'uomo, caro Garbati, è convinto che lei abbia avuto una storia con la sua ex moglie.

Il tuo procuratore ha tenuto a comunicarmi che mi stavo rendendo ridicolo.

– Prima di ridere mi ascolti bene. Quest'uomo non pensa solo quello. Pensa che lei abbia dato sua figlia in pasto a quelli del Rivadarno, l'abbia convinta a non farsi tanti scrupoli, perché in fondo bisognava festeggiare la vittoria come si deve e per entrare nel giro, insomma, più spigliate si è, meglio è.

Garbati ha riso, tua madre ha sussurrato che si vergognava di me. Ho riso anch'io.

– Anche a me sembrano un cumulo di cazzate, sa? Lei fa il procuratore, mica il pappone. E poi, diciamolo, uno come lei ha di meglio, non si mischierebbe mai con una poveretta come Barbara Lopez.

Al nome di Barbara Lopez la risata di Garbati ha perso un po' di brillantezza.

– Ma il punto non è cosa pensa quest'uomo. In generale è uno che fa delle supposizioni sballate. Anche questo lo rende piuttosto pericoloso. Oltre al fatto, glielo ricordo un'altra volta, di possedere una pistola.

Mi sono versato dell'altro vino, ho assaporato il profumo.

– Frutti di bosco, dico bene?

– È venuto qui a mettermi paura?

– No, Garbati, sono venuto a metterla in guardia. Perché il problema di Costantino Lopez è che si fa dei film tutti suoi, ma purtroppo parte da dati di fatto reali, capisce? E poi è difficile fargli cambiare idea.

– Esistono degli specialisti, per questo.

– Vero. In attesa che qualcuno di questi specialisti compia il miracolo, io le chiederei due cose. La prima è di essere molto cauto, perché anche se difficilmente piangerei un individuo del suo modestissimo calibro, mi romperebbe i coglioni che succedesse qualcosa a Giulia. Abbiamo un figlio e nostro figlio avrà bisogno di tutti e due, lei capisce bene perché.

– Io capisco anche che in questo momento lei...

Ho bevuto un sorso, ho preso il coltello del formaggio, gli ho raccomandato con gentilezza di non interrompermi più, altrimenti gli avrei cavato gli occhi.

– La seconda, Garbati, è molto semplice: cosa ci faceva al pronto soccorso, la famosa notte fra il 6 e il 7 marzo? Perché, vede, è lì che Costantino Lopez s'è costruito la sua strana idea. Quando ha visto proprio lei confabulare con la sua ex moglie. Come mai era là? È stato il primo ad arrivare. A quanto pare, però, non l'ha mai detto a nessuno.

Garbati ha guardato tua madre.

– Andiamocene, – ha detto, ma Giulia è rimasta seduta, impassibile. Ha soltanto alzato lo sguardo dal suo piatto vuoto al viso del procuratore.

– Chi è stato a venire da lei? Momo o Christian?

– Ho detto andiamocene, Giulia.

– Quando hanno visto arrivare l'ambulanza, i ragazzi hanno avuto paura. Non sapevano che fare. Avevano combinato un brutto guaio... e lei ha preso in mano la situazione. Lei era il procuratore di Christian e di Momo, no? Ma non di mio figlio. Ci aveva sperato, quella sera, ma le era andata male.

– Cosa pensa di ottenere con questi giochetti?

– È stato molto freddo, Garbati. La ragazza ormai era stata ammessa al Codice Rosa, Aurora e le sue amiche avevano ronzato tutta la serata intorno ai ragazzi del Rivadarno, c'erano duecento selfie a dimostrarlo. Era chiaro che le indagini avrebbero puntato subito sulla squadra... a meno che qualcuno non giocasse d'anticipo e convincesse subito Aurora e sua madre che alla fine la verità non conveniva a nessuno. Se vai sulla spiaggia di notte con tre ragazzi vuol dire che sei una troietta. E se hai deciso di fare la troietta, poi non cambi idea... che cosa pretendi, che ti portino mazzi di fiori? Ecco cosa ha detto a Barbara Lopez. Sbaglio?

– Giulia, ma davvero questo personaggio imbarazzante è stato tuo marito?

– Luca, l'unico che non era nella sua scuderia. L'unico minorenne... se la poteva cavare a buon mercato. Soluzione brillante, lei ha del talento, Garbati. Quanti soldi ha promesso a Barbara Lopez?

– Lei mi sta accusando di corruzione?
– Quanti soldi? Voglio sapere quanti soldi ha pagato per distruggere la vita di mio figlio. Quanti?
– Se ne è così convinto, mi denunci.
– Non ne ho bisogno. Momo e Christian dovranno collaborare... almeno avranno uno sconto di pena. E anche Barbara Lopez verrà chiamata dal pubblico ministero in aula. E glielo chiederanno, Garbati, stia sicuro. Le chiederanno come mai è arrivata da Aurora... e sapeva già quello che sua figlia non aveva raccontato ancora a nessuno. Adesso però Aurora la verità l'ha detta, la polizia ha il video, e quel video conferma tutto.
– Il famoso video. Ne parlano tutti, sì, ma intanto nessuno l'ha visto e la polizia non ha confermato niente. Fake news. Fuffa. La chiami come vuole.
– Io l'ho visto, Garbati.
– Davvero? Anche lei conosce cose che non dovrebbe sapere.
A quel punto tua madre ha smesso di fissare il vuoto. Ho aspettato che guardasse me e mi sono alzato.
– L'ho visto perché quel video gliel'ho portato io, alla polizia. Buon appetito e buona serata.

Tua madre mi ha raggiunto quando ero già in auto. Ha spalancato la portiera, si è buttata sul sedile a corpo morto, mi ha chiesto se adesso mi sentivo meglio.
– Ma neanche un po'.
– Ti conosco troppo bene per credere alle tue cazzate.
– Ci crederai quando le sentirai al processo.
– Sei venuto a far vedere chi ce l'aveva più lungo?

– Questo lo puoi dire solo tu, tesoro.

Tua madre mi ha stampato quattro dita sulla faccia.

– Nostro figlio è in coma, e tu... pensi solo a distruggere me. La tua unica preoccupazione, cazzo, è dimostrare che sbaglio tutto, che non sono niente, senza di te, che è stata tutta colpa mia.

Ho tenuto una mano ancorata al volante, l'altra a toccarmi il bruciore sul viso. Non era mai successo prima in vent'anni e stentavo a credere che fosse accaduto.

– No, Giulia, la colpa è mia. Se quella sera avessi accettato che Garbati diventasse il procuratore di Luca, l'uomo con cui ora vai a letto avrebbe trovato un altro capro espiatorio.

– Cazzate, Dario. Sei il solito spacciatore di cazzate. In fondo cosa hai fatto, di lavoro, nella vita? Hai scritto cazzate, nient'altro. Ogni santo giorno.

– Quel video esiste, Giulia.

– E perché non l'hai fatto vedere a me, per prima cosa?

– Perché non ti sarebbe piaciuto.

– Da quando sei diventato così premuroso?

– Molla Garbati, finché sei in tempo.

– Ecco cosa ti preme davvero. Alessio ti ha rubato il posto e vuoi tornare a essere tu, il procuratore di Luca?

D'improvviso la donna con cui avevo pensato di trascorrere il resto della mia vita mi ha suscitato una pena senza fine. Ma è stato solo un attimo.

– Luca non giocherà mai più – le ho detto.

– E tu come fai a saperlo?

– Nostro figlio non giocherà mai più, Giulia. E la persona di cui avrà più bisogno sarà un bravo avvocato.

Al primo interrogatorio, Momodou Kambè e Christian Colasanti si erano avvalsi della facoltà di non rispondere. Di Maria aveva scelto di prendere tempo e riorganizzare le difese. Aveva chiesto e ottenuto la sospensione di qualsiasi misura cautelare e questo, si sa, è sempre il primo risultato che si chiede a un avvocato. Ma l'aria per i due nuovi indagati era pessima. Specialmente sul web non si perdeva l'occasione di sparare titoli forti, impossibili da non cliccare. *Se vuoi entrare nel giro, sesso con tutti. Costretta a farsi riprendere dai baby calciatori. Squadra di giorno, branco di notte. Rivadarno, crolla il mito della società modello.*

Novi e Abbadeschi avevano ingaggiato un paio di psicologi, ma le famiglie ritiravano in massa i ragazzi dalla scuola calcio e diversi genitori avevano persino riscattato di tasca propria il cartellino dei figli per fuggire dal Rivadarno.

Ero fuori dall'Arno Campus, la mattina di sabato 30 marzo verso mezzogiorno. Faceva caldo. Ero andato a prendere un po' di cose tue. Un paio di berretti, un pallone di pezza che ti portavi dietro da quando eri piccolo, la tua maglietta con il numero sei, il tuo dopobarba e persino il tuo prediletto gel Hard Cemento. I medici ci avevano raccomandato di accompagnare il tuo risveglio con tutto ciò che ti era familiare. Era come indicarti la via di casa. Anche se era durato solo qualche giorno, il tuo era stato un lungo viaggio.

A salire nella camera che avevi diviso per quasi due anni con Christian era stato Adelio, il magazziniere factotum. Io non potevo certo rischiare di incrociare il tuo compagno di squadra. Adelio era la memoria storica, l'uomo di tutte le chiavi e i codici del Campus. Adelio era l'amico di scorribande giovanili del vostro ex allenatore Bianchi, era il suo fedele informatore.

Adelio aveva messo nella scatola anche qualcosa per me, e io non avevo saputo resistere. Non ero neppure risalito in auto. Il bar davanti all'ingresso era affollatissimo per l'ora dell'aperitivo e avevo parcheggiato avventurosamente fra un albero e l'altro, a trenta metri dal Campus. Ho subito aperto la busta da lettera nascosta in mezzo alle tue cose. Ho fatto appena in tempo a leggere il nome del Deportivo Castillo e la data di quel maledetto mercoledì 27. Non avrei saputo dire se la firma fosse effettivamente la tua.

Il pulmino a nove posti con lo stemma arancione del Rivadarno ha rallentato in attesa che la sbarra del parcheggio si sollevasse. Aveva i finestrini scuri e non ho visto chi c'era dentro. La mia attenzione era tutta per quel contratto, dodici pagine in inglese con il logo della «Team Leader» di Alessio Garbati. Spillato all'ultima pagina c'era anche il dettaglio di un'operazione bancaria. Un bonifico di due milioni e ottocentomila euro a favore del Rivadarno.

Quando ho sentito le urla non ho neanche lontanamente pensato che fossero per me. Ho infilato tutto nel vano posteriore dell'auto e ho alzato lo sguardo. Christian mi veniva incontro senza correre, sembrava piuttosto volermi sfidare, dare risalto plateale a una performance che doveva impressionare il mondo intorno. Occhiali da sole sulla fronte, maglietta macchiata di sudore.

– Infame! Hai anche il coraggio di farti rivedere qui?

L'hanno fermato in tre o quattro, tutti usciti dal solito minivan. C'era suo padre e c'era anche l'avvocato Di Maria.

– Che sei venuto a fare? A farti sputare in faccia?

Sono rimasto a guardare la scena, più attonito che altro. Non avevo niente da replicare e mi sono messo le mani in tasca. Intanto suo padre e Di Maria consigliavano a Christian di stare calmo, di lasciarmi perdere e di non fare stupidaggini. Ormai erano scesi tutti, c'erano anche Momo e suo padre. Non era difficile immaginarsi che fossero di ritorno da una trasferta in questura.

Christian cercava di liberarsi, spingeva e urlava che Luca l'aveva salvato lui, che Luca si sarebbe vergognato, prima o poi, di quello che io avevo fatto.

– Cosa dirà Luca di una merda come te?

È a quel punto che suo padre gli ha messo un braccio intorno al collo e lo ha trascinato via di forza. Colasanti senior aveva i capelli grigi appiccicati sulla fronte abbronzata, la catenina d'oro gli era saltata fuori dalla camicia. Mi ha voltato le spalle e ha pronunciato delle parole impossibili da dimenticare.

–Vieni via, Christian, che potrà mai dire il povero Luca? Sarà già tanto se aprirà bocca per mangiare la pappina.

Non so chi mi ha tenuto, non so in quanti erano. Mi ricordo di essere andato a un niente dall'afferrare il padre di Christian per la catenina. Se ci fossi riuscito, l'avrei stretta fino a strangolarlo. Per fortuna mi hanno spinto via. L'odio. Mai provato prima, ora lo capivo. Era quasi meglio della cocaina. L'odio ti fa sentire onnipotente, questa è la verità. Ti toglie ogni inibizione e ogni dignità, diventi capace di tutto perché tanto non puoi più perdere niente.

Dieci secondi d'odio. Non di più. Non me li rivedo al rallentatore, come nei film, no. È il contrario, sono sfrecciati via, con un rombo assordante, come un treno in una stazione secondaria.

Nessuno è risalito e il minivan è entrato nel parcheggio con i portelloni aperti. Momo si limitava a fissarmi, come se volesse mettermi a fuoco. Di Maria invitava tutti a varcare il cancello del Campus agitando le braccia. Fra gli avventori del bar c'erano diversi inviati di giornale, l'avvocato lo sapeva bene e non voleva offrire carne da video virale alla Rete.

Non potevo riconoscere l'auto che è uscita dalla fila lungo il ciglio della strada. Anche se Christian Colasanti non mi avesse distratto, non l'avrei notata. Non l'avevo mai vista prima.

Non ci ho fatto caso neppure quando mi è passata accanto. Non ho guardato chi c'era al volante. Stavo pensando solo ad andarmene, avevo già aperto la portiera.

Due schiocchi. *Chi è il coglione che tira petardi?* Questo ho pensato. Un altro. Dopo, il silenzio. Un silenzio come a settembre nei boschi. Altri due e il silenzio però va in frantumi, le urla sono acute come schegge di vetro. Gridano tutti, tutti si lanciano a terra. Momo cade su tutte e due le ginocchia, busto eretto, braccia lungo i fianchi. L'auto accelera e passa oltre, si sono tutti rifugiati nel bar, i tavolini puntano le gambe di metallo verso l'alto, c'è gente al riparo della siepe, c'è una fumaraglia aspra nell'aria. Dieci secondi d'odio. Qualcuno prova a inseguire la macchina. Impronte scure sull'asfalto. Christian lo tengono in tre o quattro, ma stavolta per non farlo cadere. Scalcia e ha perso gli occhiali. Un tizio gira su se stesso, un altro si tiene un braccio. Di Maria è fra i primi a rialzarsi. Momo vacilla e va giù su un fianco. La testa, malferma sul collo come quella dei neonati, sbatte indifesa sull'asfalto bagnato di sangue.

Costantino Lopez si è presentato neanche un quarto d'ora dopo alla Caserma dei Carabinieri di Figline Valdarno. Ha consegnato la sua pistola e si è costituito. Ha rivendicato successivamente di aver «sparato prima al nero» di proposito e di essere dispiaciuto per aver ferito un accompagnatore del Rivadarno che si trovava accanto al giovane calciatore.

Momodou Kambè è morto sul colpo. Lopez aveva mirato alla testa, da tre metri o poco più. Christian Colasanti era stato raggiunto a una spalla e al torace. Quando l'hanno caricato sull'ambulanza era ancora vivo, ma è arrivato in ospedale con i polmoni gonfi di sangue. L'avrebbero portato nel tuo stesso reparto, a pochi metri da te.

XIV

Domenica 31 marzo pioveva a dirotto. I pullman e gli autoarticolati lasciavano scie d'acqua come motoscafi. Una sosta all'autogrill per una pisciata, un caffè e tutti i quotidiani che avevano. Sui campi di ogni categoria ci sarebbe stato un minuto di raccoglimento.

Vendetta. Follia. Primavera di sangue.

Nessuno riusciva a condannare Costantino Lopez come avrebbe voluto, come sarebbe stato giusto. E anche Aurora, secondo molti non avrebbe dovuto uscire allo scoperto così. No, non con quel filmato su YouTube. Tre milioni di visualizzazioni. Adesso era soddisfatta, la ragazzina che *sognava di sfondare su YouTube*. La colpa scendeva su tutti, come la pioggia. E io collezionavo ombrelli che non usavo mai. Ero abituato a bagnarmi, pur di non rovinarli. Io ero il padre di uno dei tre, io avevo trovato il video, io avevo incontrato Costantino Lopez senza capire le sue intenzioni. Niente poteva ripararmi.

Sono uscito per tornare all'auto. Veniva giù in diagonale, a rivoli continui. I boschi intorno erano stati ingoiati da una cortina di fragore grigio. Fa un gran rumore, ma è solo pioggia, ho pensato. Ci cade addosso, prima o poi asciuga. Non è sangue, non lascerà nessun segno.

Ho chiamato Lavinia Monforti.

– Mi sa che ritardo un po' – le ho detto.

– Fai con calma, io non mi muovo da qua.

Lavinia aveva un nuovo ufficio, più grande. Mentre salivamo aveva lanciato un'occhiata ai giornali e le era bastato poco per infastidirsi.

– *Quella pistola mai sequestrata*... come al solito, tutti a dare la colpa alla giustizia che non funziona. Neanche sanno che il sequestro della pistola lo può fare anche la polizia, d'urgenza, senza aspettare il magistrato.

Come la Siracusano aveva predetto, nessun giornale l'aveva scritto. Mi è sembrato giusto farlo sapere, almeno a Lavinia.

– La polizia era andata già due volte, ma Lopez non si era fatto trovare.

– Ecco, però nessuno lo scrive. Come va Luca?

– Siamo in attesa – le ho risposto, e neanche mi sono reso conto che sembrava parlassi di una prossima nascita. Lei invece sì, e ha sorriso appena. Si è appoggiata alla scrivania.

– È domenica, sono al lavoro, non bevo da una settimana e non tocco il parapendio da un mese. Non è il giorno adatto per darmi altre rogne.

– Solo un parere – ho detto. Mi sono tolto la giacca, neanche cento metri di corsa e mi ero inzuppato.

– Sii sintetico, grazie.

Alle due dovevo dare il cambio a Giulia all'ospedale e quindi lo sono stato. Le ho messo davanti il contratto per il tuo trasferimento dal Rivadarno al Castillo.

– Per assicurarsi le prestazioni sportive di Luca Corbo, nato a Roma, eccetera eccetera... questa è la firma di tuo figlio?

– Sì – ho detto, poi le ho raccontato che in effetti l'avevi firmato la sera del 27, tre o quattro ore prima che il tuo cuore si bloccasse. L'allenatore della prima squadra era stato chiaro, non ti avrebbe schierato nonostante il tuo grande risultato allo yo-yo test. La tua stagione con il Rivadarno era finita. Garbati spingeva da giorni, lui aveva deciso il tuo trasferimento fittizio in Uruguay, la società doveva obbedire e tu anche.

– Che fosse un trasferimento fittizio però qui non c'è scritto.

– Nessuno di questa squadra uruguayana si è mai presentato a parlare con mio figlio. Garbati e gli altri della società la chiamavano... una soluzione-ponte. Di qualche mese. Luca non ha mai neanche saputo di che colore avesse la maglia il Deportivo Castillo. E le visite mediche di rito, prima di un trasferimento? Niente di niente.

– Novantasette milioni di pesos. La cifra è congrua?

– Sono due milioni e ottocentomila euro. Per mio figlio, dovrebbe lusingarmi, ma siamo seri... che senso ha sborsare quella cifra per un ragazzo di diciotto anni con la spada di Damocle di un processo in corso? Stiamo parlando del Deportivo Castillo, non del Barcellona. Dove li ha tutti questi soldi, il Deportivo Castillo?

– Questo sarà difficile capirlo, da qua.

Le ho suggerito che il meglio però arrivava nel foglio spillato.

– Guarda un po' la data del bonifico.

– Disposizione di pagamento... Banco Popolar... A favore della C&I Bank di La Valletta. 28 marzo... però.

Finalmente la vedevo perplessa.

– Il 28 marzo, Lavinia. Due milioni e ottocentomila euro per un ragazzo andato in arresto cardiaco la notte prima.

– Potevano non saperlo. La notizia non era sui quotidiani. A che ora è iniziata a circolare in rete?

– Intorno alle dieci e mezzo.

– Qui c'è scritto... le 8 e 44.

– Sì, ma guarda bene che ora è... è l'orario in cui la banca ha autorizzato la disposizione. La banca di Montevideo, intendo. In Italia era già quasi ora di pranzo. La notizia si sapeva da due ore e il Deportivo Castillo ha versato tranquillamente quei soldi nelle casse del Rivadarno. In un'unica soluzione, per giunta. E perché? Perché era tutto stabilito, nessuno aveva da ridire e chi mai può mettere il naso negli archivi di una banca, di una banca di Malta, per giunta.

Lavinia ha fatto due volte il giro della scrivania, sbattendo i fogli sul palmo della mano.

– Lo so che puzza di riciclaggio. Ma con questo non siamo a niente. Bisogna aspettare. Vediamo se la società uruguayana fa perlomeno finta di voler recuperare questi soldi...

– E poi?

– E poi se mi dici chi ti ha dato questi documenti, lo faccio parlare con un mio collega più giovane e più preparato di me, su queste cose.

– Il Rivadarno sta saltando per aria, Lavinia. Il momento è ora. Ora o mai più.

Sono arrivato da te che ancora pioveva a dirotto. Tua madre aveva preso l'ascensore non appena mi aveva visto attraversare il cortile in diagonale.

Ho starnutito da solo per un quarto d'ora, nella saletta del divano in similpelle. Come ormai facevo d'abitudine, ho controllato a quante visualizzazioni fosse arrivato il videoclip di Aurora. In mezza giornata ne aveva fatte altre settecentomila. I commenti erano più di ottantamila, equamente divisi fra due fazioni inconciliabili. Quella del «povera esibizionista» e quella del «dovremmo avere tutte il tuo coraggio». Qualcuno aveva aggiunto dei sottotitoli in inglese e adesso nel numero domenicale del *Guardian* una columnist sosteneva che fosse la cosa più femminista vista negli ultimi cinquant'anni.

Me lo sono riguardato, per l'ennesima volta. Ormai lo sapevo a memoria, ma era diventato il mio passatempo, o la mia ossessione. Non riuscivo a capire dove fosse stato girato. Allora ho zoomato sulle mani di Aurora, verso la fine, quando toglie i guanti e mostra le unghie. Era l'ultimo particolare che mi restava da studiare. Erano otto lettere. Una su ogni unghia, escluse quelle dei pollici. Solo per qualche secondo Aurora appoggiava le mani sul tavolo, le dita distese, fiera dei suoi nuovi artigli neri e glitterati. In quei secondi, ingrandendo bene l'immagine, si poteva leggere perfettamente CORDELIA. Il nome era scritto a partire dal mignolo della mano destra, a favore di chi guardava.

Cordelia. Non era farina del sacco di Aurora. La porta di vetro satinato si è aperta come per un colpo di vento e i giornali mi sono caduti dalle ginocchia. Il medico slavato era senza occhiali e con la cuffia verde in testa e non l'ho riconosciuto subito. Mi ha afferrato per un polso, mi ha detto di andare con lui, me l'ha detto con un sussurro furtivo.

Oltre la porta il rumore della pioggia era più morbido e lontano. Mi ha infilato il camice verde lungo le braccia. Mi ha piantato fra le mani il flacone di disinfettante e mi ha stretto lui il nodo dietro la schiena.

– Scusi, ma io non so se me la sento...

– Non dica cazzate, si lavi le mani. Veloce.

La cuffia e i copriscarpe me li sono infilati da solo. Il giovane dottore mi ha letteralmente spinto oltre un'altra porta, grigia e pesante. Oltre la porta grigia e pesante il rumore della pioggia era sparito del tutto.

– Due ore fa l'abbiamo estubato.

Tenevi gli occhi chiusi. Avevi le guance attraversate da due righe rosse che mi ricordavano i segni di battaglia degli indiani. Te lo devo dire: non somigliavi proprio al Luca che riconoscevo non appena entrava in campo, anche da lontano, anche senza numero sulla maglia. Mi facevi la terribile impressione di un androide in costruzione, ancora attaccato alle macchine che l'hanno creato. Ho dovuto fare uno sforzo per credere che eri tu, davvero. Mi hanno aiutato i tuoi auricolari bianchi, quelli con cui ti isolavi dal mondo prima e dopo le partite. Quelli che ti avrei strappato via a forza migliaia di volte.

– Guardi le labbra...

– Sembra che stia soffrendo.

– Provi lei a cantare dopo aver tenuto un tubo in gola quattro giorni – mi ha risposto il medico, e mi ha rifilato una manata sulla spalla.

– Sta provando a cantare?

– Ha riconosciuto la canzone.

– Allora...

– È in un dormiveglia sempre più leggero. Starà così ancora per un po'... forse tutto il giorno. Dipende da quanto ci mette il metabolismo a smaltire i barbiturici, ma secondo me entro stasera si sveglia del tutto.

Volevo immaginare cosa stavi sognando. Allora ti ho tolto lentamente uno degli auricolari, così magari lo capivo. Una nota di chitarra, una sola, un filo di metallo teso, percosso senza tregua.

Ho smesso di volare quando ho imparato a cadere, qui non serve un miracolo, non serve l'oracolo.

Conoscevo le parole. Cassa-rullante-cassa.

Non serve una croce, non serve il pentacolo.

Salmo lo avevo sempre ascoltato a tua insaputa. Ora lo potevo cantare senza che tu te ne accorgessi.

Ho superato l'inferno vestito come il diacono.

Muovevi le labbra. Come me. Solo un po' in ritardo. Labbra pallide e screpolate, ma le muovevi. Il dolore ti faceva contrarre le palpebre.

Cammino in punta di piedi per non svegliare il diavolo.

Ma se il diavolo esiste, ho pensato, secondo me non dorme mai. Un po' come vorrei fare io. Il diavolo non può perdere occasioni. Non era servito allontanarsi dalla vista di tutti e camminare sulla sabbia per non svegliarlo. Tu l'hai riconosciuto e sei fuggito ma, Luca, è proprio quando pensi solo a metterti in salvo che il diavolo ti aspetta. È lì quando chiudi gli occhi o ti volti dall'altra parte, quando pensi che tanto non c'era niente da fare o che in fondo non sono fatti tuoi.

Il dottore ti ha dato un pizzicotto su un braccio e tu ti sei girato di scatto verso di me.

– Ottimo, ottimo. Chiama lei la signora?

– La avverta lei, per favore – ho risposto.

Io avevo voglia di dire a Nora che anche tu eri tornato dal buio. L'ho chiamata.

– Penso che, be', ora dovrò insegnargli a non essere cieco – ho detto, a un certo punto.

Se non era stato un uragano, poco ci mancava.

Sulla terrazza della Scuda le grandi fioriere ricordavano uova di dinosauro spaccate. I due gazebo di teak erano volati in piscina, le loro tende bianche si erano inzuppate ed erano andate a fondo, creando l'immagine perfetta di un naufragio tascabile. Il sole ora dominava il mondo al di là del parapetto di pietra e il prato ridotto a una risaia mandava barlumi piatti di specchio.

Nora osservava quello sfacelo con il fango ancora umido sui guanti, sulla tuta e sulle guance. Ramón aveva richiamato d'urgenza le maestranze reclutate per la potatura dell'uliveto. Stavano radunando le frasche delle palme, strappate dal vento come se fossero petali.

Lì sembrava davvero essersi scatenato il diavolo, ho pensato. Invece ho detto:

– Dov'è Aurora?

Nora ha sorriso, si è tolta una crosta di fango dalla faccia.

– Prima dimmi come hai fatto a capirlo.

– Ho ripensato a quando Lavinia mi ha raccontato di una recita in carcere.

Nora si è lasciata sfuggire un *fuck, no.*

– Re Lear. Ma dico io, non potevate pensare a qualcosa di meno cupo?

– *King Lear* era una fissa dell'educatore. Infatti andò tutto a puttane.

– E Cordelia eri tu?

– L'unica che dice la verità? Ti pare un ruolo per me? E poi, per dire la verità, bisogna prima saperla.

– Allora eri Gonerilla?

Nora mi ha guardato sconcertata, come se dovesse spiegare qualcosa di elementare a un bambino.

– Io? Ma no... io facevo King Lear. Anzi no, ero King Lear. Avevo il potere, volevo essere amata e volevo che tutti quanti me lo dicessero.

Nora ha alzato il mento e ha impostato la voce all'ottava più bassa.

– *Soffiate, venti, a squarciarvi le guance! Cateratte del cielo ed uragani, rovesciatevi a fiumi sulla terra...* ecco, più o meno quello che è successo oggi. Abbiamo un'ora in più di luce, meglio sfruttarla.

– No, dimmi di Aurora.
– Sta bene.
– Dov'è?
– Dove nessuna tv e nessun giornalista la trova. È questo che vuole.
– È stata tua l'idea?
– La decorazione delle unghie? Chiaro.
– Il video.
– No, l'idea è stata di Aurora. Io le ho solo detto che il famoso video l'avevi portato alla polizia. Che non sarebbe finito su internet e non doveva più aver paura.
– Solo quello?
– L'ho aiutata. Abbiamo deciso un po' di cose insieme. Quella ragazzina ha un gran talento per rendersi ridicola. Non potevo permetterlo. Hai qualcosa di sacrificabile nel tuo guardaroba o devo trovarti io qualcosa per lavorare?

Nora è rientrata in casa e io le sono andato dietro d'istinto, intimandole di non trovarmi niente, non avevo nessuna intenzione di spaccarmi la schiena.

– *Blow, winds, and crack your cheeks! rage! blow! You cataracts and hurricanoes, spout...* senti come suona? Shakespeare in italiano è come cantare Puccini in inglese. Ecco quello che cercavo di spiegare a quel mentecatto di regista.

Ha aperto uno scricchiolante armadio di noce e mi ha lanciato una felpa rossa.

Nelle Filippine alcune famiglie vestono ancora i neonati maschi da femmina. Così in Giappone e anche in certe parti dell'Indonesia. Dicono che lo facciano per confondere il demone che ti porta via la vita mentre dormi. Secondo loro il demone cerca solo i maschi. E credono che se ha già colpito in una famiglia, lì tornerà a predare.

Non hanno tutti i torti. La scienza chiama quel demone Sindrome di Brugada, mi ha spiegato il medico. Non è una malformazione e quindi non si vede. È una malattia genetica che si può trasmettere di padre in figlio. È uno squilibrio chimico che altera gli impulsi elettrici, è un demone che passa solo ogni tanto, nei tracciati di un elettrocardiogramma. Per riconoscerlo non ci vuole solo occhio, ci vuole anche l'occasione giusta. È un demone, non il diavolo, e ti si annida in petto alla nascita, tranquillo, in attesa della sua occasione. Una febbre. Un farmaco. Ancora meglio se tutti e due insieme. Sente quando è il momento e ti chiude il cuore fra i suoi artigli.

Era questa la conclusione di tutti i loro esami su di te. Quando finisco di raccontarla a Nora sono quasi le dieci, ho sempre addosso l'orribile felpa rossa che mi entra a malapena e i miei pantaloni sono da buttare. Sono troppo stanco anche per mangiare, e Nora è così stravolta che ha smesso persino di cercare il suo pacchetto di sigarette lasciato chissà dove. Accende e spegne in continuazione il vecchio zippo del padre, ma l'idea di scendere in città a comprare le sue Pall Mall Red le pare un'impresa titanica. Siamo seduti per terra, con le spalle al muro, sotto una finestra. La terrazza davanti a noi assomiglia a un campo di battaglia avvolto da un riverbero blu.

– Ti sembrerà strano, ma la cosa peggiore è stata quando il medico mi ha fatto vedere la lista di farmaci che un

Brugada deve evitare. Ho letto il nome dell'antidepressivo che ha preso Luca, è come se avessi visto il suo nome su un elenco di condannati a morte. O forse peggio... è stato come capire che da qualche parte è sicuramente già scritto il nome del nostro assassino, ma non sappiamo dove.

– E tu, Dario?

– Io cosa?

– Tu lo sai, se su quella lista c'è anche il nome del tuo assassino?

– No.

– I medici non ti hanno detto che la Sindrome di Brugada è ereditaria?

– Sì, ma ormai è tardi per vestirmi da donna, mi pare.

– Sai che questa felpa era fra le cose di mia madre?

– Sul serio? Allora me la metterò tutte le notti.

– Davvero una grande idea. E poi?

Sento Nora sospirare.

– Dormirò ancora meno.

– Sei un idiota.

– Sì, questo è probabile – dico io, – ma dato che si deve morire a tutti i costi, mi tengo questa morte. Nel sonno, senza soffrire. Perché dovrei cambiarla con un'altra?

– Perché rimarrei senza ufficio stampa da un giorno all'altro.

Lei accende la fiammella dello zippo il tempo necessario a farmi capire che mi sta guardando e si aspetta una mia reazione.

Quando torniamo nel buio, mi dico che la voglio e basta. Che invece no, non posso toccarla. Che sarebbe comunque una violenza. Che sarà una rivoluzione, ma nessuna rivoluzione è avvenuta perché hanno chiesto il permesso di farla. Che non devo muovermi. Che un giorno, forse domani, non ci sarà più tempo. Che voglio sentire il sapore del fango sulla sua pelle. Che devo alzarmi e andarmene. Che se me ne vado non dormirò più in vita mia. Che siamo troppo vicini, e se ci tocchiamo sarà un urto che ci allontanerà per sempre. Che vorrei un segnale. Un impulso elettrico. Che la sto deludendo. Che mi sto illudendo di essere diverso da tutti gli altri. Che lei e io siamo *even*, sospesi su un'asse in equilibrio. E che per non precipitare di sotto, dovremmo spostarci un centimetro alla volta, in perfetta sincronia, ed è impossibile. Che Nora ha paura. Che io ho paura, perché i nostri demoni ci inseguono, passano di padre in figlio per perseguitarci e ci aspettano la notte, quando abbiamo divorato anche l'ultimo brandello di vittoria, o quando guardiamo il soffitto e vediamo solo le macerie di una sconfitta. Mi dico tutte le cose che valgono la pena di essere pensate, prima di entrare nello spazio in cui posso sentire il vero odore della sua pelle e il minuscolo rumore di risacca che fa il suo respiro.

Mentre penso tutte queste cose il viso di Nora torna nella penombra.

– Puoi sempre prenderti un altro ufficio stampa – dico.

– No.

Non mi sembra neppure la sua voce. Nora è così vicina che questa sillaba me la consegna avvolta in un alone di calore che la protegge. È un *no* fragile, segreto come una promessa notturna.

E ti giuro, Luca, è il *no* più bello che una donna mi abbia mai detto.

Indice

Questo volume è stato stampato
su carta Palatina
delle Cartiere di Fabriano
nel mese di giugno 2018

Stampa: Officine Grafiche soc. coop., Palermo

Legatura: LE.I.MA. s.r.l., Palermo

La memoria

Ultimi volumi pubblicati

1000 La memoria di Elvira
1001 Andrea Camilleri. La giostra degli scambi
1002 Enrico Deaglio. Storia vera e terribile tra Sicilia e America
1003 Francesco Recami. L'uomo con la valigia
1004 Fabio Stassi. Fumisteria
1005 Alicia Giménez-Bartlett, Marco Malvaldi, Antonio Manzini, Santo Piazzese, Francesco Recami, Gaetano Savatteri. Turisti in giallo
1006 Bill James. Un taglio radicale
1007 Alexander Langer. Il viaggiatore leggero. Scritti 1961-1995
1008 Antonio Manzini. Era di maggio
1009 Alicia Giménez-Bartlett. Sei casi per Petra Delicado
1010 Ben Pastor. Kaputt Mundi
1011 Nino Vetri. Il Michelangelo
1012 Andrea Camilleri. Le vichinghe volanti e altre storie d'amore a Vigàta
1013 Elvio Fassone. Fine pena: ora
1014 Dominique Manotti. Oro nero
1015 Marco Steiner. Oltremare
1016 Marco Malvaldi. Buchi nella sabbia
1017 Pamela Lyndon Travers. Zia Sass
1018 Giosuè Calaciura, Gianni Di Gregorio, Antonio Manzini, Fabio Stassi, Giordano Tedoldi, Chiara Valerio. Storie dalla città eterna
1019 Giuseppe Tornatore. La corrispondenza
1020 Rudi Assuntino, Wlodek Goldkorn. Il guardiano. Marek Edelman racconta
1021 Antonio Manzini. Cinque indagini romane per Rocco Schiavone
1022 Lodovico Festa. La provvidenza rossa
1023 Giuseppe Scaraffia. Il demone della frivolezza
1024 Colin Dexter. Il gioiello che era nostro
1025 Alessandro Robecchi. Di rabbia e di vento

1026 Yasmina Khadra. L'attentato
1027 Maj Sjöwall, Tomas Ross. La donna che sembrava Greta Garbo
1028 Daria Galateria. L'etichetta alla corte di Versailles. Dizionario dei privilegi nell'età del Re Sole
1029 Marco Balzano. Il figlio del figlio
1030 Marco Malvaldi. La battaglia navale
1031 Fabio Stassi. La lettrice scomparsa
1032 Esmahan Aykol, Gian Mauro Costa, Alicia Giménez-Bartlett, Marco Malvaldi, Antonio Manzini, Francesco Recami, Gaetano Savatteri. Il calcio in giallo
1033 Sergej Dovlatov. Taccuini
1034 Andrea Camilleri. L'altro capo del filo
1035 Francesco Recami. Morte di un ex tappezziere
1036 Alan Bradley. Flavia de Luce e il delitto nel campo dei cetrioli
1037 Manuel Vázquez Montalbán. Io, Franco
1038 Antonio Manzini. 7-7-2007
1039 Luigi Natoli. I Beati Paoli
1040 Gaetano Savatteri. La fabbrica delle stelle
1041 Giorgio Fontana. Un solo paradiso
1042 Dominique Manotti. Il sentiero della speranza
1043 Marco Malvaldi. Sei casi al BarLume
1044 Ben Pastor. I piccoli fuochi
1045 Luciano Canfora. 1956. L'anno spartiacque
1046 Andrea Camilleri. La cappella di famiglia e altre storie di Vigàta
1047 Nicola Fantini, Laura Pariani. Che Guevara aveva un gallo
1048 Colin Dexter. La strada nel bosco
1049 Claudio Coletta. Il manoscritto di Dante
1050 Giosuè Calaciura, Andrea Camilleri, Francesco M. Cataluccio, Alicia Giménez-Bartlett, Antonio Manzini, Francesco Recami, Fabio Stassi. Storie di Natale
1051 Alessandro Robecchi. Torto marcio
1052 Bill James. Uccidimi
1053 Alan Bradley. La morte non è cosa per ragazzine
1054 Émile Zola. Il denaro
1055 Andrea Camilleri. La mossa del cavallo
1056 Francesco Recami. Commedia nera n. 1
1057 Marco Consentino, Domenico Dodaro, Luigi Panella. I fantasmi dell'Impero
1058 Dominique Manotti. Le mani su Parigi
1059 Antonio Manzini. La giostra dei criceti

1060 Gaetano Savatteri. La congiura dei loquaci
1061 Sergio Valzania. Sparta e Atene. Il racconto di una guerra
1062 Heinz Rein. Berlino. Ultimo atto
1063 Honoré de Balzac. Albert Savarus
1064 Alicia Giménez-Bartlett, Marco Malvaldi, Antonio Manzini, Francesco Recami, Alessandro Robecchi, Gaetano Savatteri. Viaggiare in giallo
1065 Fabio Stassi. Angelica e le comete
1066 Andrea Camilleri. La rete di protezione
1067 Ben Pastor. Il morto in piazza
1068 Luigi Natoli. Coriolano della Floresta
1069 Francesco Recami. Sei storie della casa di ringhiera
1070 Giampaolo Simi. La ragazza sbagliata
1071 Alessandro Barbero. Federico il Grande
1072 Colin Dexter. Le figlie di Caino
1073 Antonio Manzini. Pulvis et umbra
1074 Jennifer Worth. Le ultime levatrici dell'East End
1075 Tiberio Mitri. La botta in testa
1076 Francesco Recami. L'errore di Platini
1077 Marco Malvaldi. Negli occhi di chi guarda
1078 Pietro Grossi. Pugni
1079 Edgardo Franzosini. Il mangiatore di carta. Alcuni anni della vita di Johann Ernst Biren
1080 Alan Bradley. Flavia de Luce e il cadavere nel camino
1081 Anthony Trollope. Potete perdonarla?
1082 Andrea Camilleri. Un mese con Montalbano
1083 Emilio Isgrò. Autocurriculum
1084 Cyril Hare. Un delitto inglese
1085 Simonetta Agnello Hornby, Esmahan Aykol, Andrea Camilleri, Gian Mauro Costa, Alicia Giménez-Bartlett, Marco Malvaldi, Antonio Manzini, Santo Piazzese, Francesco Recami, Alessandro Robecchi, Gaetano Savatteri, Fabio Stassi. Un anno in giallo
1086 Alessandro Robecchi. Follia maggiore
1087 S. N. Behrman. Duveen. Il re degli antiquari
1088 Andrea Camilleri. La scomparsa di Patò
1089 Gian Mauro Costa. Stella o croce
1090 Adriano Sofri. Una variazione di Kafka
1091 Giuseppe Tornatore, Massimo De Rita. Leningrado
1092 Alicia Giménez-Bartlett. Mio caro serial killer
1093 Walter Kempowski. Tutto per nulla

1094 Francesco Recami. La clinica Riposo & Pace. Commedia nera n. 2
1095 Margaret Doody. Aristotele e la Casa dei Venti
1096 Antonio Manzini. L'anello mancante. Cinque indagini di Rocco Schiavone
1097 Maria Attanasio. La ragazza di Marsiglia
1098 Duško Popov. Spia contro spia
1099 Fabio Stassi. Ogni coincidenza ha un'anima
1100
1101 Andrea Camilleri. Il metodo Catalanotti